HAROLD ROBBINS

Hollywood

Roman

GOLDMANN VERLAG

Ungekürzte Ausgabe
Aus dem Englischen von Wilhelm Hartmann
Titel der Originalausgabe: The Storyteller
Originalverlag: Simon and Schuster, New York

Der Goldmann Verlag
ist ein Unternehmen der Verlagsgruppe Bertelsmann

Made in Germany · 1. Auflage · 10/88
© 1985 der Originalausgabe bei Harold Robbins
Alle deutschen Rechte bei C. Bertelsmann Verlag GmbH /
Blanvalet Verlag GmbH, München 1986
Umschlagentwurf: Design Team München
Umschlagfoto: François Dardelet / The Image Bank, München
Druck: Elsnerdruck, Berlin
Verlagsnummer: 9140
MV · Herstellung: Peter Papenbrok
ISBN 3-442-09140-3

Prolog

Angst ist ein Vorgeschmack auf den Schmerz. Sie geht ihm voraus. Du schaust in den Rückspiegel, du schaust zum Seitenfenster hinaus. Du fährst mit dreißig Meilen in der Stunde auf der richtigen Spur. Du bist auf dem San Diego Freeway und wartest auf die Abfahrt nach Wilshire. Eben noch ist alles in Ordnung, und plötzlich siehst du diesen riesigen Sattelschlepper, der auf der Überholspur neben dir herdonnert und versucht, die Abfahrt zuerst zu erreichen. »Du Idiot!« fluchte ich und trat auf die Bremse, damit der Kerl vorbeikam und auf meine Fahrbahn überwechseln konnte. Im gleichen Augenblick setzte die Angst ein. Der Sattelschlepper schaffte es nicht. Ich trat noch mehr auf die Bremse. Jetzt hatte mich die Angst bei den Eingeweiden gepackt und schnürte mir die Kehle zu, bis ich nicht mehr Luft holen konnte. Der riesige Anhänger ragte über mir auf wie ein graues, prähistorisches Monster. Ich versuchte, so weit wie möglich nach rechts auszuweichen.
Der Anhänger stürzte in Zeitlupe auf mich herab. Jedenfalls schien es mir so. Ich schrie vor Angst, glaube ich. »Du bringst mich um, du verdammtes Arschloch!«
Dann klappte der Sattelschlepper wie ein Taschenmesser zusammen, und die Zugmaschine stand mit grell flackernden Scheinwerfern quer auf der Fahrbahn. Die Angst war mit einem Schlag verflogen, als tausend Tonnen Stahl auf mich herabfielen und mich schreiend in Dunkelheit und Schmerzen hinabstießen.
Ich öffnete meine Augen. Ich sah das fluoreszierende Licht einer Intensivstation. Eine Krankenschwester musterte mich.

»Wie bin ich hergekommen?« fragte ich.
»Mit dem Rettungshubschrauber«, sagte sie knapp. »Ihr eigener Arzt war auch schon da.« Sie wandte sich um. »Jetzt ist er wach«, sagte sie. Es waren zwei diensthabende Ärzte anwesend. Eine Frau und ein Mann. Der Mann warf mir nur einen kurzen Blick zu, dann ließ er die junge Ärztin herantreten.
»Was hat der verdammte Sattelschlepper mit mir gemacht?« fragte ich.
»Sie haben einen Beckenbruch«, sagte sie, »aber es hätte schlimmer sein können. Es wird Sie nicht am Arbeiten hindern. Ihr Schreibarm ist es ja nicht.«
Sie war wirklich sehr jung und sehr hübsch. So hübsch, daß sie eine Schauspielerin aus einer dieser Fernsehschnulzen im Klinikmilieu hätte sein können. »Na schön«, sagte ich. »Ich kann also schreiben, aber was ist mit ficken?«
Ihr Gesicht zeigte Wirkung, aber sie reagierte ganz sachlich. »Das könnte schon ein Problem für Sie werden. Die Brüche lassen Hüftbewegungen dieser Art wohl nicht zu.«
Ich lächelte sie an. »Geht's denn oral?«
Sie musterte mich sehr von oben herab. »Sie sind geschmacklos.«
»Ich weiß«, erwiderte ich. »Aber das hat nichts mit meinem kaputten Becken zu tun.«
Sie legte mir die Hand auf den Arm. »Es wird schon wieder werden«, sagte sie. »Wir bringen Sie jetzt nach oben. Sie haben ein Einzelzimmer.«
Das machte mich neugierig. Ich hatte das Gefühl, erst kurze Zeit im Krankenhaus zu sein. »Wie spät ist es eigentlich?« fragte ich.
»Kurz vor zehn Uhr«, sagte sie. »Eingeliefert wurden Sie gestern abend um elf.«
»Bin ich so lange bewußtlos gewesen?«
»Ja, und das war auch ganz gut so«, erwiderte sie. »Sie hatten große Schmerzen. Wir mußten Ihnen ziemlich starke Betäubungsmittel geben, damit Sie die Untersuchungen und die Röntgenaufnahmen überhaupt aushalten konnten. Dann haben wir Sie wieder nach unten gebracht, an die lebenserhal-

tenden Systeme angeschlossen und Ihren Herzschlag, Ihre Atemfrequenz und Ihre Hirnströme beobachtet.«
»War es so knapp?« fragte ich.
»Eigentlich nicht«, sagte sie. »Aber wir haben einen Ruf zu verlieren. Wir können es keinem Patienten erlauben, daß er hinter unserem Rücken klammheimlich abkratzt.«
»Das ist sehr beruhigend«, sagte ich.
»Sie waren wirklich nicht in Gefahr«, sagte sie.
Plötzlich bemerkte ich, daß sie rot wurde. »Woher wissen Sie das so genau?« fragte ich.
»Als wir Ihnen das Demerol gespritzt hatten, fingen Sie sofort an, schmutzige Bemerkungen zu machen.«
»Was für schmutzige Bemerkungen?«
Jetzt lachte sie. »Sehr schmutzige Bemerkungen«, sagte sie und sah sich um, als ob sie sicher sein wollte, daß uns niemand belauschte. »Wie in Ihren Büchern. Sie wollten, daß ich Sachen mit Ihnen mache, an die ich im ganzen Leben nicht mal denken würde.«
»Wirklich? Haben Sie denn getan, was ich von Ihnen verlangt habe?«
»Nein. Der Orthopäde und ich waren völlig damit beschäftigt, Ihren Beckenknochen einzurichten und den Streckverband anzulegen. Danach sind Sie eingeschlafen und haben nichts mehr gesagt.«
»Machen Sie sich nichts daraus«, sagte ich. »Ich gebe Ihnen noch eine Chance, wenn Sie mich oben in meinem Zimmer besuchen.«
»Ich gehöre zur Intensivstation«, sagte sie. »Ich gehe nie in die Zimmer.«
»Nie?« fragte ich.
»Nur ganz selten«, erwiderte sie. Dann folgte ein zögernder Blick. »Ich habe ein paar von Ihren Büchern zu Hause. Würden Sie mir eins davon signieren?«
»Natürlich«, sagte ich. »Alle, wenn Sie wollen. Aber Sie müßten mir die Bücher schon raufbringen.«
Sie gab keine Antwort, sondern wandte sich zu zwei Krankenpflegern um, die eine Trage heranrollten und neben uns an-

hielten. »Wir werden Sie jetzt hinaufbringen«, sagte sie zu mir.
Ich zeigte auf den Streckverband an meinem rechten Bein, das mit zwei Schlaufen an einem verchromten Galgen festhing. »Wie wollen Sie das damit bewerkstelligen?«
»Wir haben das schon ein- oder zweimal gemacht«, sagte sie spöttisch. »Bleiben Sie ganz ruhig und sehen Sie zu. Wir werden aufpassen, daß es Ihnen nicht allzu sehr weh tut.«
»Vielen Dank«, sagte ich. »Ihre Ehrlichkeit weiß ich zu schätzen. Aber eigentlich wäre es mir doch lieber, Sie würden ein bißchen schwindeln und mir noch eine Spritze verpassen.«
»Hören Sie auf zu jammern«, erwiderte sie. »Sie sind doch kein Baby.«
Die Krankenpfleger hoben das ganze Oberteil des Bettes auf den Transportwagen.
Ein stechender Schmerz durchzuckte meinen Körper, und ich mußte den Atem anhalten, um nicht zu schreien. »Scheiße!« sagte ich mühsam.
»Schon vorbei«, sagte sie. »War gar nicht schlimm.«
»Alles leere Versprechungen!« flüsterte ich.
Sie beugte sich über mich und wischte mir mit einem nassen Lappen über die Stirn. »Sie sind bald wieder in Ordnung«, sagte sie.
»Und Sie sind jetzt schon in Ordnung«, erwiderte ich. Dann rollten die Krankenpfleger mich weg.
Ich kam mir reichlich blöde vor, wie ich so durch die Korridore gerollt wurde. Flach auf dem Rücken, mein Bein im Streckverband, am verchromten Galgen starrte ich darüber die Decke an. Aus den Augenwinkeln konnte ich sehen, wie sich links und rechts Leute zur Seite bewegten, um Platz für die Trage zu machen, und obwohl ich wußte, daß die meisten von ihnen sich überhaupt nicht für mich interessierten, war es mir unglaublich peinlich. In einem Krankenhaus ist so etwas völlig normal, sagte ich mir und schloß die Augen. Ich wollte die Leute nicht ansehen. Ich wollte nicht, daß Leute mich ansahen. Ich hatte ganz einfach genug.
Merkwürdigerweise erinnerte mich das monotone Klicken

der Räder auf den Steinplatten des Korridors an das Rattern der U-Bahn, als ich noch jung war. Vielleicht habe ich ein bißchen gedöst. In der U-Bahn habe ich immer im Stehen geschlafen, mit dem Rücken zur Tür. Umfallen konnte man nie, dazu war es zu eng. Aufgewacht bin ich immer erst, wenn die Leute alle an der 42. Straße ausstiegen. Dann stieg ich auch aus, folgte ihnen hinauf zur Straße und taperte in das Büro, in dem ich damals gearbeitet habe.
Juli und August waren immer am schlimmsten. Hitze und Schweiß mischten sich in den Wagen, und aus den Gebläsen der Lüftung kam auch nur dieser typische U-Bahn-Geruch. Während der Fahrt stand ich meistens in Hemdsärmeln da und trug mein Jackett und meine Krawatte über dem Arm. Ich war damals siebzehn und arbeitete den Sommer über als Bote bei den *Daily News*.
Der Tag, an dem ich dieses Mädchen traf, war ganz besonders heiß.
Das Gedränge war so groß, daß sie dicht an mich gepreßt wurde. Sie hob den Kopf und sah mich an. »Wenn Sie den Arm ein bißchen wegnehmen könnten, hätte ich mehr Platz«, sagte sie.
Ich nickte stumm und schob meinen Arm zur Seite. Dabei mußte ich höllisch aufpassen, daß ich nicht mein Jackett und meine Krawatte im Gedränge verlor. Sie lächelte dankbar und drehte sich wieder um, so daß jetzt ihr Rücken und ihr Gesäß gegen meine Vorderseite gedrückt wurden. Der Zug setzte sich in Bewegung, und die Waggons begannen rhythmisch zu schwingen. Es dauerte keine dreißig Sekunden, bis ich bretthart war. Ich spürte, wie mir der Schweiß vom Gesicht in den Hemdkragen lief. Vorsichtig sah ich auf sie hinunter. Sie hatte ihren prallen Hintern direkt an meine Hüften gelehnt. Ich versuchte an etwas anderes zu denken, aber es fiel mir nichts ein. Allmählich wurde es mir in den Hosen zu eng. Ängstlich bemüht, meinen Zustand vor ihr zu verbergen, ließ ich eine Hand in meine Hosentasche gleiten und rückte meinen Zagel zurecht, bis er senkrecht hinter dem Hosenschlitz stand. Das war erheblich bequemer. Wieder sah ich auf sie hinunter. Es

ging mir jetzt wesentlich besser. Ich war ziemlich sicher, daß sie nichts bemerkt hatte.

Plötzlich blieb der Zug im Tunnel zwischen zwei Stationen stehen. Die Beleuchtung erlosch, und die schwache gelbe Notbeleuchtung flackerte auf. Das Mädchen warf mir über die Schulter einen Blick zu. »Geht's?« fragte sie.

Ich nickte. Ich mußte mich konzentrieren. Das Reden fiel mir sehr schwer. »Ja«, sagte ich mühsam.

Sie lächelte in die flackernden Lichter hinein. »Ich spüre Sie hinter mir«, sagte sie.

Ich warf ihr einen erschrockenen Blick zu. Aber sie schien gar nicht wütend zu sein. »Das tut mir leid«, sagte ich.

»Ist doch nicht schlimm«, sagte sie. »Das machen in der U-Bahn viele.« Sie schien auf eine Antwort zu warten, aber ich wußte nicht, was ich sagen sollte. Sie nickte. »Du bist der vierte Mann diese Woche. Die meisten finde ich eklig. Aber du gefällst mir ganz gut. Du siehst nett aus und sauber.«

»Vielen Dank«, sagte ich.

Sie warf mir einen prüfenden Blick zu. »Bist du schon gekommen?«

Ich schüttelte den Kopf. Nein.

»Möchtest du gern?« fragte sie.

Ich starrte sie mit offenem Mund an, aber noch ehe ich etwas zu sagen vermochte, spürte ich schon, wie sie ihre rechte Hand nach hinten schob und durch die Hosen hindurch meine Hoden umschloß. Und schon war es passiert.

Im selben Augenblick wurde es hell, der Zug setzte sich wieder in Bewegung und rollte zur nächsten Station. Meine Knie waren weicher als Pudding, und ich mußte mich mit aller Gewalt festhalten, um nicht zu fallen. Wie glühende Lava strömte mir der Erguß in die Wäsche.

Die Türen öffneten sich auf der gegenüberliegenden Seite des Wagens. Das Mädchen wandte sich noch einmal zu mir um, lächelte und sagte: »Das war lustig.« Dann schob sie sich durch die offenen Türen hinaus.

Immer noch meine Haltestange umklammernd, beobachtete ich, wie sie über den Bahnsteig davonging. Ich wollte hinter

ihr herlaufen, ihr wenigstens nachrufen, ein Rendezvous verabreden oder dergleichen, aber ich war wie gelähmt. Dann spürte ich, daß meine Hosen feucht wurden, und beeilte mich, den nassen Fleck mit meinem gefalteten Jackett zu bedecken. Als der Zug wieder anfuhr, und mein Wagen an ihr vorbeiglitt, versuchte ich, noch einmal ihren Blick zu erhaschen. Aber sie war schon in der Menge verschwunden.
»Scheiße!« dachte ich. Ich hatte mich wirklich zu dämlich benommen. Da bot sich mir eine der schönsten Gelegenheiten der Welt, und dann hatte ich alles verdorben. Ich hätte bloß den Mund aufmachen und reden müssen, statt wie ein Klotz in der Ecke zu stehen. Ich blinzelte und wollte noch einen Blick zurückwerfen, aber als ich meine Augen öffnete, sah ich bloß mein Bein, das im Streckverband baumelte.
Ich sah mich um. Das war offenbar das versprochene Einzelzimmer. Ausgewaschene blaue Wände, und auch die Decke war blau gestrichen. Ich hörte Schritte, und als ich mich zur Seite drehte, sah ich eine Krankenschwester mit einem Waschlappen. Sie war eine gemütliche Person Mitte Vierzig.
»Waschen Sie sich bitte ab!« sagte sie streng und hielt mir den Waschlappen hin.
»Wieso?« fragte ich und nahm automatisch den Lappen.
»Sie hatten einen feuchten Traum, als Sie schliefen«, erklärte sie mir. »Aber keine Sorge, das ist ganz normal, wenn man Schmerzmittel gespritzt kriegt.«
»Ich kann mich nur noch daran erinnern, daß ich auf eine Trage gelegt worden bin.«
»Ja. Als Sie hier oben ankamen, schliefen Sie fest.«
»Ich weiß noch, daß ich an die U-Bahn gedacht habe, als ich auf der Trage lag«, sagte ich. »Ist das nicht merkwürdig?«
»Ich weiß nicht«, erwiderte sie. »Am besten waschen Sie sich und denken nicht mehr daran. Sie haben drei Stunden geschlafen, jeden Augenblick kann Ihr Hausarzt kommen.«
Tatsächlich ging fünf Minuten später die Tür auf, und Ed kam herein. Er ging mit einem respektvollen Grinsen um meinen Streckverband und den chromblitzenden Galgen herum und nickte zufrieden. »Du hast Glück gehabt, Kumpel.«

»Schön, daß du es so siehst«, erwiderte ich. »Aber es tut scheußlich weh.«
»Es hätte viel schlimmer sein können«, sagte er und holte sich einen Stuhl. »Dein Becken wächst wahrscheinlich wieder zusammen, und der Beinbruch wird heilen, aber ich kenne Leute, die dich lebenslang in den Rollstuhl verbannt hätten.«
Ich warf ihm einen erschrockenen Blick zu. Erst jetzt sah ich, daß er todmüde war. Seine wasserblauen Augen waren rotunterlaufen. Er hatte offenbar die ganze Nacht nicht geschlafen.
»Es tut mir leid, daß ich dir dein Abendessen und den leckeren Nachtisch versaut habe«, sagte ich.
»Das macht nichts«, sagte er. »Ich schätze, du bist eine Weile außer Gefecht. Du kannst mir ja was Süßes aus deinen Vorräten schicken.«
»Wie lange wird es dauern, bis ich wieder okay bin?«
»Schwer zu sagen. Es sind mehrere Schritte. Als erstes bleibst du jetzt mal eine Woche hier im Krankenhaus im Streckverband liegen, bis wir uns davon überzeugt haben, daß deine Knochen richtig eingerichtet sind. Dann kannst du nach Hause. Du behältst zwar deinen Verband, aber du darfst dich bewegen. Erst kriegst du so ein Laufgestell mit vier Rädern, später kannst du es mit Krücken versuchen. Alles ganz langsam, jeden Tag ein bißchen mehr, und viel Schlaf und Bettruhe. Nach einem Monat machen wir dann die nächsten Röntgenaufnahmen. Wenn alles okay ist, darfst du etwas mehr tun, vielleicht auch schon aus dem Haus gehen. Aber immer noch mit Krücken, versteht sich. Dann machen wir wieder Röntgenaufnahmen, vier Wochen später vielleicht. Da müßten die Knochen wieder verheilt sein. Danach brauchst du wahrscheinlich nur noch *eine* Krücke, oder vielleicht genügt auch ein Stock. Den wirst du allerdings noch ein paar Monate brauchen. Erst wenn wir sicher sind, daß die Gelenkkapsel wieder geheilt ist und der Oberschenkelkopf ordentlich in der Gelenkpfanne sitzt, kannst du dein Lotterleben wiederaufnehmen.«
Ich rechnete. »Insgesamt ein halbes Jahr?« fragte ich.
»Ungefähr«, sagte er.

»Werde ich arbeiten können?« fragte ich.

»Ich glaube schon. Aber nur unter Schmerzen. Du wirst alles langsam tun müssen.«

»Wie lange wird es denn dauern, bis die Schmerzen verschwinden?«

»Das wird eine Weile dauern. Wenn wir eine Skala mit zehn Stufen nehmen, wird es drei Monate dauern, bis du bei fünf bist. Und selbst, wenn du geheilt bist, wird ein Rest bleiben. Aber du wirst dich daran gewöhnen. Es wird dich nicht weiter behindern.«

Ich warf ihm einen anerkennenden Blick zu. Ich schätzte es, daß er mir immer die Wahrheit sagte und mich nicht mit leeren Versprechungen abspeiste. »Das bringt mein ganzes Programm durcheinander«, sagte ich. »Am Montag muß ich das Drehbuch für eine neue Serie abgeben. Am nächsten Freitag ist ein Aufsatz für eine englische Wochenzeitschrift fällig, und in drei Monaten wollte ich die ersten vier Kapitel meines neuen Buches abliefern.«

»Ich fürchte, das wirst du nicht schaffen«, sagte er. »Aber du brauchst dir doch keine Sorgen zu machen, oder? Dein letztes Buch ist immer noch auf sämtlichen Bestsellerlisten. Dabei läuft es schon fast ein Dreivierteljahr.«

»Und es ist schon über ein Jahr her, daß ich den letzten Dollar verpulvert habe, den ich dafür gekriegt habe. Ich muß einen ziemlich großen Apparat unterhalten.«

Ed schwieg einen Augenblick, dann nickte er. »Ja, da hast du wahrscheinlich recht. So ein Leben im großen Stil ist nicht billig. Manchmal frage ich mich, wie du überhaupt zurechtkommst mit deinem Haus hier in Beverly Hills, mit deiner Villa an der Riviera, deinem Ferienhaus in Acapulco und deiner hochseetüchtigen Jacht.«

»Ich mache es genauso wie du«, sagte ich. »Einfach immer weiterarbeiten.«

»Du vergeudest aber auch eine Menge Geld mit Saufereien, Partys, Rauschgift und Weibern. Wenn du da ein bißchen zurückstecken würdest, könntest du eine Menge Geld sparen.«

»Das hört sich an wie eine Predigt von meinem Rechtsanwalt. Paul sagt auch immer solche Sachen. Keiner von euch beiden begreift, daß es der Zuckerguß ist, der den Kuchen zusammenhält und das Leben lebenswert macht. Das Geld auf dem Konto versauern zu lassen ist doch trübsinnig. Ich gebe mein Geld lieber für einen unterhaltsamen Lebensstil aus, der mir Spaß macht.«
»Aber arbeiten mußt du trotzdem«, sagte Ed.
»Na und? Du etwa nicht?«
»Ja, schon«, sagte er. »Aber die Leute denken, bei dir wäre das anders.«
Ich lachte. »Die Leute denken an meine Bücher. Sie denken, ich und meine Bücher wären dasselbe.«
»Soll das heißen, daß du immer schon so viel gearbeitet hast? Auch, als du angefangen hast?«
»Damals erst recht«, sagte ich.

Teil 1
1942

1

»Joe!« Die Stimme seiner Mutter kam nur gedämpft durch die geschlossene Schlafzimmertür. Er drehte sich auf die andere Seite und warf einen Blick auf den Wecker, der neben dem Bett stand. Es war elf Uhr morgens. Er ließ sich wieder auf den Rücken fallen und bedeckte sein Gesicht mit dem Kopfkissen.
Diesmal klang die Stimme seiner Mutter schon wesentlich lauter. Joe schob das Kissen beiseite und riskierte einen Blick in die Sonne. Die Tür des Zimmers stand offen, und Motty, seine Kusine, stand draußen im Flur. Wütend starrte er sie an.
»Was zum Teufel willst du hier?«
»Deine Mutter hat dich gerufen.«
»Hab ich gehört«, sagte er grob. »Ich bin noch müde, laßt mich in Ruhe.«
»Steh lieber auf«, sagte Motty. »Ich glaube, die Sache ist wichtig.«
»In einer halben Stunde ist sie noch wichtiger«, sagte er und verschwand wieder unter dem Kissen.
Einen Augenblick später spürte er voller Entsetzen, wie ihm Motty die Decke wegzog. »Was soll das heißen?« schrie er empört und bedeckte mit der Hand sein Geschlecht.
Motty lachte ihn aus. »Du hast dir wieder mal einen runtergeholt«, sagte sie.
»Hab ich nicht«, sagte er wütend und setzte sich auf.
»Haste doch«, sagte sie. »Ich seh ja die nassen Flecken auf deinem Laken.«
Betreten sah er das Bettlaken an. »Ich habe geschlafen.«
»Natürlich«, sagte Motty sarkastisch. »Das sagst du ja immer.

Aber ich weiß Bescheid. Ich habe dich schon gekannt, als du noch soo klein warst.« Sie zeigte etwas in der Größe ihres kleinen Fingers.

»Woher kennst du dich mit diesen Sachen eigentlich so gut aus?« fragte er hämisch. »Du bist doch auch nicht viel älter als ich.«

»Ich bin fünfundzwanzig«, sagte sie abwehrend. »Ich weiß noch genau, daß ich dich immer gebadet habe, als du noch ein ganz kleiner Junge warst. Fast noch ein Baby!«

»Und ich weiß noch, daß du die meiste Zeit mit meinem Pimmel gespielt hast«, erwiderte er.

»Hab ich nicht!« rief sie wütend.

Er nahm die Hände von seinen Geschlechtsteilen weg. »Schau mal«, sagte er. »Ich hab gerade eine ziemliche Latte. Würdest du mich nicht gern wieder mal baden?«

»Du Schwein!« schrie sie. »Du perverses Schwein. Ich hab die Geschichten gelesen, die du für diese Heftchen schreibst. Schlüpfrige Liebesgeschichten, schlüpfrige Detektivgeschichten und schlüpfrige Abenteuergeschichten.«

Er sah sie herausfordernd an. »Du hättest sie ja nicht zu lesen brauchen, Motty.«

»Ich wollte gern wissen, was du so schreibst«, sagte sie.

»Haben sie dich scharf gemacht?« fragte er neugierig.

»Angeekelt haben sie mich. Wenn du unbedingt Schriftsteller sein willst, warum schreibst du dann nicht für anständige Zeitschriften? Für die ›Saturday Evening Post‹, für ›Collier's‹ oder für ›Ladies' Home Journal‹?«

»Ich hab's versucht«, sagte er. »Aber die Art Geschichten kann ich nicht schreiben.« Er schwieg einen Augenblick. »Aber so schlimm ist es auch wieder nicht«, fuhr er fort. »Immerhin verdiene ich ungefähr fünfzehn Dollar die Woche mit meinen Geschichten.«

»Das ist nicht sehr viel«, sagte sie. »Ich verdiene als Werbetexterin bei A&S fünfunddreißig die Woche.«

»Das hat mit Schreiben doch nichts zu tun«, sagte er. »Außerdem mußt du auch im Laden arbeiten. Hinter der Theke.«

Motty ignorierte diese Bemerkung. Sie war bereits auf dem

Weg zur Tür. »Geh lieber runter«, sagte sie. »Deine Mutter ist ziemlich beunruhigt.«
Er wartete, bis er Mottys Schritte auf der Treppe hörte, ehe er endgültig aufstand und sich erst einmal tüchtig reckte und streckte. Es war schon Oktober, aber die Luft war immer noch schwül, und das Fenster stand offen. Es schien, als wollte der Sommer gar nicht mehr aufhören.
Joe lehnte sich gegen den Fensterrahmen und starrte auf den ungepflasterten Fahrweg hinunter, der ihr Haus vom Nachbarhaus trennte. Er sah, wie Motty aus der Küchentür kam.
»Du kommst zu spät zur Arbeit«, rief er hinunter.
»Heute ist Donnerstag. Da machen wir später auf«, rief sie zurück.
»Ach, wirklich?«
Sie sah zu ihm hinauf. »Hast du heute Spätschicht?«
»Nein«, sagte er.
»Kannst du mich dann vielleicht abholen? Ich geh nicht gern allein nach Hause. Das ist so eine unheimliche Gegend bei Dunkelheit.«
»Ich werde es versuchen«, sagte er. »Ich rufe dich an.«
»Okay«, rief sie und ging die Auffahrt hinunter zur Straße.
Joe kratzte sich verschlafen den Kopf und gähnte. Motty war schon in Ordnung, auch wenn sie manchmal ein ziemliches Ekel sein konnte. Sie lebte bei seiner Familie, seit sie zehn Jahre alt war. Ihre Eltern waren bei einem Autounfall umgekommen, und Joes Mutter war ihre einzige Verwandte. Es war nur recht und billig, daß sie das einzige Kind ihrer Schwester ins Haus nahm.
Joe sah sich in seinem Schlafzimmer um. Das heißt, eigentlich war es gar nicht *sein* Zimmer. Immer noch stand das Bett seines Bruders auf der anderen Seite des Raumes – so als könnte er jeden Augenblick heimkommen. Steven war sieben Jahre älter als er, studierte Medizin an der Universität Oklahoma und kam nur noch einmal im Jahr, in den Sommerferien, für ein, zwei Wochen nach Hause. Manchmal fragte sich Joe, ob Steven eigentlich wirklich sein Bruder war. Steven war so schrecklich ernsthaft, er hatte immer nur seine medizinischen

Bücher im Kopf, und schon als kleiner Junge hatte er gewußt, daß er Arzt werden wollte. Früher ärgerte ihn Joe oft damit, daß er behauptete, Steven wolle nur deshalb Arzt werden, damit er Motty nackt ausziehen und dazu bringen könnte, sich von ihm untersuchen zu lassen. Aber Steven hatte keinen Humor. Er lachte nie.

Joe nahm sich eine Zigarette aus dem zerdrückten Päckchen auf der Kommode, steckte sie an und nahm einen Zug. Der Geschmack war beschissen. Lieber hätte er Luckies geraucht, aber obwohl die Hersteller in einer patriotischen Aufwallung die Preise gesenkt hatten, damit sich auch die Soldaten die Lunge noch schwarz rauchen konnten, kostete ein Päckchen Lucky Green immer noch mehr als diese hier, und Joe besaß keinen Pfennig zuviel. Er drückte die Zigarette gleich nach dem ersten Zug wieder aus und verwahrte sie sorgfältig, um sie später weiterzurauchen. Dann streifte er seinen Morgenmantel über und ging am Bad und am Zimmer seiner Eltern vorbei die Treppe hinunter.

Als er in die Küche kam, stand seine Mutter mit dem Rücken zu ihm an der Spüle und putzte Karotten. Sie drehte sich nicht zu ihm um, sondern fragte bloß über die Schulter: »Willst du Frühstück?«

»Nein danke, Mama«, sagte er. »Bloß eine Tasse Kaffee, bitte.«

Sie hatte sich noch immer nicht umgedreht. »Kaffee auf leeren Magen ist nicht gesund«, sagte sie.

»Ich habe keinen Hunger«, sagte er und setzte sich an den Tisch.

Geduldig drehte er die angefangene Zigarette in den Fingern, bis der abgebrannte Teil abbröckelte.

Seine Mutter stellte den Kaffee auf den Tisch und warf einen mißbilligenden Blick auf die Zigarette. »Die Dinger sind das Schlimmste«, sagte sie. »Rauchen verhindert das Wachstum.«

Joe lachte. »Aber, Mutter! Ich bin doch schon einsneunundsiebzig. Ich glaube nicht, daß ich noch wachse.«

»Hast du den Brief gesehen?« fragte sie plötzlich.

Er stellte seine Kaffeetasse zurück, ohne getrunken zu haben.
»Was für einen Brief?«
Er lag auf dem Tisch. Sie schob ihn Joe hin.
Er schien von einer Behörde zu kommen. Außerdem war er schon offen.
Joe nahm den Brief auf. Er kam tatsächlich von einer Behörde. Es war der Musterungsbescheid. Rasch zog er das Schreiben heraus. Alles, was er zu lesen brauchte, war die erste Zeile: »Willkommen!«
»Scheiße!« sagte er und warf seiner Mutter einen hilflosen Blick zu.
Sie weinte bereits.
»Hör auf, Mama«, sagte er. »Es ist nicht das Ende der Welt.«
»Eins-A«, sagte sie. »In drei Wochen sollst du dich am Grand Central einfinden zur medizinischen Untersuchung.«
»Das heißt noch gar nichts«, behauptete er. »Ich bin schon seit einem Jahr in der Eins-A-Kategorie. Außerdem habe ich in der Zeitung gelesen, daß sechzig Prozent bei der Musterung durchfallen, weil sie nicht den gesundheitlichen Anforderungen entsprechen.«
»Das ist doch Blödsinn«, sagte sie und wischte sich über die Augen. »Du bist doch nicht krank.«
Wieder lachte Joe. »Man kann bestimmt noch was machen«, sagte er zuversichtlich. »Papa ist doch ein Freund von Abe Stark. Und wir können auch noch mit ein paar anderen reden.« Er wollte sie lieber nicht daran erinnern, daß sein Vater Geschäfte mit den Brownsville Boys machte. Sie wußte es zwar, sprach aber nicht gern darüber. Sie hätte nie zugegeben, daß ihr Mann nicht nur eine Hühnerschlachterei in einer Seitenstraße der Pitkin Avenue betrieb, sondern auch mit Kredithaien zu tun hatte.
»Bei der Musterungsbehörde kann niemand was machen«, sagte sie. »Da muß man schon richtig krank sein, wenn man durchfallen will.«
»Vielleicht stellen sie fest, daß ich den Tripper habe«, grinste er fröhlich.
Seine Mutter warf ihm einen erschrockenen Blick zu. »Hast

du denn einen?« Sie schien nicht zu wissen, ob sie darüber froh oder unglücklich sein sollte.

»Nein«, sagte er.

»Wenn du bloß deinen Job bei den ›Daily News‹ nicht gekündigt hättest«, jammerte sie. »Leute, die bei der Zeitung sind, werden nicht eingezogen.«

»Ich hab doch gar nicht gekündigt«, erwiderte er. »Ich habe dir schon tausendmal erzählt, daß die mich gefeuert haben, weil sie niemanden in der Eins-A-Kategorie haben wollten, der womöglich von einem Tag auf den anderen Soldat werden muß.«

»Deine Freundin, diese Redakteurin oder Reporterin oder was – die hätte doch was für dich tun können.«

Joe zögerte einen Moment. Er konnte seiner Mutter unmöglich sagen, daß er gerade deshalb gefeuert worden war, weil er mit Kitty ins Bett ging.

Er steckte seine Morgenzigarette zum zweitenmal an und stieß eine stinkende Rauchwolke aus. Dann trank er einen Schluck Kaffee.

»Wegen Steven brauchst du dir wenigstens keine Sorgen zu machen«, sagte er schließlich. »Der ist noch mindestens vier Jahre sicher.«

»Du hättest auch sicher sein können«, sagte sie bitter, »wenn du den Job in Onkel Izzys Werkstatt angenommen hättest.«

»Damals hatten wir noch keinen Krieg«, sagte er. »Außerdem weißt du genau, daß ich kein Mechaniker bin. Ich bin Schriftsteller.«

»Du hättest aufs College gehen sollen«, sagte sie. »Dann hätten sie dich zurückstellen müssen.«

»Vielleicht«, sagte er. »Aber ich habe die Aufnahmeprüfung nun mal nicht bestanden.«

»Du hast dir ja auch keine Mühe gegeben«, sagte sie. »Du wolltest ja gar nicht studieren. Du rennst nur immer mit diesen kleinen Huren rum, die du überall aufgabelst.«

»Jetzt hör bloß auf, Mama«, erwiderte er. »Als nächstes verlangst du noch, ich soll heiraten.«

»Wenn du deswegen zurückgestellt worden wärst«, sagte sie,

»hätte ich gar nichts dagegen gehabt, wenn du eine von deinen Huren geheiratet hättest.«

»Was hätte mir das schon eingebracht?« fragte er.

»Du wärst als Drei-A eingestuft worden«, erwiderte sie. »Und wenn ihr ein Baby hättet, wahrscheinlich noch höher.«

Joe schüttelte den Kopf. »Ich habe aber nichts dergleichen getan. Also brauchen wir nicht mehr daran zu denken.«

Seine Mutter sah ihn an, und die Augen füllten sich wieder mit Tränen. »Ich habe mit deinem Vater darüber gesprochen. Er möchte, daß du ihn im Laden besuchst und mit ihm redest.«

»Okay«, sagte Joe. Dann lächelte er. »Vielleicht sollte ich ein paar Nächte lang im Hühnerstall schlafen, ehe ich zur Musterung gehe. Dann wäre ich bestimmt so mit Läusen bedeckt, das sie mich ohne weiteres rausschmeißen.«

»Mach dich nicht über deinen Vater lustig«, sagte sie.

Joe sagte nichts. Er wußte, daß seine Mutter in der Garage eine zusätzliche Dusche hatte einbauen lassen, damit sein Vater sich reinigen und seine Arbeitskleidung dort lassen konnte, wenn er abends nach Hause kam.

Die Mutter ging zurück an die Spüle. »Zieh dich erst einmal an«, sagte sie. »Ich mach dir noch etwas zu essen, ehe du gehst.«

Langsam schlenderte Joe durch die Menschenmenge, die zur Mittagszeit über die Pitkin Avenue hastete. Das *Little-Oriental-Restaurant* war schon bis zum letzten Platz gefüllt, und die Schlange der Wartenden ging bis hinaus auf die Straße. Auf der anderen Seite der Straße wurde vor *Loew's Pitkin Meater* gerade das Schild *Matinee* abgenommen; von jetzt bis sechs Uhr abends würde der Eintritt fünfundzwanzig Cents kosten. Joe mochte die Doppelvorführungen nicht, mit denen der Besitzer die Leute jetzt in sein Kino zu locken versuchte. Früher, als es vor dem Film noch eine Varieté-Vorstellung mit Artisten und Tänzerinnen gegeben hatte, war er gern hingegangen. Vor allem die großen Conférenciers wie Dick Powell und Ozzie Nelson hatten ihm sehr imponiert. Aber die waren alle

nach Hollywood gegangen, um ihr Glück beim Film zu versuchen.
Hinter der vierten Querstraße wurde die Pitkin Avenue wesentlich bescheidener. Teure Läden gab es hier nicht mehr; die Schaufensterdekorationen waren einfacher und nicht mehr so professionell. Sogar die Pizzas bei Rosencrantz waren nicht das, was sie bei Woolworth, ein paar Straßen zuvor waren. Joe bog um die Ecke der Seitenstraße, in der die Geflügelhandlung seines Vaters lag.
Das Grundstück war ziemlich groß und an allen vier Seiten von einem hohen Drahtzaun umgeben. In einer Ecke stand eine Bretterbude, die ungefähr acht Meter lang und ebenso breit war. Für die Lastwagen, die das Geflügel vom Land brachten, gab es ein großes Schiebetor, das ebenfalls mit Maschendraht bespannt war. Den größten Teil des Grundstücks nahmen die vielen Käfige ein, die von einem Schuppendach vor Sonne und Regen geschützt wurden. Hunderte von Hühnern, Truthähnen, Enten und Gänsen pickten und scharrten in den engen Gehegen und lärmten mit dem Straßenverkehr um die Wette. Von der anderen Straßenseite her las Joe das riesige Schild, das über die ganze Breite des Zauns ging:

PHIL KRONOWITZ – ALBERT PAVONE
LEBENDE HÜHNER – GALLINE VIVE
KOSCHERE SCHLACHTUNG – RESTAURANTSERVICE
STÄNDIGE ÜBERWACHUNG DURCH DAS RABBINAT
AUCH EINZELVERKAUF

Die großen weißen Blockbuchstaben standen auf einem Hintergrund in italienischem Grün.
Joe wartete, bis er seine Zigarette zu Ende geraucht hatte, ehe er die Straße überquerte. Sein Vater mochte es nicht, wenn er rauchte.
Schließlich warf er den Zigarettenstummel in den Rinnstein und ging zu der Bretterbude hinüber. Die Tür war verschlossen. »Verdammt«, sagte er leise. Er haßte es, das Grundstück über die Auffahrt zu betreten und zwischen den Käfigen ent-

langmarschieren zu müssen, wo es nach Exkrementen und Blut roch und wo das todgeweihte Geflügel sein Elend herausschrie.
Die erste Hälfte des Schuppens war für das koschere Geflügel reserviert. Daneben standen zwölf große eiserne Trichter, an denen Röhren befestigt waren, die zu einem Blutbottich führten. Hier schlitzte der Schächter den Hühnern den Hals auf und steckte sie kopfüber in den Trichter, bis sie ausgeblutet waren. Dann murmelte er ein kurzes Gebet und reichte das Hühnchen dem Kunden – oder gab es, gegen ein kleines Aufgeld, an den *Chickenflicker* weiter, der ihm blitzschnell die Federn vom Leib riß und es über einem offenen Feuer von Läusen und steckengebliebenen Federkielen befreite. Dieser Teil des Betriebes gehörte Joes Vater.
Al Pavone, der Partner seines Vaters, war ein dicker, freundlicher Italiener. Er verkaufte weit mehr Geflügel als Phil Kronowitz, nicht nur, weil er billiger war, sondern auch, weil er keinerlei Zeremonien beachten mußte, die bei der Arbeit gestört hätten. Seine Angestellten hackten den Hühnern einfach die Köpfe ab und ließen sie im Käfig herumflattern, bis sie genug Blut verspritzt hatten und umfielen. Dann nahmen sie die toten Hühner, warfen sie in kochendes Wasser und rissen die Federn ohne große Mühe mit einer breiten Drahtbürste ab.
Es warteten keine Kunden bei seinem Vater. Der Schächter und die beiden *Chickenflicker* lehnten an der Bretterwand des Büros. Der Schächter rauchte eine Zigarette. Er war ein hohlwangiger, hagerer Mann mit einem langen schwarzen Bart und Schläfenlocken.
Joe sprach Englisch. »Wie geht es Euch, Rabbi?«
»Wie soll es mir gehen?« gab der Schächter zur Antwort. »*Ich mach a Leben*«, fügte er jiddisch hinzu. Aber das war nur Angabe. Joe wußte genau, daß der Schächter genausogut Englisch sprach wie er selbst.
Joe nickte. »Wo ist mein Vater?«
»Wo soll er schon sein?« gab der Schächter zur Antwort.
»Im Büro ist er jedenfalls nicht«, sagte Joe. »Ist denn Josie nicht da?«

Josie war die üppige Kassiererin und Buchhalterin. »Sie ist essen gegangen«, sagte der Schächter.

»Mit meinem Vater?« fragte Joe. Er hatte schon lange den Verdacht, daß Josie mit seinem Vater ins Bett ging. Sie war eine dickbusige Frau mit dickem Hintern, wie sein Vater sie liebte.

Der Schächter schien derselben Ansicht zu sein. »Das geht mich nichts an. Ich kümmere mich nicht darum, wer mit wem essen geht.«

»Arschloch«, murmelte Joe und ging hinüber zu Al. Der Italiener stand neben dem dampfenden Kessel mit kochendem Wasser. »*Buon giorno, Tio Alberto*«, sagte Joe lächelnd.

»Vass machst du, Jussele?« gab Al Pavone lachend zurück. »Na, war das nicht gut für einen Spaghetti?«

Joe lachte. »Du sprichst besser Jiddisch als ich, Onkel Albert.«

Al brauchte er gar keine langen Fragen zu stellen. »Dein Vater ist im ›Little Oriental‹«, sagte er. »Ich soll dich gleich hinschikken, hat er gesagt.«

»Im ›Little Oriental‹?« fragte Joe. »Ich dachte, Jake läßt ihn gar nicht ins Restaurant, weil er Angst hat, mein Vater bringt das Ungeziefer von den Hühnern mit in sein nobles Lokal.«

»Dein Vater hat nicht nur gebadet, sondern auch noch seinen besten Anzug angezogen«, sagte Al. »Aber Jake hätte ihn auch so reingelassen. Dein Vater ißt nämlich mit Mr. Buchalter.«

»Mit Gurrah?« fragte Joe verblüfft. Al brauchte nichts mehr zu sagen. Joe wußte Bescheid. Lepke und Gurrah waren in East New York und Brownsville die Bosse. Selbst die Mafia legte sich mit ihnen nicht an.

»Okay, Onkel Albert, ich flitze schnell rüber. Vielen Dank!«

»Tut mir übrigens leid, daß du Eins-A bist«, sagte Al. »Ich hoffe, das kommt wieder in Ordnung.«

»Vielen Dank«, sagte Joe. »In Ordnung ist es in jedem Fall, egal, wie es läuft.«

2

Louis Buchalter war ungefähr einssiebzig groß. Sein Gesicht war schwammig, und seine ausdruckslosen Augen wurden zum größten Teil von dem breitrandigen Filzhut verdeckt, den er auf dem Kopf hatte. Neben ihm saßen noch zwei andere Männer. Joe nickte ihnen höflich zu und setzte sich neben seinen Vater.

»Du bist also der Schriftsteller?« sagte Buchalter. Seine Stimme klang erstaunlich schrill.

»Ja, Sir«, erwiderte Joe.

Buchalter warf Joes Vater einen fragenden Blick zu. »Er sieht doch gut aus, Phil. Was hat er denn für Probleme?«

»Er hat Eins-A gekriegt, und seine Mutter macht sich schreckliche Sorgen.«

»Ist er schon zur Musterung bestellt worden?«

»Ja«, sagte Phil Kronowitz. »In drei Wochen.«

Buchalter dachte einen Augenblick nach. »Grand Central?« fragte er schließlich. Joe nickte.

»Das macht es teurer«, sagte Buchalter. »Wenn wir von der Sache gehört hätten, als sie noch bei der örtlichen Behörde war, wäre es einfacher für uns gewesen.«

»Aber Sie könnten schon etwas für uns tun, ja?« Phil Kronowitz war offensichtlich besorgt.

»Tun kann man immer was«, sagte Buchalter. »Aber wie ich schon sagte: Es wird ziemlich teuer.«

»Wie teuer?« fragte Joes Vater.

Buchalters Augen waren undurchdringlich. »Zweitausend in bar und statt der bisherigen zehnprozentigen Gewinnbeteiligung bei den Kreditgeschäften zahlen Sie demnächst fünfundzwanzig.«

Joe suchte den Blick seines Vaters. »Das ist es nicht wert, Papa. Ich habe eine vierzigprozentige Chance, daß ich Vier-F bei der Musterung kriege.«

»*Gott soll schützen!*« knurrte sein Vater. »Kannst du mir bitte sagen, woher du das so genau weißt?«

Joe verstummte. Sein Vater wandte sich wieder an Buchalter.

»Gibt es denn gar keine andere Möglichkeit, Louis?« fragte er. Buchalter schüttelte den Kopf, dann hielt er einen Augenblick inne. Er musterte Joe mit einem prüfenden Blick, richtete seine Frage aber an Kronowitz senior. »Hat der junge Mann einen Job?«

»Nein«, sagte Joes Vater. »Er arbeitet zu Hause. Er hat eine Schreibmaschine in seinem Zimmer.«

»Könnte er auch in einem Laden arbeiten?« fragte Buchalter.

»In was für einem Laden?« fragte Phil Kronowitz.

»Oh, der Laden ist vollkommen sauber«, sagte Buchalter. »Er braucht bloß das Telefon zu bewachen und ab und zu ein Paket wegzubringen.«

Phil Kronowitz schwieg.

»Das würde es sehr viel einfacher für uns machen, seinen alten Musterungsbescheid verschwinden zu lassen und ihm einen neuen mit anderem Namen zu geben. Mit anderem Namen – und mit einer völlig anderen Kategorie selbstverständlich.« Buchalter warf Joe einen Blick zu. »Du hast doch nichts dagegen, mit einem Schwarzen zu arbeiten, oder?«

Joe schüttelte den Kopf. »Nein.«

»Du kriegst fünfundzwanzig Dollar die Woche.«

»Das macht die Sache noch besser«, sagte Joe. »Aber habe ich auch Zeit genug, um zu schreiben?«

»Soviel du willst«, sagte Buchalter. »Es kommen keine Kunden in diesen Laden.«

»Ich möchte aber nicht, daß mein Junge im Knast endet«, wandte Phil Kronowitz ein.

»Aber Phil, so etwas würde ich dir doch nicht antun.«

»Ich weiß. Aber manchmal geht etwas schief, Louis.«

»Ich garantiere dir, daß nichts passiert«, versicherte Buchalter. »Und wenn du mir in dieser Angelegenheit behilflich bist, kannst du auch die fünfundzwanzig Prozent Gewinnbeteiligung vergessen. Dann bleiben wir bei der alten Zahl.«

»Und was ist mit den zweitausend?« fragte Joes Vater.

»Die mußt du zahlen«, sagte Buchalter. »Die sind nicht für mich, sondern für die Leute, die den Papierkram erledigen müssen.«

Phil Kronowitz überlegte einen Moment, dann streckte er seine Hand aus. »Abgemacht«, sagte er.
Buchalter nahm die Hand und schüttelte sie matt. Dann wandte er sich wieder an Joe. »Hast du deinen Musterungsbescheid bei dir?«
»Ja, Sir«, erwiderte Joe.
»Gib mal her.«
Joe nahm die Papiere aus seiner Brieftasche und reichte sie über den Tisch. Buchalter musterte sie kurz und gab sie dann einem der neben ihm sitzenden Männer, der sie ohne Kommentar in sein Jackett steckte.
»Kronowitz«, sagte Buchalter. »Den Namen müssen wir ändern. Irgendwelche Vorschläge?«
»Ich schreibe unter dem Namen Joe Crown«, sagte Joe.
»Das ist doch sehr schön«, sagte Buchalter. Er drehte sich zu dem Mann neben sich um. »Schreib dir das auf.«
Der Mann nickte.
Buchalter wandte sich wieder an Joe. »Schreib dir den Namen und die Adresse hier auf. Da meldest du dich morgen früh um zehn Uhr.« Er wartete, bis Joe einen Bleistift und sein Notizbuch parat hatte. »Caribbean Imports, Ecke 53. Straße und Tenth Avenue. Der Name des Mannes ist Jamaica. Die Telefonnummer steht im Telefonbuch.«
»Ja, Sir.«
»Sonst noch was, Phil?« fragte Buchalter.
»Nein, danke, Louis«, sagte Phil Kronowitz. »Ich bin dir wirklich sehr dankbar.«
»Nichts zu danken«, sagte Buchalter, »dazu sind Freunde doch da.« Er stand auf, und seine beiden Begleiter erhoben sich mit ihm. »Ich gehe durch die Küche hinaus«, sagte er und warf Joe einen letzten prüfenden Blick zu. »Viel Glück, Kleiner.«
»Danke, Mr. Buchalter«, erwiderte Joe.
Sein Vater wartete, bis Buchalter und seine beiden Begleiter endgültig fort waren, dann hob er den Blick und sagte: »Du kannst dich bei deiner Mutter bedanken. Wenn die nicht wäre, könntest du von mir aus ruhig zur Armee gehen und dir eine Kugel in den Kopf schießen lassen.«

Joe schwieg. Sein Vater schüttelte traurig den Kopf. »Willst du etwas zu essen?«
»Nein, danke, Papa. Mama hat mir Frühstück gemacht, ehe ich herkam.«
Sein Vater erhob sich. Er war über einsachtzig. »Na, dann wollen wir mal«, sagte er. »Donnerstags ist immer viel los im Geschäft.«
Plötzlich erschien Jake, der Besitzer. »He, was ist hier eigentlich los?« fragte er. »Wir sind keine Wärmhalle. Wenn Sie hier Ihre Besprechungen abhalten wollen, müssen Sie auch was verzehren.«
Phil Kronowitz warf ihm einen verächtlichen Blick zu und legte einen Zehn-Dollar-Schein auf den Tisch. »Das genügt wohl?« sagte er und ging auf die Straße hinaus.
Vor dem Restaurant standen sie einen Augenblick auf dem Gehsteig. »Ich habe einen Termin in der Redaktion«, sagte Joe.
Sein Vater schwieg. »Hast du mir sonst nichts zu sagen?« fragte er schließlich.
Joe hob den Blick, dann umarmte er seinen Vater und küßte ihn auf die Lippen. »Danke, Papa.«
In den Augen seines Vaters schien eine winzige Träne zu schimmern. »Bis heute abend, *Tatele.*«

Joe verließ die U-Bahn an der Canal Street. Das Donnern der Lastwagen, die aus dem Holland-Tunnel heraufkamen, war ohrenbetäubend. Er stand an der Ecke und wartete darauf, daß die Ampel umsprang, damit er auf die andere Straßenseite zu dem Gebäude hinübergehen konnte, in dem sich die Redaktion des Magazins befand, das gelegentlich seine Geschichten abdruckte.
Es handelte sich um einen alten Speicher, der zum Bürogebäude umgebaut worden war, und der ehemalige Lastenaufzug mußte jetzt Personen befördern. Der Fahrstuhlführer öffnete das Scherengitter für ihn, damit er einsteigen konnte. Im fünften Stock stieg Joe aus und ging durch eine Milchglastür mit der Aufschrift: *Searchlight Comics.*

Dann kam ein langer Korridor. Auf der einen Seite, dort, wo die Fenster waren, arbeiteten die Zeichner und Illustratoren an ihren Zeichenbrettern und Staffeleien. Auf der anderen Seite waren die Büros der Redaktion und der Buchhaltung. Die türenlosen, käfigartigen Räume sahen aus wie Gefängniszellen mit gläsernen Wänden. Joe blieb stehen und betrat dann eins der Büros.
Mr. Hazle, der Redakteur von *Spicy Adventures,* war hinter seinem mit Manuskripten, Büchern und Zeichnungen überladenen Schreibtisch kaum noch zu sehen. Als er Joe erkannte, winkte er lebhaft. »Kommen Sie rein, Joe«, sagte er. »Ich habe gerade an Sie gedacht.«
Joe lächelte. »Guten Tag, Mr. Hazle. Ich hoffe, Sie haben für mich einen Scheck.«
»In ein oder zwei Tagen bestimmt«, sagte Mr. Hazle. Er hatte einen völlig kahlen Kopf, und seine Augen wirkten hinter den dicken, runden Brillengläsern eulenhaft. »Ich habe Sie hergebeten, um Ihnen zu sagen, daß uns Ihre letzte Geschichte für ›Spicy Adventures‹ sehr gut gefallen hat, Joe.«
»Das freut mich«, sagte Joe, der sich schon deshalb nicht hinsetzen konnte, weil es in dem kleinen Büro nicht genug Platz für einen zweiten Stuhl gab.
»Ich habe mit dem Chef darüber geredet«, sagte Hazle. »Ihm gefiel die Geschichte zwar auch sehr gut, aber er hat gesagt, zweitausendfünfhundert Worte sind für eine Geschichte einfach zuviel. Zusammen mit den Illustrationen würden wir zehn Seiten dafür brauchen, und dafür ist nicht genug Platz. Fünf Seiten sind das Maximum für eine Geschichte.«
»Und was geschieht nun?« fragte Joe.
»Der Boß hat gesagt, die Geschichte gefällt ihm so gut, daß er gern eine größere Sache daraus machen würde. Er denkt an ungefähr zwanzig Kapitel. In jede Ausgabe eins.«
Joe kratzte sich an der Nase. »Pro Kapitel zwölfhundert Worte, pro Wort einen Cent. Da kriege ich bloß zwölf Dollar für jede Geschichte. Das ist nicht gerade üppig. Ich weiß, daß die Zeichner mehr kriegen. Die kriegen fünfundzwanzig Dollar pro Seite.«

»Wir machen nun mal ein illustriertes Magazin«, sagte Hazle. »Die Leute, die unser Blatt kaufen, wollen nicht lesen, sondern Bilder mit möglichst viel Titten und Arsch sehen.«
»Ich brauche aber trotzdem mehr Geld«, sagte Joe.
Hazle warf ihm einen nachdenklichen Blick zu. »Ich habe eine Idee. Dem Boß hat die Geschichte wirklich sehr gut gefallen, vor allem die Heldin, Honey Darling, mochte er sehr. Vielleicht kann ich ihn dazu überreden, eine richtige Serie daraus zu machen, jeden Monat eine neue Episode mit den Abenteuern von Honey Darling. Bei einer Serie kriegen Sie zwei Cents pro Wort. Für jede Episode brauchen wir siebenhundertfünfzig Worte. Damit hätten Sie ein regelmäßiges Einkommen von fünfzehn Dollar pro Monat und könnten noch eine Menge andere Geschichten nebenher für uns schreiben.«
»Glauben Sie, er nimmt Ihnen das ab?« fragte Joe.
»Ich gehe gleich zu ihm rein und frage«, erwiderte Hazle. »Sie brauchen bloß ja zu sagen.«
»Meine Zustimmung haben Sie«, sagte Joe. »Nehmen Sie sich einen der Stühle vom Flur und warten Sie da«, sagte Hazle. »Ich bin in fünf Minuten zurück.«
Joe setzte sich auf den Flur und sah zu, wie Hazle am Ende des Ganges im einzigen Büro verschwand, das eine verschließbare Tür hatte. Er zog eine Zigarette heraus und rauchte. Durch die offene Tür vor seiner Nase sah er ein Mädchen hinter ihrer Schreibmaschine sitzen. Sie warf ihm einen kurzen Blick zu und wandte sich dann wieder dem Brief zu, den sie tippte. Joe sah ihr zu und stieß ab und zu kleine Rauchwölkchen aus. Bald unterbrach die junge Frau erneut ihre Arbeit.
»Sind Sie Joe Crown?« fragte sie leise.
Joe nickte.
»Das habe ich mir gedacht«, sagte sie. »Ich habe fast alles gelesen, was Sie uns geschickt haben. Ihre Geschichten sind wirklich sehr gut. Sie sind wahrscheinlich der beste Autor, den die hier überhaupt haben. Das hat der alte Hazle selbst gesagt.«
»Das freut mich«, sagte Joe.
»Sie sind viel zu gut für den Laden hier«, sagte sie. »Vielleicht sollten Sie es mal bei einer besseren Zeitschrift versuchen.«

»Ich habe nicht die richtigen Beziehungen«, sagte er. »Wenn man keine Beziehungen hat, lesen die nicht, was man ihnen schickt.«
»Dann brauchen Sie einen Agenten.«
»Da braucht man auch erst Beziehungen. Agenten vertrödeln ihre Zeit nicht mit Anfängern.«
Die junge Frau warf ihm einen triumphierenden Blick zu. »Ich gebe Ihnen die Adresse einer Agentin, mit der ich bekannt bin«, sagte sie. »Aber verraten Sie Mr. Hazle nicht, daß ich sie Ihnen gegeben habe.«
»Das verspreche ich Ihnen«, sagte Joe prompt.
Sie warf einen Blick auf den Flur, um sicher zu sein, daß Hazle noch nicht wieder zurückkam. Dann tippte sie sehr rasch einen Namen und eine Adresse auf ein Blatt Papier, riß es aus der Maschine und gab es ihm über den Flur. »Stecken Sie es schnell in die Tasche«, bat sie ängstlich.
»Wie heißen Sie?« fragte er, während er das Papier in seiner Jacke verstaute.
»Ich habe meinen Namen und meine Telefonnummer auch aufgeschrieben«, sagte sie. »Aber Sie können bloß sonntags anrufen. Das ist der einzige Tag, an dem ich frei habe.«
»Okay«, sagte er. »Ich werde Sie anrufen. Vielen Dank.«
Sie nickte und wandte sich wieder ihrer Schreibmaschine zu, als sie Hazle über den Flur kommen hörte. Joe warf dem Redakteur einen erwartungsvollen Blick zu.
»Mr. Kahn möchte Sie sehen«, sagte Hazle zufrieden.
Joe folgte ihm zu der geschlossenen Tür am Ende des Ganges. Kahns Büro war nicht groß, aber es hatte vier Fenster. Die Wände trugen ein falsches Mahagonifurnier, der Schreibtisch war dunkel gebeizt und sollte wohl ebenfalls Mahagoni vortäuschen. Überall hingen die Originalentwürfe verschiedener Zeitschriftenumschläge mit üppigen, größtenteils unbekleideten Frauengestalten.
Mr. Kahn war ein stattlicher, jovialer Verleger mit buschigen Haaren und trug eine Brille mit Schildpattgestell. Er kam hinter seinem Schreibtisch hervor und streckte die Hand aus.
»Joe«, sagte er mit einer tiefen Baritonstimme, »ich freue mich

immer, wenn ich einen Autor mit erzählerischem Talent treffe, und ich glaube, Sie sind einer unserer besten.«
»Vielen Dank, Mr. Kahn«, sagte Joe vorsichtig.
»Ich habe Hazle gesagt, daß wir die Serie machen. Sie kriegen zwei Cents pro Wort. Ich freue mich, Ihr Talent belohnen zu können.«
»Vielen Dank, Mr. Kahn«, sagte Joe.
»Aber nicht doch«, wehrte der Verleger ab. »Schauen Sie nur bald mal wieder herein. Meine Tür steht jederzeit für Sie offen. Wir sind alle eine große Familie hier.« Er setzte sich wieder hinter seinen Schreibtisch. »Schade, daß wir nicht noch ein bißchen plaudern können, aber der Verlag verlangt so viel Aufmerksamkeit.«
»Ich verstehe«, sagte Joe. »Noch einmal: Vielen Dank, Mr. Kahn.« Damit wandte er sich um und folgte Hazle hinaus.
»Ich wußte, daß er darauf eingehen würde«, sagte Hazle, als sie wieder in seinem zellengleichen Zimmer waren. Er grinste.
»Und wieso waren Sie sich dessen so sicher?« fragte Joe.
»Erinnern Sie sich noch an diese Szene in Ihrer Geschichte, wo der bärtige Araber Honey Darlings Büstenhalter mit seinem Säbel aufschneidet und ihre prallen Brüste herausspringen?«
»Durchaus«, sagte Joe.
»Mr. Kahn hat gesagt, bei dieser Szene hätte er die strammste Erektion seit Pierre Louys ›Aphrodite‹ gekriegt.«
»Dann hätte ich vielleicht drei Cents verlangen sollen pro Wort«, lachte Joe.
»Warten Sie nur ab«, sagte Hazle. »Dazu kriegen wir ihn bestimmt noch. Aber jetzt heißt es erst einmal arbeiten. Sie müssen die zweitausendfünfhundert Worte zu drei Episoden mit jeweils siebenhundertfünfzig Worten verbraten.«

3

Erst unten auf der Straße warf Joe einen Blick auf das Papier, das die Sekretärin ihm in die Hand gedrückt hatte.

>   Laura Shelton
>   Piersall and Marshall Agency
>   34 East 39th Street
>   Tel. Lexington 22 00

Darunter stand der Name der Sekretärin: Kathy Shelton. Tel. Yorkville 9831. P. S. Rufen Sie meine Schwester nicht vor morgen früh an, damit ich ihr heute abend von Ihnen erzählen kann.
Joe freute sich. Heute war wirklich sein Glückstag. Er kannte die Agentur P & M. Es war eine der besten. Er hatte schon oft versucht, einen Termin mit einem der Herren dort zu bekommen, aber er war immer an der Empfangsdame oder der Telefonistin gescheitert. Langsam ging er die Canal Street hinunter. Der Verkehr wurde immer stärker, je näher der Feierabend heranrückte. Joe warf einen Blick auf die Uhr. Es war schon fast fünf. Er sah einen Drugstore und setzte sich an die Theke. »Einen Egg Cream«, sagte er.
»Groß oder klein?« fragte der Mann an der Kasse.
Joe schwamm immer noch auf einer Woge des Glücks. »Geben Sie mir einen großen«, sagte er.
»Sieben Cents«, sagte der Mann und stellte ihm die süße Mischung aus Schokoladensirup, Sodawasser und Milch auf die Theke. Joe ließ ein Zehncentstück an der Theke und nahm seinen Drink mit zum Telefon in der Ecke. Er warf einen Nickel ein und wählte die Nummer. Er konnte sich immer noch nicht daran gewöhnen, daß sich bei diesen neuen automatischen Apparaten keine Telefonistin mehr meldete. Während es am anderen Ende klingelte, begann er seinen Egg Cream zu schlürfen. Eine Stimme meldete sich. »Hallo?«
»Lutetia?« fragte er. »Hier ist Joe.«
Ihre Stimme kam ziemlich schwach und scheppernd über die

Leitung. »Wie geht's dir, Joe?« Sie kang, als wäre sie bekifft.
»Ist Kitty zu Hause?« fragte er.
»Ja, aber sie schläft.«
»Ist sie hinüber?« fragte er.
»Vollkommen«, erwiderte Lutetia.
»Scheiße«, sagte er. »Sie hat mir fünf Dollar für die Geschichte versprochen, die ich ihr geschrieben habe. Sie wollte mir das Geld heute geben.«
»Wenn sie das gesagt hat, dann stimmt das wahrscheinlich auch«, sagte Lutetia. Dann lachte sie. »Aber wenn du das Geld von ihr haben willst, mußt du sie erst einmal wachkriegen.«
»Ich habe mich darauf verlassen«, sagte er. »Ich brauche das Geld.«
»Komm doch auf jeden Fall mal vorbei«, sagte sie. »Vielleicht hast du Glück, und sie wacht von allein auf.«
Joe dachte einen Augenblick nach. Er hatte ohnehin nichts anderes zu tun. »Okay«, sagte er. »In einer halben Stunde bin ich da.«
Als er die Treppe heraufkam, stand Lutetia bereits in der offenen Tür und erwartete ihn. Im Treppenhaus war es beinahe dunkel, und ihre schlanke Gestalt wurde von hinten beleuchtet. Joe konnte deutlich erkennen, daß sie unter dem dünnen Morgenrock vollkommen nackt war.
»Kitty ist immer noch völlig zu«, sagte sie, als Joe hereinkam. Sie hatte ein halbgefülltes Rotweinglas in der Hand und schien sich wie in Trance zu bewegen. Ihr langes, sandfarbenes Haar fiel glänzend über die Schultern, ihre geweiteten schwarzen Pupillen schienen willenlos in den blauen Augen zu schwimmen. Ein Hauch von Marihuana hing in der Luft.
»Du scheinst auch ein bißchen angegangen zu sein«, sagte er.

»Längst nicht so wie Kitty«, sagte Lutetia. »Wodka und Tee passen einfach nicht zusammen.«
Er folgte ihr ins Wohn-Eßzimmer. Lutetia ließ sich auf die Couch sinken und schien nicht zu bemerken, daß ihr Morgenrock sich bis zur Taille öffnete.
»Auf dem Tisch steht noch eine Flasche Wein, und Gläser

müßten auch irgendwo sein«, sagte sie und sah Joe nachdenklich an.
»Danke, nicht für mich«, sagte Joe. »Ich bin den ganzen Weg von der Canal Street bis hierher gelaufen. Ich brauche erst mal was Kaltes. Die Hitze und die feuchte Luft haben mich völlig geschafft.«
»Im Kühlschrank sind Cola und Canada Dry«, sagte sie. »Du weißt ja, wo du was findest.«
Als er mit einem großen Glas Ginger Ale aus der Küche zurückkam, machte sie sich gerade einen neuen Joint. Der beißende Geruch des Marihuanas füllte das Zimmer, als sie ein Streichholz daran hielt. Sie beugte sich über den niedrigen Cocktailtisch, und das Haar fiel ihr ins Gesicht. Diesmal klaffte der obere Teil des Morgenrocks auseinander und enthüllte zwei fleischige Brüste. Sie hielt ihm den Joint hin. »Willst du mal ziehen?«
»Danke, jetzt nicht«, sagte er und setzte sich in den Sessel auf der anderen Seite des Tisches.
Während er vorsichtig an seinem Drink nippte, nahm sie noch zwei, drei gierige Züge und legte den Joint dann beiseite. Sie lehnte sich zurück, schlug die Beine übereinander und hob ihr Weinglas gegen das Licht. »Ich langweile mich«, sagte sie.
Er lächelte. »Das ist nichts Neues.«
»Außerdem bin ich brünstig.«
»Dann tu was dagegen. Du machst es dir doch bestimmt immer selber, nicht wahr?«
»Ich habe schon den ganzen Nachmittag masturbiert«, sagte sie. »Irgendwann macht es allein keinen Spaß mehr.«
»Ist eben eine Solo-Sportart«, erwiderte er.
»Nicht unbedingt«, sagte sie.
Er trank einen Schluck Limonade.
Lutetia ließ ihn nicht aus den Augen. Sie räkelte sich bequem in die Kissen, riß die Knie auseinander und wartete einen Moment.
Joe rührte sich nicht. Er konnte jedes einzelne blonde Haar zwischen ihren Beinen erkennen. »Na, kommst du?« fragte sie lächelnd.

»Ich bin nicht aus Holz«, sagte er vorsichtig. In Wirklichkeit pochte sein Puls schon mächtig in seiner Hose.
»Hast du keine Lust?« fragte Lutetia.
»Ich hätte nichts dagegen«, sagte Joe. »Aber was krieg ich dafür?«
»Ich hol dir einen runter«, bot Lutetia an.
»Das mache ich sowieso dauernd«, sagte Joe. »Das bringt mir nicht viel.«
»Du weißt doch, ich mag keine Schwänze«, wehrte Lutetia ab. »Ich finde sie unglaublich häßlich.«
Joe stand auf und knöpfte seinen Hosenlatz auf. Sofort sprang sein Penis mit federndem Wippen heraus. Er spürte, daß er sich nicht mehr lange würde zurückhalten können.
»Hier ist er«, sagte er zu Lutetia. »Komm, opfere dich mal ein bißchen.«
»Du mieser Schwanz!« fauchte sie.
»So stehen die Dinge nun mal«, lachte er.
Sie starrte ihn einen Augenblick an, dann nickte sie schließlich mit einem verlegenen Lächeln. »Okay, komm hier rüber!«
Er streifte seine Hosen ab, stellte sich vor die Couch und packte Lutetias Kopf mit den Händen.
Lutetia preßte die Lippen zusammen und schüttelte, so gut sie konnte, den Kopf. Erst als er sie an den Haaren packte, hielt sie endlich sekundenlang still. Aber da war sowieso schon alles zu spät. Wütend und verlegen zugleich starrte er auf sie hinunter.
Sie lag jetzt vollkommen still. »Du bist widerlich«, sagte sie und versuchte vergeblich ihre Stimme unter Kontrolle zu halten. »Widerlich.«
»Du bist selber schuld«, sagte er und wischte sich mit der Hand ab.
Er nahm seine Hose und zog sie rasch an.
»Wo willst du hin?« fragte sie.
»Ich haue ab.«
»He, das kannst du nicht machen«, sagte sie und versuchte zu lächeln.

»Du hast dich auch nicht an unsere Abmachung gehalten«, knurrte Joe.
»Ich wollte ja«, sagte sie. »War doch nicht mein Fehler.«
Er starrte sie ungläubig an, dann lachte er schallend. »Okay, Lutetia, und zieh deinen komischen Morgenrock aus.«
Zwei Stunden später schlief Kitty immer noch völlig bewußtlos. »Es ist schon fast acht«, sagte Joe. »Ich glaube nicht, daß sie heute noch aufwacht.«
»Das glaube ich auch nicht«, sagte Lutetia. Sie lächelte. »Weißt du, für einen Mann bist du gar nicht so schlecht.«
»Vielen Dank«, sagte er. »Darf ich mal telefonieren?«
Lutetia nickte. Träge beobachtete sie, wie Joe seine Kusine Motty anrief und ihr sagte, daß er sie um neun am Haupteingang des Kaufhauses an der Fulton Street abholen würde, wo sie arbeitete.
Joe hängte ein und suchte vergeblich nach etwas zu rauchen. »Ich muß jetzt gehen«, sagte er. »Hast du eine Zigarette für mich?«
»Klar«, sagte sie. »Auf dem Tisch. Nimm dir eine. Was soll ich Kitty sagen?«
»Ich werde sie morgen anrufen.«
»Okay«, sagte sie und griff nach ihrem Weinglas. »Du bist doch nicht sauer auf mich?«
Er lächelte. »Ach was. Aber das nächste Mal will ich genausoviel Zeit, wie ich dir gebe.« Die große, gußeiserne Normaluhr in der Fulton Street zeigte fünf Minuten vor neun, als Joe vor dem Haupteingang des Kaufhauses eintraf. Ein uniformierter Wachmann bezog gerade an der inneren Tür Posten, und kurz darauf kam ein zweiter, der die Türen von außen bewachte. Hereingelassen wurde jetzt niemand mehr, aber es waren immer noch Kunden im Laden. Als um neun die Schlußglocke läutete, kamen die meisten heraus. Die beiden Wächter hatten inzwischen begonnen, die Türen zu verriegeln. Lediglich in der Mitte blieb eine einzelne Tür für die Nachzügler offen, mit denen jetzt auch schon die ersten Angestellten auf die Straße hinausströmten.
Motty war eine der letzten; sie kam erst kurz vor halb zehn

und lächelte vergnügt, als sie Joe sah. »Tut mir leid, wenn du warten mußtest«, sagte sie, »aber unser Werbechef wollte in letzter Minute noch Änderungen in den Sonntagsanzeigen.«
»Macht nichts«, sagte Joe und nahm ihren Arm. Sie gingen an den erleuchteten Fenstern von Gage & Tollners Restaurant vorbei, das gut besetzt war.
»Donnerstags essen hier immer die leitenden Angestellten«, sagte Motty.
»Ißt man da gut?« fragte er.
»Vor allem sehr teuer«, erwiderte Motty.
Er führte sie durch einige Seitenstraßen zur U-Bahnstation an der Atlantic Avenue. Das war eine Abkürzung, auf der Fulton Street hätten sie drei Blocks weiter laufen müssen, ehe sie die nächste U-Bahn erreicht hätten. Aber die Straßen waren finster. In den heruntergekommenen Mietskasernen wohnten Farbige und Puertoricaner, die alle von der Fürsorge lebten. Die wenigen Passanten wirkten mürrisch und unfreundlich. Jedesmal, wenn sie jemandem begegneten, klammerte sich Motty unbewußt an Joes Arm. Es war deutlich zu hören, daß sie aufatmete, als die hellen Lichter der Atlantic Avenue auftauchten. Der Eingang zur U-Bahn war gleich an der Ecke.
Joe hatte die beiden Fünfcentstücke schon in der Hand, und sie gingen direkt durch die Drehkreuze hinunter zur Plattform. »Laß uns ganz nach vorn gehen«, sagte er. Der erste Waggon war meistens etwas leerer, und außerdem würden sie auf diese Weise an der New-Lots-Station direkt gegenüber dem Ausgang aussteigen können.
Sie hatten Glück. Gleich der erste Zug fuhr in die richtige Richtung und war auch nur wenig besetzt. Sie setzten sich nebeneinander. »Na, wie geht's?« fragte Joe und warf Motty einen Blick zu.
»Danke, daß du mich abgeholt hast«, sagte sie. »Letzte Woche ist eine von den Frauen aus unserem Laden auf der Straße vergewaltigt worden.«
»Wahrscheinlich hat sie es nicht anders gewollt«, sagte er.
»Das stimmt nicht«, sagte Motty. »Zufällig kenne ich sie. Es handelt sich um ein sehr nettes, bescheidenes Mädchen.

Warum denkt ihr miesen Kerle bloß immer, daß jedes Mädchen vergewaltigt werden will?«
»Weil sie es eben wollen«, sagte er trotzig. »Schau dir bloß mal an, wie sie sich anziehen. Schau dir dein eigenes Kleid an. Es ist so tief ausgeschnitten, daß deine Titten praktisch heraushängen, und so eng, daß jedes Wackeln mit dem Hintern wie eine Einladung aussieht.«
»Du hast bloß eine schmutzige Phantasie«, sagte sie. »Es ist widerlich, wie du redest.«
»Ach was«, lachte er rauh. »Das ist völlig normal. Titten und Arsch, davon kriegt jeder Mann einen Steifen.«
»Den hast du doch dauernd«, sagte sie. »Schon als du ein kleiner Junge warst.«
Joe schwieg.
»Warst du bei deinem Vater?« fragte sie nach einer Weile.
»Ja.«
»Und?«
»Nichts weiter. Es ist alles geregelt.«
»War dein Vater böse?«
»Du kennst doch Papa«, sagte er. »Aber es ist alles gut ausgegangen. Ich kriege einen Job bei einer Importfirma.«
»Und was ist mit der Einberufung?«
Joe wurde ärgerlich. »Ich habe doch gesagt, es ist alles geregelt.«
Wieder entstand eine Pause. Motty starrte die Handtasche auf ihrem Schoß an. »Ich habe einen Brief von Stevie gekriegt«, sagte sie schließlich. »Er will mich heiraten, wenn er in den Ferien nach Hause kommt.«
Joe war verblüfft. »Mein Bruder?«
Jetzt wurde sie ärgerlich. »Kennst du noch einen anderen Stevie?«
»Ich verstehe nicht ganz«, sagte er. »Was sagt denn Mutter dazu?« In der Familie Kronowitz gab es kein Postgeheimnis. Jeder Brief wurde unweigerlich von Joes Mutter geöffnet, ehe er seinen Empfänger erreichte.
»Ich habe mir den Brief ins Geschäft schicken lassen«, erwiderte Motty.

»Schau an. Schreibt er dir öfter?«
»Ab und zu«, sagte Motty.
»Habt ihr vorher mal darüber geredet?«
»Nein.«
»Was für ein hinterlistiger Bursche«, sagte Joe. »Was willst du jetzt machen?«
»Ich weiß nicht«, sagte sie. »Ich habe Angst, daß deine Mutter sich fürchterlich aufregt. Schließlich ist Stevie mein Vetter.«
»Das hat doch überhaupt nichts zu sagen«, grinste Joe. »Das ist in jüdischen Familien vollkommen üblich. Du weißt doch, was die Leute sagen: Ein bißchen Inzest hält die Familie zusammen.«
»Mir ist überhaupt nicht nach Scherzen zumute«, sagte Motty.
Joe warf ihr einen prüfenden Blick zu. »Wie denkst du denn darüber? Willst du Stevie denn überhaupt heiraten?«
»Ich mag ihn sehr gern«, sagte sie. »Aber es wäre mir nie in den Sinn gekommen, daß wir heiraten könnten. Er schreibt, er müsse immerzu an mich denken und wir hätten ein gutes Leben, wenn wir heiraten würden. Er braucht nur noch ein Jahr zu studieren, dann macht er Examen. Und wenn wir verheiratet wären, würde er nicht als Sanitätsoffizier zur Armee gehen, sondern drei Jahre als Assistenzarzt im Krankenhaus arbeiten. Er hat schon acht verschiedene Angebote aus dem ganzen Land, schreibt er. Ärzte sind offenbar knapp.«
Joe nickte. »Das klingt gut«, sagte er. »Das wird sogar Mama einleuchten. Ich glaube, du brauchst dir deswegen keine Sorgen zu machen.«
Motty schwieg.
»Was beunruhigt dich denn?« fragte er.
»Ich weiß es selbst nicht genau«, sagte sie heiser. Es schien, als würde sie jeden Augenblick in Tränen ausbrechen. »Es kommt mir nur alles so nüchtern und langweilig vor. Ich habe immer von romantischer Liebe geträumt, aber das ist wahrscheinlich ganz töricht gewesen. Ich bin ja schon fünfundzwanzig. Wir haben Krieg, und es gibt in der ganzen Stadt keine Männer. In ein paar Jahren bin ich eine alte Jungfer.«

Joe nahm ihre Hand und streichelte sie. »So etwas darfst du nicht sagen. Du bist ein wunderbares Mädchen.«
In ihren Augenwinkeln glitzerten Tränen. »Aber er hat in seinem Brief kein Wort davon geschrieben, daß er mich liebt.«
»Überhaupt nicht?« fragte Joe.
»Höchstens vielleicht am Ende«, sagte sie. »Da steht: Alles Liebe – Dein Stevie.«
»Na, also! Da haben wir's doch«, lächelte Joe. »Worüber beschwerst du dich dann? Mein Bruder Stevie ist nun mal Arzt und kein Schriftsteller.«
Gegen ihren Willen begann sie zu lachen. »Du glaubst also, es ist alles in Ordnung?«
»Es ist großartig«, sagte Joe. »Und vergiß nicht: Wenn es dir mal nicht reicht, was er zu bieten hat, wendest du dich vertrauensvoll an mich. Dafür bin ich schließlich dein Schwager.«

4

An der westlichen Seite der Tenth Avenue stand zwischen der 52. und 54. Straße ein Verkaufswagen neben dem anderen. Die meisten der fliegenden Händler waren Italiener, und italienische Brocken schwirrten nur so durch die Luft. Amüsiert betrachtete Joe die hochaufgetürmten Berge von Gemüse und Südfrüchten. Auf manchen Wagen lagen auch große, runde, in dünne Tücher eingeschlagene italienische Käse. Es gab Schubkarren mit bunten Hauskleidern und billiger Unterwäsche, es gab Händler mit Haushaltswaren, Tellern, Bestecken und Gläsern, es gab große Tische mit Handtüchern, Bettbezügen und anderen Haushaltstextilien. Auf dem Bürgersteig herrschte großes Gedränge. Hunderte von Menschen drängten sich um die Stände, es wurde angepriesen und geprüft, gefeilscht und gewogen. Das Geschäft hatte begonnen. Als Joe zwischen zwei Schubkarren auf die Fahrbahn trat, um die Straße zu überqueren, war es fast zehn. Genau an der Ecke zur

53. Straße hatte er ein schmales Schaufenster mit der Aufschrift *Caribbean Imports* entdeckt.

Die Scheiben waren staubig und vermutlich seit Monaten nicht mehr geputzt worden. Schon deshalb gelang es Joe nicht, auch nur einen Blick in den Laden zu werfen. Er stieß die Eingangstür auf, die ebenso schmutzig war wie das Fenster. Wäre nicht das kleine Schild mit der Aufschrift *offen* gewesen, hätte man denken müssen, der Laden sei schon seit Jahren geschlossen.

Über der Theke im Inneren brannte eine nackte Glühbirne, die den Raum aber nur mäßig erhellte. Joe sah sich um. Auf den Regalen war eine kunstvoll arrangierte Auswahl von billigen Messern und Gabeln mit Holz- und Metallgriffen zu sehen, auf der Theke standen geschnitzte Holzpuppen in allen Größen und verschiedenen Eingeborenenkostümen. An den Wänden hingen naive, grellbunte Gemälde, die Genreszenen von den karibischen Inseln darstellten.

Joe blieb unsicher stehen. Der Laden schien völlig leer und verlassen. Es war niemand zu sehen, und er hörte auch nicht das geringste Geräusch. Er klopfte mit den Fingerknöcheln auf die Theke und wartete. Keine Antwort. Hinter der Theke war noch eine weitere Tür mit der Aufschrift *Privat*. Nach kurzem Zögern ging Joe um die Theke herum und klopfte an die verschlossene Tür.

Ein paar Sekunden später drang die Stimme eines Negers mit einem leicht britischen Akzent durch die Tür. »Sind Sie der Neue?«

»Ja«, rief er. »Joe Crown.«

»Du meine Güte!« ließ sich wieder die britisch angehauchte Stimme vernehmen. »Ist es schon zehn?«

»Ja, Sir«, erwiderte Joe.

Ein Riegel wurde zurückgeschoben, aber gleichzeitig hörte man das Rasseln der Sicherheitskette, dann drehte sich der Schlüssel im Schloß und ein baumlanger Neger warf einen mißtrauischen Blick durch den Türspalt. »Noch jemand bei dir?«

»Nein«, sagte Joe. »Ich bin allein.«

»Schließ die Ladentür ab und dreh das Schild um«, sagte der Schwarze. »Dann komm wieder her.« Er beobachtete durch den Türspalt, wie Joe seinen Anweisungen nachkam. Erst dann machte er seine Tür ganz auf, und jetzt zeigte sich, daß er vollkommen nackt war. »Ich heiße Jamaica«, sagte er und streckte grinsend die Hand aus.

Joe schüttelte die Hand seines neuen Vorgesetzten. »Joe Crown«, sagte er noch einmal.

»Komm rein«, sagte Jamaica. »Ich werde mir erst mal was anziehen.«

Joe folgte ihm ins Hinterzimmer. Auf einem altmodischen Rollpult stand eine matte Tischlampe. Ein leichter Marihuanageruch lag in der Luft. Hinter dem Schreibtischstuhl zog Jamaica seine Hosen und Unterhosen hervor und schlüpfte hinein. Aus der hinteren Ecke des Zimmers war ein leises Geräusch zu hören. Joe wandte sich um. Mitten im Zimmer stand eine mächtige Bettcouch, auf der sich zu seiner Überraschung drei schwarze Frauen räkelten, ebenfalls splitternackt.

Jamaica warf ihm einen strahlenden Blick zu. »Um die brauchst du dich nicht zu kümmern«, sagte er mit blitzenden Zähnen. »Das sind meine Bräute.«

»Ihre Bräute?« Joe kam sich ein bißchen dumm vor.

»Gewissermaßen«, sagte Jamaica. »Meine Freundinnen. Sie arbeiten für mich. Ich bin ihr Süßer. Ich hab noch mehr davon. Aber die anderen sechs sind gerade nicht da.«

Joe starrte ihn ungläubig an. »Aber wie machen Sie das?«

Jamaica lachte. »Das ist ganz einfach. Ich nehme nie mehr als drei gleichzeitig mit.«

»Bringen Sie denn die Namen nicht durcheinander?« fragte Joe.

»Nein«, sagte Jamaica. »Sie heißen alle Lolita.« Er drehte sich zu den Frauen um und klatschte laut in die Hände. »So, jetzt zieht euch die Kleider über die Ärsche und macht euch zurecht. Jetzt wird gearbeitet. Ich habe mit dem jungen Mann hier zu reden.«

Er nahm sein Hemd vom Stuhl und streifte es über. Dann warf er Joe einen raschen Blick zu. »Entschuldige, Joe«, sagte

er. »Ich vergesse meine gute Erziehung. Möchtest du vielleicht eine vögeln, ehe sie ihre Klamotten anziehen?«
»Nein, danke«, sagte Joe, aber das hinderte ihn nicht, die nackten Frauen anzustarren wie ein Schuljunge.
»Vielleicht ein andermal«, sagte Jamaica. »Sie stehen dir jederzeit zur Verfügung. Kostenlos. Das gehört zu den Sozialleistungen bei diesem Job.«
Joe nickte.
»Komm, setzen wir uns in den Laden«, sagte Jamaica. Er warf den Frauen noch einen energischen Blick zu. »Eine von euch kann mal Kaffee und Rosinenbrötchen holen.«
Joe folgte dem Schwarzen in den Laden. Sie setzten sich an gegenüberliegende Seiten der Theke. »Ich habe gehört, du wärst Schriftsteller?« sagte Jamaica.
»Stimmt«, sagte Joe.
»Was schreibst du denn so?«
»Geschichten. Für ein Magazin, wissen Sie?«
»Ich lese nicht viel«, sagte Jamaica. »Aber vor Schriftstellern habe ich sehr viel Respekt.«
»Vielen Dank«, sagte Joe.
Jamaica strich sich mit der rechten Hand über die Haare. »Weißt du«, sagte er vorsichtig, »die Mädchen haben eigentlich mit unserem Job hier gar nichts zu tun. Sie sind mehr so eine Art Nebenbeschäftigung von mir.«
»Nicht schlecht«, sagte Joe grinsend.
»Es macht natürlich eine Menge Arbeit, aber es verschafft mir auch viel Befriedigung«, sagte Jamaica.
Joe nickte.
»Dein Job besteht vorwiegend darin, im Laden zu sein und das Telefon abzunehmen, wenn jemand anruft«, sagte Jamaica, »ich werde nämlich nicht da sein. Ab und zu wirst du den Leuten die Sachen bringen müssen, die sie bestellt haben. Gelegentlich auch nach Ladenschluß, aber das wird dann extra bezahlt.« Jamaica hob den Blick. »Ist das okay?«
»Völlig okay«, sagte Joe. »Ich weiß bloß immer noch nicht, worum es eigentlich geht und was wir verkaufen. Von diesen Sachen hier auf den Regalen verstehe ich gar nichts.«

Jamaica schüttelte den Kopf. »Hat dir Mister B. denn gar nichts gesagt?«
»Nein«, sagte Joe.
Jamaica hielt seinen Blick fest. »Wir handeln mit Gumballs, Ganja und Glücksschnee.«
Opium, Marihuana und Kokain. »Nein, Mister B. hat mir gar nichts gesagt«, sagte Joe.
»Mach dir deswegen bloß keine Sorgen«, sagte Jamaica. »Meine Kundschaft ist erstklassig. Lauter Musiker und feine Leute. Außerdem hat Mister B. ein Abkommen mit dem Syndikat. Die haben einen dicken Mantel über uns ausgebreitet. Da gibt es keine Probleme.«
Joe schwieg.
»Ist wirklich ein echt guter Job«, sagte Jamaica. »Die meiste Zeit kannst du in Ruhe hier sitzen und schreiben. Und außer den fünfundzwanzig Dollar von Mister B. kriegst du bestimmt noch zwanzig oder dreißig Dollar an Trinkgeld.«
»Fein«, sagte Joe.
Jamaica legte den Kopf schief und warf ihm einen ironischen Blick zu. »Hast du Schiß?«
Joe nickte.
»Du mußt es so sehen«, sagte Jamaica. »Besser, hier herumsitzen und Angst vor ein paar Monaten Knast haben, als draußen bei der Armee im Schlamm liegen und ständig Angst haben, daß dir eine Granate den Schädel zerfetzt.«
Joe schwieg. So konnte man es natürlich auch sehen. Die Tür zum Hinterzimmer ging auf, und eins der Mädchen kam heraus. Sie trug ein billiges buntes Ballkleid, das sich straff um ihren dicken Busen und ihre muskulösen Schenkel spannte. Sie sah Joe aus ihren dunklen Augen neugierig an und warf dann ihren Kopf zurück, wobei sich ihre schwarzen, gekräuselten Locken anmutig um das weiche Gesicht schmiegten.
»Kriegen wir auch Frühstück?« fragte sie.
Jamaica zog die Augenbrauen zusammen. »Habt ihr den Arbeitstisch aufgestellt?«
»Is' schon fast fertig«, erwiderte sie.
Jamaica schälte von einem dicken Bündel Geldscheine, das er

lose in der Tasche gehabt hatte, eine Fünfdollarnote herunter.
»Okay«, sagte er. »Bring für alle was mit. Aber beeil dich. Wir haben eine Menge zu tun.«
Die junge Frau nahm das Geld und warf Joe einen langen Blick zu. »Willst du Zucker und Sahne in deinen Kaffee?«
»Ich nehme ihn schwarz, danke.«
Sie lächelte. »Wenn du schwarz magst, bin ich genau richtig für dich.«
»Zisch ab«, knurrte Jamaica. »Anmachen kannst du ihn nach der Arbeit.« Er wartete, bis das Mädchen zur Tür hinaus war, und wandte sich dann wieder an Joe. »Weiber sind wirklich das letzte. Dauernd muß man ihnen zeigen, daß man der Boß ist.«
Joe schwieg.
»Du arbeitest von zwölf Uhr mittags bis abends um sieben«, sagte Jamaica. »Von ein Uhr mittags bis sechs Uhr abends bin ich unterwegs.« Jamaica grinste. »Du kannst übrigens du zu mir sagen. Wir sind schließlich alle eine große Familie.«
Joe nickte.
»Komm jetzt«, sagte Jamaica. »Laß uns mal sehen, wie die Mädchen vorankommen.«
Joe folgte ihm ins Hinterzimmer, das sich unversehens in ein chemisches Labor verwandelt zu haben schien. Zwei große Neonröhren an der Decke tauchten den Raum in grelles, bläuliches Licht. Das Bett war zu einer unauffälligen Kunstledercouch in der Ecke geworden. Zwei lange, mit schwarzem Wachstuch bespannte Tische waren so zusammengestellt worden, daß sie ein T bildeten. Die beiden anwesenden Frauen hatten inzwischen ebenfalls billige Baumwollkleidchen an.
Jamaica zog einen Schlüsselbund aus der Tasche, und jetzt bemerkte Joe plötzlich, daß die ganze Längswand des Raumes mit hohen, weißgestrichenen Stahlschränken vollgestellt war und an der Querwand zwei brandneue elektrische Kühlschränke standen. Auch die Kühlschranktüren waren mit Schlössern versehen. Sorgfältig öffnete Jamaica einen Schrank nach dem anderen.

Mit ein paar raschen Handbewegungen holten die beiden Frauen ihre Geräte heraus und bauten sie auf dem Tisch auf.
Aus den Kühlschränken holte Jamaica mehrere Schachteln, Büchsen und Flaschen und stellte sie auf den querstehenden Tisch.
Er warf Joe einen Blick zu. »Nimmst du irgendwas von dem Zeug?«
Joe schüttelte den Kopf. »Ich rauche ab und zu einen Joint. Aber das ist auch schon alles. Ich behalte lieber einen klaren Kopf.«
Jamaica lächelte. »Das ist sicher auch besser. Wenn man nicht mit dem Zeug umgehen kann, soll man es lassen.«
Es klopfte an die Tür, und dann erschien die junge Frau, die er nach Kaffee geschickt hatte, im Türrahmen. »Das Frühstück steht auf der Theke«, rief sie.
Jamaica lächelte. »Gut«, sagte er und winkte den beiden anderen Frauen. »Gehen wir.«
»Können wir uns eine Prise reinziehen?« fragte eine der Frauen und rollte die Augen. »Nur, um uns ein bißchen in Stimmung zu bringen? Wir haben schließlich die ganze Nacht nicht geschlafen. Wir waren ja erst um sieben Uhr morgens im Bett.«
Jamaica überlegte einen Moment. Dann nickte er sachlich. Er nahm eine kleine Kapsel und einen winzigen Silberlöffel heraus. »In Ordnung, Mädchen. Weil ihr es seid. Aber jede nur einen Löffel«, sagte er. »Es gibt viel zu tun heute. Am Wochenende haben wir bestimmt wieder viel Kundschaft.«
Die Mädchen stellten sich um ihn herum wie bettelnde Spatzen. Jamaica warf Joe einen triumphierenden Blick zu. »Alles Lolitas«, lächelte er. Jamaica stand von seinem Stuhl auf, stellte seine leere Kaffeetasse zurück auf die Theke und sah die Frauen auffordernd an. »Die Kaffeepause ist vorbei«, sagte er. »Jetzt geht's an die Arbeit.«
Er wartete, bis sie im Hinterzimmer verschwunden waren, und schloß dann die Tür hinter ihnen. »Kannst du morgen um zwölf anfangen?« fragte er Joe.
»Ja«, sagte Joe. »Ich bin hier.«

»Ich muß dir dann noch im einzelnen erklären, was du zu tun hast«, sagte Jamaica. »Dazu ist jetzt keine Zeit. Ich muß diese Weiber beaufsichtigen. Wenn ich sie nicht ständig im Auge behalte, stehlen sie mir das letzte Haar von der Brust.«
»Okay«, sagte Joe.
Das Telefon klingelte. Es stand offenbar unter der Theke. Jamaica nahm den Hörer ab und sagte mit gedämpfter Stimme: »Caribbean Imports. Guten Tag.« Dann hörte er einen Augenblick zu. »Muß es sofort sein?« fragte er. Und nach einer weiteren Pause: »Ich werde mich darum kümmern.«
Er legte den Hörer zurück auf die Gabel und sah Joe nachdenklich an. »Kannst du mir einen Gefallen tun?« fragte er.
Joe nickte.
Jamaica winkte ihm mit der Hand. Im Hinterzimmer waren die drei Frauen bereits bei der Arbeit. Jamaica nahm zwei braune Tüten heraus, schob sie geschickt ineinander, füllte sie und verschloß sie. Das Ganze erfolgte so rasch, daß Joe nicht einmal ahnte, was da abgefüllt worden war.
Mit einer braunen Paketschnur verpackte Jamaica die Lieferung zu einem handlichen Päckchen und drückte sie Joe in die Hand. Auf einen Zettel kritzelte er eine Adresse.
Joe warf einen Blick darauf. »25 Central Park West, Penthouse C, $ 1000,00.«
»Kapiert?« fragte Jamaica.
Joe nickte.
Jamaica zog einen Fünfdollarschein aus der Tasche. »Das gibst du dem Portier, dann läßt er dich rein«, sagte er. Jetzt standen sie schon vorne im Laden. »Das ist ein wichtiger Kunde«, sagte Jamaica. »Ein Broadway-Komponist. Also beeil dich. Der Mann will um zwei mit dem Twentieth Century nach Kalifornien fahren.«
»Barzahlung?« fragte Joe.
»Anders machen wir gar keine Geschäfte«, sagte Jamaica.
Joe brauchte nur zehn Minuten, um zu dem Apartmenthaus am Central-Park zu kommen. Der Portier musterte ihn zwar mißtrauisch, steckte den Fünfdollarschein aber anstandslos

ein und führte Joe dann zu einem Schnellaufzug, der direkt ins oberste Stockwerk hinauffuhr. Er blieb in der offenen Aufzugtür stehen, als Joe sein Päckchen abgab und dafür einen weißen Briefumschlag in Empfang nahm. Joe überprüfte den Inhalt des Umschlags, aber ehe er noch »Vielen Dank« sagen konnte, wurde die Wohnungstür schon wieder geschlossen. Verwirrt ging er zum Aufzug zurück.
Auch der Rückweg dauerte nur knapp zehn Minuten. Die Tür war offen, aber der Laden war leer. Joe klopfte an die Tür zum Hinterzimmer, und Jamaica kam heraus.
Joe gab ihm den Umschlag. Jamaica setzte sich hinter die Theke und zählte die Scheine. Dann steckte er sie in die Tasche.
Lediglich einen Zehndollarschein hielt er zurück und schob ihn Joe über den Tisch. »Der Kunde hat mich gerade angerufen und mir gesagt, du wärst so schnell wieder verschwunden, daß er dir gar kein Trinkgeld mehr geben konnte.«
»Das macht doch nichts«, sagte Joe. »Das hat Zeit.«
Jamaica lächelte. »Behalt das Geld«, sagte er. »Ich seh dich morgen, okay?«
»Danke«, stammelte Joe. Aber erst draußen auf der Straße wurde ihm klar, was für einen wichtigen Test er da gerade bestanden hatte.

5

Er schob die Tür der Telefonzelle zu, um den Straßenlärm abzuschirmen. »Miß Shelton? Hier spricht Joe Crown«, sagte er. »Ich bin der Schriftsteller, von dem Ihnen Ihre Schwester erzählt hat.«
Miß Sheltons Stimme war selbstsicher, kühl und geschäftsmäßig. »Ja, Mr. Crown.« Sie machte keinerlei Anstalten, ihn zu ermuntern.
»Ich wollte fragen, ob ich vorbeikommen und mich bei Ihnen vorstellen könnte?«

Ihre Stimme war immer noch kühl. »Sie sind Schriftsteller, ja?«

»Ja, Miß Shelton.«

»Was ist denn bisher von Ihnen veröffentlicht worden?« fragte sie. »Abgesehen von den Magazingeschichten, die ich schon kenne.«

»Nichts«, mußte Joe zugeben. »Aber ich habe eine Menge andere Geschichten und ein paar längere Erzählungen zu Hause, die ich Ihnen gern zeigen würde.«

»Haben Sie die schon mal jemand geschickt?« fragte sie.

»Ja«, sagte Joe. »An verschiedene Zeitschriften.«

»Und wie haben die reagiert?«

»Alles Ablehnungen«, sagte er. »Aber die meisten haben geschrieben, sie lesen gar keine Manuskripte, wenn sie nicht von einem Agenten geschickt werden.«

»Kathy hat gesagt, Sie könnten ein sehr guter Schriftsteller werden.«

»Ihre Schwester hat mich sehr ermutigt.«

»Können Sie mir ein paar von den Geschichten schicken, damit ich sehen kann, wie Sie schreiben? Suchen Sie einfach die aus, die Ihnen selbst am besten gefallen.«

»Das mache ich gern, Miß Shelton«, sagte er. »Soll ich sie mit der Post schicken oder persönlich vorbeibringen?«

»Es genügt, wenn Sie das Material mit der Post schicken. Ich lasse dann von mir hören, wenn ich etwas gelesen habe.«

»Vielen Dank, Miß Shelton«, sagte er.

»Nichts zu danken, Mr. Crown«, sagte sie förmlich. »Ich gebe sehr viel auf das, was meine Schwester mir sagt, und freue mich darauf, Ihre Arbeiten kennenzulernen. Auf Wiederhören, Mr. Crown.«

»Auf Wiederhören, Miß Shelton.« Es klickte im Hörer; er legte auf, und sein Nickel fiel in die Zahlbox. Wie immer griff er automatisch in das Geldrückgabefach und entdeckte zu seiner Überraschung vier Münzen darin. Heute war wirklich sein Glückstag.

Eine der gefundenen Münzen investierte Joe, um zu Hause anzurufen.

Seine Kusine Motty ging an den Apparat. »Na, was hat Mutter gesagt?« fragte er.
»Ich konnte noch nicht mit ihr reden«, sagte das Mädchen. »Sie war schon weg, als ich aufgewacht bin.«
Joe nickte. Er hatte ganz vergessen, daß heute Freitag war. Am Freitag war im Geflügelmarkt seines Vaters immer die Hölle los, und seine Mutter half im Geschäft. Es war der einzige Tag in der Woche, an dem zwei Kassiererinnen gebraucht wurden. »Wann willst du ihr von dir und Stevie erzählen?«
»Ich glaube, am Sonntag. Der Samstag ist immer so hektisch. Nach der Synagoge müssen wir sowieso schon immer nach Hause rennen, um Essen zu kochen.«
»Gut«, sagte Joe. »Wenn du Hilfe brauchst, sag mir Bescheid.« Er drückte kurz auf die Gabel, warf aber gleich eine andere Münze ein und wählte erneut. Lutetia hob ab. »Ist Kitty da?« fragte er.
»Warte einen Moment. Ich hole sie.«
Einen Augenblick später kam Kitty ans Telefon. »Joe?«
»Ja«, sagte er. »Ich wollte dich gestern besuchen, aber da hast du geschlafen.«
»Ich weiß«, sagte sie. »Ich war gestern ein bißchen benommen.«
»Geht's dir jetzt wieder besser?«
»Ich bin okay«, sagte sie. »Und dein Geld habe ich auch da, wenn du es dir abholen willst.«
»Komme sofort«, sagte er. Wieder wartete er, bis seine Münze gefallen war, und griff dann in die Rückgabe. Aber diesmal hatte er kein Glück.

Marta saß auf dem Drehstuhl der Kassiererin hinter dem Schalter, an dem die Kunden des Geflügelmarkts ihre geschlachteten Hühner bezahlten, und gähnte. Endlich war mal einen Augenblick Ruhe. Ein Geräusch hinter ihr im Büro ließ sie herumfahren. Aber es war nur Phil, der an der untersten Schublade seines Schreibtisches herumzerrte. Er nahm seinen 38er Colt und sein Schulterhalfter heraus und schnallte ihn um. Marta schüttelte den Kopf. Wie jeden Freitag sagte sie:

»Was ist an den lausigen Fünfdollarscheinen, die du kassierst, bloß so wichtig, daß du dabei einen Revolver mit dir herumschleppen mußt?«
»Es sind nicht bloß kleine Scheine«, erwiderte Phil Kronowitz – wie jeden Freitag. »Im Lauf des Nachmittags kommen oft tausend oder zweitausend Dollar zusammen, und es gibt genug Irre, die darauf scharf sind.«
»Und die knallst du dann ab, ja?«
»Willst du, daß ich ihnen einfach das Geld gebe?«
»Was ist denn, wenn die anderen schneller sind? Oder bist du so ein Revolverheld, daß du immer als erster abdrückst?«
»Du wirst das nie begreifen«, seufzte Phil. »Ich rechne überhaupt nicht damit, tatsächlich schießen zu müssen. Aber wenn die Kerle wissen, daß ich eine Waffe trage, versuchen sie erst gar nicht, mich zu berauben.«
An dieser Stelle mußte Marta das Gespräch unterbrechen; denn vor ihrem Schalterfenster stand ein Kunde. Erst als sie kassiert und das Wechselgeld zurückgegeben hatte, konnte sie sich wieder ihrem Ehemann zuwenden. Der stopfte inzwischen einen dicken Packen Fünfdollarscheine in seine Brieftasche. »Wo ist eigentlich Josie?« fragte sie mürrisch. »Diese Schickse kommt auch jeden Tag später aus der Mittagspause zurück.«
»Es ist doch erst halb eins«, sagte Phil. »Sie ist erst eine halbe Stunde weg, und ihre Mittagspause ist eine Stunde.«
»Aber sie weiß genau, daß wir freitags immer so viel zu tun haben. Da könnte sie ruhig ein bißchen früher zurückkommen. Aber was kann man von einer Schickse schon anderes erwarten.«
»Sie muß ihren beiden Kindern Essen machen, wenn die aus der Schule nach Hause kommen«, sagte Phil.
»Sie könnte das sicher auch anders regeln«, nörgelte Marta unbeirrt weiter.
Phil gab darauf keine Antwort. Bei Josie war alles bestens geregelt, fand er. Damit machte er sich auf den Weg. »Ich komme gegen vier Uhr zurück«, sagte er.
»Sei vorsichtig«, rief Marta ihm nach, als er bereits aus der Tür

war. Dann entdeckte sie, daß vor der Kasse eine ganze Schlange ungeduldiger Kunden stand, und griff nach dem erstbesten Schein, den man ihr hinstreckte.

Josies Wohnung lag nur zwei Blocks entfernt, und die Tür war offen – wie üblich. Phil ging sofort ins Wohnzimmer. Josie kam aus der Küche. »Wo bist du denn so ewig geblieben?« fragte sie.
»Es gab eine Menge zu tun«, sagte Phil und zog sein Jackett aus. Er hängte es sorgfältig über einen der Stühle.
»Du meinst, deine Frau hat wieder an mir herumgemeckert, nicht wahr?«
Phil gab keine Antwort, sondern streifte sein Schulterhalfter mit dem Revolver ab. Systematisch begann er sein Hemd aufzuknöpfen. Dann bemerkte er plötzlich, daß Josie noch keinerlei Anstalten machte, sich zu entkleiden. »Was ist los?« fragte er.
»Deine Frau kann mich nicht leiden«, sagte sie mürrisch.
»Na und?«
»Sie weiß Bescheid«, sagte Josie.
»Ach, Quatsch, sie hat keine Ahnung«, knurrte Phil wütend. Er machte seine Hosen auf und zog seine Unterhosen hinunter. Sein Penis war schon steif. »Faß mal an!« sagte er. »Meine Eier sind hart wie Felsbrocken.«
»Ich weiß nicht«, sagte die Frau. »Ich habe nur noch zwanzig Minuten. Wenn ich zu spät komme, ist deine Frau wieder den ganzen Nachmittag wütend auf mich und läßt mich das spüren.«
»Ach was«, sagte Phil. »Das einzige, was du heute zu spüren kriegst, ist mein harter Schwanz.«
»Bis ich mein Korsett ausgezogen habe und vor allem, bis ich mich anschließend wieder zurechtgemacht habe, brauche ich mindestens eine Stunde«, sagte Josie.
»Dann zieh dich halt gar nicht erst aus«, sagte Phil. »Bück dich einfach über die Couch.«
Josie starrte ihn unwillig an. Schließlich sagte sie: »Hast du einen Gummi dabei?«

»Hör endlich auf mit dem blöden Geschwätz!« kreischte Phil. »Willst du mich verrückt machen?«
Schweigend drehte sie sich um und beugte sich über die Lehne der Couch, wie er gesagt hatte. Sie hob den Saum ihres Rockes und streifte ihn sich auf den Rücken. Dann zog sie das Unterteil ihres Hüftgürtels hoch, bis ihre prallen weißen Schenkel ganz freilagen. Er ließ ihr keine Zeit, den Schlüpfer richtig auszuziehen, sondern stürzte sich schon auf sie, als sie das Höschen gerade erst bis zum oberen Rand der Strümpfe heruntergezerrt hatte. Mit beiden Händen packte er sie an den Hüften. »Oh, Jesus!« keuchte sie.
Von Phil kam nur ein tierisches Grunzen. Josie drehte den Kopf zur Seite, um zu sehen, was mit ihm los war. Sie sah ein krampfhaft verzerrtes, rot angelaufenes Gesicht, in dem sich das Blut staute.
»Ach, Phil«, seufzte sie und quetschte seine Hoden zusammen. »Warum müssen wir es denn immer so schnell machen? Warum haben wir nie ein bißchen mehr Zeit?«
»Halt die Klappe«, knurrte Phil. »Ficken sollst du, nicht quatschen!« Es folgte ein heftiges Stöhnen.
Josie griff nach seinem Geschlecht. »Wo ist denn der Gummi?« fragte sie ängstlich. »Hast du ihn an?«
»Ach, laß mich doch in Ruhe mit dem dämlichen Gummi«, schrie er.
Josie stieß ihn mit ihrem Ellbogen beiseite und drehte sich um. »Mein Gott!« sagte sie wütend. »Du spritzt ja über meine gute Couch!«
Phil Kronowitz stand keuchend im Zimmer und starrte sie mit glasigem Blick an. »Hol mir einen Waschlappen. Ich muß mich waschen«, sagte er schließlich.
Phil war offensichtlich erschöpft. »Ich kauf dir 'ne neue Couch«, sagte er. »Hol mir bloß einen Waschlappen. Und dann zieh dich an. Du kommst jetzt schon zu spät.«
Ihre Augen glitten von seinem roten Gesicht über sein weißes Unterhemd zu seinen Unterhosen hinunter, und plötzlich mußte sie lachen. »Komm mit ins Bad«, sagte sie. »Ich putze dich ab. Ich hab's ja nicht weit zur Arbeit.«

Er trottete hinter ihr her und stand vollkommen still, als sie einen kalten Waschlappen nahm und sich vor ihm hinkniete.
»Kannst du nicht heute abend zu mir kommen, statt in die Synagoge zu gehen?« fragte sie.
»Ich würde gern«, sagte er. »Aber heute abend bin ich einer der Toraträger. Da darf ich nicht fehlen. Vielleicht nächsten Freitag.«
Sie stand auf und sah ihm zu, wie er sich anzog. »Ist schon gut«, sagte sie.
Phil brauchte nicht lange. »Jetzt muß ich gehen«, sagte er.
»Ich weiß«, sagte sie. Sie hob das Gesicht und küßte ihn. »Weißt du eigentlich, Phil, daß ich dich wirklich liebe?«
»Ja«, sagte er traurig. »Ich weiß, Josie. Ich weiß.«

Als er ins Büro zurückkehrte, war es fast fünf. Durch das Fenster konnte er sehen, daß der Geflügelmarkt schon geschlossen und alles fürs Wochenende geputzt war. »Wie ist es gewesen?« fragte ihn seine Frau.
»Wie soll es gewesen sein?« fragte er. »Wie immer.« Er schien Josie, die hinter ihrer Kasse das Geld zählte, gar nicht zu sehen. Auch sie ignorierte ihn völlig.
»Josie hat die Abrechnung gleich fertig«, sagte Marta.
Immer noch warf er der Kassiererin keinen Blick zu. »Wieviel ist es denn, Josie?«
»Hundertfünfzehn Dollar, Mr. Kronowitz«, erwiderte sie.
Marta warf ihr einen nervösen Blick zu. »Bitte beeilen Sie sich, sonst kommt Mr. Kronowitz noch zu spät zur Synagoge«, sagte sie leise.
»Ich glaube, ich hole lieber den Wagen«, sagte Phil. »Ich werde ihn allerdings ein bißchen weiter weg abstellen müssen, damit ihn der Rabbi nicht sieht.«
Josie sah ihm nach, als er hinausging. »Ein schönes Wochenende, Mr. Kronowitz«, sagte sie.
»Danke gleichfalls«, rief er über die Schulter zurück. »Ein schönes Wochenende, Josie.«

Als sie zu ihm in den Wagen stieg, fragte Marta: »Arbeitet sie am Wochenende eigentlich nicht?«
»Am Samstag arbeitet sie drüben bei Al. Er bezahlt ihr das extra.«
»Und am Sonntag arbeitet sie nicht?« fragte Marta. »Warum nicht?«
»Auch die Gojim haben Anrecht auf einen Schabbes«, erwiderte Phil.

6

Kitty Branch saß hinter ihrer Schreibmaschine. Neben ihr standen auf der einen Seite die übliche Kaffeetasse und auf der anderen ein überquellender Aschenbecher. Ihre dunkelrandige Hornbrille und ihr kurzer, graugesprenkelter Haarschnitt ließen sie sehr attraktiv aussehen. Obwohl es heiß im Zimmer war, trug sie einen korrekten grauen Leinenrock und ein langärmliges Hemd aus weicher Baumwolle.
Als Joe eintrat, lächelte sie freundlich, aber ihre Stimme war rauh, man hörte, daß sie wenig schlief und viel trank. »Magst du einen Kaffee oder einen kalten Drink?« fragte sie.
»Eine Cola wäre mir recht«, sagte er. »Du siehst müde aus, Kitty.«
Trotz ihrer damenhaften Erscheinung redete sie wie ein Lastwagenfahrer. »Ich bin völlig geschafft. Ich muß unbedingt trocken werden. Ich saufe einfach zuviel. Das bringt mich noch einmal um.«
Joe ließ sich auf einen Stuhl fallen. »Du wirst schon wissen, was gut für dich ist.«
»Das schon«, sagte sie. »Aber es fällt mir so schwer, es zu tun.«
Joe schwieg.
»He, Lutetia«, rief Kitty ins andere Zimmer hinüber. »Bring Joe eine Cola!«
Sie wandte sich Joe wieder zu, zählte fünf Dollarscheine aus

ihrer Schublade ab und gab sie ihm über den Tisch. »Du hast mir sehr geholfen«, sagte sie.
»War mir ein Vergnügen«, sagte Joe grinsend.
Lutetia brachte die Cola und ein großes Glas mit Eiswürfeln. »Wollt ihr sonst noch was haben?« fragte sie mürrisch.
Sie trug denselben durchsichtigen Morgenmantel wie gestern, stellte Joe fest. Kitty hatte seinen Blick offensichtlich bemerkt. »Verdammt noch mal!« fauchte sie Lutetia an. »Warum läufst du eigentlich ständig halbnackt rum?«
Lutetia zuckte die Achseln. »Wozu soll ich mich anziehen?« fragte sie schnippisch. »Wir gehen doch sowieso nirgends hin. Die ganze letzte Woche hast du dich jeden Tag besoffen, bis du unter dem Tisch lagst. Das ist alles, was du tust: Saufen und Schlafen. Ich habe es satt, weißt du?«
»Warum suchst du dir keine Arbeit?« schnappte Kitty.
»Was für eine denn?« fragte Lutetia. »Das einzige, womit man etwas verdient, ist Modellstehen in der New School. Aber du hast es nicht gern, wenn ich als Aktmodell arbeite.«
»Du warst doch mal eine gute Sekretärin«, sagte Kitty.
»Sicher. Da habe ich zwanzig Dollar die Woche verdient. Beim Modellstehen verdiene ich fünfzehn am Tag, und wenn ich's privat mache, kriege ich sogar fünfundzwanzig. Außerdem könnte ich mal mit jemandem reden.« Sie warf Joe einen verächtlichen Blick zu und wandte sich dann wieder an Kitty. »Der einzige lebende Mensch, den ich gestern gesehen habe, war dein komischer Freund hier, dieser eingebildete Macho, der seinen Schwanz für den Nabel der Welt hält.« Damit stolzierte sie aus dem Zimmer.
»Was hat sie denn?« fragte Joe.
Kitty senkte die Augen. »Ich glaube, sie will mich verlassen.«
Joe füllte sein Glas. »Na und? Laß sie doch abhauen.«
»Das verstehst du nicht«, sagte Kitty mit rauher Stimme. »Ich liebe sie, weißt du?«
Joe nahm einen Schluck Cola.
Kitty warf ihm einen prüfenden Blick zu. »Sie hat mir gesagt, du hättest sie vergewaltigen wollen.«
Joe starrte sie verblüfft an. »Hast du das geglaubt?«

Kitty zögerte einen Moment, dann schüttelte sie den Kopf.
»Nein. Ich kenne Lutetia. Sie wird jedesmal sauer, wenn ich auf einen Mann scharf bin.«
Joe schwieg.
»Was ist denn gestern passiert?« fragte Kitty.
»Sie wollte, daß ich sie nehme«, sagte er.
Kitty ließ ihn nicht aus den Augen. »Hast du es gemacht?«
»Ja«, sagte er.
»Hat sie für dich auch was getan?«
»Hereingelegt hat sie mich«, knurrte er.
Kitty lachte. »Sie ist schon ein Miststück.«
»Ja«, sagte er mürrisch.
»Aber sie ist eine der besten, die ich jemals erlebt habe«, sagte Kitty zufrieden.
»Es gibt auch noch andere Dinge im Leben«, sagte Joe.
»Sie ist doch erst neunzehn«, sagte Kitty. »Sie weiß es nicht besser.«
»Kann schon sein«, sagte Joe. »Aber dich macht sie fertig. Da könnte ich wetten.«
Kitty sah ihn einen Augenblick unsicher an, dann griff sie nach einer Zigarette. »Da könntest du recht haben. Aber was soll ich dagegen machen? Ich liebe sie eben.«
»Entschuldige«, sagte Joe. »Ich wollte nicht...«
Kitty zuckte mit den Schultern. »Ich komm schon zurecht«, sagte sie. »Ich hab so was schon öfter erlebt.« Sie wechselte abrupt das Thema. »Ich habe gehört, die Redaktion will eine fünfteilige Geschichte über die Familie Gould. Du weißt schon, das sind die Typen, die zusammen mit den Astors New York Central gebaut haben. Wenn ich das tatsächlich machen soll, hätte ich ungefähr zwanzig Stunden Arbeit für dich. Was hältst du davon?«
»Gut«, sagte er. »Ich arbeite jetzt nachmittags in einem Geschäft in der Stadt, und ich habe einen Vertrag über ein paar Geschichten für das Magazin. Aber sonst...«
Kitty lächelte. »Ich wünschte, du könntest mal für ein etwas weniger schmieriges Blatt arbeiten.«
»Vielleicht habe ich Glück«, sagte er. »Aber vorläufig bin ich

mit diesem Sex-Magazin ganz zufrieden. Ich krieg zwar nicht viel, aber ich werde fürs Schreiben bezahlt.«
»Da hast du recht«, sagte Kitty. »Darauf kommt's an.« Sie drückte ihre Zigarette aus. »Du meldest dich wieder? Vielleicht gehen wir auch mal essen zusammen?«
»Gern«, sagte er und erhob sich. »Ich hoffe, es klärt sich alles bei dir.«
Kitty brachte ihn zur Tür. »Das hoffe ich auch«, sagte sie.

Motty kam eilig die Einfahrt herauf. Schon von weitem konnte sie sehen, daß die Garagentür offenstand. Onkel Phils Wagen war nicht da. Motty öffnete die Hintertür und trat in die Küche. Es war offenbar niemand zu Hause. Aber das hatte sie auch gar nicht anders erwartet. Das war immer so freitags abends. Motty kam früher als sonst von der Arbeit, und ihr Onkel und ihre Tante waren in der Synagoge. In der Regel kamen sie nicht vor zehn oder elf Uhr abends nach Hause.
Motty warf einen Blick in die beiden Töpfe, die auf dem Herd standen. Im einen war ein Schmorbraten mit kleinen runden Kartoffeln, im anderen *Zimmes* – Karotten und Erbsen mit Honig oder braunem Zucker. Motty brauchte bloß noch das Gas anzustellen und beides auf kleiner Flamme zu kochen. Aber das hatte noch Zeit. Jetzt würde sie erst einmal duschen.
Als sie die Treppe hinaufging, begann in Joes Zimmer plötzlich die Schreibmaschine zu hämmern. Motty blieb vor seiner Tür stehen. Er hatte wirklich ein wahnwitziges Tempo drauf. Sie zögerte einen Augenblick, dann klopfte sie leise. »Ich bin's«, rief sie.
»Ich arbeite!« rief er durch die geschlossene Tür.
»Ich weiß«, sagte sie. »Ich dusche bloß schnell. Sag mir Bescheid, wenn du fertig bist, dann mache ich Essen für uns.«
»In Ordnung«, rief er. Dann setzte das Hämmern der Schreibmaschine erneut ein. Motty ging in ihr Zimmer und schloß die Tür hinter sich. Plötzlich war sie todmüde. Sie zog ihr Kleid aus und legte sich in Slip und Büstenhalter aufs Bett. Ehe sie sich versah, war sie fest eingeschlafen und träumte. Allerdings war es kein glücklicher Traum, sondern ein Alp-

traum. »Nie im Leben kriegst du meinen Stevie!« schrie ihre Tante Marta sie an. »Nur über meine Leiche. Du bist wohl verrückt? Du hast doch keinen Pfennig! Wo soll er denn das Geld für die Praxis hernehmen? Ganz zu schweigen von Möbeln und einer Wohnung. Mein Stevie soll Arzt werden! Er muß ein Mädchen aus guter Familie heiraten, das eine ordentliche Mitgift in die Ehe mitbringt. Was soll er mit einem Mädchen, das wir selber in unser Haus aufnehmen und großziehen mußten, damit sie nicht auf der Straße aufwächst!«
Motty spürte, daß ihr die Tränen über die Wangen hinabstürzten. »Aber Tante! Wir lieben uns doch. Wir haben uns schon immer geliebt! Auch schon als Kinder!«
»Liebe! So ein Quatsch!« höhnte Marta. »Aus dem Haus mit dir! Du, du, du schmutzige Hure! Hinaus! Du kommst mir nicht mehr über die Schwelle!«
Weinend wandte sich Motty an Stevie. »Stevie! Hilf mir doch! Sag deiner Mutter, daß wir uns lieben!«
Stevie starrte sie durch seine Hornbrille mit seinem feierlichen, etwas hilflosen Blick an und sagte: »Vielleicht sollten wir noch einmal in Ruhe darüber nachdenken, Motty. Wir dürfen nichts überstürzen. Mama will doch nur unser Bestes.«
Danach konnte sie nur noch heulen, bis ihr alles vor den Augen verschwamm. Sie heulte und heulte, bis sie plötzlich von zwei starken Händen an den Oberarmen gepackt wurde. »Stevie! Ach, Stevie!« schrie sie. Immer noch liefen ihr die Tränen über die Wangen. »Joe?«
»Du hast laut geschrien«, sagte er. »Ich habe dich durch die geschlossene Tür schreien hören.«
Motty setzte sich im Bett auf. Es war ihr peinlich, daß sie nur Unterwäsche anhatte. »Das tut mir leid, wenn ich dich bei der Arbeit gestört habe.«
»Das macht doch nichts«, sagte er. »Jeder hat mal einen bösen Traum, Motty.«
»Meiner war besonders blöde«, sagte sie. »Ich glaube, ich habe wirklich Angst vor deiner Mutter. Du weißt ja, was für große Stücke sie auf ihren Ältesten hält.«

Joe lachte. »Ich weiß, ich weiß. Sie denkt, es gibt überhaupt kein Mädchen, das gut genug für ihn ist. Doktor Steven Kronowitz. Ihr Sohn.«
»Bei dir scheint sie nicht so heikel zu sein«, sagte Motty.
»Ich bin ein Nichtsnutz«, sagte Joe. »Ein Schriftsteller, der nichts arbeitet und kaum was verdient. Das zählt bei ihr nicht.«
»Es ist eben eine andere Art von Arbeit«, sagte Motty.
»Du weißt es, ich weiß es, aber sie weiß es nicht«, sagte Joe.
»Ich zieh mich schnell um«, sagte sie. »Dann mach ich uns Essen.«
»Keine Eile«, sagte Joe. »Ich hab noch zu arbeiten. Ruf mich nur, wenn du soweit bist.«
Sie blieb auf der Bettkante sitzen, bis sie seine Schreibmaschine wieder hörte. Dann zog sie langsam ihren Schlüpfer aus und betrachtete sich im Spiegel über der Schleiflackkommode. Unter ihren Augen waren dunkle Ringe zu sehen. Sie knipste das Licht an, aber es half nichts. Die Schatten unter ihren Augen schienen eher noch dunkler zu werden. Langsam nahm sie ihren Büstenhalter ab und hakte den Strumpfhalter auf. Im Spiegel konnte sie die roten Striemen sehen, wo sich die Wäschestücke tief in die Haut gedrückt hatten. Mit der Hand versuchte sie, die Striemen auf den Hüften wegzumassieren, aber das ging nicht so schnell. Dann umfaßte sie ihre Brüste. Sie lagen ihr schwer in der Hand, und sie fragte sich, ob sie größer und weicher geworden sein könnten. Hoffentlich nicht. Ein 90er C-Körbchen war weiß Gott groß genug. Sie genierte sich schon genug wegen ihrer gewaltigen Brüste. Bei der Arbeit starrten die Männer sie immer so unverschämt an, oft machten sie freche Bemerkungen und manchmal grapschten sie auch einfach danach. Motty spürte ein schmerzliches Ziehen.
Was war denn überhaupt für ein Tag? Freitag. Richtig, übermorgen oder am Montag mußte ihre Periode einsetzen. Vielleicht waren ihre Brüste deshalb so schwer. Bevor sie ihre Tage bekam, nahm sie immer ein paar Pfund zu. Außerdem hätte es ihre Müdigkeit und ihre Depressionen erklärt. Auto-

matisch berührte sie ihren Schamhügel. Auch der war geschwollen.
Rasch glitten ihre Finger über ihre Klitoris hin, aber sobald sie spürte, daß sich Lust regte, ließ sie ihre Hand sinken. Vor ihrer Periode war sie immer leicht erregbar, aber sie wußte: Ein anständiges Mädchen macht so etwas nicht. Statt dessen ging sie ins Bad. Eine kalte Dusche würde sie auf andere Gedanken bringen, dessen war sie sich sicher.

Joes Tür stand weit offen. »Ich gehe jetzt in die Küche«, sagte Motty und wollte die Treppe hinuntergehen. Aber Joe schien sie gar nicht zu hören. Seine Schreibmaschine ratterte wie ein Maschinengewehr, immer schneller und schneller. Motty wurde neugierig. Sie zögerte einen Moment, dann ging sie zu ihm hinein. Er schrieb unbeirrt weiter. Sie blickte ihm über die Schulter und las:

Der rasiermesserscharfe Säbel schlitzte ihren Büstenhalter auf, und ihre nackten Brüste sprangen heraus. Rasch versuchte sie, die herrlichen Halbkugeln mit ihren Händen wieder zu fangen, aber es nutzte ihr nichts. Ihre Brüste waren viel zu groß und quollen üppig über ihre zierlichen Finger hinaus. Dann spürte sie den heißen Atem und den Mund des Arabers auf ihrer Kehle. Langsam glitten seine Lippen zu ihren Brüsten hinunter, heiß, immer heißer. Honey wollte um Hilfe schreien, aber wer sollte ihr helfen? Sie war vollkommen in der Gewalt des Barbaren. Sie versuchte ihn mit der Hand wegzustoßen, aber er lachte nur. Erneut hob er seinen Säbel und ließ ihn unter den Gürtel ihrer Haremshosen gleiten. Langsam, ganz langsam zerschnitt er das schmale Band, das die dünnen Seidenhosen auf ihrem zitternden Leib hielt. »Nein!« schrie Honey verzweifelt, als der Stoff über ihre Schenkel herabfiel. »Bitte nein! Ich bin noch unberührt, Herr!«
Haroun Raschid lächelte. »Natürlich«, sagte er mit seiner erotischen Stimme. »Nur das Blut einer Jungfrau darf mit der Liebe eines Beduinenfürsten vermischt werden.«
Wieder blitzte der Säbel, als ihn der Scheich in die Scheide zurücksteckte. Honey reagierte blitzschnell. Ohne daran zu denken, daß sie vollkommen nackt war, lief sie zum Eingang des Zeltes. Aber noch ehe

sie diesen erreicht hatte, flogen die Zeltklappen auf, und zwei riesige nubische Sklaven packten sie an den Armen.
»Bringt sie zurück«, befahl Haroun Raschid.
Honey wand sich verzweifelt im eisernen Griff ihrer Wächter, aber es gelang ihr nicht, zu entkommen. »Bindet ihre Handgelenke und Fußknöchel an die beiden mittleren Zeltstangen.«
Die Nubier gehorchten, allem Sträuben des Mädchens zum Trotz. Dann verließen sie schweigend das Zelt. Honey versuchte sich zu bewegen, aber sie war fest an die beiden Stangen gefesselt. Mit gespreizten Armen und Beinen stand sie im Zelt. Trotzig schüttelte sie sich ihre blonden Haare aus dem Gesicht und verfolgte mit zornigen Blicken, wie der Mann um sie herumging und jeden Winkel ihres Körpers erforschte. Dann verschwand er aus ihrem Blickfeld. Er mußte jetzt hinter ihr stehen. Mit einem Schauder spürte sie, wie seine Hände über ihren nackten Rücken herabglitten und die weiche Wölbung ihrer Pobacken streiften. »Was haben Sie mit mir vor?« schrie sie erschrokken.
»Warte, ich zeige es dir«, sagte er leise und trat unbewegt vor sie hin. In seiner rechten Hand hielt er eine Peitsche.
Ihre Augen weiteten sich voller Entsetzen. »Warum wollen Sie mir weh tun?« fragte sie.
»Glaube mir, mein Täubchen«, sagte der Scheich. »Du wirst keine Schmerzen verspüren, nur heißes Verlangen. Ein Verlangen, das nur meine Liebe zu stillen vermag.«
Wie hypnotisiert starrte Honey auf die Hand und schon hob er den Arm. Honey stockte der Atem ...

Plötzlich wurde Motty bewußt, daß das Klappern der Schreibmaschine aufgehört hatte. Joe starrte sie von unten her an. Seine Augen waren glasig, als ob er weit weg gewesen und gerade erst zurückgekehrt wäre.
Sie spürte eine eigenartige Hitze in ihren Eingeweiden, als sie ihn ansah. »Du meine Güte!« sagte sie. »Du hast ja einen Steifen!«
Joe blinzelte. »Ja, stimmt«, sagte er.
»Wie kannst du denn mit einer Erektion schreiben?« fragte Motty kopfschüttelnd.

»Wenn ich so was schreibe, hab ich immer einen Steifen«, sagte er. »Ich spüre das, was ich schreibe. Wenn ich über Tränen schreibe, weine ich; wenn ich über Angst schreibe, habe ich Angst. Ich spüre alles, was die Leute empfinden, über deren Gefühle ich schreibe.«
»Gilt das auch für richtige Menschen?« fragte sie.
»Ja, das gilt auch für dich, Mama, Papa, Stevie und alle anderen Leute.«
»Kommt das Gefühl, wenn du schreibst, oder hast du erst ein Gefühl und schreibst dann darüber?«
»Ich weiß nicht«, sagte er. »Mal ist das eine zuerst da und mal das andere.«
Sie hatte den Blick nicht von seinen Hosen gelassen. »Du hast immer noch einen Steifen«, stellte sie fest.
Joe streifte seine Hosen ein Stück herunter und wog sein aufgerichtetes Geschlecht in der Hand. »Ja.«
»Und was willst du jetzt damit machen?«
»Entweder hole ich mir einen runter, oder ich gehe kalt duschen. Außerdem gibt es da noch etwas. Du hast bestimmt schon davon gehört: Es gibt Mädchen, die schlafen mit einem.«
Er dachte einen Augenblick nach. »Du hast mir doch über die Schulter geschaut und gelesen.«
Motty nickte.
»Hat es dich scharf gemacht?«
Motty gab keine Antwort. Sie konnte ihm unmöglich sagen, welche Hitze in ihrem Unterleib brannte. »Nein«, sagte sie heiser.
»Faß ihn doch einmal an«, drängte Joe.
Ein Satz aus der Zeit, als er noch ein kleiner Junge war, fiel ihm ein. »Gib ihm ein Küßchen, dann wird es gleich besser.«
Motty war schockiert. »Ich will deinen Bruder heiraten.«
»Aber du hast ihn noch nicht geheiratet«, erwiderte Joe.
Sie stieß wütend die Luft aus. »Du bist ekelhaft, Joe.«
»Stimmt«, sagte er.
Sie blieb immer noch neben ihm stehen. »Ich glaube aber

nicht, daß du wirklich so schlimm bist, wie die Leute sagen«, lächelte sie.
»Ich hab aber immer noch einen Steifen«, sagte er.
»Das ist dein Problem«, sagte sie. »Ich gehe jetzt runter und mache uns Essen.«

7

Zum ersten Mal in den zwei Wochen, die er jetzt bei *Caribbean Imports* arbeitete, klingelte die Glocke über der Ladentür. Joe hob den Blick von seiner Schreibmaschine, die er auf ein schmales Pult hinter der Theke gestellt hatte. Eine modisch gekleidete, hübsche Mulattin stand vor ihm. »Hallo, Joe«, sagte sie mit dem weichen Akzent einer Südstaatlerin.
Er warf ihr einen fragenden Blick zu.
Die junge Frau lächelte. »Du erinnerst dich wohl nicht an mich, was? Ich bin Lolita.«
Immer noch wußte Joe nicht recht, wen er vor sich hatte. Aber er erinnerte sich dunkel daran, daß am ersten Tag drei Frauen dagewesen waren, als er sich bei Jamaica vorgestellt hatte. »Ach ja«, sagte er. »Aber welche von den dreien sind Sie gewesen?«
Sie lachte. »Du kannst ruhig du zu mir sagen. Ich war die, die den Kaffee geholt hat.«
Joe nickte, aber in Wirklichkeit konnte er sich nur noch sehr undeutlich an jenen Donnerstag erinnern. »Heißt du wirklich Lolita?«
»Nein«, sagte sie. »So nennt uns nur Jamaica. Mein eigentlicher Name ist Charlie. Ich meine Charlotte.«
»Schön, dich kennenzulernen, Charlotte«, sagte Joe und streckte die Hand aus. Sie hatte eine warme, kleine Hand. »Kann ich was für dich tun?«
»Ich war nur gerade hier in der Nähe«, sagte sie. Ihre Hand lag immer noch in der seinen. »Was machst du denn immer so?«

»Ich arbeite«, sagte er und zeigte auf die Schreibmaschine hinter der Theke.
Sie streifte die Maschine mit einem flüchtigen Blick. »Schreibst du?«
»Ich versuche es wenigstens.«
Charlotte zog ihre Hand zurück. »Ist Jamaica da?«
»Er kommt nicht vor sechs wieder«, sagte Joe und warf einen Blick auf die Uhr. Es war erst Viertel vor vier.
»Ich hatte gehofft, ich würde ihn bei dir treffen«, sagte sie. »Ich brauche ein bißchen was.«
»Tut mir leid«, sagte Joe. »Er läßt mir nichts da. Den Stoff verwaltet er ganz allein. Ich nehme nur das Telefon ab.«
»Ich kann ja mal gucken, ob ich im Hinterzimmer was finde. Ein bißchen geht schließlich immer daneben.«
»Das Hinterzimmer ist abgeschlossen«, erwiderte Joe. »Und den Schlüssel gibt Jamaica nie aus der Hand.«
»Scheiße!« sagte sie. »Ich bin wirklich ganz fertig.« Sie warf ihm einen trübsinnigen Blick zu. »Du hast ja keine Ahnung, wie das ist auf der Straße. Ich bin dreimal vom Columbus Circle bis zum Times Square hinauf- und hinuntermarschiert und hab keinen einzigen Treffer gelandet.«
Joe bedauerte sie aufrichtig. Plötzlich fiel ihm etwas ein. »Irgendwo muß ich noch den Rest von einem sehr guten Joint haben«, sagte er. »Aber ich weiß nicht, ob er noch was taugt. Ich trage ihn schon ziemlich lange mit mir herum.«
»Ich kann alles brauchen«, sagte sie.
Er holte seine Zigarettenschachtel und fingerte einen zerdrückten, halbverbrannten Stummel heraus. Charlotte nahm ihn in die Hand wie eine Reliquie und schnupperte behutsam daran.
»Gar nicht so schlecht«, sagte sie, öffnete ihre Handtasche und nahm eine Haarklammer heraus. Sorgfältig klemmte sie den Stummel ein, ehe sie ein Streichholz anmachte. Sie inhalierte tief und hielt den Rauch in der Lunge fest, so lange es ging. Erst nach einer Minute stieß sie ihn wieder aus. »Du hast mir das Leben gerettet.«
Joe steckte sich eine Zigarette an, aber der stechende Geruch

des Marihuanas überdeckte den Tabakgeruch. Er spürte, daß ihm ein bißchen schwindlig wurde. Unwillkürlich starrte er auf die Stelle, wo sich Charlottes runde Brüste aus ihrem tiefen Blusenausschnitt heraushoben.
Sie lächelte entspannt. »Gefallen dir die schwarzen Dingerchen?« fragte sie.
»Ja, sehr!« sagte er.
Mit einem Finger zog sie den Rand ihrer Bluse noch weiter herunter. »Hast du schon mal so schöne violette Nippel gesehen?« fragte sie. »Sie stehen hoch wie schwarze Schwänze, findest du nicht?«
Joe starrte sie wortlos an. Er spürte bereits das Blut in seinem Schwanz pochen. Immer noch lächelte sie. »Einen hübschen kleinen Freund hast du da«, sagte sie und legte ihm die Hand auf die Hose.
»So etwas sollten wir lieber nicht machen«, sagte er. »Die Ladentür ist nicht abgeschlossen.«
»Das macht doch nichts«, sagte sie. »Hier kommt doch sowieso niemand. Magst du es französisch?«
»Ja, schon, aber . . .« – »Ich mach es dir besser als jedes andere Mädchen«, sagte sie. »Komm, wir gehen hinter die Theke, da sieht uns kein Mensch.« Charlotte schob ihn in den Halbschatten hinter die Theke, drückte sorgfältig die Überreste des Joints aus, kniete sich vor ihm hin und zog ihm die Hosen zur Hälfte herunter.
Joe spürte, wie seine Beine schwach wurden. Ein heftiges Gefühl zuckte durch seine Lenden. Plötzlich hörte er, daß neben ihm das Telefon klingelte. »Oh, nein!« stöhnte er, griff aber brav nach dem Hörer und sagte mühsam: »Caribbean Imports.«
Eine sehr kühle Frauenstimme drang an sein Ohr. »Spreche ich mit Mr. Crown?« fragte sie förmlich.
Er konnte kaum antworten. »Ja«, stöhnte er und lehnte sich an die Theke. Charlotte war jetzt mit ganzer Kraft bei der Arbeit. Ihre Augen lächelten.
»Hier spricht Laura Shelton«, sagte die Stimme an seinem Ohr. »Ich habe Ihnen eine erfreuliche Mitteilung zu machen.«

Er mußte sich mit dem rechten Arm aufstützen, um nicht von der Theke zu fallen. »Ja, Miß Shelton?« preßte er mühsam heraus.
»Tut mir leid, daß ich nicht schon früher anrufen konnte, aber wir hatten in letzter Zeit sehr viel zu tun. Erinnern Sie sich noch an die Geschichte über die Ladendiebin und den Detektiv, die Sie uns geschickt haben?«
»Ja«, keuchte er.
»Ich habe sie gerade an ›Colliers‹ verkauft. Für hundertfünfzig Dollar«, sagte sie.
»Oh, mein Gott!« schrie er. Ein gewaltiger Orgasmus zerriß seinen Körper. Er sah auf Charlotte hinunter. »Oh, mein Gott!« kreischte er.
Die Agentin mußte bemerkt haben, daß seine Stimme merkwürdig klang. »Mr. Crown?« fragte sie. »Mr. Crown, ist alles in Ordnung bei Ihnen?«
»Ja«, stöhnte er. »Völlig in Ordnung. Ich war nur so überrascht.«
»Sie scheinen ja wirklich begeistert zu sein«, sagte die Agentin zufrieden. »Eigentlich merkwürdig, daß wir uns noch nie persönlich begegnet sind, nicht wahr?«
Joe sah auf die Schwarze hinunter, die immer noch vor ihm kniete. »Ja«, sagte er, jetzt wesentlich entspannter. »Es war ein ganz eigenartiges Gefühl.«
»Wir sollten jetzt vielleicht über die Einzelheiten unserer weiteren Zusammenarbeit sprechen«, sagte Miß Shelton. »Können Sie morgen zu mir ins Büro kommen? Ich bereite schon mal einen Vertragsentwurf vor, und Ihren Scheck für die Kurzgeschichte können Sie auch gleich mitnehmen.«
»Wäre Ihnen halb elf recht?« fragte er.
»Ja, wunderbar«, sagte sie.
»Vielen Dank«, sagte Joe. »Und bitte richten Sie auch Ihrer Schwester meinen herzlichen Dank aus.«
»Das tue ich gern, Mr. Crown«, sagte sie. »Ich freue mich auf Ihren Besuch. Bis morgen dann, Mr. Crown.«
»Auf Wiedersehen, Miß Shelton.« Endlich konnte er auflegen. Kopfschüttelnd beugte er sich zu Charlotte hinunter, die

ihn immer noch fest in der Faust hielt. »Was machst du da eigentlich?« fragte er. »Willst du ihn rausreißen?« Er starrte sie verwirrt an. Was da geschah, war ihm unangenehm. Joe glaubte zu spüren, wie ihre spitzen Fingernägel seine Haut aufrissen. Mit einem lauten Schrei schlug er sie quer übers Gesicht und stieß sie dabei auf den Boden. »Du Miststück!« kreischte er wütend.
Sie hielt sich die Hand auf den Mund. »Ich wollte dir doch nur Lust machen«, sagte sie dumpf.
Plötzlich ging die Tür des Hinterzimmers auf und Jamaica stand hinter Charlotte. Joe hatte den Seiteneingang des Ladens völlig vergessen.
Der Schwarze schien die Situation sofort zu erfassen. »Hast du ihm weh getan, Lolita?«
Die Stimme der Frau wurde ängstlich. »Nein, Süßer, ich habe nur Spaß gemacht.«
»Wie oft habe ich dir schon gesagt, du sollst nicht in den Laden kommen, wenn ich dich nicht herbestellt habe?«
Charlotte krümmte sich wimmernd zusammen und versuchte, zur Tür zu kriechen. »Ich wollte doch nichts weiter«, stöhnte sie. »Ich dachte, du wärst vielleicht hier.«
»Du verdammte Lügnerin!« brüllte Jamaica. »Du wolltest bloß Stoff haben! Jetzt kriegst du eine anständige Abreibung!« Dann schleifte er sie mit einer Hand ins Hinterzimmer und schloß die Tür hinter ihr.
»Es tut mir leid«, sagte Joe ängstlich.
»Du kannst nichts dafür«, sagte der Schwarze, »sie ist ein übles Luder. Sie hält sich einfach nicht an die Regeln.«
»Aber es war doch nicht nötig, sie so zu behandeln.«
Jamaica sah ihn verblüfft an. »Wer hat sie denn zuerst geschlagen?« fragte er. »Du oder ich?«
Joe gab keine Antwort.
»Du bist eben noch jung«, sagte Jamaica und wandte den Blick ab. »Du wirst es schon auch noch begreifen.« Er entdeckte das Telefon, das immer noch auf der Theke stand. »Wer hat angerufen?«
»Meine Agentin«, sagte Joe eifrig. Plötzlich fiel ihm wieder

ein, daß er jetzt endlich ein richtiger Schriftsteller war. »›Colliers‹ bringt eine Geschichte von mir.«
»Zum erstenmal, was?«
»Ja.«
»Herzlichen Glückwunsch«, sagte Jamaica.
»Danke«, sagte Joe. »Ich kann es noch gar nicht glauben, wahrscheinlich hat meine Agentin gedacht, ich wäre verrückt. Lolita war gerade mit mir beschäftigt, als ich am Telefon war.«
Jamaica grinste. »Nicht schlecht, da bist du gleich doppelt bedient worden.«
Joe schüttelte den Kopf. »Ich kann es immer noch nicht glauben.«
Jamaica zog schnüffelnd die Luft ein. »Kann es sein, daß es hier nach Gras riecht?«
»Ja«, sagte Joe. »Ich habe einen alten Joint gehabt. Den hat sie geraucht.«
»Keins der Mädchen kriegt Stoff, außer wenn ich es erlaube! Verstanden?«
»Verstanden. Tut mir leid«, sagte Joe.
»Gut. Wenn du es kapiert hast, können wir die Sache vergessen.« Jamaica zog sein Notizbuch heraus. »Ich habe da ein paar Bestellungen. Kannst du sie ausliefern?«
»Ja, natürlich. Das ist ja mein Job«, sagte Joe.

8

Die Agentur Piersall & Marshall war in einem renovierten Altbau zwischen der Madison und der Fifth Avenue untergebracht. Ein Messingschild am Staketenzaun wies darauf hin, daß die Büros sich im vierten Stockwerk befanden. Der Eingang des Hauses lag etwas tiefer als der Gehsteig, und Joe mußte ein paar Stufen hinabgehen, ehe er die schwarzgestrichene Tür und den mit hellen Fliesen ausgelegten Flur dahinter erreichte. Der Aufzug hatte ein altmodisches Scherengitter

mit Jugendstilmustern. Joe stellte sich hinein und drückte den Knopf. Rumpelnd und quietschend setzte sich das Gefährt in Bewegung.
Die Empfangsdame warf ihm einen zweifelnden Blick zu.
»Ich möchte zu Miß Shelton«, sagte Joe unsicher.
»Wie ist Ihr Name, bitte?« fragte sie geschäftig.
»Joe Crown.«
»Sind Sie verabredet?«
»Ja«, nickte er.
Sie nahm ihren Telefonhörer und drückte auf eine Taste. »Miß Shelton? Sie haben Besuch. Mr. Crown.« Sie legte den Hörer zurück und zeigte auf eine Sitzgruppe, die aus einem zweisitzigen Sofa, zwei mit abgewetztem Leder bezogenen Sesseln und einem Couchtisch bestand, der mit Zeitschriften, Illustrierten und Magazinen bedeckt war. »Bitte nehmen Sie einen Augenblick Platz«, sagte sie. »Es dauert ein paar Minuten. Miß Shelton ist gerade in einer Besprechung.«
Joe setzte sich. Die Wände waren mit brauner Farbe gestrichen, die an einigen Stellen schon abblätterte. Die gerahmten Stiche waren ausgeblichen.
Joe warf der Empfangsdame einen verstohlenen Blick zu. Aber sie versuchte offenbar, ihn wie Luft zu behandeln. Ihr Blick war ins Leere gerichtet.
Aus der Telefonanlage kam ein Summen. »Piersall & Marshall«, säuselte die Empfangsdame. Dann begannen ihre Augen zu leuchten. »Jawohl, Mr. Steinbeck. Ich stelle Sie sofort zu Mr. Marshall durch. Augenblick, bitte.« Sie hantierte an ihrer Schalttafel, und als sie den Hörer wieder aufgelegt hatte, schenkte sie Joe einen bedeutsamen Blick. »Das war John Steinbeck, der Schriftsteller«, sagte sie wichtig. Joe nickte. »Sie haben sicher schon von ihm gehört«, fuhr sie unbeirrt fort. »Er ist einer von unseren Klienten.«
Joe ärgerte sich. »Ich gehöre auch zu Ihren Klienten«, sagte er.
Ihre Nase schien sich ein paar Zentimeter zu heben. »Ich habe Ihren Namen bisher noch nicht sehr häufig gehört«, sagte sie.

»Das wird sich bald ändern«, erklärte er selbstsicher. Mit einem Ruck stand er auf. »Gibt es hier irgendwo eine Toilette?«
»Ja, unten im zweiten Stock, hinter dem Fahrstuhl«, sagte sie. »Aber ich glaube, Miß Shelton ist gleich soweit.«
»Dann wird sie einen Augenblick warten müssen«, sagte Joe, »es sei denn, Sie erlauben mir, in den Topf mit dem Gummibaum dahinten zu pinkeln.« Noch ehe sie antworten konnte, war er beim Aufzug und zog die Tür hinter sich zu.

»Miß Shelton erwartet Sie«, sagte die Empfangsdame knurrig, als Joe zurückkam. »Das zweite Büro links hinter der Glastür.«
»Vielen Dank«, sagte er.
Wie sich herausstellte, hatte Miß Shelton ein Namensschild an der Tür. Joe klopfte.
»Herein«, rief eine Frauenstimme von drinnen.
Es war ein kleines Büro. Der Schreibtisch war mit ordentlich gestapelten Manuskripten bedeckt. Miß Shelton war eine schlanke junge Frau Mitte Zwanzig, ihr sandfarbenes Haar hatte sie zu einem straffen Knoten gebunden, ihre helle Haut schimmerte matt, die klaren blauen Augen waren hinter einer Brille verborgen. Als er eintrat, erhob sie sich und gab ihm die Hand. »Mr. Crown«, sagte sie. »Ich freue mich, Sie zu sehen.«
»Das Vergnügen ist ganz meinerseits«, erwiderte Joe.
Sie wies auf den Besucherstuhl. »Waren Sie überrascht, als ich Sie anrief?« fragte sie lächelnd.
»Allerdings«, sagte er. »Ich konnte es zuerst gar nicht glauben.«
»Das war deutlich zu hören«, sagte sie. Ihre Blicke begegneten sich.
»Jetzt brauche ich ein paar Unterschriften und so etwas von Ihnen«, sagte sie.
»Ja, natürlich«, sagte er. »Ich verstehe.«
»Es geht um dreierlei«, sagte sie. »Erstens habe ich hier einen Agenturvertrag, der uns berechtigt, Sie nach jedem Rechte-

verkauf, den wir für Sie machen, ein Jahr lang weiterzuvertreten. Diese Frist ist nicht kumulativ – sie wird nur immer vom jeweils letzten Verkauf an gerechnet.«
Joe nickte.
»Das zweite ist, daß wir einen kurzen Lebenslauf von Ihnen brauchen, damit wir Verleger und Rezensenten, die sich für Sie interessieren, mit Informationen versorgen können. Auch ein paar Fotos könnten nicht schaden.«
»Was für Angaben brauchen Sie da?« fragte Joe mißtrauisch.
»Alter, Geburtsort, Ausbildung, Hobbys und so weiter.«
»Das ist einfach«, lachte er. »Ich habe nie etwas Besonderes getan. Ich bin in Brooklyn geboren.« Das stimmte. »Ich bin fünfundzwanzig.« Das war gelogen, in Wirklichkeit war er drei Jahre jünger. »Ich habe 1938 an der Townsend Harris High School Examen gemacht.« Eine Lüge. »Ich habe an der CCNY Literatur und Journalismus studiert, mußte aber nach drei Jahren ohne Examen abgehen, um Geld zu verdienen.« Lügen, alles Lügen.
Die Agentin hatte sich ein paar Notizen gemacht. Jetzt sah sie von ihrem Blatt auf. »Haben Sie Hobbys? Treiben Sie Sport, oder spielen Sie Schach?«
»Nein, so etwas nicht«, sagte er.
»Aber Sie interessieren sich für andere Dinge?« fragte sie.
»Ja«, sagte er. »Aber ich glaube, das gehört nicht hierher.«
»Überlassen Sie das ruhig mir«, sagte Miß Shelton. »Was interessiert Sie am meisten?«
Er zögerte. Dann zuckte er mit den Schultern. »Sex«, sagte er.
Sie lachte und schien dabei zu erröten. »Sie haben viel Sinn für Humor, Mr. Crown.«
»Ach, bitte nennen Sie mich einfach Joe«, sagte er. »War da nicht noch ein dritter Punkt?«
Miß Shelton war offensichtlich verwirrt. »Oh, ja. Hier ist die Vereinbarung mit ›Colliers‹, und hier ist der Scheck. Das Honorar beträgt, wie gesagt, einhundertfünfzig Dollar. Davon ziehen wir unsere übliche Provision von zehn Prozent und die Unkosten für Porto und Telefon ab. Netto erhalten Sie einen

Scheck über hundertachtundzwanzig Dollar und fünfzig Cents.«
Joe drehte seinen Scheck in den Händen und strahlte sie an. »Miß Shelton, ich könnte Sie küssen«, sagte er schließlich.
Sie lachte. »Damit sollten wir lieber warten, bis wir noch ein paar mehr Geschichten verkauft haben«, sagte sie. »Schicken Sie mir soviel wie möglich, damit ich den Markt damit eindecken kann. Sie sind ein guter Schriftsteller, Mr. Crown. Ich bin sicher, Sie werden großen Erfolg haben.«

Als Joe die Ladentür aufstieß, fand er Jamaica hinter der Theke. »He, Mann, ich hab gute Nachrichten«, grinste der Schwarze.
Joe war verblüfft. »Gute Nachrichten?« fragte er mißtrauisch.
Jamaica nickte. »Du kriegst einen besseren Job.«
»Ich verstehe nicht ganz«, sagte Joe. »Ich hab mich doch gar nicht beschwert. Ich behalte lieber den alten.«
Jamaicas Lächeln verschwand. »Du hast gar keine Wahl«, sagte er. »Und ich auch nicht. Es ist eine Anregung von Mister B.«
Joe dachte einen Augenblick nach. »Was soll ich denn machen?«
»Das erkläre ich dir im Auto«, sagte Jamaica.
Joe folgte ihm ins Hinterzimmer. Es war leer. Die Tische waren zusammengeklappt, die Mädchen gegangen. Mit ein paar schnellen Handgriffen schloß Jamaica die Schränke und Kühlschränke ab. »Du kannst die Ladentür abschließen«, sagte er. »Wir treffen uns dann auf der Straße.«
Joe brauchte nicht lange zu warten. Schon nach ein oder zwei Minuten hielt Jamaicas schwarzer, glänzender Packard 12 neben ihm. Jamaica hielt ihm die Tür auf, und Joe setzte sich auf den Beifahrersitz.
»Wer kümmert sich denn um den Laden?« fragte Joe.
»Das ist nicht so wichtig«, sagte Jamaica. Er fuhr die Eighth Avenue hinauf zum Columbus Circle, aber erst, als sie am Central-Park entlangfuhren, begann er zu sprechen. »Erinnerst du dich noch an die Lolitas, die für mich arbeiten?«

Joe preßte die Lippen zusammen. »Ja«, sagte er.
Jamaica lenkte den großen Wagen lässig durch den dichten Verkehr. »Ich habe noch eine weitere Gruppe Lolitas in der Stadt oben«, sagte er. »Richtige Klassefrauen. Weiße Mädchen, alle aus der besten Gesellschaft. Es ist ein Bombengeschäft. Mister B. und das Syndikat teilen sich den Gewinn je zur Hälfte.«
Joe starrte auf die Bäume des Parks, die zum Greifen nah schienen.
»Und was habe ich mit deinen Lolitas zu tun?«
»Ich habe vier alte Häuser in der 92. Straße«, sagte Jamaica. »Wir haben sie renoviert und möblierte Wohnungen daraus gemacht. Insgesamt sind es siebzig Apartments, und die Hälfte davon haben diese Lolitas gemietet. Wir verwalten die Häuser und sorgen dafür, daß die nötigen Reparaturen durchgeführt werden. Wir stellen auch den Hausmeister und Dienstmädchen an. Die Mädchen zahlen zwischen zweihundert und vierhundert Dollar die Woche, je nach Geschäftslage. Der bisherige Verwalter hat einen Fehler gemacht. Er hat versucht, sich selbst ein Stück aus dem Kuchen zu schneiden.«
»Ihr habt ihn gefeuert?«
»In gewisser Weise«, sagte Jamaica. »Aber das gehört nicht zu meiner Abteilung, und in die Angelegenheiten meiner Partner mische ich mich lieber nicht ein. Heute morgen jedenfalls hat Mister B. angerufen und mir gesagt, ich soll dich hinschikken.«
»Und was ist, wenn ich nicht will?« fragte Joe.
Jamaica warf ihm einen warnenden Blick zu. »Das wäre sehr dumm. Mister B. tut dir und deinem Vater einen großen Gefallen. Und wenn er dir einen tut, dann tust du ihm auch einen. Alles andere wäre sehr, sehr dumm.«
Joe sagte nichts.
»Es ist ja nicht für immer«, sagte Jamaica. »Nur zwei oder drei Monate, bis sie wieder einen Profi haben. Die wissen doch, daß du Schriftsteller bist und daß dir der Mumm zu so etwas fehlt. Aber Mister B. hat gesagt, eine Weile könntest du die

Sache schon übernehmen und dann seien deine Schulden bezahlt.«

Jamaica ließ den Wagen langsamer werden und bog dann durch den Gegenverkehr in die 92. Straße ab. Vor einem Haus, dessen Eingang mit einem gelben Baldachin überdeckt war, hielt er an und zog den Zündschlüssel ab.

Mißmutig warf Joe einen Blick auf das Haus. Auf dem Baldachin stand in weißer Schrift: UPTOWN HOUSE, möblierte Apartments. Der Eingang selbst bestand aus einer eleganten, messingumrahmten doppelten Glastür. »Gibt es da drin ein Büro, wo ich arbeiten kann?« fragte Joe.

»Das kann man wohl sagen«, erwiderte Jamaica. »Du kriegst sogar eine richtige Wohnung.«

»Wozu brauche ich denn eine Wohnung?«

»Weil du hier wohnen wirst«, sagte Jamaica. »Das gehört dazu. Mister B. hat es deinem Vater schon mitgeteilt. Er hat gesagt, es wäre schlecht, wenn du dich da sehen ließest, wo du jetzt wohnst. Die Nachbarn könnten dich bei der Einberufungsbehörde verpfeifen.«

»Da gibt's doch nichts zu verpfeifen. Ich habe ja noch gar keinen neuen Bescheid.«

Jamaica zog einen kleinen Briefumschlag aus der Tasche. Er sah zu, wie Joe ihn öffnete und die darin befindliche Mitteilung las: JOE CROWN. Kategorie: Vier-F. Ausgestellt am 22. Oktober 1942. »Jetzt hast du ihn«, sagte Jamaica gleichmütig.

Joe starrte ihn ungläubig an.

»Es ist doch nicht das Ende der Welt«, sagte der Schwarze. »Und wenn du wirklich so scharf auf Pussys bist, wie du immer behauptest, wird es dir am Ende noch vorkommen, als wärst du im Paradies.«

Seine Mutter sah ihn mißtrauisch an. »Was soll das für ein Job als Hausmeister sein, bei dem du angeblich hundert Dollar die Woche verdienst? Und kostenlos eine Dreizimmerwohnung dazukriegst? Ein Hausmeister muß froh sein, wenn er einen Verschlag unter dem Dach oder ein Kellerloch bekommt. Und Gehalt kriegt er gar nicht. Da steckt doch was dahinter, mein Junge! Wahrscheinlich endest du im Gefängnis oder noch schlimmer.«
»Du meine Güte! Stell dich bloß nicht so an, Mutter!« erwiderte Joe. »Erstens bin ich kein Hausmeister, sondern Verwalter. Ich verwalte siebzig Wohnungen und Mieteinnahmen von sieben- oder zehntausend Dollar die Woche. Und zweitens habe ich genug Zeit zum Schreiben. Und darauf kommt es ja an. Dieser Scheck über hundertfünfzig Dollar von ›Colliers‹ ist erst der Anfang.«
»Erstens hast du bloß hundertachtundzwanzig gekriegt«, sagte seine Mutter, »und zweitens: Woher willst du wissen, daß du noch mal was verkaufst? Hast du irgendwelche Garantien dafür?«
»Ach, Scheiße!« sagte Joe und stand unwillig auf. Ärgerlich sah er zu seinem Vater hinüber, der ungewöhnlich still bei Tisch gesessen hatte. »Papa, könntest du ihr bitte erklären, warum ich diesen Job nehmen muß?«
Phil Kronowitz starrte seinen Sohn einen Augenblick hilflos an, dann wandte er sich seiner Frau zu. »Es ist ein guter Job, Marta«, sagte er leise. »Meine Freunde würden nichts tun, was Joe irgendwie schadet.«
»Deine Freunde«, fauchte Marta, »sind Gangster.«
Phils Gesicht wurde dunkelrot. »Gangster!« keuchte er mühsam. »Wer wollte denn sein Baby unbedingt vor dem Wehrdienst bewahren? Meine Freunde waren das nicht. Du warst das, und meine Freunde haben nur getan, was du wolltest. Jetzt hat dein Joe seine Vier-F-Karte. Und dafür muß er bezahlen, genauso wie ich! Ob dir das nun paßt oder nicht!«
»Und deswegen soll mein Sohn ins Gefängnis? Oder sich von

den Bullen abknallen lassen oder noch was Schlimmeres?« kreischte Marta.
»Dein süßer kleiner Junge wird schon dann ins Gefängnis wandern, wenn sie rauskriegen, daß er einen gefälschten Musterungsbescheid hat«, sagte Phil keuchend. »Halt jetzt die Klappe, ehe ich einen Herzanfall kriege.«
Marta bekam es mit der Angst zu tun. »Ruhig, Phil. Beruhige dich doch! Ich hole dir gleich deine Pillen.« Sie warf Joe einen anklagenden Blick zu. »Siehst du, was du wieder gemacht hast? Dein armer Vater!«
»Es geht schon wieder«, sagte Phil Kronowitz. »Ich brauche bloß etwas Ruhe.«
»Ich würde die Wohnung gern erst mal sehen und richtig saubermachen, ehe Joe einzieht«, erklärte Marta. »Man weiß ja, wie schmutzig die Leute heute sind. Wahrscheinlich wimmelt es da von Kakerlaken und Mäusen, und die Bettlaken starren vor Schmutz.«
Phil blieb vollkommen ruhig. »Okay, Mama, du kannst die Wohnung inspizieren. Aber erst, nachdem Joe schon ein paar Tage da wohnt. Sonst störst du womöglich noch jemand.«
Marta gab sich geschlagen. »Okay«, seufzte sie. »Ich kann warten. Aber was soll ich den Nachbarn sagen, wenn sie fragen, wo unser Sohn plötzlich ist?«
Phil schüttelte den Kopf. »Die ganze Nachbarschaft weiß, daß er zur Musterung muß. Wenn er weg ist, sagst du ihnen einfach, er wäre einberufen worden. Das ist ja schließlich der Grund, warum er hier weg muß.«
»Und was ist mit der Hochzeit von Stevie und Motty? Was werden die Nachbarn sagen, wenn er zur Hochzeit seines eigenen Bruders nicht da ist?«
Joe warf Motty einen verblüfften Blick zu. Sie hatte ihm gar nicht erzählt, daß sie mit seinen Eltern über Stevies Heiratsantrag gesprochen hatte. Motty wich seinem Blick aus. Er wandte sich an seine Mutter. »Vielleicht kann ich bis dahin schon ohne weiteres wieder herkommen.«
»Oh, nein«, sagte sein Vater energisch. »Jeder weiß doch, daß man während der Grundausbildung keinen Urlaub bekommt.

Wenn du hier plötzlich auftauchen würdest, wüßten alle Bescheid, daß etwas nicht stimmt.«
»Ich glaube, ich gehe mal besser rauf und pack meine Sachen«, sagte Joe.
Auch sein Vater erhob sich abrupt. »Ich muß noch etwas erledigen«, sagte er. »Ich komme gegen halb elf zurück.«
»Jeden Montag- und Mittwochabend mußt du stundenlang weg, um dein Geld zu kassieren«, beklagte sich Marta. »Warum zahlen die Leute eigentlich nicht mehr am Freitag wie früher?«
»Wir machen jetzt viel mehr Umsatz«, sagte Phil. »Wenn ich den Leuten nicht auf die Pelle rücke, kriegen wir unser Geld nie.« Er war bereits auf dem Weg zur Tür. »Um halb elf bin ich zurück«, sagte er noch einmal.
»Vergiß deine Pillen nicht«, rief Marta hinter ihm her.
Phil zog eine kleine Schachtel aus seiner Tasche und zeigte sie seiner Frau. »Ich hab sie dabei«, sagte er. »Alles in Ordnung.«

Als er den Wagen seines Vaters zurückkommen hörte, hatte Joe gerade seinen Koffer gepackt und mit einiger Mühe den Deckel geschlossen. Die Hintertür öffnete sich, dann kam sein Vater mit schweren Schritten die Treppe herauf und verschwand im Elternschlafzimmer. Kurz darauf hörte man Geräusche im Badezimmer, und wenig später stellte Joe fest, daß seine Eltern das Licht gelöscht haben mußten.
Joe hatte nicht alle seine Manuskripte in den Koffer gekriegt. Einige lagen noch auf dem Tisch. Er setzte sich auf die Bettkante und begann, sie noch einmal zu lesen. Eine der Geschichten war noch mit Bleistift geschrieben, sie mußte ungefähr fünf Jahre alt sein. Damit hatte er seine Englischlehrerin beeindrucken wollen. Sie war der erste Mensch gewesen, der ihm bestätigt hatte, daß er Talent zum Schriftsteller habe.
Die Tatsache, daß ihr breiter Ausschnitt ihm mindestens ein- oder zweimal einen langen Blick auf ihren wunderschönen runden Busen und ihre exquisiten rosa Brustwarzen gewährt

hatte, war zwar nicht die einzige Ursache für seine Entscheidung gewesen, ein berühmter Schriftsteller zu werden, aber sie hatte einiges damit zu tun. Davon handelte auch seine Geschichte: Ein Schüler an der High School verliebt sich in seine Englischlehrerin, weil er glaubt, sie habe ihn absichtlich in ihr Dekolleté sehen lassen. Seine Illusionen werden zerstört, als er mit einem Blumenstrauß vor ihrer Tür steht und ihr Ehemann öffnet. Über ein Jahr hatte Joe von dieser Englischlehrerin geträumt und fast zehn Tuben Vaseline verbraucht, um seinen wundgeriebenen Penis zu heilen. Seine Mutter war außerordentlich wütend über die fettigen Laken gewesen. Als er jetzt die Geschichte erneut las, merkte er natürlich sofort, daß er über seine Frustrationen hätte schreiben sollen, statt eine melodramatische, völlig fiktive Liebesgeschichte zu konstruieren. Er warf das Manuskript auf den Boden, zog sich aus und legte sich hin. Einen Augenblick überlegte er, ob er noch einmal aufstehen sollte, um sich die Zähne zu putzen, aber dann fand er es doch zu mühsam und knipste das Licht aus. Seine Augen gewöhnten sich rasch an die Dunkelheit, und er verfolgte die beweglichen Schatten, welche die Straßenlaterne am Ende der Auffahrt an die Decke seines Schlafzimmers warf. Die Schatten begannen eben sacht zu verschwimmen, als ihn ein Klopfen hochschrecken ließ.

Es war ein eigenartiges Geräusch, denn es kam weder von der Tür noch vom Korridor. Joe setzte sich auf. Wieder klopfte es. Und jetzt hörte er Mottys Stimme. Sie schien aus der Wand hinter dem Bett seines Bruders zu kommen.

Joe stand auf, kniete sich auf Stevies Bett und preßte das Ohr an die Wand. »Motty?«

»Ja«, flüsterte sie. »Kannst du den Riegel der alten Schiebetür aufmachen?«

Joe hatte oft an diese Tür gedacht. Seine Eltern hatten sie zusperren lassen, als Motty eingezogen war, und als er noch jünger war, hatte er sich oft genug vorzustellen versucht, wie sich Motty im Nebenzimmer an- oder auszog. Er zog Stevies Bett ein Stückchen ins Zimmer und lockerte die Riegel. Sie waren jahrelang geschlossen gewesen und saßen sehr fest.

Schließlich glitten sie mit einem leisen Kratzen zur Seite. Es gelang ihm, die Tür ein kleines Stück aufzuschieben. Motty steckte den Kopf in sein Zimmer. »Bist du noch wach?« fragte sie.
»Natürlich nicht«, sagte er. »Ich mache immer solche Sachen im Schlaf.«
»Sei kein Ekel«, bat sie. »Ich muß mit dir reden.«
Er kniete immer noch auf dem Bett, und sein Gesicht war auf gleicher Höhe mit ihrem. »Warum bist du dann nicht durch die Tür gekommen?«
»Ich wollte nicht, daß deine Eltern mich auf dem Flur sehen«, sagte sie. »Du weißt doch, wie sie sind. Vor allem deine Mutter.«
Joe nickte. »Ich weiß. Komm rein.« Er stand auf.
»Es wäre besser, wenn du zu mir kommst«, sagte sie. »Dein Zimmer ist direkt neben ihrem.«
Leise rutschte er über das Bett und quetschte sich mühsam durch die schmale Öffnung in Mottys Zimmer. Hier mußte er feststellen, daß er zwischen der Wand und ihrer Kommode eingeklemmt war. Als er sich daran vorbeischob, riß er sich an der Schulter die Haut auf. »Scheiße!« flüsterte er und rieb sich die Schulter.
»Hast du dir weh getan?« fragte sie.
»Nein, nein«, sagte er. »Na, was ist denn so wichtig?«
Motty starrte ihn an. »Du bist ja nackt.«
»Verdammt noch mal! Ich hab im Bett gelegen und wollte gerade einschlafen«, knurrte er. »Ich hatte keine großen Besuche mehr vor.«
»Ich hol dir ein Handtuch«, sagte sie eifrig.
Sie huschte quer durchs Zimmer zum Schrank. Unter ihrem Morgenmantel trug sie ein Baumwollnachthemd. Sie nahm ein Handtuch heraus und hielt es ihm hin. Die Augen hatte sie verlegen zur Seite gerichtet. Joe schlang sich das Tuch um die Hüften und seufzte. »Okay«, sagte er. »Du darfst wieder hersehen.«
Sie lächelte. »Ich hab dir noch gar nicht zu deiner Geschichte gratuliert, die im ›Colliers‹ abgedruckt wird.«

»Vielen Dank«, sagte er. »Eigentlich müßte ich dir gratulieren. Erinnerst du dich noch daran, daß du mir mal erzählt hast, einer eurer Hausdetektive hätte eine Frau, die er beim Ladendiebstahl erwischt hatte, mit in sein Büro genommen und dort vergewaltigt?«
»So eine widerliche Geschichte hat ›Colliers‹ gekauft?« fragte Motty entsetzt.
»Ich hab sie ein bißchen verändert«, sagte Joe. »Ich habe daraus eine Liebesgeschichte gemacht. Der Detektiv versucht, das Mädchen vor einer Strafverfolgung zu schützen, und verliert deshalb seinen Job.«
»Wie schön«, flüsterte Motty gerührt. »Wirklich schön.« Sie schwieg einen Augenblick, dann begann sie plötzlich zu weinen.
»Was zum Teufel soll denn das?« fragte Joe.
»Ach, nichts«, sagte sie. »Ich habe nur Angst.«
»Wovor denn?« fragte er. »Es ist doch alles in Butter. Du heiratest Stevie. Mama ist glücklich darüber und froh, daß ich jetzt Vier-F habe. Wovor hast du Angst?«
»Es wird alles so anders«, sagte sie. »Du ziehst hier weg und bist plötzlich nicht mehr im Nebenzimmer wie bisher.«
»Das hat nichts zu bedeuten«, erwiderte er. »Wir können uns jederzeit in der Stadt treffen. Es ist doch nur auf der anderen Seite vom Fluß und nicht am Ende der Welt.«
»Aber hier zu Hause gibt es niemanden mehr, mit dem ich reden könnte«, sagte sie trübsinnig.
Er legte ihr den Arm um die Schultern und streichelte sie. »Sei keine Heulsuse«, sagte er leise. »Wir können doch jederzeit telefonieren.«
»Das ist nicht dasselbe«, flüsterte sie.
»Bald bist du verheiratet, und dann ist sowieso alles anders«, sagte er und strich ihr sanft übers Haar. Ein leichtes Zittern durchlief ihren Körper. »Es wird sicher alles sehr schön«, sagte er.
»Nein«, sagte sie heftig und wandte ihm ihr Gesicht zu. »Es wird nie mehr so sein, wie es jetzt ist.«
Er sah sie an und senkte seinen Blick suchend in ihre Augen.

Behutsam näherten seine Lippen sich ihrer Stirn und glitten dann über ihre Nasenspitze hinunter zum Mund. Er spürte die Hitze ihres Körpers durch den Morgenmantel hindurch. Sein Geschlecht begann sich zu rühren. »Das ist doch Wahnsinn«, sagte er heiser.
Motty bewegte sich nicht, sondern preßte sich nur noch heftiger an seine Brust. Ihre Hüften schienen den Widerstand und die heiße Kraft seiner Lenden zu suchen. Lautlos und engumschlungen bewegten sie sich zum Bett. Das Handtuch fiel von ihm ab, und mit zwei raschen Handgriffen streifte er Motty den Morgenrock von den Schultern und zog ihr das Nachthemd über den Kopf. »Motty«, flüsterte er.
»Sag nichts!« erwiderte sie. »Nimm mich.«

10

Von der Auffahrt war das Motorengeräusch von Onkel Phils Chevy zu hören. Motty glitt aus dem Bett und spähte zum Fenster hinaus. In der grauen Morgendämmerung sah sie den Wagen rückwärts zur Straße rollen und wegfahren. Leise ging sie wieder ins Bett.
Joe lag nackt auf der Decke und schlief. Nachdenklich betrachtete sie seinen Körper. Es war alles so merkwürdig. Es kam ihr vor, als hätte er immer so bei ihr gelegen. Sie hatte gedacht, sie würde sich schrecklich schuldig fühlen, wenn endlich geschah, worauf sie schon so lange gewartet hatte. Statt dessen war alles ganz anders. Eigentlich war sie bloß wütend über sich selbst. Warum hatte sie bloß so lange gewartet? Warum hatte sie ihre Wünsche jahrelang unterdrückt? Sie berührte Joe an der Schulter.
Langsam, immer noch schlafend, rollte er sich auf die Seite. Als sie seine morgendliche Erektion sah, spürte sie eine leichte Erregung. Neugierig nahm sie sein volles, schweres Geschlecht in die Hand. Joe schlug die Augen auf. Sein Blick suchte erst ihre Hand, dann ihr Gesicht. Er schwieg.

Ein weiches, stilles Lächeln trat auf ihr Gesicht. »Es ist so schön«, sagte sie. Er gab keine Antwort.
»Warum haben wir bloß so lange gewartet?« flüsterte sie.
Joe schüttelte den Kopf. »Ich habe immer gewollt«, sagte er, »aber . . .«
»Ich war so dumm«, sagte sie. »Ich hatte Angst.«
»Aber von nun an wird alles anders«, sagte er. »Wir werden schon einen Weg finden.«
Motty schüttelte den Kopf. »Nein«, sagte sie leise. »Es war wunderschön, und so soll es auch bleiben. Wenn wir mehr daraus zu machen versuchen, wird es am Schluß eine schmutzige Geschichte, die uns alle zerstört und deine ganze Familie kaputtmacht.«
Sein Puls klopfte. »Ich glaube, ich bin gleich wieder soweit«, sagte er.
»Ich bin auch ganz naß«, sagte sie und warf ihm einen zärtlichen Blick zu. »Oh, verdammt!« rief sie plötzlich erschrocken. »Das ganze Bett ist voll Blut!«
»Was ist denn gewesen?« fragte er. »Hast du deine Periode?«
Mit einer raschen Bewegung erhob sie sich aus dem Bett. »Nein, du Idiot! Ich bin Jungfrau gewesen.«
Joe starrte sie mit offenem Mund an.
»Jetzt muß ich sofort die Bettwäsche abziehen«, sagte sie. »Wenn deine Mutter das sieht, weiß sie sofort, was wir gemacht haben. Dann bringt sie mich um!«
Widerwillig spürte Joe einen naiven Stolz in sich aufsteigen. Selbst auf der High School hatte er kein Mädchen gehabt, bei dem er die ersten Kirschen gepflückt hätte. »Mutter braucht doch gar nichts zu wissen«, lächelte er. »Sag ihr einfach, deine Periode hätte dich überrascht.«
»Das glaubt sie mir nie«, sagte Motty. »Sie beobachtet meine Periode genauer als ich.«

Die Schreibmaschine und die Stapel von Manuskripten und Papier hatte Jamaica schon in die 92. Straße gebracht, ehe Joe seine neue Wohnung zum ersten Mal aufsuchte. Joe brauchte nur noch auszupacken.

Die Wohnung war gar nicht so übel. Die Möbel waren etwas schäbig, aber ganz brauchbar. Im Wohnzimmer gab es eine mit Kunstleder bezogene Sitzecke, die aus einer dreisitzigen Couch, einem passenden Sessel, einem Couchtisch, zwei kleineren Beistelltischen und zwei gemütlichen Lampen bestand. Vor einem der Fenster stand ein Eßtisch mit zwei Stühlen, dahinter befand sich die schmale Kochnische. Das Schlafzimmer war dunkelgrün gestrichen und mit einem Bett, einem Nachttisch, einem Kleiderschrank und einer Kommode versehen, deren helleres Grün den Geschmack eines professionellen Innenarchitekten verriet. Eine gelbe Tagesdecke aus Kunstseide verhüllte das Deckbett und Kopfkissen. Im Badezimmer herrschte das nüchterne Weiß der amerikanischen Standardausführung, lediglich die sonnengelben Vorhänge vor der Dusche und vor dem Fenster sorgten für Farbtupfer. Im Badezimmer gab es zwei Lampen: eine an der Decke und eine über dem Spiegel am Waschbecken.
Innerhalb einer halben Stunde hatte Joe seine Hosen und Jakken im Schrank aufgehängt, seine Wäsche in der Kommode verteilt und seine beiden Koffer in einem unauffälligen Winkel verstaut. Die Schreibmaschine stellte er auf den Eßtisch, wo er genügend Licht hatte, und legte das Papier und seine Manuskripte daneben. Er versuchte gerade, sich an seinen hellen neuen Arbeitsplatz zu gewöhnen, als es an der Tür klopfte. Joe öffnete.
Jamaica grinste ihn an. »Na, wie gefällt's dir?«
»Ich habe meine Sachen schon ausgepackt«, erwiderte Joe.
Jamaica sah sich um. »Ich hab noch ein paar Sachen für dich. Fred bringt sie gerade herauf.«
Fred war einer der beiden Hausmeister. »Was denn?« fragte Joe.
»Einen neuen Kühlschrank und einen Herd. Die beiden Geräte hier funktionieren nicht richtig, hab ich gehört. Das Telefon wird heute nachmittag installiert. Die Telefonzentrale ist unten. Alle Anrufe gehen da durch.«
»Auch die für die Mädchen?«
»Vor allem die für die Mädchen«, sagte Jamaica. »Die Telefon-

anlage zeichnet alles auf, und jeden Morgen kriegst du von der Telefonzentrale eine komplette Liste.«
Joe nickte. »Sehr praktisch. Und wer kassiert das Geld?«
Jamaica grinste. »Das müssen die Mädchen jeden Tag bei dir abliefern. Wieviel sie uns schulden, kannst du aufgrund der Telefonliste selbst ausrechnen.«
»Das klingt kompliziert«, sagte Joe.
»Nicht wirklich«, sagte Jamaica. »Im Durchschnitt verdienen die Mädchen fünfhundert Dollar die Nacht. Sie machen jede fünf Nummern, und jeder Freier zahlt hundert Dollar. Sonderleistungen wie Partys und Striptease machen die Mädchen auf eigene Rechnung, wir berechnen immer nur den normalen Satz.«
Joe dachte einen Augenblick nach. »Was sind das eigentlich für Mädchen?«
Jamaica lachte. »Supermiezen. Tolle Weiber. Man könnte denken, sie kommen direkt aus dem Diamond Horseshoe. Das sind keine Lolitas, sondern erstklassige weiße Societymädchen. Wahrscheinlich fickst du dich schon in einer Woche zu Tode.«
»Ich nicht«, grinste Joe. »Ich muß arbeiten. Schreiben und Ficken paßt nicht zusammen. Man muß sich zu sehr konzentrieren.«
»Kann schon sein«, sagte Jamaica. »Aber das ist dein Problem und nicht meins.« Wieder klopfte es an der Tür. »Das wird Fred mit den Küchenmöbeln sein«, sagte er.
Aber das war ein Irrtum. Ein junges Mädchen stand in der Tür. Sie hatte glattes braunes Haar und trug eine Hornbrille, einen weitgeschnittenen beigen Pullover und einen braunen Rock. Sie sah wie eine Studentin aus und nicht wie eine Nutte. Sie warf Jamaica einen freundlichen Blick zu. Ihre Stimme war leise und kultiviert. »Ich dachte, ich schau mal rein, um unseren neuen Mann kennenzulernen und zu fragen, ob ich behilflich sein kann.«
Jamaica nickte. »Allison, das ist Joe Crown. Joe, ich möchte dich mit Allison Falwell bekannt machen.«
Allison streckte die Hand aus. »Freut mich, Joe.«

Jamaica hinderte Joe daran, Allisons ausgestreckte Hand zu ergreifen. »*Mister Crown* für dich!« sagte er zu dem Mädchen. Allison zog die Augenbrauen hoch. »Aber er sieht noch so jung aus.«
Jamaicas Stimme wurde eiskalt. »Du wirst *Mister Crown* zu ihm sagen, verstanden?«
Allison zuckte mit den Schultern. »Schön, Sie kennenzulernen, Mr. Crown. Kann ich irgendwas für Sie tun?«
»Nein, vielen Dank«, sagte Joe kühl, aber höflich. Er wollte sich auf keinen Fall vor Jamaica blamieren. »Wenn etwas sein sollte, rufe ich Sie.«
Jamaica schloß die Tür hinter dem Mädchen. »Verdammtes Miststück! Du wirst sie alle bald kennenlernen. Sie werden alle hier antanzen und versuchen, sich bei dir einzuschmeicheln.«
»Und was soll ich dagegen tun?« fragte Joe.
»Du darfst auf keinen Fall eine bevorzugen«, sagte Jamaica. »Wenn du ein guter Zuhälter sein willst, mußt du sie alle gleich behandeln. Und wenn dir nicht paßt, was sie machen, verpaßt du ihnen eine Tracht Prügel.«
»Ich weiß nicht, ob ich das fertigbringe«, erwiderte Joe angeekelt. Jamaicas Augen begannen zu funkeln. »Du brauchst dir bloß vorzustellen, daß dich jede einzelne von ihnen mit ihren Fingernägeln angreift. Dann hast du bestimmt keine Schwierigkeiten, sie grün und blau zu schlagen.« Er grinste mit verkniffenem Mund. »Du mußt immer daran denken: Ganz egal, wie gut sie aussehen, es sind Huren.«

Als Jamaica gegangen war, setzte sich Joe an die Schreibmaschine und wollte eine neue Geschichte anfangen. Aber während er die Fülle seiner Einfälle sonst kaum bändigen konnte, fand er diesmal keinen Einstieg. Schließlich verließ er das Haus und machte einen Spaziergang zum Central-Park. Als er zurückkam, war das Telefon installiert. Ganz automatisch wählte er die Nummer seiner Eltern. Seine Mutter kam an den Apparat. »Hast du schon zu Abend gegessen?« fragte sie. »Nein, Mama«, sagte er. »Ich war ein bißchen spazieren. Au-

ßerdem habe ich aufgeräumt und mir erklären lassen, was ich hier tun muß.«
»Gibt es wenigstens ein koscheres Restaurant in der Nähe?«
»Es gibt zwei gute Delikatessenläden im nächsten Block«, sagte er.
»Ist die Wohnung denn sauber? Hast du ein anständiges Bett?«
»Ja, Mama, es ist alles okay«, beruhigte er sie. »Mach dir keine Sorgen, Mama. Ich bin doch ein großer Junge, okay?« Dann wechselte er lieber das Thema. »Ist Papa schon zu Hause?«
»Nein«, sagte Marta. »Heute ist einer der Abende, wo er kassieren gehen muß.«
»Und Motty?«
»Motty ist da«, sagte sie. »Soll ich sie ans Telefon holen?«
»Ja, bitte, Mama.«
Nach einer Weile kam die Stimme seiner Kusine über die Leitung. »Hallo? Joe?«
»Ist alles okay?« fragte er.
»Mir geht es gut«, sagte sie und senkte die Stimme fast bis zum Flüstern. »Nur das Haus ist plötzlich so leer.«
»Ich weiß, was du meinst«, sagte er.
»Wie ist denn dein neuer Job?« fragte sie.
»Na ja«, sagte er so neutral wie möglich, »es ist kein besonders schöner Job. Aber ich werde mich schon daran gewöhnen. Außerdem hat Jamaica gesagt, daß es nur für einige Zeit ist. In drei Monaten bin ich hier bestimmt wieder raus.«
»Und was machst du dann?«
»Weiß ich noch nicht. Hauptsache, ich bin meine Verpflichtung gegenüber gewissen Leuten los und kann wieder tun, was ich will. Ich werde schreiben. Und mich dabei umschauen.«
»Deine Mutter ist ziemlich deprimiert. Ich glaube, sie ist sehr unglücklich darüber, daß du jetzt weg bist.«
Joe schwieg.
»Ich vermisse dich auch«, sagte sie.
»Vielleicht können wir uns mal zum Abendessen irgendwo treffen«, sagte er. »Ich lade dich ein.«

»Nein, lieber nicht«, sagte sie. »Ich glaube, ich würde nicht damit fertig, wenn ich dich sehe. Es ist besser, wenn du ganz wegbleibst. Glaub mir, Joe.«
Er dachte einen Augenblick nach, dann seufzte er schließlich. »Vielleicht hast du recht.«
»Aber du rufst mich doch manchmal an, ja?«
»Natürlich«, sagte er. »Paß auf dich auf!«
»Du auch«, sagte sie, und dann hängte sie ein.
Joe starrte frustriert das Telefon an. Er hatte es nicht gesagt, aber er fühlte sich unglaublich einsam. Er war zum ersten Mal für länger von zu Hause weg. In diesem Augenblick klopfte es an der Tür. Joe stand auf, um zu öffnen.
Allison stand vor der Tür. »Eigentlich wollte ich anrufen«, sagte sie. »Aber die Vermittlung hat gesagt, deine Nummer wäre besetzt.«
Joe nickte. »Stimmt. Ich habe telefoniert.«
Sie streckte ihm eine Sektflasche hin. »Die hat mir einer von meinen Freiern mitgebracht, und ich habe mir überlegt, daß es ganz lustig wäre, wenn wir sie zusammen austrinken würden. Es wäre so eine Art Einstandsparty für dich.«
Er sah sie mißtrauisch an. »Aber ich habe noch gar keine Gläser«, sagte er langsam.
Sie lächelte und zog zwei Gläser hinter ihrem Rücken hervor. »Daran hat die kleine Allison auch gedacht.«
Joe zögerte einen Moment, dann trat er zur Seite. »Komm rein.« Während sie zur Couch stöckelte und die Gläser abstellte, schloß er die Tür ab.
Joe hatte noch nie eine Sektflasche aufgemacht, und es dauerte eine ganze Weile, bis endlich der Korken knallte und die schäumende Flüssigkeit in die Sektkelche perlte.
»Bring das Zeug her«, rief Allison aus dem Schlafzimmer. Er ging durch die offenstehende Tür und blieb stehen. Nur die Nachttischlampe ließ einen hellen Lichtstreifen über das Bett fallen. Die junge Frau lag völlig nackt auf der gelben Satindecke und streckte lässig die Hand nach dem Sekt aus. Sie schien erst jetzt zu bemerken, daß er sie sprachlos anstarrte. »Na, gefalle ich dir?«

Er lachte mühsam und mußte sich erst einmal räuspern. »Was soll ich sagen? Daß du häßlich bist?«
Sie nippte an ihrem Glas und lächelte dann. »Wenn du mich hübsch findest, warum stehst du dann noch in deinen Kleidern herum?« Joe stand wie erstarrt. Mit einem Griff knöpfte sie seinen Hosenschlitz auf. »Worauf wartest du noch?« fragte sie. »Du bist doch voll da!«
»Allzeit bereit«, sagte er.
»Genau wie ich«, lachte sie.

11

Der erste Schnee fiel am Tag vor Thanksgiving. Joe stand am Fenster und sah auf die Straße hinunter. Die weißen Flocken vor den Scheiben waren schön anzusehen, aber in den Rinnsteinen stauten sich bereits schwarzbraune Pfützen.
Joe warf einen Blick auf die Uhr – kurz vor halb vier. Die Büros würden heute bestimmt früher schließen. Der Feiertag allein wäre schon Grund genug gewesen, und jetzt noch der Schnee! Wenn es dunkel war, würden die Straßen wie leergefegt sein.

Das Telefon klingelte. Er griff nach dem Hörer. »Crown.«
Die Stimme kam ihm bekannt vor. »Happy Thanksgiving!«
Das war Laura Shelton.
»Happy Thanksgiving, Miß Shelton«, erwiderte er. »Sind Sie noch im Büro?« fragte er neugierig.
Sie lachte. »Ja, natürlich. Immer im Dienst der Autoren. Ich wollte Ihnen rasch noch eine erfreuliche Mitteilung machen, eine kleine Feiertagsfreude.«
»Haben Sie wieder eine Geschichte verkauft?« fragte er.
»Ja, das auch. Aber ich habe noch etwas viel Aufregenderes.«
»Spannen Sie mich nicht auf die Folter.« Er lachte.
»›Colliers‹ hat ›Ferien auf Coney Island‹ gekauft und will dafür zweihundertfünfzig Dollar zahlen.«

»Das ist ja phantastisch«, sagte er. »Was könnte es Besseres geben?«

»Die Triple-S-Studios haben ›Der Detektiv und die Ladendiebin‹ gelesen und wollen einen Film daraus machen. Mit James Stewart und Margaret Sullavan in den Hauptrollen. Sie erinnern sich vielleicht an den großen Erfolg, den die beiden in dem Film ›Der Laden an der Ecke‹ gehabt haben?«

»Das kann doch nicht wahr sein!«

»Doch, es ist wahr!« sagte Miß Shelton. »Sie haben für die Filmrechte zweitausendfünfhundert Dollar geboten, und wenn Sie fünf Monate nach Hollywood gehen und denen das Drehbuch schreiben, kriegen Sie noch mal fünftausend. Plus Spesen, natürlich.«

»Ich habe keine Ahnung von Drehbüchern«, sagte er kleinlaut. »Wissen die das?«

»Ja«, sagte sie. »Aber das sind die gewöhnt. Sie werden mit einem professionellen Drehbuchautor zusammenarbeiten. Im übrigen war das erst das erste Angebot. Ich bin sicher, ich kann diese Filmfritzen noch etwas hochkitzeln. Ich denke an dreitausendfünfhundert für die Rechte und siebentausendfünfhundert für das Drehbuch.«

»Vergraulen Sie uns die Leute bloß nicht«, sagte er ängstlich. »Womöglich springen sie wieder ab, wenn es zuviel kostet.«

»Keine Bange«, sagte sie. »Die springen nicht so schnell wieder ab. Ich hab das schon öfter erlebt. Und wenn alle Stricke reißen, können wir sie immer noch auf das erste Angebot festnageln.«

»Sie müssen es wissen«, sagte er. »Ich verlasse mich ganz auf Sie.«

»Vielen Dank«, sagte sie.

»Nein, Miß Shelton«, erwiderte er. »Ich danke Ihnen.«

»Machen Sie sich keine Sorgen«, sagte sie fröhlich. »Bis Montag ist es unter Dach und Fach. Ich ruf Sie dann an.« Damit hängte sie ein.

Joe starrte das Telefon ungläubig an. Es dauerte eine Weile, bis er begriffen hatte, daß er nicht träumte. »Oh, verdammt!« brüllte er jubelnd.

Dann griff er erneut nach dem Hörer. Er mußte unbedingt gleich zu Hause anrufen. Vielleicht würden sie jetzt endlich glauben, daß er wirklich ein Schriftsteller war! Aber zu Hause meldete sich niemand.

Die Nachricht rumorte in ihm. Er mußte einfach mit jemandem reden! Er rief bei A&S an und ließ Motty ans Telefon holen. »Ist was Wichtiges?« fragte sie eilig. »Ich muß zu einer Besprechung.«

»Nur eine Minute«, sagte er rauh. »Ich muß es dir einfach erzählen. Hollywood will den ›Detektiv und die Ladendiebin‹ verfilmen. Was sagst du?«

»Herzlichen Glückwunsch«, sagte sie, aber sie klang überhaupt nicht begeistert. »Ich muß dir auch was erzählen.«

»Was denn?« fragte er.

»Ich glaube, ich kriege ein Kind«, flüsterte sie. »Es ist schon drei Wochen über die Zeit.«

»Scheiße!« rief er. »Bist du ganz sicher?«

»Ich habe Angst, einen Doktor zu fragen«, sagte sie. »Und nächste Woche kommt Stevie. Was soll ich bloß sagen?«

»Sag überhaupt nichts!« rief Joe. »Die Hochzeit soll doch schon nächstes Wochenende stattfinden. Danach ist alles in Ordnung. Fünf Wochen haben gar nichts zu sagen. Es werden so viele Babys wochenlang früher geboren.«

»Du bist ein Schwein«, sagte sie wütend. »Stevie ist doch dein Bruder. Bedeutet dir denn das gar nichts?«

»Doch«, sagte er. »Deshalb sage ich ja, daß du den Mund halten sollst. Wenn du was erzählst, machst du die ganze Familie kaputt. Die ganze Scheißfamilie löst sich in nichts auf, wenn sie erfahren, was los ist.«

Motty dachte einen Augenblick nach. »Denkst du wirklich, das funktioniert?«

»Klar«, sagte er. »Vor dem dritten Monat ist überhaupt nichts zu sehen.«

»Meine Brüste werden jeden Tag schwerer.«

»Das kommt doch vor der Periode auch manchmal vor, oder? Du hast mir oft genug erzählt, daß deine Titten unheimlich anschwellen, wenn deine Tage bevorstehen.«

»Ich habe Angst«, sagte sie. »Stevie ist schließlich Arzt. Der kommt bestimmt dahinter.«
»Arzt oder nicht«, sagte er. »Stevie ist ein Idiot. Tu, was ich dir gesagt habe.«
»Oh, Gott, ich muß weg«, rief sie. »Die Konferenz hat schon angefangen.«
»Okay, reden wir später«, sagte Joe. »Aber, bitte, behalte die Nerven!«
Er hörte das Klicken des Telefons, als sie einhängte. Nachdenklich starrte er den Hörer an, den er immer noch in der Hand hielt. »Verdammt!« sagte er zu sich selbst. »Wer hat mir eigentlich erzählt, daß eine Jungfrau beim ersten Mal nie schwanger wird?«

Phil Kronowitz schnitt sich ein großes Stück von der Rinderlende auf seinem Teller ab und bedeckte es systematisch mit Meerrettich. Er kaute heftig und sagte mit vollem Mund: »Wir haben heute hunderteinundzwanzig Truthähne verkauft.«
»Toll«, sagte seine Frau beifällig. Motty nickte.
»Der Spaghetti hat über vierhundert verkauft«, brummte Phil.
»Beklag dich nicht«, sagte Marta. »Ich weiß doch genau, daß wir vor ein paar Jahren sehr froh waren, wenn wir zwanzig oder dreißig verkauft haben. Damals hat niemand von unseren Leuten Truthahn gegessen. Wir kannten bloß Kapaune und Hühnchen, Truthähne waren für Gojim.«
Phil wischte die Soße auf seinem Teller mit einem Stück Roggenbrot auf. »Ach, geht es uns wieder gut, Mama«, sagte er schmatzend.
»Du kannst froh sein, daß wir das Geschäft haben«, sagte Marta. »Sonst müßtest du auch Truthahn essen, statt deiner Rindslende. Wenn ich an die Lebensmittelmarken denke, wird mir ganz anders. Kapaune und Hühnchen kriegt man auch kaum noch, und die Preise sind Wahnsinn. Kein Wunder, daß unsere Leute jetzt Truthähne kaufen.«
»Da würde ich lieber verhungern«, erklärte Phil mannhaft.

»Truthahnfleisch hat kein Schmalz, und ohne Schmalz hat Fleisch keinen Geschmack. Truthahnfleisch ist einfach zu trocken.«

»Hör auf zu meckern«, sagte Marta. »Mit Truthähnen verdienst du mehr als mit allem anderen, was du verkaufst.«

»Warum kommst du eigentlich nicht mehr ins Geschäft und hilfst mir ein bißchen?« fragte Phil plötzlich. »Du hast doch zu Hause sowieso nichts zu tun?«

»Albertos Frau hilft ja auch nicht mit im Geschäft«, sagte sie.

»Das hat sie noch nie getan«, sagte Phil. »Die war doch andauernd schwanger. Jedes Jahr hat sie ein Kind auf die Welt gebracht. Wie soll sie dann arbeiten?«

»Darauf kommt es nicht an«, sagte Marta. »Wie sähe das denn aus, wenn ich im Geschäft mithelfen würde und sie bleibt zu Hause? Alle Leute würden denken, du verdienst nicht so viel wie Alberto.«

»Das geht niemand was an, wieviel ich verdiene«, sagte er und schnitt sich noch ein Stück Rinderlende herunter. »Juden kriegen immer nur Ärger, wenn die Leute denken, ihnen geht es zu gut. Was meinst du, warum die Nazis so über sie herfallen? Weil sie neidisch auf uns sind!«

»Hier sind wir in Amerika und nicht in Europa«, sagte Marta.

»Sei doch nicht so beschränkt«, sagte er und zeigte mit der Gabel zur Tür. »Da draußen gibt es genug Nazis. Wir haben allen Grund, uns hübsch unauffällig und still zu verhalten. Man soll niemandem Anlaß zum Neid geben.«

»Vielleicht hat Onkel Phil recht«, sagte Motty auf einmal.

»Was meinst du damit?« fragte Marta verblüfft.

»Vielleicht sollten wir auf die große Hochzeit in der *Twin-Cantor*-Synagoge verzichten. Schließlich haben wir Krieg, und jeder weiß, wie teuer die Hochzeiten dort sind.«

»Willst du etwa behaupten, du willst nicht in den *Twin Cantors* heiraten?« fragte Marta empört. »Jedes Mädchen auf der Welt würde dich darum beneiden.«

»Warte mal«, sagte Phil rasch. »Vielleicht hat Motty ja recht. Nicht nur wegen des Geldes. Du mußt auch daran denken, daß wir zwei Söhne haben, und keiner von beiden ist bei der

Armee. Das würde manchen Leuten überhaupt nicht gefallen, wenn sie es wüßten.«

»Stevie ist Arzt«, sagte Marta, »und jeder weiß, daß verheiratete Ärzte nicht zur Armee müssen.«

»Natürlich wissen sie das«, sagte er. »Und deshalb werden sie denken, daß er bloß heiratet, weil er nicht zur Armee will. Und es gibt auch Leute, die glauben, das Joe sich vor der Armee drückt. Warum sollen wir ihren Verdacht durch eine große Hochzeit erhärten?«

Marta dachte einen Augenblick nach und wandte sich dann wieder an Motty. »An was für eine Hochzeit hast du denn gedacht?«

Das Mädchen sah ihre Tante unsicher an. »Einfach nur die Familie«, sagte sie. »Auf dem Standesamt in der Borough Hall, wo niemand uns kennt.«

»Ohne einen Rabbi?« fragte Marta entsetzt.

»Rabbis gibt es keine in der Borough Hall«, sagte Motty. »Aber legal ist es trotzdem.«

»Wie wäre es, wenn wir den Rabbi ins Haus kommen ließen?« fragte Marta. »Ohne Rabbi und *Chupa* ist es doch keine richtige Hochzeit.«

Motty nickte. »Ja, das ginge. Aber wenn wir zu Hause heiraten, könnte Joe nicht dabei sein. Wir können nicht riskieren, daß die Leute ihn sehen und anfangen, Fragen zu stellen. In der Borough Hall würde ihn niemand erkennen.« Phil Kronowitz warf seiner Frau einen Blick zu. »Das Mädchen hat *Saichel*«, sagte er. »Sie ist still und vernünftig. Und genauso werden wir auch mit dieser Hochzeit verfahren.«

Martas Augen füllten sich mit Tränen. »Ich will doch nur das Beste für meine Kinder, und keine Probleme!«

Motty lief um den Tisch und legte ihrer Tante den Arm um die Schultern. »Bitte, Tante Marta«, sagte sie mit schwimmenden Augen. »Bitte.«

»Ach, lieber Gott!« rief Marta. »Warum müssen meine Kinder in so schrecklichen Zeiten heiraten?«

»Mach bitte nicht Gott verantwortlich«, sagte Phil. »Den Krieg hat Adolf Hitler vom Zaun gebrochen.«

Martas Tränen verwandelten sich plötzlich in Zorn. »Dann verzichte ich lieber. Ohne Rabbi wird nicht geheiratet! Ich werde nicht zulassen, daß meine Kinder in Sünde leben! Und das ist mein letztes Wort.«
Das Telefon klingelte, Phil Kronowitz nahm den Hörer ab. »Hallo?« Dann rief er über die Schulter: »Es ist Joe!« Dann wieder in die Sprechmuschel: »Was gibt's, Joe?«
»Ich habe eine neue Geschichte an ›Colliers‹ verkauft«, sagte Joe aufgeregt. »Und die Triple-S-Studios wollen eine von meinen Geschichten verfilmen. Sie zahlen siebentausendfünfhundert Dollar!«
»Siebentausendfünfhundert Dollar!« sagte Phil Kronowitz ehrfürchtig. »Und wo ist der Haken dabei?«
»Es gibt keinen Haken dabei«, sagte Joe. »Ich bin auf dem Weg nach oben. Sie haben mich eingeladen, nach Hollywood zu kommen und dort das Drehbuch zu schreiben.«
»Nach Hollywood? Wann denn?«
»Praktisch sofort. Nächste Woche vielleicht.«
»Was? So schnell schon?«
Das ist *die* Gelegenheit meines Lebens, Papa!«
Phil Kronowitz wandte sich kopfschüttelnd an seine Frau. »Marta«, sagte er und hielt den Hörer dabei immer noch in der Hand, »unser Jussele ist ein richtiger Schriftsteller. Er fährt nach Hollywood und dreht einen Film. Ich glaube, du kannst doch noch den Rabbi bestellen.«

12

Jamaica setzte sich und legte seine langen Beine bei Joe auf den Tisch. Joe starrte mit gesenktem Kopf auf die Tasten der Schreibmaschine. »Du siehst ja so unglücklich aus!« sagte Jamaica.
»Ich bin in der Klemme«, sagte Joe. – »Wieso?«
»Ich habe einen tollen Auftrag«, sagte Joe. »Ich soll in Hollywood ein Filmdrehbuch schreiben.«

»Das klingt doch gut«, sagte Jamaica. »Kriegst du dafür anständig Geld?«
»Ja, das schon«, sagte Joe. »Aber es gibt ein Problem. Ich soll nächste Woche schon in Los Angeles sein, und Mister B. hat gesagt, ich müßte drei Monate hier bleiben. Ich muß noch sechs Wochen abdienen, oder?«
»Versuch es Mister B. zu erklären. Er ist ein netter Mann«, sagte Jamaica. Joe warf Jamaica einen skeptischen Blick zu. Wenn man den Zeitungen glauben durfte, war Mister B. für die Hälfte aller Morde in Brooklyn verantwortlich. Er war der übelste Bandenchef der Stadt. Joe sagte nichts.
Aber Jamaica hatte offenbar seine Gedanken gelesen. »Man kann durchaus mit ihm reden. Mister B. ist kein Unmensch.«
»Könntest du nicht ein gutes Wort für mich einlegen?«
Jamaica schüttelte den Kopf. »Das gehört nicht zu meinem Job. Und wenn ich eins in diesem Gewerbe gelernt habe, dann das: Man soll sich nicht in anderer Leute Probleme einmischen. Dabei fängt man sich bloß eine Kugel ein oder ein Messer im Rücken.«
»Du könntest ihm doch sagen, daß ich den Job hier nicht gut mache«, sagte Joe.
»Das ist zwar richtig«, sagte Jamaica. »Aber ich halte den Mund. Mister B. ist der Boß.«
Joe versuchte es anders. »Du hast ja bloß Angst vor ihm«, sagte er.
»Da kannst du deinen weißen Arsch drauf verwetten«, erwiderte Jamaica entschieden. »Ich bin bloß ein kleines Niggerbaby, das sich in der großen, kalten Welt durchschlagen muß.« Er grinste. »Aber du hast doch nichts zu befürchten. Das Schlimmste, was passieren kann, ist, daß er nein sagt. Dann mußt du halt bleiben. Aber vielleicht sagt er auch ja. Wenn du nicht fragst, erfährst du es nie.«
Joe starrte ihn unsicher an. Plötzlich wurde seine Eitelkeit wach. »Mache ich meine Arbeit hier wirklich so schlecht?«
»Ja«, sagte Jamaica. »Aber du bist ja auch Schriftsteller, kein Zuhälter. Zum Zuhälter muß man geboren sein, das kann man nicht lernen.«

»Zum Schriftsteller muß man auch geboren sein«, sagte Joe gekränkt.
»Das kann schon sein«, sagte Jamaica. »Aber Tatsache ist, daß der Umsatz um zwanzig Prozent gesunken ist, seit du hier den Laden verwaltest. Die Mädchen haben nicht genug Nummern gemacht, sondern gefaulenzt. Du hast auch keine einzige jemals richtig verprügelt. Kein Wunder, daß sie nicht arbeiten. Du mußt dir Respekt verschaffen, das hab ich dir gleich zu Anfang gesagt.«
»Und ich habe dir gleich gesagt, daß ich so was nicht mache«, sagte Joe.
»Stimmt«, sagte Jamaica lässig. »Das ist auch der Grund, weshalb ich mich nicht beschwere.« Mit einem Ruck stand er auf. »Ich mag dich, mein Junge. Deshalb hoffe ich sehr, daß Mister B. dich laufenläßt. Damit wäre allen gedient. Du könntest nach Hollywood gehen, und wir würden sicher richtig verdienen.«
»Vielen Dank«, sagte Joe.
»Du wirst Mister B. also fragen?«
»Ja«, sagte Joe. »Ich muß allerdings erst mit meinem Vater reden. Er hat mich Mister B. vorgestellt.«

Joe brauchte fast eine Stunde, um von der U-Bahnstation an der 96. Straße zum Ende der New Lots Line zu kommen. Er ging über die Pitkin Avenue zum Geflügelmarkt seines Vaters. Aber während die Geschäfte auf der Hauptstraße noch hellerleuchtet waren, lag der Geflügelmarkt völlig im Dunkeln. Nur eine einzige Lampe schien durch die geschlossene Tür auf die Straße hinaus. Joe ging zur Einfahrt, um an den Käfigen vorbei zur Hintertür zu gelangen. Der Wagen seines Vaters stand noch auf dem Grundstück. Es war zwar schon nach halb acht, aber Joe wußte, daß sein Vater oft länger blieb, um die Tageseinnahmen zu zählen. Er drehte am Türgriff, aber auch die Hintertür war verschlossen.
Er wollte gerade klopfen, als ein Schrei aus dem Inneren kam. Der Schrei einer zu Tode erschrockenen Frau. Automatisch rammte Joe seine Schulter gegen die Tür, und das wackelige

alte Schloß flog mitsamt den Schrauben aus seiner Verankerung.

Er hörte den zweiten Schrei, als er im Türrahmen stand. Die Stimme kam aus dem Büro seines Vaters. Die Tür war unverschlossen und ging sofort auf, als Joe sie berührte. Der Anblick, der sich ihm bot, stoppte ihn auf der Schwelle. Josie lag mit weitaufgerissenen Augen halbnackt auf der Couch und stammelte immer wieder: »Dein Vater! Dein Vater!«

Phil Kronowitz lag mit heruntergelassenen Hosen auf der Kassiererin, deren nackte Schenkel immer noch seine Hüften umklammerten. Ihr Kleid war bis zum Hals hochgeschoben. Joes Vater hatte die Augen geschlossen und keuchte. Sein Gesicht war schmerzlich verzerrt, und er schien heftig nach Atem zu ringen. Ganz langsam glitt sein Körper zu Boden.

Joe griff nach dem Jackett seines Vaters, das ordentlich über dem Schreibtischstuhl hing, und riß hastig die Pillenschachtel heraus, die in der Brusttasche steckte. Er kniete sich auf den Boden und bettete den Kopf seines Vaters auf seinen Schoß. »Holen Sie Wasser!« rief er. »Machen Sie schnell!«

Zitternd griff Josie nach dem Glas Wasser, das immer auf dem Schreibtisch des Geflügelhändlers bereit stand. Joe zwängte seinem Vater zwei Pillen zwischen die Lippen und schüttete einen Schluck Wasser nach. Unwillkürlich würgte der alte Mann die Pillen herunter. »Rufen Sie Dr. Rosewater!« befahl Joe der immer noch zitternden Josie. »Sagen Sie, es wäre ein Notfall. Er soll einen Krankenwagen besorgen.«

Phil Kronowitz hatte Schaum vor dem Mund, und als Joe seinen Kopf zur Seite drehte, erbrach er sich heftig.

Josie kam aus dem Nebenzimmer zurück. »Dr. Rosewater sagt, er wäre gleich da.«

»Bitte geben Sie mir ein Handtuch, damit ich Papas Gesicht abwischen kann!« Josie gehorchte. Behutsam tupfte Joe seinem Vater den Schweiß von der Stirn.

»Es tut mir so leid, Joe«, sagte Josie, während ihr die Tränen übers Gesicht liefen. »Aber es ist nicht meine Schuld. Ich habe immer gesagt, er soll vorsichtig sein. Vögeln ist zu anstrengend für dich, hab ich ihm gesagt. Aber er wollte es nicht an-

ders haben. Er ist ein altmodischer Mann, und etwas anderes als eine richtige Nummer kam für ihn nicht in Frage.«
»Es ist nicht Ihre Schuld, Josie«, sagte Joe. Zu seiner Erleichterung stellte er fest, daß sein Vater jetzt leichter atmete. Sein Gesicht war weniger verkrampft, und allmählich kehrte auch seine normale Farbe zurück. »Holen Sie noch ein Handtuch!« bat Joe. »Und dann ziehen wir ihn wieder an. Es braucht ihn schließlich keiner in Unterhosen zu sehen.«
Josie weinte ununterbrochen, tat aber alles, was er verlangte. »Es tut mir so leid, Joe, es tut mir so leid«, wiederholte sie immer wieder. »Ich laß es ihn nie wieder machen.«
»Schon gut, Josie. Machen Sie sich keine Sorgen. Er wird sich schon wieder erholen«, sagte Joe. »Und jetzt gehen Sie besser nach Hause. Erzählen Sie niemandem von dieser Geschichte. Kommen Sie morgen einfach zur Arbeit, als wäre gar nichts gewesen.«
»Vielen Dank«, schluchzte sie, als sie zur Tür ging. »Vielen Dank, Joe.«
Der Kopf seines Vaters bewegte sich. Phil Kronowitz schlug die Augen auf und sah seinem Sohn ins Gesicht. »Was ... Was ist denn passiert?« fragte er mit schwacher Stimme.
»Nichts, Papa. Bleib nur ganz ruhig liegen.«
»Aber was war denn?« fragte Phil hartnäckig.
»Du hast dir beinahe das Lebenslicht ausgeblasen mit deiner Vögelei«, sagte Joe. Seine Angst begann in Wut umzuschlagen. »Jetzt leg dich ruhig hin und erhol dich. Dr. Rosewater muß jeden Augenblick da sein.«
Der alte Mann holte tief Atem. »Und was ist mit Josie?«
»Sie ist eine nette Frau«, sagte Joe. »Sie ist nie hiergewesen, Papa.«
Phil sah seinem Sohn aufmerksam ins Gesicht. »Ich schäme mich, Joe«, sagte er. »Ich bin ein Idiot gewesen. Milton hat mich gewarnt, aber ich habe nicht darauf gehört.«
»Das ist doch nur menschlich, Papa«, sagte Joe.
»Aber ich liebe deine Mutter aufrichtig, Joe. Ich hätte es niemals tun dürfen.«
»Es ist ja vorbei«, sagte Joe, »also reden wir nicht mehr dar-

über.« Er hörte auf der Straße eine Autotür schlagen, und einen Augenblick später stürmte Dr. Milton Rosewater herein. In der Hand hielt er seine Arzttasche.
»Was war los?« fragte er.
»Als ich hereinkam, lag mein Vater keuchend auf dem Fußboden«, log Joe. »Ich habe ihm zwei von den Tabletten gegeben, die Sie ihm verschrieben haben.«
Dr. Rosewater war kein Dummkopf. Er sah natürlich sofort, daß Phils Kleider sich in verdächtiger Unordnung befanden, verlor darüber aber kein Wort. Er öffnete seine Tasche, nahm das Stethoskop heraus, und während er auf den Herzschlag seines Patienten horchte, maß er den Puls. Er prüfte den Blutdruck und spähte Phil mit einer kleinen Taschenlampe in die Pupille. Schließlich nickte er, bereitete eine Adrenalinspritze vor und legte Phils Armbeuge frei. ›Das wird schon wieder«, sagte er, während er dem alten Mann das Adrenalin spritzte. »Im Krankenwagen werden sie dir Sauerstoff geben. Und in einer halben Stunde wirst du im Krankenhaus sein.«
»Ich will aber nicht ins Krankenhaus«, protestierte Phil.
»Keine Widerrede«, sagte Dr. Rosewater fest. »Dein Herz ist sehr strapaziert worden, und bilde dir bloß nicht ein, deine Angina pectoris könnte dich nicht umbringen. Wenn am Morgen alles okay ist, darfst du wieder nach Hause.«

Marta war wütend, als sie mit Motty im Gefolge in den Wartesaal des Krankenhauses hineinstürmte und dort ihren Sohn bereits vorfand. Er stand auf, küßte sie auf die Wange und sagte: »Hallo, Mama!« Aber sie starrte ihn nur feindselig an.
»Wieso haben die dich und nicht mich angerufen?« fauchte sie. »Seine Frau bin doch ich, oder nicht? Ich habe das Recht, als erste zu erfahren, was mit meinem Mann los ist!«
»Natürlich, Mama«, sagte Joe. »Ich war nur zufällig gerade bei ihm, als es passierte. Ich habe ihm seine Tabletten gegeben und Dr. Rosewater gerufen.«
»Ich weiß noch immer nicht, was eigentlich los ist«, sagte Mama. »Am Telefon geben die überhaupt keine richtige Auskunft.«

»Es war ein Herzanfall. Er hat sich wohl überanstrengt.«
»Und wie ist das passiert?« fragte sie mißtrauisch.
»Zwanzig Hühnerkisten abladen ist keine Kleinigkeit«, sagte Joe. »Das haut den stärksten Mann um.«
»So ein Idiot!« knurrte sie. »Er wußte doch, daß er so was nicht tun darf. Aber dein Vater hat sich immer für Samson gehalten.«
»Aber wie geht es ihm jetzt?« fragte Motty dazwischen.
Joe lächelte und küßte seine Kusine. »Schon wieder viel besser.«
»Dann werden wir jetzt zu ihm hinaufgehen«, sagte Marta.
»Warte einen Augenblick, Mama«, sagte Joe. »Dr. Rosewater hat gesagt, er wird uns rufen, wenn er mit seinen Untersuchungen fertig ist.«
»Dein Vater ist ein Trottel!« sagte Marta. »Manchmal könnte ich ihn erschlagen, weil er so blöd ist.«
»Die Mühe hätte er dir fast erspart«, sagte Joe trocken. »Es hat nicht viel gefehlt.«
Marta starrte ihn mit offenem Mund an, und plötzlich begann sie zu weinen. »Oh, mein Gott! Phil!« schluchzte sie.
Joe legte ihr seinen Arm um die Schultern. »Er wird schon wieder gesund werden, Mama. Beruhige dich.«
»Es war wirklich ein Glück, daß Joe gerade bei ihm war, Tante«, fügte Motty hinzu.
»Ja, ja«, sagte Marta geistesabwesend. Dann warf sie ihrem Sohn einen prüfenden Blick zu. »Was hast du überhaupt hier gemacht?« fragte sie. »Ich dachte, du wolltest in der nächsten Zeit nicht mehr nach Brooklyn zurückkommen?«
»Ich wollte Papa etwas fragen«, sagte Joe.
»Und was war das?« fragte sie hartnäckig.
»Ich wollte ihn bitten, mit Mister B. darüber zu reden, ob ich meinen Job in Manhattan aufgeben und nach Hollywood gehen darf.«
Mama nickte. Das war ein Gebiet, auf dem sie sich auskannte. Das würde sie regeln. Mit einem Schlag war sie wieder die Stärkere.
»Keine Sorge, das nehme ich in die Hand«, sagte sie. »Diese

Kerle werden tun, was ich sage, sonst wird es ihnen sehr leid tun!«

In diesem Augenblick kam Dr. Rosewater herein. Er lächelte, als er Joes Mutter begrüßte. »Jetzt ist alles in Ordnung. Das Elektrokardiogramm zeigt normale Werte. Es kann kein großer Schaden mehr entstehen. Er hat kein Fieber, und der Blutdruck ist hundertfünfunddreißig zu fünfundachtzig. Wenn er heute nacht ruhig schläft, kann er morgen früh wieder nach Hause.«

»Vielen Dank, Herr Doktor«, sagte Marta. »Darf ich ihn jetzt sehen?«

»Ja«, sagte der Arzt. »Aber bitte bleiben Sie ruhig, Mrs. Kronowitz. Denken Sie daran, daß er sich nicht aufregen darf. Bleiben Sie bitte auch nicht länger als zehn Minuten. Er muß unbedingt schlafen.«

»Ich glaube, wir bleiben lieber hier, Mutter«, sagte Joe rasch. Befriedigt ging Marta Kronowitz hinter dem Arzt her zum Aufzug. Als sie verschwunden waren, sagte Joe: »Du siehst gut aus, Motty, wie fühlst du dich?«

»Ich bin jetzt wahrscheinlich schon sechs Wochen schwanger. Ist das nicht die Zeit, in der die künftige Mutter am blühendsten aussieht?« Ihr Tonfall war bitter.

Joe versuchte, sie zum Lachen zu bringen. »Na, da wird Stevie sich aber freuen.«

Aber Motty lachte nicht. Ihr Gesicht verfinsterte sich. »Stevie wird übermorgen hier sein, am Mittwoch. Die Hochzeit ist Sonntag. Falls er nicht vorher Verdacht schöpft.«

»Das wird er nicht«, sagte Joe zuversichtlich.

»So sicher bin ich mir nicht«, erwiderte sie. Ihre Augen glitten unruhig über ihn hin. »Wann willst du denn abreisen?«

»Am Samstag. Mit dem Twentieth Century von der Grand-Central-Station, hat meine Agentin gesagt.«

»Damit wäre wohl alles geklärt«, sagte sie. »Aber denk nur nicht, daß mir das gefällt. Ich habe gar kein gutes Gefühl.«

»Wenn du erst verheiratet bist, geht es dir bestimmt wieder besser«, sagte er.

»Ich weiß nicht«, beharrte sie unglücklich. »Ich bin so ver-

wirrt. Und womöglich wird die Hochzeit wegen der Krankheit deines Vaters ja auch noch verschoben.«
»Mein Vater ist morgen vormittag wieder zu Hause. Es verläuft alles nach Plan. Hör auf, dir Sorgen zu machen.«
»Ich kann aber nicht aufhören.«
»Das ist sicher nur Lampenfieber«, sagte er lächelnd. »Das muß jede Braut durchmachen.«

13

Miß Shelton gab ihrem Klienten zwei verschlossene Umschläge über den Tisch. »Im einen ist Ihre Fahrkarte, Joe. Erster Klasse, natürlich. Im zweiten finden Sie ein Empfehlungsschreiben an Mr. Ray Crossett, den Chefdramaturgen der Filmgesellschaft. Mr. Crossett wird Ihr direkter Vorgesetzter in Hollywood sein. Außerdem sind in diesem Umschlag Ihre Schecks: Zweitausendfünfhundert für die Filmrechte an der Geschichte, abzüglich unserer Provision sind zweitausendzweihundertfünfzig, außerdem ein Scheck über zweihundertfünfundzwanzig Dollar für den Abdruck in ›Colliers‹ und schließlich noch hundert Dollar in bar, falls Sie auf der Reise irgendwelche Auslagen haben. Während Sie das Drehbuch schreiben, kriegen Sie ein festes Gehalt von der Filmgesellschaft. Der Gehaltsscheck geht direkt an uns, wir ziehen unsere Provision ab, den Rest überweisen wir Ihnen.«

»Ich kann Ihnen gar nicht genug danken«, sagte Joe, während er die Umschläge in der Hand hin und her drehte. »So viel Geld habe ich in meinem ganzen Leben noch nicht gehabt.«
»Bei uns brauchen Sie sich nicht zu bedanken«, sagte Miß Shelton. »Sie haben das Geld selbst verdient. Sie haben die Geschichten geschrieben.«
»Trotzdem würde ich gern ein bißchen feiern«, sagte er. »Wollen wir nicht zusammen essen gehen in der Stadt?«
»Ich fürchte, das ist keine so gute Idee«, sagte sie. »Es gibt ein

paar sehr strenge Regeln hier. Die Agentur erlaubt keine privaten Beziehungen zwischen ihren Angestellten und ihren Klienten.«
»Und was ist so schrecklich privat daran, wenn Sie mit mir essen gehen und danach vielleicht noch ins Kino?«
Sie warf ihm einen skeptischen Blick zu. »Hatten Sie meine Schwester Kathy nicht schon dasselbe gefragt?«
»Sie hat mich nie zurückgerufen«, sagte er. »Ich nehme an, sie war nicht daran interessiert.«
»Sie war durchaus interessiert«, sagte Miß Shelton. »Aber sie ist umgezogen. Sie wohnt jetzt in Los Angeles, sie arbeitet übrigens auch für Triple-S. Sie sollten sich mal bei ihr melden, wenn Sie in Hollywood sind. Sie kann Ihnen sicherlich irgendwie helfen.«
»Das wäre natürlich sehr nett. Vielen Dank!« sagte Joe. »Aber was ist mit uns beiden? Was Sie in Ihrer Freizeit machen, geht die Firma doch wirklich nichts an.«
»Ich würde gern mit Ihnen ausgehen«, sagte sie, »aber ich müßte dauernd Angst haben, daß mich jemand aus dem Büro sieht. Ich möchte nämlich weiterkommen. Ich will nicht mein ganzes Leben hier arbeiten, sondern Lektorin bei einem großen Verlag werden.«
»Das klingt nicht schlecht«, sagte er. »Aber wird nicht von Lektoren erwartet, daß sie ein paar gute Autoren mitbringen?«
Miß Shelton starrte ihn verblüfft an. »Da haben Sie recht«, sagte sie nachdenklich. »Schreiben Sie doch einen Roman. Gut genug sind Sie, und mir würde es helfen.«
»Ich habe schon oft darüber nachgedacht«, sagte er. »Aber das erfordert eine Menge Erfahrung und Zeit, und man muß auch von Komposition was verstehen.«
»Vielleicht kann ich Ihnen helfen?« sagte sie. »Romane sind der Hauptgegenstand meiner Arbeit hier. Wenn Sie einen Roman schreiben und ich Ihnen dabei helfen darf, dann ist uns womöglich beiden gedient.«
»Ich brauche aber Geld«, sagte er.
»Ein guter Roman bringt auch Geld«, sagte sie. »Wenn Sie einen guten Roman veröffentlichen, verdienen Sie so viel da-

mit, daß alles Bisherige Ihnen wie ein Trinkgeld vorkommen wird.«
»Und was wird dann aus der Agentur?«
»Das ist mir scheißegal«, sagte sie heftig. »Die speisen mich hier mit fünfunddreißig Dollar die Woche ab und behandeln mich wie ein Schulmädchen.«
»Und wieviel verdient man so mit einem Roman?«
»Das hängt vom Verkauf ab. Aber mit einem richtigen Bestseller verdienen Sie fünfundzwanzigtausend und mehr.«
Joe stand abrupt auf. »Sie gefallen mir immer besser!« sagte er aufgeregt.
Sie war ebenfalls aufgestanden, kam hinter ihrem Schreibtisch hervor und streckte ihm ihre Hand hin. »Sie gefallen mir auch.«
Er lachte und nahm ihre Hand. »Und Sie gehen auch mit mir essen?«
Sie lachte. »Alles, was Sie wollen.«
»Gut«, sagte Joe. »Ich werde jetzt schon ganz scharf.«
Sie ließ abrupt seine Hand fallen und kehrte hinter ihren Schreibtisch zurück. »Ich wünsche Ihnen eine gute Reise nach Kalifornien«, sagte sie. »Und lassen Sie von sich hören.«
»Mach ich«, sagte er. »Vergessen Sie nicht, was Sie mir versprochen haben. Ich werde mich melden. Auf Wiedersehen, Miß Shelton.«

Genau auf dem Höhepunkt der Mittagspause von Millionen New Yorkern drängte sich Joe in eins der bestbesuchten Restaurants in der Stadt. Stevie hatte schon einen Platz gefunden und winkte ihm zu.
Joe setzte sich seinem Bruder gegenüber und lächelte vorsichtig. »Ich dachte schon, es klappt überhaupt nicht mehr«, sagte er.
»Ich habe schrecklich viel zu tun«, sagte Stevie wichtig. »Ich bin schon bei sieben verschiedenen Krankenhäusern gewesen. Sie würden mich alle gleich nehmen.«
»Na prima«, sagte Joe.
Der Kellner kam. Er stellte eine Schüssel mit grünen Tomaten,

Sauerkraut und eingelegten Gurken und einen Brötchenkorb auf den Tisch. »Was darf es sein?« fragte er.
»Ein Sandwich mit Corned beef und einen Gemüsesaft«, sagte Joe.
»Ich nehme dasselbe«, erklärte Stevie prompt. »Dann lächelte er. »Ein solches Restaurant gibt es in ganz Oklahoma nicht.«
Joe lachte. »Freust du dich schon auf die Hochzeit?«
»Mama nimmt die Sache unglaublich ernst, und Motty offenbar auch. Die Mädchen aus dem Kaufhaus geben ihr heute eine Lunchparty, und sie war schon ganz fiebrig vor Aufregung. Hochzeiten sind für Frauen sehr wichtig.«
»Bist du denn nicht aufgeregt?« fragte Joe.
Der Kellner stellte ihnen die beiden Sandwiches hin und rannte wieder davon. Stevie nahm einen kräftigen Bissen. »Schmeckt gut«, sagte er heftig kauend.
Joe nahm ebenfalls einen Bissen. »Wie geht es denn zu Hause?«
»Papa geht es gut. Er geht schon wieder jeden Tag zur Arbeit. Mama hat genug mit den Hochzeitsvorbereitungen zu tun. Es ist alles okay.«
»Und wie geht es Motty?« fragte Joe beiläufig. »Ich finde, sie sieht wirklich großartig aus.«
»Es geht ihr gut«, sagte Stevie. »Ich finde, sie ist ein bißchen zu füllig, aber das ist ganz normal. Jüdische Mädchen sind immer etwas üppiger als Schicksen.«
Joe biß stumm in sein Sandwich. Er fragte sich, ob Stevie womöglich doch einen Verdacht hatte.
Stevie warf ihm einen prüfenden Blick zu und schürzte anerkennend die Lippen. »Du hast es also tatsächlich geschafft«, sagte er.
»Was?« fragte Joe nervös.
»Du hast gesagt, du wolltest Schriftsteller werden, und du bist es geworden. Jetzt fährst du nach Hollywood. Papa hat gesagt, du kriegst siebentausendfünfhundert Dollar dafür.«
»Das stimmt«, sagte Joe.
»Das ist eine Menge Geld«, sagte Stevie mit einem Unterton von Neid in der Stimme. »Keins der Krankenhäuser hat mir

bisher mehr als dreitausendfünfhundert jährlich geboten. Und das in New York! In der Provinz zahlen sie noch weniger.«

»Aber das hast du doch vorher gewußt«, sagte Joe.

»Ja«, sagte Stevie. »Und nach einem Jahr werde ich fest angestellt. Dann kriege ich fünfzehn- bis zwanzigtausend im Jahr.«

»Das ist doch nicht übel«, sagte Joe. »Ich habe keinerlei Garantie dafür, daß ich je wieder eine Geschichte verkaufe oder einen neuen Filmvertrag bekomme. Das ist schon erheblich riskanter.«

Stevie warf einen Blick auf die Uhr. »Oh, verdammt!« rief er heftig. »Es ist schon kurz nach eins, und um halb zwei habe ich ein Bewerbungsgespräch im NYU-Krankenhaus.« Er würgte hastig den Rest seines Sandwichs herunter und stand auf. »Ich muß los«, sagte er.

»Schade«, erwiderte Joe.

»Ja, tut mir auch leid«, sagte Stevie. »Schade, daß du nicht bei der Hochzeit dabeisein kannst.« Aber es war nur zu offensichtlich, daß er bereits an sein Bewerbungsgespräch dachte.

Joe schüttelte seinem Bruder die Hand. »Viel Glück«, sagte er.

»Danke«, sagte sein Bruder.

»Gib der Braut von mir einen Kuß«, sagte Joe.

»Sicher«, sagte Stevie geistesabwesend und rannte zur Tür.

Joe setzte sich wieder, aß langsam sein Sandwich zu Ende und bat um die Rechnung. Als er bezahlte, mußte er lächeln. Stevie bezahlte nie eine Rechnung. Er war schon immer ein Geizkragen gewesen.

Nach dem Essen machte sich Joe auf den Weg zu Kittys Wohnung. Lutetia öffnete ihm. »Sie erwartet dich schon«, sagte sie.

Als Joe das Arbeitszimmer betrat, ließ Kitty ihre Schreibmaschine stehen, sprang auf und umarmte ihn. »Du hast es also geschafft!« sagte sie und küßte ihn heftig.

»Es scheint fast so.«

»Ich bin stolz auf dich«, sagte sie ernsthaft. Dann hielt sie ihm ein Blatt Papier hin. »Das ist eine Liste von Leuten, die ich in Kalifornien kenne. Sie werden dir alle gern weiterhelfen.«
»Vielen Dank«, sagte er.
»Hast du Zeit für einen Drink?« fragte sie.
»Für einen kleinen Schluck habe ich gerade noch Zeit«, sagte er. »Aber dann muß ich packen.«
»Lutetia!« rief Kitty.
Lutetia erschien mit einer Flasche Sekt und drei Gläsern. Mit zwei raschen Handgriffen hatte sie die Flasche geöffnet. Kitty hob ihr Glas und sagte: »Gute Reise!«
»Und viel Glück!« sagte Lutetia.
»Vielen Dank«, sagte Joe, merkwürdig berührt. »Vielen, vielen Dank.«

Gegen elf Uhr abends kam Jamaica zu ihm in die Wohnung an der 92. Straße. Er betrachtete die beiden Koffer, die neben der Tür standen, und fragte: »Na, schon alles gepackt?«
»Ja, so ziemlich«, erwiderte Joe.
»Ich hab dir was mitgebracht«, sagte Jamaica und hielt ihm eine kleine Schachtel hin.
Joe öffnete sie. Sieben braune Glasröhrchen lagen darin. »Was soll ich damit?« fragte Joe.
»Das ist deine Versicherung«, sagte Jamaica.
»Aber du weißt doch, daß ich so was nicht nehme.«
»Ja, ich weiß«, sagte Jamaica. »Aber da sind fünfzig Gramm drin, und dafür kriegst du in Kalifornien zwischen fünfundzwanzig und fünfzig Dollar pro Gramm. Man weiß ja nie, du nicht plötzlich mal finanziell in die Klemme gerätst. Deshalb nenne ich es Versicherung. Das Zeug ist besser als Geld.«
Joe lachte. »Vielen Dank. Ich werde daran denken.«
»Wann gehst du hier weg?«
»Morgen früh gegen zehn«, sagte Joe.
»Dann sehe ich dich also nicht mehr?«
»Wahrscheinlich nicht.«
»Bist du nervös?« fragte Jamaica.

Joe nickte. »Ein bißchen schon. Ich hoffe bloß, daß ich niemanden enttäusche.«
»Du wirst schon niemand enttäuschen«, sagte Jamaica. »In Hollywood leuchten die Sterne, nicht wahr?«
»So heißt es«, gab Joe zu.
»Dann kann gar nichts schiefgehen«, sagte Jamaica. »Du darfst nur nicht vergessen: Wenn du das Richtige tust, dann holst du die Sterne vom Himmel.« Ehe er am Morgen zum Bahnhof fuhr, rief Joe noch einmal zu Hause an. Sein Bruder Stevie meldete sich. »Sind Mama oder Papa zu Hause?« fragte Joe.
»Nein, die sind in der Synagoge«, erwiderte Stevie.
»Und was ist mit Motty?« fragte Joe. »Ich würde ihr gern auf Wiedersehen sagen.«
»Sie ist gerade zur Arbeit gegangen«, sagte sein Bruder.
Joe zögerte einen Moment. »Dann grüß bitte alle ganz herzlich von mir und sag ihnen, daß ich aus Kalifornien anrufe.«
»Das werde ich ausrichten«, sagte Stevie. »Viel Erfolg!«
»Danke, gleichfalls!« erwiderte Joe und hängte ein. Er sah sich noch einmal in der Wohnung um. Nein, er hatte nichts vergessen. Langsam ging er auf die Straße hinaus und wartete auf das Taxi, das er bestellt hatte.
An der Grand-Central-Station stürzte sich sofort ein Gepäckträger auf seine zwei Koffer. »Wohin, Sir?« fragte er eifrig. »Haben Sie schon Ihre Fahrkarte?«
»Ja«, sagte Joe. »Zum Twentieth Century, bitte.« Die große Uhr auf dem Bahnsteig zeigte Viertel nach elf, als er an der Sperre seine Fahrkarte aus dem Jackett nahm. Im selben Augenblick berührte ihn jemand am Arm.
»Kennst du mich noch?« fragte Motty.
Er starrte sie überrascht an. »Stevie hat gesagt, du wärst zur Arbeit gegangen.«
»Das kann schon sein«, sagte Motty. »Aber was Stevie sagt und was ich tue, ist zweierlei, Joe. Ich gehe nirgends hin, außer mit dir.«
»Du bist ja verrückt!« rief er.
»Keineswegs«, sagte sie. »Stevie bedeutet mir nichts. Ich weiß

jetzt, daß ich ihn niemals geliebt habe. Und er liebt mich auch nicht. Für ihn bin ich bloß eine Annehmlichkeit. Er hat mich kein einziges Mal geküßt, nicht mal, als ich ihn am Bahnhof abgeholt habe. Er hat mir bloß die Hand geschüttelt.«
»Stevie ist eben nicht so emotional«, sagte er.
»Stevie denkt nur an sich selbst«, erwiderte sie. »Er hält sich für etwas Besseres und schaut auf alle anderen Leute herab, einschließlich seiner Eltern.«
»Aber morgen ist doch die Hochzeit!« protestierte Joe.
»Scheiß drauf!« sagte sie herzhaft.
»Meine Eltern werden durchdrehen!«
»Sie werden es überstehen«, sagte sie trocken. Sie nahm seine Hand. »Ich liebe dich, Joe. Ich habe dich immer geliebt. Und du hast es immer gewußt, oder?«
Er holte tief Atem und nickte.
»Dann nimmst du mich auch nach Los Angeles mit, oder?« fragte sie und preßte die Lippen zusammen.
Joe sah die Tränen in ihren Augen und ihr bleiches Gesicht. Mit einem Ruck schloß er sie in die Arme und küßte sie auf die Stirn. Motty umklammerte ihn leidenschaftlich.
»Ich glaube, wir müssen uns ein bißchen beeilen, Sir«, sagte der Gepäckträger. »Wir haben nur noch fünf Minuten bis zur Abfahrt.«
»Dann bringen Sie die Dame zum Zug, und ich hole noch eine Fahrkarte«, sagte Joe. »Sie erleben hier eine große Romanze!«

Teil 2
1946 – 1947

14

Er lag im Bett, mit zwei dicken Kissen im Rücken, und sah ihr beim Anziehen zu. Vorläufig stand sie allerdings noch splitternackt vor dem Spiegel und arbeitete an ihrem Make-up. Sorgfältig zog sie ihre Augenbrauen mit einem schwarzen Stift nach. »Du hast einen prachtvollen Arsch«, sagte er.
Sie warf ihm durch den Spiegel einen spöttischen Blick zu.
»Das sagst du allen Mädchen«, erwiderte sie.
»Nein, nicht zu allen«, lächelte Joe. »Nur zu denen, die wirklich einen prachtvollen Arsch haben.«
»Du bist widerlich«, sagte sie. »Gehst du heute nicht arbeiten?«
»Nein, ich bin arbeitslos.«
»Heißt das, du kriegst wieder mal kein Gehalt?«
»Nur ein paar Tage lang nicht«, sagte er. »A. J. sagt, in ein, zwei Wochen hat er wieder etwas für mich. Ein neues Projekt.«
»Das letzte Mal, als er das gesagt hat, hast du drei Monate lang auf der Straße gesessen.«
»Diesmal meint er es ernst«, sagte Joe unwillig und wechselte das Thema. »Wo ist denn das Kind?«
»Caroline ist unten in der Küche bei Rosa. Sie ißt gerade ihre *Huevos rancheros* zum Frühstück.«
Joe schüttelte den Kopf. »Was ist das für ein Frühstück für ein anständiges jüdisches Baby? *Beugel,* geräucherte Fische und Quark kämen mir viel überzeugender vor.«
Für dreißig Dollar im Monat kriegt man bloß mexikanische Hausmädchen«, sagte Motty und wandte sich um. »Ist mein Make-up okay?«

»Absolut«, sagte Joe. »Aber dein Busen und dein Po sind auch Klasse.«

»Das verdanke ich der Sprechstundenhilfe beim Gynäkologen«, sagte Motty. »Sie hat gesagt, wenn ich nicht Gymnastik mache und Sport treibe, würde bald alles an mir herunterhängen wie Pudding.«

»Ich werde ihr ein Dankschreiben schicken«, sagte Joe.

Er schob seine Decke beiseite.

»Schau mal«, sagte er mit gespielter Überraschung, »ich hab einen Steifen.«

»Sonst noch Neuigkeiten?« fragte sie sachlich und machte den Kleiderschrank auf.

»Hast du nicht Zeit für ein Quickie?«

Sie lachte. »Denkst du, ich will mir mein Make-up ruinieren? Das kommt überhaupt nicht in Frage. Ich habe heute vormittag eine Besprechung.«

»Was könnte wichtiger sein als ein Morgenfick?« fragte er.

»Ein neuer Job«, sagte sie. »Unser Vizepräsident, Mr. Marks, will mich sprechen. Ich soll Einkäuferin in der Modeabteilung der Filiale in Beverly Hills werden.«

»Ich dachte, du wärst mit der Arbeit in der Werbeabteilung zufrieden?« fragte er.

»Das schon. Aber als Einkäuferin kriege ich das doppelte Gehalt, und ob ich mich in der Werbeabteilung halten kann, wenn die ganzen Kriegsveteranen zurückkommen, ist auch nicht sicher. Vor dem Krieg haben in der Werbeabteilung praktisch nur Männer gearbeitet.«

»Wieviel würdest du denn kriegen?« fragte er.

»Wahrscheinlich achthundert im Monat, vielleicht sogar tausend«, sagte sie. »Aber es gibt auch noch Prämien.«

Joe dachte einen Augenblick nach. Dann warf er ihr einen prüfenden Blick zu. »Was für Prämien?« fragte er. »Darfst du mit ihm ins Bett gehen?«

»Du hast eine schmutzige Phantasie«, sagte sie ärgerlich. »An was anderes kannst du überhaupt nicht mehr denken. Mr. Marks ist ein sehr zurückhaltender Mann. Trägt immer ge-

streifte Krawatten und eine Blume im Knopfloch. Außerdem ist er mindestens fünfzig.«
Joe sah zu, wie sie ihren Büstenhalter zumachte und ihr Höschen anzog.
»In den Studios laufen Dutzende von fünfzigjährigen Typen herum«, sagte er.
Motty knöpfte ihre langärmlige weiße Seidenbluse zu. »Das ist ein ganz anderes Gewerbe«, sagte sie nüchtern. »In den Studios laufen auch Hunderte von kleinen Nutten herum, die gern Filmschauspielerinnen wären.«
»Du hörst dich an wie meine Mutter«, knurrte er mürrisch.
»Es ist aber wahr«, sagte sie. »Außerdem habe ich Lippenstiftspuren an deinen Unterhosen gefunden, die es beweisen.«
Stumm beobachtete er, wie sie ihren Rock anzog und die Nähte ihrer Strümpfe zurechtrückte. »Ich dachte, Rosa erledigt die Wäsche?«
Motty gab keine Antwort.
»Möchtest du keine Erklärung hören?« fragte er.
»Nein«, erwiderte sie. »Du brauchst mir nichts zu erklären, ich kenne dich ja. Ich habe es vorher gewußt.«
Er starrte sie verblüfft an. »Bist du nicht wütend?«
Sie warf ihm einen langen Blick zu. »Ich muß jetzt gehen«, sagte sie schließlich. An der Tür blieb sie noch einmal stehen. »Wenn du nichts anderes zu tun hast, als dein Arbeitslosengeld abzuholen, könntest du eigentlich weiter an deinem Roman schreiben. In zwei Wochen könntest du einiges schaffen.«
Joe schwieg.
»Deine Agentin hat gesagt, du brauchtest die Handlung nur richtig auszuarbeiten, dann könnte sie einen guten Vertrag für dich abschließen.«
»Ja«, sagte er ohne Begeisterung. »Ich schreibe den Roman, und sie wird Lektorin. Das ist es doch, worauf es ihr ankommt.‹
»Drück mir die Daumen!« sagte Motty.
Er stand auf und ging zu ihr hin. »Viel Glück«, sagte er leise und küßte sie auf die Stirn.

Er wartete, bis sie über den Balkon und die Außentreppe ins Wohnzimmer gegangen war, dann schloß er die Tür hinter ihr. Er setzte sich auf die Bettkante und steckte sich eine Zigarette an. »Scheiße«, murmelte er.
Als er die Haustür zuschlagen hörte, ging er auf den Balkon. »Rosa«, rief er in die Küche hinunter.
Das Mädchen erschien im Innenhof und sah zu ihm hinauf. »Ja, *Señor?*«
»Bringen Sie mir einen Kaffee, bitte.«
»*Horita, Señor.*« Sie kicherte.
»Worüber lachst du?« fragte er irritiert. Rosa kicherte ständig.
»*Nada, Señor*«, erwiderte sie.
»Nichts *nada*«, sagte er wütend. »Du lachst doch über irgendwas.«
Wieder kicherte sie und sah dabei ständig zu ihm hinauf. »*Los pantalones de sus pyjamas están abiertos.*«
Joe sah an sich hinunter. Seine Pyjamahosen standen in der Tat offen. Er knöpfte sie zu. »Du hättest woanders hinschauen können«, rief er hinunter. »Für so etwas bist du zu jung.«
»*Sí, Señor*«, sagte sie. »*Toma usted el cafe en la cámera?*«
»Nein«, sagte er. »Ich gehe ins Arbeitszimmer.« Er sah zu, wie Rosa mit schwingenden Hüften in die Küche zurückkehrte. Ehe sie endgültig verschwand, drehte sie sich noch einmal um, warf ihre schwarzen Haare zurück und lächelte zu ihm hinauf.
So ein Luder, dachte er.
Er trat hinaus auf den Balkon, ging am Kinderzimmer vorbei, in dem auch Rosa ihr Bett aufgestellt hatte, und zog sich dann in das ehemalige Dienstbotenzimmer zurück, in das er seinen Schreibtisch, seine Schreibmaschine, seinen Schreibtischstuhl, ein paar Bücherregale und einen alten Ledersessel hineingezwängt hatte.
Er setzte sich an den Schreibtisch. In der Maschine steckte ein leeres weißes Blatt. Er versuchte sich daran zu erinnern, was er hatte schreiben wollen, als er es eingespannt hatte, aber es fiel ihm nicht ein. Ärgerlich nahm er das Blatt heraus, zer-

knüllte es und warf es in den Papierkorb. Ohne aufzustehen, zog er den Manuskriptstoß zu sich heran, den sein Roman bildete. Als erstes fiel ihm das Titelblatt in die Hand:

SEINEM STERN FOLGEN
Roman
von Joseph Crown

Rasch blätterte er die Manuskriptblätter durch. Er hatte fünfundvierzig Seiten mit Notizen, aber nur zehn Seiten Text. Er klebte immer noch am ersten Kapitel, im Geflügelmarkt seines Vaters. Was er da in der Hand hielt, war vor acht Monaten geschrieben. In der Zwischenzeit hatte er zwei Drehbücher für das Studio verfaßt. Er starrte das Manuskript an und verzog das Gesicht. So eine Scheiße. Drehbücher machten viel mehr Spaß. Man konnte mit anderen zusammenarbeiten, neue Leute kennenlernen und sich mit ein paar Witzen und flotten Bemerkungen durchmogeln.
Wenn man einen Roman schrieb, war man allein. Da half einem niemand. Man hatte nichts als seine Schreibmaschine und das leere Papier. Kein Sex. Es war die reine Onanie, aber ohne die Lust. Laura Shelton mit ihren blöden Ideen. Er hatte noch gar nicht richtig angefangen, da sollte er schon was anderes machen!
»Señor?«
Rosa stand in der Tür. Sie hielt ein Tablett mit einer Kanne Kaffee, einer Tasse, einem Rosinenbrötchen, Zucker und Milch in den Händen.
Joe wies auf den Tisch.
»Okay«, sagte sie, und als sie ihm das Tablett über den Tisch schob, öffnete der Ausschnitt ihres Baumwollkleides sich weit. Er sah ihre kleinen Apfelbrüstchen und weiter unten ihren flachen Bauch und das Büschel Haare zwischen den Beinen.
Sie blieb einen Augenblick lang in dieser Stellung und goß ihm seinen Kaffee ein. Dann warf sie ihm einen Blick zu. »*Está bien?*«

Er probierte. »Ja, gut«, sagte er. Sie wandte sich ab und wollte schon gehen, da rief er sie noch einmal zurück. Er hatte plötzlich eine Idee. »Hast du der *Señora* den Lippenstift auf meinen Unterhosen gezeigt?«
Er spürte, daß sie Bescheid wußte. »No, *Señor*.«
»Wie ist sie dann darauf gekommen?« fragte er.
»Die *Señora* überprüft jeden Tag, was ich wasche.«
»Jeden Tag?«
»Alles.«
Er steckte sich eine Zigarette an und warf dem Mädchen einen unzufriedenen Blick zu, während er den nächsten Schluck Kaffee nahm.
»Sind Sie böse auf mich, *Señor*?« fragte Rosa.
Er schüttelte den Kopf. »Nein, nur auf mich selbst.« Er starrte seine Schreibmaschine an. Nichts funktionierte. Er wußte, daß sein Roman da drinsteckte, aber er wußte nicht, wie er ihn rauskriegen sollte. Vielleicht war in Hollywood alles zu einfach. In den dreieinhalb Jahren, die sie jetzt hier waren, hatte er mit weniger Arbeit mehr Geld verdient, als er in New York je zu träumen gewagt hätte. Die Mädchen waren hübscher und leichter zu haben. Sex gehörte bei ihnen einfach dazu. Wenn sie einen Job in der Filmindustrie wollten, schliefen sie eben mit Schriftstellern, Produzenten und Regisseuren. Ob es eine große oder eine kleine Rolle war, war egal. Hauptsache, man kam auf die Leinwand. Sogar das Wetter war weniger anstrengend. Manchmal regnete es, aber es war nie richtig kalt. Gänzlich unbekannt war der bittere Frost, den Joe aus New York kannte.
Sogar Motty fand das Leben an der Westküste einfacher. Das einzige Problem bestand darin, daß sie im Haus absolut nichts zu tun hatte. Deshalb hatte sie sich auch schon ein halbes Jahr nach der Geburt des Babys eine Arbeit gesucht. Innerhalb weniger Monate war sie zur Assistentin des Werbeleiters geworden. Mädchen aus Kalifornien, hatte sie lachend gesagt, dürften in einem New Yorker Kaufhaus allenfalls Sportartikel verkaufen; denn das einzige, was sie jemals gelernt hätten, sei Tennis und Surfen.

Joe hob den Kopf und kratzte sich am Kinn. Rosa stand immer noch in der Tür. Er hatte sie völlig vergessen. In der Vormittagssonne zeichnete sich ihre Silhouette aufreizend gegen das Licht ab. »Warum trägst du eigentlich keine Unterwäsche?« knurrte er mürrisch.

»Ich habe nur ein Höschen«, sagte sie. »Tagsüber ist niemand zu Hause, deshalb trage ich Höschen nur, wenn ich mit Kind ausgehe. Jede Nacht muß ich waschen.«

»Was kostet denn Unterwäsche?« fragte Joe.

Sie überlegte. »Büstenhalter, Höschen und Slip, *dos dolares*.«

Joe zog die oberste Schublade seines Schreibtischs auf, wo er stets etwas Bargeld aufhob. Vier zerknitterte Geldscheine lagen darin, zusammen acht Dollar.

Er nahm sie heraus und hielt sie der Mexikanerin hin. »Da«, sagte er. »Kauf dir was.«

Ganz langsam kam sie zurück und nahm das Geld. »*Muchas gracias, Señor.*«

»Schon gut«, sagte er.

Sie senkte die Augen. »Sie sind traurig, *Señor*«, sagte sie leise. »Kann Rosa Ihnen helfen?«

Einen Augenblick lang wußte Joe nicht recht, was sie meinte, aber dann sah er, daß Rosas Blick auf den Schlitz seiner Pyjamahose gerichtet war, wo sich eine kräftige Erektion spannte. »Kennst du dich denn damit aus?« fragte er.

»Ich lebe mit meinem Vater und meinen fünf Brüdern zusammen«, sagte sie. »Denen muß ich oft helfen.«

Joe starrte sie ungläubig an. »Wie alt bist du denn, Rosa?«

Sie sah immer noch reglos zu Boden. »Sechzehn, *Señor*.«

»Scheiße«, sagte er. »Und du schläfst mit allen Männern in deiner ganzen Familie?«

»Nein, Señor«, sagte sie. »*Solamente* . . .« Sie machte eine Faust und bewegte sie vor ihrem Bauch auf und nieder.

»Danke, Rosa«, lächelte Joe. »Das brauche ich nicht. Aber vielen Dank für das Angebot.«

Sie nickte ernsthaft und ging. Er sah ihr noch einen Augenblick nach. Es bedeutet ihr nichts, dachte er. Es gehört einfach zu ihrem Leben.

Er drückte seine Zigarette aus und biß in das Brötchen. Es war wirklich sehr süß, ganz anders als das Blätterteiggebäck in New York. Ein dicker Zuckerguß überzog den klebrigen Teig. Er spülte ihn mit einem Schluck Kaffee hinunter.
Er warf seiner Schreibmaschine einen aufmunternden Blick zu. »Na, wie wär's?« fragte er. »Schreiben wir einen Roman?« Die leere Seite starrte ihn höhnisch an, und das Telefon klingelte. »Ja?«
»Guten Morgen, hier ist Kathy.« Ganz, wie Laura Shelton gesagt hatte, arbeitete Kathy im Studio. Sie war eine der Sekretärinnen des allgewaltigen A. J. »Was machst du heute?« fragte sie munter.
»Ich bin mal wieder auf Eis gelegt worden«, erwiderte er. »Heute gehe ich mir mein Arbeitslosengeld holen.«
»Dann geh lieber gleich«, sagte sie. »Heute nachmittag um drei will dich nämlich A. J. sehen.«
»Hat er einen Auftrag für mich?«
»Ich weiß nicht«, erwiderte sie. »Er hat mich bloß gebeten, dich herzubestellen. Vielleicht hast du Glück.«
»Ich werde da sein«, sagte er. »Was machst du heute abend?«
»Nichts Besonderes.«
»Wie wär's mit ein paar schönen Stunden?« fragte er.
»Bei mir in der Wohnung oder in einer Bar?«
»In deiner Wohnung.«
Sie zögerte einen Augenblick. »Okay«, sagte sie schließlich. »Aber du mußt eine Flasche mitbringen. Ist sechs Uhr okay?«
»Ja«, sagte er.
»Du solltest lieber auch Gummis mitbringen. Ich kriege bald meine Tage«, sagte sie.
»Ich werde daran denken«, sagte er. »Ich seh dich dann heute nachmittag im Büro.«
Er legte den Hörer zurück auf die Gabel und trank seinen Kaffee aus.
»Du hast noch einen Tag frei«, sagte er zu seiner Schreibmaschine. Die Schreibmaschine gab keine Antwort.
Nachdenklich goß er sich eine zweite Tasse Kaffee ein. Dreißigtausend Dollar auf der Bank, eine anständige Wohnung,

zwei Autos, eine dreijährige Tochter und eine Frau, die für ihren eigenen Unterhalt sorgte – was wollte er mehr? Eigentlich wußte er das selbst nicht genau. Aber geändert hatte sich auch nichts. Er dachte immer nur an neue Frauen und frisches Geld.

15

»Das Erdgeschoß der Filiale in Beverly Hills braucht eine ganz neue Ausstattung«, sagte Mr. Marks. Er saß hinter seinem breiten Schreibtisch und hatte sich bequem in den lederbezogenen Sessel gelehnt. »Wir brauchen ein bißchen New Yorker Chic, Mrs. Crown. Jetzt, wo der Krieg vorbei ist, müssen wir den jungen Leuten was bieten. In den letzten Monaten haben so viele von ihnen geheiratet.«
Motty nickte. »Das stimmt«, sagte sie.
»Sie haben ja lange genug in New York gearbeitet, Sie wissen bestimmt, was ich meine«, sagte er.
»Genau«, sagte sie. »Ein bißchen Saks Fifth Avenue, oder?«
»Ja, so ähnlich«, bestätigte er. »Aber auch ein bißchen Macy's. Wir dürfen nicht vergessen, daß unsere Kundschaft vor dem Preisniveau der Fifth Avenue noch zurückschrecken würde. Wir müssen den Leuten den Eindruck vermitteln, daß wir zwar elegant sind, aber nicht teuer.«
»So wie Bloomingdale's!« sagte sie.
»Das ist es.« Er lächelte und wies auf die Zeichnungen, die auf seinem Schreibtisch ausgebreitet lagen. »Wir haben hier ein paar Skizzen«, sagte er. »Würden Sie sich das bitte mal ansehen?«
»Ja, sehr gern.«
Sie gehorchte seiner Handbewegung, ging um den Schreibtisch herum und beugte sich neben ihm über die Blaupausen. Auf den ersten Blick war alles sehr unübersichtlich: ein Gewirr von Linien, die ihr sofort vor den Augen verschwammen.

»Das ist der Haupteingang«, sagte er und zeigte mit dem Finger darauf. »Gleich rechts davon wollen wir die Buchabteilung einrichten. Das macht einen vornehmen Eindruck. Links haben wir einen großen Pelzsalon geplant, und geradeaus kommt die ganze übrige Damen-Oberbekleidung. Nur erstklassige Sachen, versteht sich.«

Er hob den Blick und wartete auf einen Kommentar.

Motty schwieg.

»Was halten Sie davon?« fragte er.

»Ich weiß nicht recht«, sagte sie ehrlich. »Sie haben ja viel mehr Erfahrung. Ich nehme an, Sie haben recht.«

Er drehte sich in seinem Stuhl zu ihr um, und seine Schulter streifte dabei ihre Brust. »Ich gehöre nicht zu den Chefs, die einen Haufen Jasager brauchen. Ich möchte Sie hier bei mir haben, damit Sie mir ehrlich sagen, was Sie von meinen Vorstellungen halten.«

Motty warf ihm einen erschrockenen Blick zu. Seine Augen waren auf ihre Brüste gerichtet, und zu ihrem Entsetzen bemerkte sie, daß ihre Nippel sich aufrichteten. Hätte sie bloß nicht diese Seidenbluse angezogen! Sie wußte genau, daß sich ihre Brustwarzen sehr deutlich darunter abzeichnen mußten, und zu allem Überfluß wurde sie jetzt auch noch rot!

Jetzt trafen sich ihre Blicke. Ein winziges Lächeln lag auf seinen Lippen. »Nun, was meinen Sie?« fragte er.

Motty holte tief Atem. Wenn sie sagte, was sie dachte, war der Job vielleicht futsch, aber was sollte sie sonst machen? »Es ist wirklich sehr vornehm«, sagte sie vorsichtig. »Aber ich dachte, wir wollten die jüngere Kundschaft ansprechen, die sich in unserem Laden nicht nur umschaut, sondern auch kauft?«

Jetzt konzentrierte er sich wieder ganz auf dienstliche Fragen. »Wie meinen Sie das?«

»Wenn ich Sie richtig verstanden habe, erwähnten Sie Macy's, nicht wahr?« sagte Motty behutsam. »Ich habe da eine Freundin, die hat mir neulich geschrieben, die Buchabteilung würde vom Erdgeschoß in den siebten Stock verlegt, weil sie zu wenig Laufkundschaft bringt.«

»Interessant«, sagte er. »Und durch welche Abteilung wird sie ersetzt?«
»Das weiß ich nicht«, sagte Motty. »Vielleicht ist noch gar keine Entscheidung gefallen.«
»Was würden Sie denn vorschlagen?«
Motty sah ihm ruhig ins Gesicht. »Die Kosmetikabteilung. Parfums, Toilettenartikel, Haarspray, Rasierwasser. Ich würde das halbe Erdgeschoß damit füllen. Außerdem Handschuhe, Zeitschriften und die Fotoabteilung.«
»Das ist ja schlimmer als Woolworth«, protestierte Marks.
»Das sind zwanzig Prozent vom Umsatz«, hielt Motty dagegen. »Und daran kann ich nichts Schlimmes finden.«
»Aber es ist mir zu billig.«
»So billig braucht das gar nicht zu sein. Der Krieg ist vorbei, es gibt schon wieder alle französischen Marken. Wenn wir nicht alles durcheinanderwerfen, sondern jeder Marke einen eigenen Stand geben, wirkt das sehr vornehm und bringt uns genau die Kundschaft, die Sie sich vorstellen.«
»Aber Markenware ist teuer«, sagte er nachdenklich.
»Nicht unbedingt«, widersprach sie. »Die Franzosen wollen doch wieder mit uns ins Geschäft kommen. Ich bin sicher, wenn wir ihnen die Möglichkeit geben, ihre Marken richtig zu präsentieren, beteiligen sie sich sogar an den Kosten.«
Mr. Marks grinste. »Sie haben wirklich ein helles Köpfchen.«
»Vielen Dank.«
»Haben Sie sonst noch Vorschläge?«
»Das waren nur so meine spontanen Einfälle«, sagte sie. »Ich müßte mal richtig darüber nachdenken. Aber ich erinnere mich, daß ich in den letzten Monaten, als all die Sachen wieder auf den Markt kamen, sehr viele kleinere Haushaltsgeräte gekauft habe: ein elektrisches Bügeleisen, einen Toaster, eine Bratpfanne, neue Töpfe und neues Geschirr. Außerdem Nylonstrümpfe und Wäsche. Ich müßte das mal im einzelnen untersuchen.«
»Ich glaube, wir müssen uns alle noch gründlich damit beschäftigen«, sagte Marks und wandte sich wieder den Blau-

pausen zu. »Das sind fast zwanzigtausend Quadratmeter Verkaufsfläche, um die es hier geht. Und jeder einzelne Quadratmeter muß sich bezahlt machen.«
Motty zog sich wieder auf ihre Seite des Schreibtischs zurück. »Da haben Sie recht, Mr. Marks.«
»Fehler können wir uns nicht leisten«, sagte er.
»Das ist mir bewußt«, sagte sie.
»Ich möchte, daß die Filiale in Beverly Hills unser Flaggschiff wird«, sagte er. »Unser Image steht und fällt mit dieser Filiale.« Er warf ihr einen raschen Blick zu. »Vielleicht sollten wir mal nach New York fahren und sehen, was die Leute dort machen. Die New Yorker sind uns mit ihrer Verkaufstechnik um einige Jahre voraus.«
Motty hob die Augen und sah ihm fest ins Gesicht. »Sie möchten, daß ich Sie begleite?«
»Das gehört mit zu Ihren Aufgaben«, sagte er lächelnd. »Sie müssen mit mir nach New York fahren, und einmal im Jahr vielleicht auch nach Paris.«
»Ich war noch nie in Europa«, sagte sie.
»Vor dem Krieg war ich oft dort«, sagte er. »Paris ist sehr schön. Ich könnte Ihnen Dinge zeigen, die Sie sich nicht vorstellen können.«
»Ich bin eine verheiratete Frau, Mr. Marks«, sagte sie unsicher. »Ich habe ein Kind.«
»Und ich bin ein verheirateter Mann, Mrs. Crown«, sagte er. »Deshalb rede ich mit Ihnen auch nur über dienstliche Fragen. Aber wenn es Ihnen nicht möglich sein sollte...«
Sie wünschte, sie könnte ihm glauben. Aber die Art und Weise, wie er ihre Brüste anstarrte, strafte ihn Lügen. Wenn nur ihre Nippel nicht so unverschämt heftig auf seinen streichelnden Blick reagiert hätten! Er mußte ja denken... Motty senkte den Blick. »Ich werde mit meinem Mann darüber sprechen«, sagte sie leise.
»Gut, Mrs. Crown, tun Sie das«, sagte Marks lächelnd. »Vergessen Sie nicht, ihm zu sagen, daß Ihr Grundgehalt achthundertfünfzig Dollar im Monat betragen wird und daß Sie mit Prämien bis auf fünfzehnhundert oder zweitausend kommen

können. Vorausgesetzt, Sie zeigen den nötigen Einsatz. Ich finde, das ist ein sehr schönes Gehalt.«
»Das ist mir bewußt, Mr. Marks«, sagte sie und hielt ihm die Hand hin. »Vielen Dank!«
»Papa geht Arbeit!« verkündete Caroline, als Joe die Küche betrat.
Er beugte sich zu seiner Tochter hinunter und küßte sie. »Das ist richtig, mein Schatz.«
»Hast du Schokolade?« fragte sie mit einem schmeichelnden Lächeln. Ihre braunen Locken glänzten im Licht.
»Ich weiß nicht, mein Schatz, ob . . .«
»Will aber welche!« rief sie und schlug auf den Tisch.
Joe warf Rosa einen resignierten Blick zu und kramte gehorsam in seinem Jackett. Zwei Tootsie Rolls erschienen in seinen Händen. »Na, wie sagt ein braves Mädchen?« fragte er.
»Danke«, sagte Caroline lächelnd und fetzte bereits die Verpackung herunter. Sie war vollkommen mit der Schokolade beschäftigt und interessierte sich nicht mehr für Joe.
Es klingelte an der Haustür. Joe ging durchs Wohnzimmer hinaus in die Halle und machte die Tür auf. Es war der Postbote. »Ein Päckchen für Sie, Mr. Crown.«
Joe nahm das Paket in die Hand. »Unverlangte Manuskriptsendung / Zurück an den Absender« hatte jemand auf die Verpackung gestempelt. Schweigend quittierte er den Empfang.
»Tut mir leid für Sie, Mr. Crown«, sagte der Postbote. »Das ist schon das zweite Mal in diesem Monat.«
Joe warf ihm einen prüfenden Blick zu. »So ist es nun mal«, sagte er. »Da kann man nichts machen.«
Der Postbote nickte mitfühlend. »Vielleicht haben Sie das nächste Mal mehr Glück«, sagte er. »Schönen Tag noch.«
»Ihnen auch«, sagte Joe und machte die Tür zu. Ohne Umweg über die Küche ging er ins Arbeitszimmer hinauf und legte das Paket auf den Tisch. Er hätte nie gedacht, daß sich der Postbote so für das interessierte, was er austrug. Joe würde vorsichtiger sein müssen. Er nahm ein Messer, schnitt die Schnur durch und löste die Verpackung ab. Dann öffnete er

den Pappkarton, der sich im Inneren befand. Es war kein Manuskript. Der Karton enthielt vierzig sorgfältig zugefaltete Umschläge mit Kokain. Jeder Umschlag war fünfundzwanzig Dollar wert, das ganze Paket also tausend. Jamaica brauchte er aber bloß zweihundertfünfzig zu schicken. Das waren siebenhundertfünfzig für ihn.
Joe klappte den Karton wieder zu. Er mußte unbedingt ein Postfach mieten. Heute allerdings hatte er Glück, daß ihn A. J. ins Studio gerufen hatte. Er würde sämtliche Umschläge innerhalb von einer Stunde an den Mann bringen können. Er mußte bloß in die Aufnahmestudios der Musiker gehen. Musiker waren die sicherste Kundschaft für Rauschgift. Wenn er bloß einen guten Lieferanten für Marihuana auftreiben könnte! Dann wäre er bald Millionär.
Er ging in die Garage hinunter und verstaute das Päckchen im Auto. Dann kehrte er zurück in die Küche. Carolines Gesicht war bereits über und über mit Schokolade verschmiert. Rosa wusch Wäsche. Über die Schulter warf sie ihm einen Blick zu.
»Sag der *Señora*, daß ich heute nachmittag ins Studio muß«, sagte er.
»*Sí, Señor.*« Rosa machte sich daran, Carolines Windeln auszuwringen. »Zum Abendessen gibt's *Pollo veracruzana*. Ist das okay?«
»Ja, wunderbar«, sagte er. »*A las ocho.*«
»*Sí, Señor*«, erwiderte sie.

Als er mit seinem Vorkriegs-Chrysler beim Arbeitsamt vorfuhr, war es kurz vor zehn. Dennoch war der Parkplatz schon gut gefüllt, und vor der Einfahrt wartete eine ganze Wagenschlange. Jedesmal, wenn ein Wagen hinausfuhr, schob sich der nächste hinein. Joe hielt gar nicht erst an, sondern parkte ein paar hundert Meter weiter, wo mehr Platz war. Auch hier fielen ihm einige Straßenkreuzer auf, von denen er wußte, daß sie Filmstars gehörten. Auch die Besitzer von solchen Luxuskarossen waren gegen Arbeitslosigkeit nicht gefeit. Kein Wunder, daß das Arbeitsamt von Hollywood in den

Studios nur der *Club California* genannt wurde. Die Filmstars versuchten sich zwar vor der Öffentlichkeit zu verstecken, wenn sie ihr Arbeitslosengeld abholten, aber dennoch kamen jeden Tag die Touristenbusse vorbei, in der Hoffnung, Prominente sehen zu können.

Joe schlenderte am Haupteingang vorbei und ging zielstrebig auf den Personaleingang zu. Dem Wachmann schenkte er ein fröhliches Lächeln und grüßte kurz mit der Hand, dann klopfte er an eine Milchglastür mit der Aufschrift: Geschäftsstellenleiter Jack Ross. Er trat ohne Aufforderung ein.

Jack Ross war ein gemütlicher Dicker mit Glatze. Er lächelte, als er Joe in der Tür stehen sah, und winkte ihm, näherzukommen und sich zu setzen. »Wie geht's, Joe?« fragte er munter.

Joe schüttelte den Kopf. »Das Übliche, Jack«, sagte er. »Ich bin mal wieder auf Eis gelegt worden.«

Ross nahm ein Antragsformular aus der Schublade. »Okay«, sagte er, »fangen wir an.«

Joe nickte. »Ja, fein, vielen Dank. Ich habe nur ein kleines Problem. Nächsten Monat ist Weihnachten, und der erste Scheck kommt immer erst nach sechs Wochen.«

Ross warf ihm einen prüfenden Blick zu. »Stimmt, Joe, das sind nun einmal die Vorschriften.«

»Vielleicht können wir mal eine klitzekleine Ausnahme machen?« fragte Joe lächelnd.

»Tut mir leid«, sagte Ross. »Wir haben schrecklich viel zu tun. Das ist immer so vor den Feiertagen.«

»Ich weiß«, sagte Joe. »Ich habe die Straßenkreuzer gesehen, die rund um den Block stehen.«

Ross lächelte. »Ja, wir haben eine Menge Stargäste. Ilona Massey und Richard Arlen waren auch schon da heute.«

»Weihnachten ist nun einmal das Fest der Liebe«, sagte Joe.

Ross fuhr sich mit dem Handrücken über das Kinn. »Ich kann deinen Antrag natürlich sieben Wochen vordatieren. Aber das kostet ein bißchen was. Fünfundzwanzig bar auf die Hand und zehn Prozent von jedem Scheck, den du einsteckst.«

»Das ist mir sehr recht«, sagte Joe und blätterte dem Mann das Geld auf den Tisch.

Die fünf grünen Scheine verschwanden blitzartig in der Tasche des Dicken. Er füllte das Formular aus und schob es Joe über den Tisch. »Unterschreib da, wo ich die Kreuze gemacht habe.«
Joe gehorchte und schob das unterschriebene Formular dann wieder über den Tisch. »Wann kriege ich meinen Scheck?« fragte er.
»Morgen früh um halb zehn«, sagte Ross. »Komm direkt zu mir ins Büro. Ich geb dir dann die Schecks für zwei Wochen.«
»Vielen Dank«, sagte Joe. »Bis morgen dann, Jack.«
Ross lächelte. »Ich werde auf dich warten. Paß auf dich auf, ja?«
»Mach ich«, sagte Joe. »Wir sollten bald mal wieder zusammen essen.«
»Nach den Feiertagen«, sagte Ross. »Jetzt ist zuviel los.«
»Okay«, sagte Joe. »Du brauchst bloß zu sagen, wann es dir paßt. Vielen Dank noch mal.«

16

Die Triple-S-Studios lagen im Valley. Obwohl sie deutlich weniger Platz als die von Universal und Warner Brothers einnahmen, bestanden sie doch aus vier großen Studiohallen und drei kleineren Gebäuden, in denen Tonaufnahmen gemacht und kleinere Szenen mit wenig Personal gedreht werden konnten. Direkt bei der Einfahrt standen ein großes, grau gestrichenes Verwaltungsgebäude, zwei doppelstöckige Holzhäuser und die Produzentenbüros. Ein ziemlich schäbiger Backsteinbau beherbergte die Kantine und im Obergeschoß die engen Kammern der Drehbuchautoren. Über das ganze Gelände waren vier oder fünf altersschwache Bungalows für die Regisseure und Kameraleute verteilt, während die Musikabteilung mit Wellblechhütten vorliebnehmen mußte. Die Kulissen und Kostüme waren in großen, scheunenähnlichen Hallen untergebracht. Da das Grundstück für Außenaufnahmen zu klein war, durften die Teams des Triple-S-Studios für solche Fälle die Einrichtungen der benachbarten Warner Brothers benutzen.

Ein gelangweilter Wächter mit einem grauen Hemd stand vor dem offenen Schlagbaum in der Einfahrt zum Studio.

Joe stoppte neben ihm und nickte ihm zu.

Der Wachmann warf ihm einen eigentümlichen Blick zu. »Ich dachte, Sie wären gestern auf Eis gelegt worden?« sagte er heiser.

»Das stimmt«, lächelte Joe. »Aber A. J. hat mich zu einer Besprechung gebeten.«

Der Mann zog sich in seine Bretterbude zurück und blätterte in der Besucherliste. »Sie sind aber erst für drei Uhr eingetragen«, knurrte er. »Jetzt ist es noch nicht einmal eins.«

»Ich bin gerne pünktlich«, sagte Joe. »Wo soll ich meinen Wagen abstellen?«

»Wie üblich. Wir haben Ihren Platz noch nicht neu vergeben.«

»Vielen Dank«, sagte Joe. Er warf dem Mann einen Blick zu. »Ist Maxie Keyho irgendwo in der Nähe?«

»Haben Sie einen heißen Tip?« fragte der Wachmann. Maxie Keyho, einer der Vertragsmusiker, war zugleich der inoffizielle Buchmacher für die Beschäftigten der Triple-S-Studios.

»Nein, heute nicht«, sagte Joe. »Aber Keyho hat einen Fünf-Dollar-Schuldschein von mir, und den möchte ich gerne auslösen.«

»Ich habe ihn gerade in die Kantine gehen sehen«, sagte der Wachmann.

Joe winkte ihm mit der Hand und fuhr auf den Parkplatz vor dem Gebäude der Drechbuchautoren. Er parkte den Wagen an der üblichen Stelle, stieg aus und schloß sorgfältig die Tür ab.

Die Kantine war ein langgestrecktes, ziemlich schäbiges Restaurant, dessen Wände mit Bildern der Stars bedeckt waren, die in Filmen der Triple-S-Studios mitgespielt hatten. Im hinteren Teil des Lokals ging es ein wenig vornehmer zu, dort

gab es gedeckte Tische und Kellnerinnen. Aber wer nicht zu den Managern, Regisseuren und Filmstars gehörte, hielt sich meist nur im vorderen, größeren Teil des Restaurants auf, der von einer langen Selbstbedienungstheke beherrscht wurde. Man holte sich sein Essen und seine Getränke und setzte sich, wo gerade was frei war. Oft versuchten die zuerst gekommenen Gäste, an ihrem Tisch Plätze freizuhalten für Freunde, aber das funktionierte nicht immer, denn das Gedränge war groß. Der einzige, der jeden Tag auf demselben Platz saß und von niemand gestört wurde, war Maxie Keyho. Er hockte oft stundenlang an seinem kleinen Tisch in der Ecke gleich neben dem Eingang, wo er jeden sehen konnte, der die Kantine betrat. Auch heute trug Keyho einen schwarzen Anzug, ein frisches weißes Hemd und eine schwarze Krawatte. Auch heute saß niemand an seinem Tisch. Wenn er einen nicht dazu einlud, setzte man sich nicht zu ihm. Er musterte Joe mit blaßblauen, wäßrigen Augen. »Ich dachte, Sie wären gestern auf Eis gelegt worden«, sagte er ohne Begrüßung.
»Ich habe einen Termin bei A. J.«, sagte Joe.
Keyhos Informationssystem funktionierte wirklich phantastisch.
»Nehmen Sie doch einen Augenblick Platz«, sagte Keyho. »Erzählen Sie mir ein bißchen. Was hat A. J. denn für Pläne mit Ihnen?«
»Das weiß ich selbst nicht«, sagte Joe. »Ich dachte, Sie könnten mir vielleicht etwas sagen.«
Keyho zuckte mit den Schultern. »Ich weiß nur, daß er sich heute mit einem neuen Bankier aus New York trifft.«
»Keine Ahnung, was das für mich bedeuten könnte«, sagte Joe. »Aber da wir gerade von New York sprechen –« er senkte die Stimme. »Ich habe eine neue Lieferung erhalten und dachte mir, Sie könnten sie vielleicht brauchen.«
Keyho warf ihm einen prüfenden Blick zu und dachte einen Augenblick nach. »Das Geld ist knapp«, sagte er. »Es werden so viele Leute entlassen.«
Joe gab keine Antwort.
»Was soll es denn kosten?« fragte Keyho nach einer Weile.

»Es sind vierzig Päckchen«, sagte Joe. »Normalerweise würde ich tausend verlangen, aber ich weiß nicht, ob ich in den nächsten Tagen im Studio bin. Ich verkaufe Ihnen das ganze Paket für achthundertfünfzig.«
»Siebenhundert«, sagte Keyho.
»Siebenhundertfünfzig, und die Sache ist klar«, sagte Joe.
»Abgemacht«, sagte Keyho. »Haben Sie das Zeug da?«
»Draußen im Kofferraum«, sagte Joe.
Keyho nickte. »Okay, nach dem Essen. Um halb drei. Ich bin hinter dem Studio C.«
Joe stand auf. »Bis dann«, sagte er.
Er ging zur Theke und holte sich ein Tablett. Er war mit sich zufrieden. Siebenhundertfünfzig waren kein schlechter Preis. So schnell verdiente man nicht jeden Tag fünfhundert Dollar. Vor allem brauchte er nicht wochenlang Kunden zu suchen und seinem Geld nachzulaufen. Er wartete, bis er zu dem Mädchen kam, das die warmen Mahlzeiten austeilte, und bestellte sich ein Salisbury-Steak mit Kartoffelpüree. Dann sah er sich nach Bekannten um.
Joe klopfte und steckte den Kopf in die Tür. »Komme ich zu früh?« fragte er. Kathie winkte ihn herein. Sie konnte ihn allerdings nicht begrüßen, weil sie gerade telefonierte. Leise schloß Joe die Tür hinter sich und wartete, bis sie aufgelegt hatte. »Wo ist denn Joanie?« fragte er.
Joan war die eigentliche Chefsekretärin. »Sie hat sich krank gemeldet«, sagte Kathie. Wieder klingelte das Telefon. »Es geht alles drunter und drüber«, fügte sie hinzu, während sie den Hörer aufnahm. Sie stellte den Anruf zu ihrem Chef durch und wandte sich dann wieder an Joe. »Ich fürchte, wir müssen unser Rendezvous verschieben«, sagte sie. »Jetzt, wo Joanie ausfällt, muß ich Überstunden machen. A. J. rotiert sowieso schon.«
»In Ordnung«, sagte Joe.
Sie warf ihm einen empörten Blick zu. »Du bist wirklich ein Armleuchter. Du tust nicht mal so, als ob du enttäuscht wärst.«
»Was erwartest du denn?« fragte er. »Soll ich mir die Haare

ausraufen und meine Kleider zerreißen? Ich weiß doch genau: Wenn du arbeiten mußt, dann arbeitest du. Weißt du, was A. J. von mir will?«

»Er hat Laura angerufen und sie gefragt, ob du für das Projekt in Frage kommst, das ihm vorschwebt.«

»Und was hat sie gesagt?« fragte Joe.

»Sie hat gesagt, du wärst ausgezeichnet.« Kathy grinste. »Aber dann hat sie die Gelegenheit benutzt, um mir eins überzubraten. Sie hat gesagt, du wärst ein Tunichtgut und ich sollte mich von dir fernhalten.«

»Wie kommt sie denn darauf?« fragte Joe neugierig.

»Ich habe das Gefühl«, sagte Kathy, »daß Laura scharf auf dich ist.«

»Das hat sie mir nie gezeigt«, sagte er.

»Das ist typisch Laura«, sagte das Mädchen. »Sie versteckt ihre Gefühle hinter ihrer beruflichen Tarnkappe.«

»Ich verstehe das nicht«, sagte er. »Weiß sie etwas von uns?«

»Das glaube ich nicht«, sagte Kathy. Plötzlich wurde ihre Stimme ganz dienstlich. »Wenn der Boß jetzt das Telefon auflegt, sag ich ihm, daß du da bist, okay?«

»Tut mir wirklich leid wegen heute abend«, sagte Joe rasch. »Die Flasche Wodka, die ich dir mitbringen wollte, leg ich dir ins Auto, okay?«

»Das brauchst du doch nicht«, sagte sie.

»Ich bin genauso enttäuscht wie du, Kathy.«

Sie gab keine Antwort.

»Wie wär's denn mit morgen?« fragte Joe.

»Vielleicht«, sagte sie. Das weiße Licht auf ihrer Telefonanlage erlosch. Sie griff nach dem Hörer. »Joe Crown ist hier, Mr. Rosen. Ja, er kommt sofort zu Ihnen.«

»Vielen Dank«, sagte Joe und griff nach der Klinke der Tür, die ins Allerheiligste führte.

Kathy sah ihm nachdenklich nach. »Viel Glück«, sagte sie ernsthaft.

A. J. Rosen saß wie ein fetter, kahlköpfiger Napoleon hinter seinem festungsartigen Schreibtisch. Sein Sessel stand etwas erhöht, so daß er auf seine Besucher herabsehen konnte. Sein

feistes Gesicht war zu einem strahlenden Lächeln verzogen. »Schön, daß Sie so schnell kommen konnten, Joe, vielen Dank!«
»Es ist mir ein Vergnügen, Mr. Rosen.«
»Ich habe da eine Idee für ein neues Projekt«, sagte A. J. bedeutungsvoll. »Das könnte vielleicht etwas für Sie sein. Sie stammen doch aus New York, oder?«
»Ich bin da geboren und aufgewachsen, das stimmt«, sagte Joe.
»Filme, die in New York spielen, sind zur Zeit sehr erfolgreich«, sagte A. J. »Erst kamen die ›Dead End Kids‹ von Universal, dann die ›East Side Kids‹, die Monogram zur Serie gemacht hat.«
Joe nickte ernsthaft. Er hatte immer noch keine Ahnung, worauf A. J. hinauswollte.
»Ich denke allerdings an ein sehr viel anspruchsvolleres Projekt. An einen Film wie ›Dead End‹ von Sam Goldwyn.«
»Das war ein schöner Film«, sagte Joe.
»Einer meiner New Yorker Bankiers hat mich darauf gebracht«, sagte A. J. »Es ist wirklich eine hübsche Idee: Ein New Yorker Gangster verliebt sich in ein Mädchen vom Ballett und bringt sie nach Hollywood, um einen Filmstar aus ihr zu machen.«
Joe bemühte sich um einen möglichst begeisterten Tonfall. »Das ist eine fabelhafte Idee, Mr. Rosen.«
A. J. lächelte zufrieden. »Ich dachte mir gleich, daß sie Ihnen gefällt.«
»Ja, sie ist wirklich sehr gut, Mr. Rosen. Und wie ich Sie kenne, haben Sie auch schon darüber nachgedacht, wer die Hauptrollen spielen soll?«
»Das Mädchen habe ich schon«, sagte A. J. »Nur über die männliche Hauptrolle muß ich noch nachdenken. Sicher wird es auf Bogart, Eddie Robinson oder Cagney hinauslaufen.«
Joe nickte ernsthaft, obwohl er genausogut wie A. J. wußte, daß keiner dieser Stars bereit sein würde, die Rolle zu übernehmen. »Das Mädchen haben Sie schon?« fragte er vorsichtig.

»Ja«, sagte A. J. und schob ihm ein Foto über den Tisch. »Judi Antoine.«

Joe warf einen Blick auf das Foto. Judi war eine aufreizende Blondine in einem hautengen Kostüm aus Silberlamé, das weit mehr zeigte, als er von Betty Grable oder Lana Turner je gesehen hatte. »Die kenn ich«, sagte er.

»Die ganze Welt kennt sie«, sagte A. J. enthusiastisch. »Wir haben sie seit sechs Monaten unter Vertrag, und obwohl sie bisher noch in keinem einzigen Film mitgespielt hat, werden jeden Monat über tausend Fan-Postkarten von ihr verlangt. Ihre Bilder waren in jeder Illustrierten und jeder Tageszeitung der Vereinigten Staaten.«

»Sie ist ein ganz heißer Tip«, bestätigte Joe. Er mochte A. J. nicht erzählen, daß Judi in den Studios nur die »Sirene« genannt wurde, weil sie laut kreischte, wenn sie genommen wurde. Joe persönlich hatte sie allerdings nur mal ein Quickie spendiert, weil sie dem Regisseur eines Films vorgestellt werden sollte, an dem er gearbeitet hatte.

»Auch mein Finanzberater, ein Bankier aus New York, ist überzeugt, daß sie für die Rolle die richtige wäre«, sagte A. J. und fügte dann plötzlich, als wäre es ihm gerade erst eingefallen, hinzu: »Meine Frau und ich gehen heute abend mit dem Mann aus. Wir treffen uns bei Perino. Wie wäre es, wenn Sie Judi zu Hause abholen und dann mit uns essen würden?«

Joe rieb sich mit dem Handrücken über das Kinn. »Gleich heute abend?«

»Ja«, sagte A. J.

»Vielleicht hat sie gar keine Zeit«, gab Joe zu bedenken.

»Sie hat bestimmt Zeit«, sagte A. J. »Dafür hab ich gesorgt.«

»Ich werde das meiner Frau erklären müssen«, sagte Joe.

»Sie hat sicher Verständnis dafür«, sagte A. J. »Geschäft ist Geschäft.«

Joe dachte einen Augenblick nach. »In Ordnung. Wann soll ich denn mit dem Drehbuch anfangen?«

»Jetzt sofort. Für das Treatment kriegen Sie zweitausendfünfhundert, und wenn wir weitermachen, kriegen Sie noch einmal zwölftausendfünfhundert für das fertige Drehbuch.«

Joe nickte. »Ein fairer Preis.«
»Der Tisch ist für sieben Uhr reserviert, das Dinner beginnt um halb acht«, sagte A. J. »Um halb zehn oder zehn werden meine Frau und ich aufbrechen.«
»Und was soll ich dann machen?« fragte Joe.
»Danach setzen Sie Judi beim Hotel des Bankiers ab und warten auf sie in der Bar. Dann fahren Sie das Mädchen nach Hause. Wahrscheinlich ist gegen Mitternacht alles vorbei.«
Joe nickte schweigend.
A. J. warf ihm einen ironischen Blick zu. Er mußte wohl doch etwas läuten gehört haben; denn er sagte: »Vielleicht können Sie Judi noch bitten, daß sie nicht allzu laut schreit. Diese Bankiers sind ängstliche Typen. Nicht, daß er uns womöglich noch vorzeitig schlappmacht.«
Joe zog die Tür zum Büro des Allmächtigen hinter sich zu und warf Kathy einen prüfenden Blick zu. »Hast du es gewußt?« fragte er.
Sie nickte. »Ich habe es mir gedacht, als Joanie sich krank meldete. Normalerweise fällt so was in ihre Zuständigkeit.«
»Zum Kotzen«, sagte Joe angewidert.
»Das ganze Gewerbe ist zum Kotzen«, erwiderte Kathy. »Aber was soll's? Immerhin springt dabei ein neuer Auftrag für dich raus, oder? Ruf Laura an und sag ihr, sie soll den Vertrag machen.«

17

Joe ging an der Kantine vorbei zu der wackeligen Holztreppe, die zu den Büros der Drehbuchautoren hinaufführte. Die Tür zum Schreibbüro stand offen, allerdings waren nur zwei der zehn Schreibmaschinentische besetzt. Die Aufseherin saß im Hintergrund an ihrem erhöhten Pult wie eine Lehrerin vor der Klasse und prüfte ein Drehbuch auf Tippfehler. Als er eintrat, hob sie den Kopf. »Ich habe schon gehört, daß Sie ein neues Projekt haben«, sagte sie lächelnd. »Ich habe Ihren Namen gleich an der Tür gelassen.«

»Vielen Dank, Shirley«, sagte er.
Sie zog eine Schublade auf und nahm einen Schlüssel heraus.
»Es ist alles vorbereitet«, sagte sie. »Papier, Bleistifte, ein Notizblock und sogar eine Schreibmaschine. Was sagen Sie jetzt?«
»Vielen Dank, Shirley. Sie sind wirklich ein Engel«, sagte er grinsend und nahm den Schlüssel, den sie ihm hinhielt.
»Was ist das denn für ein neues Projekt?« fragte sie neugierig.
»Ach, ich weiß selbst noch nicht viel darüber«, sagte er ausweichend. »Irgendwas mit New York.«
»Muß ja eine ganz heiße Geschichte sein«, sagte Shirley. »Kommt selten vor, daß es A. J. so eilig hat wie diesmal.«
»Da könnten Sie recht haben«, bestätigte Joe. »Heute nachmittag werde ich bloß ein bißchen telefonieren. Mit der Arbeit fange ich morgen früh an.«
»Wenn ich irgendwas für Sie tun kann, sagen Sie mir bitte Bescheid«, sagte sie. »Ich drücke Ihnen die Daumen.«
»Danke, Shirley«, sagte Joe und ging den Flur hinunter, bis er zu dem winzigen Verschlag kam, der ihm als Büro diente. Er schloß die Tür auf, trat ein und setzte sich, nachdem er die Tür wieder geschlossen hatte, hinter den Schreibtisch. Auf der anderen Seite des Tisches stand noch ein weiterer Stuhl, aber wenn mehr als zwei Personen im Raum waren, mußte einer schon im Türrahmen stehen. Er dachte einen Augenblick nach, und gerade, als er nach dem Telefon greifen wollte, klingelte es. Er nahm den Hörer und meldete sich.
»Hier ist Judi Antoine«, flüsterte ihm eine Frauenstimme ins Ohr. »Ich habe gehört, wir sind für heute abend verabredet?«
»Ja, sieht so aus«, sagte Joe.
»Bringst du deine zweihundert gleich mit?«
»Ich verstehe nicht ganz . . .?« – »Die zweihundert Dollar, die ich kriege pro Nacht«, sagte sie.
»Moment mal«, sagte Joe. »Davon war bisher keine Rede. Ich bin bloß die intellektuelle Garnierung für A. J. und seinen Bankier beim Dinner. Ich dachte, die Publicity-Abteilung hätte das alles schon mit Ihnen besprochen.«

»Publicity hat mir gesagt, Sie würden das regeln«, sagte Judi. »Ich hab eine Menge Ausgaben. Die zahlen mir fünfhundert Dollar im Monat, dabei kostet allein schon die Wohnung hier in den Sunset Towers dreihundert die Woche. Ich weiß nicht, wie sich die Herren das vorstellen.«
»Hat man Ihnen denn nicht gesagt, daß Sie die Hauptrolle in dem Film kriegen, den ich jetzt schreibe?«
»Doch«, sagte sie. »Das hat man mir schon mindestens zehnmal versprochen. Oder hundertmal, ich weiß nicht genau. Auf solchen Quatsch fall ich nicht mehr rein.«
»Aber diesmal hat A. J. es selbst gesagt«, beteuerte Joe. »Sein Bankier, der den Film finanziert, soll ganz scharf auf Sie sein. Deswegen soll ich Sie nach dem Essen zu ihm ins Hotel bringen und in der Bar auf Sie warten. Ich dachte, das wäre alles mit Ihnen besprochen.«
»Was ich in meiner Freizeit mache, bestimme ich ganz allein«, sagte sie trocken. »Darüber steht nichts in meinem Vertrag. Da bestimme ich selbst meine Preise.«
»Und was erwarten Sie jetzt, was ich tue?« fragte Joe.
»Beschaffen Sie mir das Geld«, sagte sie. »Sonst geh ich nicht mit. Sagen Sie mir Bescheid, ob die Sache zustande kommt oder nicht. Bis halb sechs bin ich hier. Solange können Sie anrufen.«
»Hören Sie, Judi«, bettelte er. »Machen Sie doch jetzt keine Schwierigkeiten! Erinnern Sie sich nicht mehr daran, wie ich Sie Ray Stern vorgestellt habe, dem Regisseur?«
»Keine Ahnung!« sagte sie. »Ich kann mich weder an Sie erinnern noch an diesen Ray Stern.«
»Wir hatten ein Quickie bei mir im Büro«, sagte er. »Wir haben es im Stehen gemacht, weil hier kein Platz für eine Couch ist. Erinnern Sie sich nicht mehr?«
»Nein«, sagte sie. »Keine Ahnung! Für mich sehen alle Schwänze gleich aus. Sehen Sie zu, daß Sie das Geld kriegen.« Damit hängte sie ein.
Joe starrte das Telefon an und holte tief Luft. Dann rief er bei A. J. an. Kathy meldete sich. »Ich muß mit A. J. sprechen«, sagte er.

»Tut mir leid, der ist schon weg«, sagte Kathy.
»Ich muß ihn aber unbedingt sprechen.«
»Ich kann dir leider nicht helfen, er ist bereits auf dem Heimweg«, sagte sie.
»Kann ich ihn nicht zu Hause anrufen?«
»Erst nach halb sieben«, sagte das Mädchen. »Ist es denn wirklich so wichtig?«
»Ich glaube schon«, sagte er. »Das Mädchen, dem er die Hauptrolle zuschanzen will, arbeitet nebenberuflich als Callgirl. Wenn sie keine zweihundert Dollar in bar auf die Hand kriegt, geht sie gar nicht erst mit.«
»Oh, verdammt!« sagte Kathy. »Ich würde dir ja gern helfen, aber die Kasse hat schon seit drei Uhr geschlossen.«
Joe dachte einen Augenblick nach. »Okay, Schatz«, sagte er schließlich. »Mach dir keine Sorgen deswegen. Ich finde schon einen Ausweg.«
Er legte den Hörer auf die Gabel und überlegte. Die siebenhundertfünfzig Dollar, die Keyho ihm gezahlt hatte, steckten noch in seiner Brieftasche. Er zog vier Fünfzigdollarscheine heraus und steckte sie in die Außentasche seines Jacketts. Ein Callgirl zu bezahlen widersprach allen seinen Prinzipien. Besonders, da er selbst gar nicht mit dem Mädchen ins Bett gehen würde. Er war in der Klemme. Wenn er den Auftrag haben wollte, mußte er das Mädchen mitbringen. Und der Auftrag war nicht zu verachten. Die zweihundert Dollar waren gewissermaßen eine Investition. Er nahm den Hörer ab und wählte Judis Nummer in den Sunset Towers.

Als Motty ins Schlafzimmer kam, war er gerade dabei, sich einen Schlips umzubinden. »Rosa hat gesagt, du wärst im Studio gewesen?« fragte sie.
Joe nickte, starrte kopfschüttelnd in den Spiegel und knotete seinen Schlips wieder auf. »A. J. hat mich angerufen. Ich habe einen neuen Auftrag.« Er begann den Krawattenknoten von neuem.
»Ist es ein guter Film?« fragte Motty.
»Am Anfang sind sie alle gut«, sagte er. Diesmal war er mit

seiner Krawatte zufrieden. Er wandte sich um. »Na, gefällt dir der Knoten?« fragte er.

Sie musterte ihn kritisch. »Er sieht irgendwie dicker als sonst aus.«

»Das muß er auch«, sagte Joe stolz. »Er wird Windsorknoten genannt. Frank Sinatra bindet seine Krawatte genauso.« Er griff nach dem dunkelblauen Jackett.

»Warum ziehst du denn deinen Bar-Mizwa-Anzug an?« fragte sie neugierig.

»A. J. hat mich und seinen Bankier zu Perino eingeladen.«

»Donnerwetter! Das ist mal was Neues«, sagte sie. »Bloß ihr drei?«

»Wir drei, A. J. und ein Filmsternchen, das der Bankier gern im Bett haben möchte«, erwiderte Joe.

Sie warf ihm einen prüfenden Blick zu. »Was machst du denn dabei?«

Er grinste. »Ich bin die intellektuelle Garnierung.«

»Kennst du das Mädchen?«

»Flüchtig«, sagte er. »Aber darum geht es nicht. Die Geschichte spielt in New York, und ich bin New Yorker. Deshalb soll der Auftrag an mich gehen. Der Bankier möchte, daß sie die Hauptrolle spielt. Bei ihm und im Film. Deshalb soll ich sie mitbringen und bei ihm abliefern.«

»Wie heißt sie eigentlich?« fragte Motty.

»Judi Antoine.«

»Nie gehört«, sagte Motty. »Wo hat sie denn gespielt.«

»Sie hat bisher überhaupt noch nirgendwo mitgespielt«, sagte Joe. »Aber sie hat seit einem Vierteljahr einen Vertrag mit den Triple-S-Studios. Sie ist das beliebteste Pinup-Girl. Jede Woche werden Tausende von Postkarten mit ihrem Foto verschickt.«

»Also eine richtige Nutte«, sagte Motty verächtlich.

Joe lachte. »Diesmal hast du ausnahmsweise recht. Sie gehört zu den schlimmsten.« Er hatte noch nicht zu Ende gesprochen, da wußte er schon, daß er einen riesigen Fehler gemacht hatte.

»Hat dir A. J. den Auftrag gegeben, weil du ein erfahrener Zu-

hälter bist? Oder braucht er wirklich einen, der ihm das Drehbuch verfaßt?« fragte sie.
»Das ist nicht fair«, sagte Joe leise.
»Du hättest ja ablehnen können«, sagte sie. »So dringend brauchst du den Auftrag doch nicht. Du hättest immer noch an deinem Roman schreiben können.«
»Dazu brauche ich Zeit«, sagte er. »Dazu brauche ich mindestens noch ein Jahr, und so viel Geld haben wir nicht, daß ich so lange aussetzen könnte.«
»Wir könnten es vielleicht schaffen«, sagte Motty. »Mr. Marks hat mir eine Gehaltsaufbesserung angeboten. Demnächst kriege ich achthundertfünfzig im Monat, und mit den Prämien könnten es bis zu fünfzehnhundert oder zweitausend werden. Wie findest du das?«
»Da ist doch ein Haken dabei«, sagte Joe. »So viel Geld kriegt man bestimmt nicht bloß fürs Schaufensterdekorieren.«
»Ein bißchen mehr wird schon verlangt«, sagte Motty. »Ich werde zum Beispiel nach New York und Paris fahren müssen, wenn die neuen Kollektionen vorgestellt werden.«
»Allein?« fragte er. »Ohne deinen Mr. Marks?«
»Du hast eine schmutzige Phantasie«, fauchte sie.
»Und wie kommst du darauf, daß er keine hat?« fragte er. Er schob sich die vier Fünfzigdollarscheine in das dunkelblaue Jackett. »Wenn ich schon als Zuhälter arbeiten muß, um mein Geld zu verdienen, verkaufe ich lieber richtige Callgirls als meine eigene Frau.«

Er saß an der Bar in der schummerigen Cocktail-Lounge vor der Coconut Grove. Aus dem Saal drangen leise die Klänge des Big-Band-Orchesters herauf. Der Barkeeper musterte sein halbgeleertes Glas und sagte: »Die Show fängt gleich an, Sir. Soll ich Ihnen einen Tisch besorgen?«
»Nein, danke«, erwiderte Joe.
Der Barkeeper warf einen Blick auf sein Glas. »Soll ich noch einmal nachfüllen?«
Joe schüttelte den Kopf. »Nein, danke. Zwei Drinks sind mein Limit.« Er zog eine Zigarette heraus.

Sofort ließ der Barmann sein Feuerzeug aufblitzen. »Danke«, sagte Joe und warf einen Blick auf die Uhr. Zehn vor elf. »Sind Sie versetzt worden?« fragte der Barkeeper mitfühlend.
»Nein«, lächelte Joe. »Ich bin ein bißchen zu früh dran.«
Der Barkeeper warf einen Blick zum anderen Ende des Raumes. »Wenn die Dame nicht mehr kommen sollte, kann ich Sie gerne den beiden Ladys da drüben vorstellen«, sagte er höflich.
Joe lachte. »Sie sind in Ordnung«, sagte er und legte dem Mann einen Fünfdollarschein auf die Theke.
Das Geld verschwand wie der Blitz. »Ich wollte Ihnen nur behilflich sein, Sir.« Das Telefon am anderen Ende der Bar klingelte. Der Barkeeper nahm den Hörer. »Sind Sie Mr. Crown?« fragte er. Joe nickte. »Die Dame, mit der Sie verabredet sind, erwartet Sie in der Halle.«
Joe kam gerade rechtzeitig in die Hotelhalle, um Judi aus der Aufzugtür kommen zu sehen. »Ist alles okay?« fragte er.
»Ja«, sagte sie. Schweigend gingen sie hinaus und warteten, bis der Parkwächter seinen Wagen geholt hatte.
Er hielt Judi die Tür auf, gab dem Mann einen Dollar, stieg ein und fuhr langsam die Auffahrt hinunter. »Soll ich Sie nach Hause fahren?« fragte er.
»Macht es Ihnen was aus, mich an Dave's Blue Room abzusetzen?« fragte sie.
»Keineswegs«, sagte er. »Ganz, wie Sie wünschen.«
Judi starrte eine Weile durch die Windschutzscheibe. Dann drehte sie sich zu Joe um. »Ist der Kerl eigentlich echt?« fragte sie.
Joe mußte vor einer roten Ampel anhalten. »Mr. Metaxa?«
»Ja, der«, sagte sie. »Gehören ihm wirklich all diese Banken?«
»Ich weiß nicht«, sagte Joe und fuhr weiter. »Aber A. J. hat doch durchblicken lassen, daß morgen früh Kreditvereinbarungen über zwei Millionen Dollar unterzeichnet werden sollen, nicht wahr?«
»Mir hat dieser Metaxa erzählt, das Geld sei für meinen Film und ich würde einen neuen Vertrag kriegen. Mit zweitausend im Monat. Er hat gesagt, ich soll eine neue Wohnung mieten,

damit er mich immer besuchen kann. Er will zweimal im Monat nach Hollywood kommen.«
Joe warf ihr einen schrägen Blick zu. »Na, dem müssen Sie es aber wirklich besorgt haben.«
»Das ist das, was ich überhaupt nicht verstehe«, sagte sie. »Er hat überhaupt nichts von mir gewollt.«
»Gar nichts?« fragte Joe überrascht.
»Ich durfte ihn nicht mal anfassen«, sagte sie. »Ich stand splitternackt vor ihm, und er hat einfach weitergeredet, als ob ich mein Kleid immer noch anhätte. Ich glaube, er hat es gar nicht gemerkt, als ich mich wieder angezogen habe.«
»Eigenartig«, sagte Joe.
Das Mädchen sah eine Weile zum Fenster hinaus. »Kennen Sie Mickey Cohen?« fragte sie.
»Den Gangster?«
»Wen sonst?« sagte sie schnippisch.
»Nur aus der Zeitung«, sagte Joe.
»Haben Sie Lust, ihn persönlich kennenzulernen?«
Er warf ihr einen überraschten Blick zu. »Heute abend?«
»Ja. Ich bin im Blue Room mit ihm verabredet.«
»Ich würde ihn sehr gern kennenlernen«, sagte Joe. »Aber ich muß jetzt nach Hause. Meine Frau ist schon wütend genug wegen heute abend.«
»Ich könnte wetten, daß Mickey ein bißchen mehr weiß über diesen Mr. Metaxa«, sagte sie nachdenklich.
Joe ging plötzlich ein Licht auf. »Kennen Sie Mickey schon lange?« fragte er Judi.
»Ziemlich lange«, gab sie zur Antwort. »Wir kennen uns noch aus New York. Er hat gesagt, ich soll nach Hollywood gehen. Er hat gesagt, ich hätte das Zeug, ein Filmstar zu werden.«
Wieder mußte Joe anhalten. »Hat er Sie hier untergebracht?«
Sie nickte. »Ja, wir sind sehr eng befreundet.«
Einen Augenblick lang beanspruchte der Verkehr seine ganze Aufmerksamkeit. Die Geschichte, die A. J. ihm erzählt hatte, war also gar nicht erfunden. Sieh mal an!
Er brachte den Wagen vor dem Eingang zu Dave's Blue Room zum Stehen. Einen Moment lang war er in Versuchung, Judi

in das Lokal zu begleiten, aber dann überlegte er es sich doch anders. Es war noch zu früh für eine solche Begegnung. Er mußte erst noch genauer wissen, was es mit diesem Bankier auf sich hatte.

Der Türsteher hielt Judi den Schlag auf. Sie stieg aus und beugte sich noch einmal hinunter zu Joe. »Vielen Dank«, sagte sie höflich.

»Es war mir ein Vergnügen«, sagte er, ebenso höflich. »Rufen Sie mich morgen im Studio an? Und sagen Sie bitte Mr. Cohen, ich würde mich freuen, ihn kennenzulernen. Er braucht nur zu sagen, wann es ihm recht ist.«

Er sah zu, wie Judi im Eingang des Restaurants verschwand, dann ließ er den Motor aufheulen und machte sich auf den Heimweg.

18

»Ein phantastisches Drehbuch«, sagte A. J. »Ganz fabelhaft, wirklich. Aber wir haben ein kleines Problem.«

»Ich verstehe nicht ganz«, sagte Joe. Er mußte den Telefonhörer ein Stück von seinem rechten Ohr weghalten, weil A. J. so laut brüllte.

»Haben Sie mal Judis Probeaufnahmen gesehen?« fragte A. J.

»Nein«, sagte Joe. »Es hat mich nie jemand dazu eingeladen.«

»Kommen Sie doch mal rüber in den Vorführraum B«, sagte A. J. »Sie werden gleich sehen, worauf ich hinauswill.«

Joe legte den Hörer auf und strich mit der Hand über das saubere Manuskript, das vor ihm auf dem Tisch lag. Er war so stolz darauf gewesen. In drei Monaten hatte er zunächst ein Treatment und dann ein komplettes Drehbuch verfaßt. Ein Drehbuch, von dem er wußte, daß es gut war. Es war sogar das beste Drehbuch, das er jemals verfaßt hatte. Er überlegte einen Augenblick, ob er das Manuskript mitnehmen sollte, entschied sich aber dagegen. Im Vorführraum hatte das Ma-

nuskript nichts zu suchen. Er ließ es auf seinem Schreibtisch liegen und machte sich auf den Weg.
A. J. war nicht allein. Mr. Metaxa, der Bankier aus New York, Ray Stern, der Regisseur, und ein vierter Mann, den Joe nicht kannte, saßen im Vorführraum B. Der Produzent nickte ihm zu. »Guten Tag, Joe«, sagte er. »Mr. Metaxa und Ray kennen Sie ja. Ich möchte Sie außerdem Mr. Cohen vorstellen. Sie kennen doch Mickey Cohen?« Joe musterte den untersetzten, breitschultrigen Gangster. Dann streckte er lächelnd die Hand aus. »Guten Tag, Mr. Cohen.«
Der Gangster lächelte ebenfalls. »Schön, dich persönlich kennenzulernen«, sagte er mit einer heiseren Baßstimme. »Ich habe schon so viel von dir gehört, Joe.«
»Vielen Dank, Mr. Cohen«, sagte Joe höflich. A. J. winkte Joe, sich endlich zu setzen, und im gleichen Augenblick verdämmerten auch schon die Lichter. Fünfzehn Minuten lang liefen Judis Probeaufnahmen über die Leinwand. Sie sang, sie tanzte, sie sprach Teile des Dialogs – und alles war miserabel. Nur die Farbaufnahmen am Strand waren gut. Sie trug einen Badeanzug und rannte über den Sand in die Wellen. Dann kam sie wieder zurück, und die Kamera zeigte jedes Geheimnis ihres jugendlichen Körpers: die harten Nippel auf ihren vollen Brüsten und die winzigen Schamhaare, die aus ihrem hauchdünnen Badeanzug herausquollen. Die Bilder liefen ohne Ton und endeten mit einer Nahaufnahme ihres Gesichts. Sie keuchte, weil sie rasch gelaufen war, und ihr geöffneter Mund vermittelte den Eindruck höchster Erregung. Man konnte glauben, sie hätte einen Orgasmus. Dann war der Streifen zu Ende. Die Leinwand wurde erst weiß und dann schwarz, und dann ging das Licht wieder an.
Joe sagte nichts, und auch die anderen gaben keinen Kommentar ab. Alle warteten auf A. J.
Schließlich stöhnte der Filmboß vernehmlich. »Wir haben ganz schön danebengehauen«, sagte er seufzend.
»Vielleicht braucht sie noch ein bißchen Unterricht?« gab Mr. Metaxa hoffnungsvoll zu bedenken.
»Wir haben ihr die besten Lehrer gegeben«, sagte A. J. »Und

sie hatte drei Monate Zeit. Es hat alles nichts genutzt. Alle Lehrer haben das Handtuch geworfen. Nein, wir stecken ganz tief in der Klemme. Ich habe Steve Cochran angeheuert für fünfzehntausend und für weitere zehntausend Pat O'Brien von Warner Brothers geliehen. Habt ihr gesehen, wie ihre Möse in dem Badeanzug vorsteht? Sie sah dicker aus als der Schwanz eines schwulen Tänzers in Strumpfhosen. Wenn ich ihr kein Röckchen verpasse, komme ich damit nie an der Zensur vorbei.«

»Wieviel haben wir denn schon investiert?« fragte Metaxa.

»Cinecolor schulde ich jetzt schon fünfundsiebzigtausend Dollar; dabei sind sie nur halb so teuer wie Technicolor. Zusammen mit allen anderen Verpflichtungen beläuft sich die Summe auf knapp zweihunderttausend«, sagte A. J. trübsinnig.

»Wenn Sie nun einen Unfall hätte«, sagte Cohen nachdenklich. »Glauben Sie, die Versicherungen würden bezahlen?«

»Erst, wenn wir schon in der Produktion sind«, sagte A. J. »Außerdem können wir so etwas nicht riskieren.«

»War ja nur so eine Idee«, sagte Cohen.

»Wirklich schade«, sagte Ray Stern. »Joe hat eins der schönsten Drehbücher geschrieben, das ich je gelesen habe. Ich habe mich schon so auf die Dreharbeiten gefreut. Können wir nicht Maria Montez oder Yvonne de Carlo von Universal ausleihen?«

»Das geht nicht«, sagte A. J. »Wir haben einen Film mit Judi Antoine angekündigt. Die Verleiher und Kinobesitzer erwarten, daß wir uns daran halten.«

»Aber eine bestimmte Handlung haben wir nicht angekündigt?« fragte Joe.

»Nein«, sagte A. J. »Wir haben den Film mit den Pin-up-Fotos verkauft.«

»Wie wäre es mit ›Sheena, Königin des Dschungels‹?« fragte Joe.

»Schön und gut«, sagte A. J. »Aber Sie wissen doch, daß dieser Film schon vor Jahren gedreht worden ist. Monogram hat die Rechte.«

»Dann machen wir eben die ›Königin der Amazonen‹«, sagte Joe. »Steve Cochran und Pat O'Brien sind Flugzeugpiloten und stürzen mit ihrer Maschine über dem Urwald ab. Dann werden sie von einem unbekannten Amazonenstamm entdeckt und gefangengenommen. Den Film haben wir schon tausendmal gedreht, aber er kommt immer wieder hervorragend an. Alles, was wir brauchen, ist eine Leinwand voll halbnackter Mädchen, von denen Judi die Königin ist. Sie bräuchte wahrscheinlich keine zwei Zeilen zu sprechen. Sie ist ein weiblicher Tarzan. ›Du Steve, ich Judi, wir machen Liebe.‹ Wenn Sie wissen, was ich meine.«

A. J. starrte ihn nachdenklich an. »Das könnte vielleicht sogar hinhauen«, sagte er schließlich. »Wie lange brauchen Sie für das Skript?«

»Zehn Tage oder zwei Wochen, ganz, wie Sie wollen.«

A. J. warf dem Bankier einen fragenden Blick zu. »Was meinen Sie, Mr. Metaxa?«

»Ich verstehe nichts von Kunst«, sagte Metaxa. »Aber ich verliere nicht gern mein Geld, ehe eine einzige Szene gedreht worden ist.«

»Er hat recht«, sagte Cohen. »Versuchen Sie es.«

A. J. wandte sich wieder an Joe. »Sie können gleich anfangen«, sagte er.

»Das ist ein völlig neuer Auftrag«, sagte Joe. »Wieviel springt für mich dabei raus?«

A. J. starrte ihn empört an. »Wie können Sie in dieser Krise an Geld denken?«

Joe schwieg. Er war gar nicht unbedingt auf mehr Geld aus. Aber er wollte sichergehen, daß er wenigstens das Geld für das alte Skript kriegte. Er hatte die erste Fassung eingereicht, aber das volle Honorar stand ihm erst zu, wenn der Film tatsächlich gedreht wurde. Er würde sich zwar die letzten Änderungen und Korrekturen ersparen, wenn sie jetzt ausstiegen, aber an seinem Honorar fehlten auch noch mindestens fünftausend Dollar.

A. J. wußte das natürlich genau. »Sie schreiben das neue Drehbuch im Rahmen des alten Vertrags. Sie kriegen das

ganze Geld, sobald der erste Entwurf steht, und tausend Dollar extra, wenn der Film abgedreht ist.«
»Okay«, sagte Joe. »Wenn Sie mich jetzt entschuldigen, Gentlemen, fange ich gleich damit an.«

Joe machte sich auf einem gelben, linierten Notizblock eine Stunde lang Notizen. Dann war er zufrieden. Der grobe Handlungsverlauf stand jetzt fest. Er rief im Schreibbüro an. Shirley meldete sich. »Ja, Joe?«
»Ich brauche Ihre Hilfe, Shirley.«
»Dafür sind wir ja da«, erwiderte sie.
»Können Sie mir bei Universal und Columbia ein paar Drehbücher von diesen Busenfilmen besorgen? Sie wissen schon: Urwaldgeschichten mit nackten Blondinen. Ich möchte den Stil ein bißchen studieren.«
»Verstehe«, sagte sie sachlich. »Genügt es bis morgen?«
»Das wäre großartig«, erwiderte er.
Shirley senkte vertraulich die Stimme. »Die Probeaufnahmen waren wohl nicht so besonders?« Der Studioklatsch hatte wieder einmal funktioniert.
»Sie waren hundsmiserabel«, bestätigte er.
»Das tut mir aber leid«, sagte sie. »Das Drehbuch fand ich wirklich sehr schön.«
»Vielen Dank«, sagte er.
»Warten Sie mal einen Moment«, sagte sie und deckte die Sprechmuschel zu.
Sie meldete sich aber sofort wieder. »Joe? Ich habe Besuch für Sie. Ein Mr. Cohen ist hier. Er würde gern mal bei Ihnen hereinschauen.«
»Bringen Sie ihn nur her«, sagte Joe, hängte das Telefon ein und stand auf. Im selben Augenblick öffnete Shirley auch schon die Tür, und Mickey Cohen trat ein. Damit sie die Tür wieder schließen konnte, mußte er beiseite treten. Joe wies auf den Besucherstuhl, und Cohen setzte sich hin.
Empört sah er sich in dem kleinen Raum um. »Das soll ein Büro sein?« höhnte er. »Das ist ja noch nicht mal ein richtiger Schrank.«

»Deshalb schreibe ich ja auch für die Schublade«, lächelte Joe.
Cohen grinste. »Wahrscheinlich fragst du dich, was ich hier will, oder?« – »Sie werden schon Ihre Gründe haben«, sagte Joe. »Mir brauchen Sie nichts zu erklären.«
»Ich kenne deinen Vater ganz gut«, sagte Cohen. »Wir waren auch gute Freunde in Brooklyn.«
»Meinem Vater geht's gut«, sagte Joe.
»Hat er immer noch diesen Geflügelmarkt?«
Joe nickte. »Immer noch in derselben Straße.«
Cohen lächelte zufrieden. »Richte ihm einen schönen Gruß von seinem alten Freund Mickey aus, wenn du ihn siehst.«
»Danke, das werde ich tun«, sagte Joe.
Cohen musterte ihn und dachte einen Augenblick nach. »Wir wollen das vertraulich behandeln«, sagte er schließlich. »Aber ich bin als Judis Manager hier.«
»Ich verstehe«, sagte Joe.
»Was meinst du, wird es klappen?« fragte Cohen besorgt.
»Ich kümmere mich nur um das Drehbuch«, sagte Joe achselzuckend. »Der Rest liegt bei A. J.«
»Er hat schon angefangen, an allen Ecken und Enden zu sparen«, sagte Cohen. »Den Vertrag mit Warner Brothers wegen O'Brien hat er gekündigt.«
»In so einem Film würde O'Brien sowieso nicht mitspielen«, sagte Joe.
»Der Regisseur hat auch schon die Kurve gekratzt«, sagte Cohen. »Er wolle keine solchen Filme mehr machen, hat er gesagt.«
»Kein Problem«, sagte Joe. »Regisseure gibt es genug.«
»Die Drehzeit hat er von dreißig Tagen auf zwölf heruntergekürzt«, sagte Cohen.
»Das reicht auch«, sagte Joe. »Wir brauchen nicht länger.«
»Metaxa ist ziemlich beunruhigt«, sagte Cohen.
»Das glaube ich gern«, sagte Joe. »Es ist sein Geld und sein Mädchen.«
»Falsch«, sagte Cohen. »Weder sein Geld noch sein Mädchen.«

Joe sah ihn verblüfft an.
»Hast du schon mal was von Judge Nicoletti gehört?«
Joe nickte. Nicoletti war der inoffizielle Schiedsrichter zwischen den verschiedenen New Yorker Mafiafamilien.
»Metaxa ist Nicolettis Strohmann. Der Grund, warum sie dem Studio Geld leihen, ist allerdings rein geschäftlich. Sie benutzen das Studio als Geldwaschanlage. Alles, was mit dem Film verdient wird, ist sauberes Geld. Was in die Sache reingesteckt wird, weiß dagegen niemand genau. Die Sache hat allerdings noch einen Nebenaspekt. Nicolettis Frau war eifersüchtig. Deshalb mußte ich Judi nach Hollywood bringen.«
Joe sah ihn unsicher an. »Weiß Judi das?«
»Ja«, sagte Cohen. »Aber es ist ihr egal. Das einzige, was sie interessiert, ist sie selbst.«
Joe dachte einen Augenblick nach. »Sie können sich auf mich verlassen, Mr. Cohen«, sagte er schließlich. »Ich werde tun, was ich kann.«
Cohen erhob sich von seinem Stuhl. »Wenn du ein anständiges Drehbuch für Judi schreibst, hast du bei uns einen dicken Stein im Brett, Joe.« Er griff nach der Türklinke. »Halt mich auf dem laufenden, Junge. Du kannst jederzeit in Dave's Blue Room eine Nachricht für mich hinterlassen. Zu jeder Tages- und Nachtzeit. Ich werde mich dann bei dir melden.«
»Jawohl, Mr. Cohen«, sagte Joe. Cohen nickte und verließ das Büro. Joe holte tief Luft. Es war doch immer dasselbe. Hinter jedem Boß stand noch ein höherer Boß. Er betrachtete geistesabwesend seinen Notizblock und fragte sich, ob A. J. wohl im Ernst glaubte, daß er in seinem Studio der Boß war.

Als Joe nach Hause kam, war es schon beinahe acht. Er rannte die Treppe hinauf ins Schlafzimmer. »In einer halben Stunde gibt's Abendessen«, rief Rosa aus der Küche hinter ihm her.
»Okay«, rief er. Als er das obere Stockwerk erreichte, kam Motty gerade aus dem Bad. Sie streifte sich ein Kleid über und küßte ihn auf die Wange.
»Du siehst müde aus«, sagte sie.
»Ich bin auch müde«, bestätigte er.

»Du brauchst was zu essen«, sagte sie. »Ich habe Rosa gebeten, uns ein paar schöne Kalbsschnitzel zu machen.«
»Fein«, sagte er ohne Begeisterung.
Sie warf ihm einen überraschten Blick zu. »Was ist denn los?«
»Der Film ist geplatzt.«
»Geplatzt?« fragte sie. »Kannst du es nicht noch mal umschreiben?«
»Mit Umschreiben ist es nicht getan«, sagte Joe. »Judis Probeaufnahmen waren völliger Mist. Sie kann weder sprechen noch singen, noch tanzen – bloß rumstehen. Sie sieht nicht schlecht aus, aber das ist auch alles. A. J. ist dabei, sich die letzten Haare auszuraufen. Er hat gesagt, er hätte schon zweihunderttausend verpulvert und mit Judi könnte er den Gangsterfilm einfach nicht drehen.«
»Und was will er jetzt machen?« fragte Motty.
»Ich hatte mal wieder den rettenden Einfall«, sagte Joe grinsend. »Ich habe mich an eine meiner Geschichten erinnert, die ich mal für ›Spicy Adventure‹ verfaßt habe. ›Die Königin der Amazonen‹, erinnerst du dich?«
»Du hast ihnen doch nicht etwa erzählt, daß du mal solche Pornogeschichten geschrieben hast, Joe?«
»Nein, natürlich nicht«, sagte er. »Ich bin doch nicht blöd. Ich kenne doch diese Spießer. Ich habe so getan, als wäre es eine völlig neue Idee. Und die haben es mir auch geglaubt.«
»Das ist ja unglaublich«, sagte sie.
Jetzt wurde ihm endlich bewußt, was für ein herrlicher Witz das Ganze war. Er lachte vergnügt. »Ich hab es erst auch nicht geglaubt. Aber sie haben die Sache geschluckt. In zwei Wochen soll ich das Drehbuch abliefern.«
»Das heißt, du kriegst weiter Geld?«
Joe nickte. »Nicht nur das. Ich kriege das Geld für das alte Drehbuch, ohne daß ich noch was daran tun muß, und wenn der neue Film abgedreht ist, kriege ich noch einmal tausend Dollar.«
Er zog sein Jackett aus und warf es aufs Bett. »Ich werde rasch duschen, und dann können wir essen.«

Motty folgte ihm ins Bad. »Hast du schon von der neuen Mode gehört. Sie heißt ›New Look‹. Es ist die erste ganz neue Kollektion seit dem Krieg. Stammt aus Paris.«
»Ich hab keine Ahnung, das weißt du doch, Motty«, sagte Joe. Er stellte sich unter die Dusche und drehte das Wasser an.
»Mr. Marks hat gesagt, wir müßten der erste Laden in Los Angeles sein, der den New Look hat. Die Kleiderfabriken in der Seventh Avenue wollen in der nächsten Woche die ersten Entwürfe vorlegen. Mr. Marks hat mich gebeten, nach New York zu fahren und zu bestellen, was sich für uns eignet.«
»Wie bitte?« rief Joe, der unter dem strömenden Wasser stand und kaum etwas hörte.
»Mr. Marks will, daß ich nach New York fahre«, schrie Motty.
Joe kam unter der Dusche hervor. Er griff nach einem Handtuch und begann, sich abzutrocknen. »Und?« fragte er, ohne sie anzusehen. »Wirst du fahren?«
»Es gehört nun mal zu meinem Job«, sagte sie.
Schweigend hantierte Joe mit dem Handtuch.
»Ich habe mit deiner Mutter gesprochen«, sagte Motty. »Sie hat gesagt, ich könnte Caroline mitbringen und bei ihr übernachten.«
Joe warf ihr einen überraschten Blick zu. »Das ist ja was ganz Neues.« Seine Mutter hatte sich nach ihrer Flucht aus New York monatelang geweigert, überhaupt mit ihnen zu sprechen. Erst als sie nach der Geburt des Kindes eine Kopie der Heiratsurkunde geschickt hatten, damit sie sich selbst überzeugen konnte, daß alles koscher war, hatte Marta ihre ablehnende Haltung etwas gelockert. Aber ein Besuch hatte trotzdem nie stattgefunden. Immerhin war sie Motty gegenüber nie so unversöhnlich gewesen wie ihm gegenüber. Sie war offenbar fest überzeugt, er habe die Ahnungslosigkeit eines unschuldigen Mädchens mißbraucht.
»Hat sie nach mir gefragt?« erkundigte sich Joe vorsichtig.
»Sie hat sich beschwert, daß du nie anrufst«, sagte Motty.
»Das ist ihre eigene Schuld«, sagte er. »Jedesmal, wenn ich angerufen habe, hat sie einfach aufgehängt oder das Telefon an

meinen Vater weitergegeben. Irgendwann hatte ich die Schnauze voll. Wie lange wirst du denn weg sein?«
»Ungefähr zwölf Tage«, sagte sie. »Wenn wir freitags abfahren, sind wir sonntags abends in New York. Dann habe ich eine ganze Woche zum Arbeiten und würde am nächsten Wochenende zurückkommen. Mr. Marks war sehr freundlich. Er hat mir angeboten, ein Schlafwagenabteil für mich zu bezahlen, damit ich Caroline mitnehmen kann.«
»Fährt er mit dir zusammen?«
Motty warf ihm einen raschen Blick zu. »Nein, er fährt schon am Mittwoch. Seine Frau kommt auch mit.«
Joe nickte.
»Findest du es nicht schön«, fragte Motty, »daß deine Eltern jetzt endlich einmal ihr Enkelkind sehen?«
Joe nickte.
Motty stieß einen Seufzer der Erleichterung aus, als sie in die Küche hinunterging. Sie hatte ihrem Mann vorsichtshalber verschwiegen, daß Mrs. Marks nur drei Tage in New York bleiben und bereits wieder auf dem Heimweg sein würde, wenn Motty dort eintraf.
Sie hatte es auch nicht für nötig befunden, Joe zu erzählen, daß Mr. Marks für den Fall, daß sie Überstunden machen müßten und sie abends nicht mehr nach Brooklyn hinausfahren könnte, ein Zimmer im Pennsylvania-Hotel in der 34. Straße für sie reserviert hatte.

19

Nichts ist erfolgreicher als der Erfolg. Ungefähr fünf Monate, nachdem er das Drehbuch der »Amazonenkönigin« eingereicht hatte, erhielt Joe einen Anruf aus dem Büro von A. J.
»A. J. möchte dich und deine Frau am Freitag zum Abendessen in seiner Villa einladen«, sagte Kathy. »Cocktails um sieben, Dinner um acht.«
Joe war verblüfft. Das war das erste Mal, daß ihn A. J. in sein

Haus einlud. »Was verschafft mir die unerwartete Ehre?« fragte er spöttisch.
»Liest du denn keine Fachpresse?« fragte sie. »Du hast einen Hit! Wir haben mit Judi eine Publicity-Tour in Texas und Florida unternommen, und allein bei den Interstate- und Wometco-Verleihern hat der Film sechshunderttausend Dollar gebracht.«
»Nicht zu fassen!« sagte er. »Die Kritiken waren doch hundsmiserabel.«
»Aber das Publikum war begeistert«, erwiderte sie. »Es sieht nach einem echten Kassenerfolg aus. Und darauf kommt es ja an. Die Verleiher schreien schon nach einem neuen Film mit Judi. Das ist wahrscheinlich auch der Grund für die Einladung.«
»Ich werde kommen«, sagte Joe. »Aber Motty ist in New York. Sie muß jetzt alle drei Monate an die Ostküste, um die neuen Kollektionen zu begutachten.«
»Ich war neulich mal wieder in der Filiale in Beverly Hills. Die haben ja wirklich etwas daraus gemacht. Zahlt sich das eigentlich aus?«
»Ich glaube schon«, sagte er. »Sie ist jetzt Chefeinkäuferin für die ganze Kette geworden.«
»Und was hast du so gemacht?«
»Ich habe meinen Roman abgeschlossen«, sagte er. »Und ich habe die ersten hundertfünfzig Seiten nach Lauras Vorschlägen noch einmal überarbeitet. Aber das ist verdammt mühselig. Es macht viel mehr Arbeit als so ein Drehbuch.«
»Laura hat gesagt, es könnte einer der besten Romane werden, die sie je gelesen hat, Joe.«
»Das ist sicher bloß Wunschdenken«, lächelte er. »Geldverdienen muß ich mit Drehbüchern. Und in letzter Zeit habe ich keinen einzigen Auftrag bekommen. Seit ich die ›Amazonenkönigin‹ geschrieben habe, herrscht völlige Funkstille. Offenbar sind sämtliche Produzenten zu dem Ergebnis gekommen, daß es der größte Mist ist, den sie jemals gesehen haben.«
»Die melden sich bald wieder«, sagte Kathy zuversichtlich.

»Ich kenne die Stadt. Die Produzenten lesen keine Drehbücher, sondern Bilanzen.«

Plötzlich hatte Joe eine Idee. »Sag mal, Kathy, hast du nicht Lust, mit zu der Party zu kommen?«

»Ich fürchte, das geht nicht«, sagte sie. »Erstens wohne ich jetzt bei meinem Freund, und zweitens mag es A. J. nicht, wenn das Büropersonal auf seinen Partys erscheint.«

»Er ist und bleibt nun mal ein Arschloch«, sagte Joe.

»So ist Hollywood eben«, lachte Kathy. »Lauter Snobs. Warum lädst du nicht Laura ein? Sie war noch nie auf einer Hollywood-Party.«

»Wie soll ich das machen? Laura wohnt in New York.«

»Hat sie dir das nicht gesagt?« fragte Kathy verblüfft. »Sie ist hier in Hollywood. Ich hätte bestimmt gedacht, daß sie dich anruft. Sie ist gestern abend angekommen. Sie wohnt im Bel-Air-Hotel, Zimmer 121.«

»Ich ruf sie mal an«, sagte Joe. »Vielen Dank, Kathy.«

»Aber bitte verrat ihr nicht, daß ich es dir gesagt habe«, bat Kathy.

»Also jetzt verstehe ich bald überhaupt nichts mehr«, sagte Joe. »Was soll denn die Geheimnistuerei?«

»Ach, meine Schwester ist immer noch böse auf mich, weil ich ein paarmal mit dir ausgegangen bin.«

»Und woher weiß sie das?« fragte er.

»Das ist eben Hollywood. Die Leute reden. Und sie hat ein paar Freunde hier.«

»Okay«, sagte er. »Das werde ich mit ihr klären.«

Er war schon dabei, das Bel-Air-Hotel anzurufen, als er einen Blick auf die Uhr warf. Es war jetzt beinahe fünf Uhr nachmittags. Sie würde noch unterwegs sein. Vor halb sieben kehrte eine fleißige New Yorker Agentin bestimmt nicht in ihr Zimmer zurück.

Dann hatte er eine Idee. Wenn sie ihn nicht angerufen hatte, um ihm zu sagen, daß sie nach Hollywood kam, würde er sie jetzt mit einem Besuch im Hotel überraschen.

Rasch suchte er den Durchschlag des neugeschriebenen Romananfangs zusammen und steckte ihn in einen Umschlag.

Dann rief er in einem Blumengeschäft an und bestellte für halb sieben ein Dutzend Rosen.
»Rosa!« brüllte er in die Küche hinunter.
Sie kam ins Wohnzimmer. »*Sí, Señor?*«
»Ist noch ein weißes Hemd im Schrank?«
»Ich kann Ihnen eins bügeln«, rief sie zurück. »Dauert nur fünf Minuten.«
»Danke«, sagte er. »Ich gehe jetzt duschen. Bring es dann rauf, ja?«
»Gehen Sie aus?« fragte sie.
»Ich weiß noch nicht«, sagte er. »Wollen mal sehen.«

Als er an Lauras Tür klopfte, war es Viertel vor sieben. Er hatte zwölf rote Rosen in der einen und eine Flasche eisgekühlten Dom Perignon in der anderen Hand.
Laura machte die Tür auf und starrte ihn verblüfft an. »Willkommen in Hollywood!« sagte er lächelnd.
»Was für eine reizende Überraschung!« sagte sie und nahm die Blumen. »Vielen Dank!«
»Eine Flasche Champagner habe ich auch mitgebracht!« sagte er.
»Das wäre doch wirklich nicht nötig gewesen«, sagte sie lächelnd. »Kommen Sie rein!«
Er folgte ihr in den geschmackvoll eingerichteten Raum. »Ich war ziemlich überrascht, als ich hörte, daß Sie in Hollywood sind«, sagte er.
»Hat es Ihnen meine Schwester erzählt?« fragte sie rasch.
»Nein«, sagte er. »Seit wir den Film abgedreht haben, habe ich nicht mehr mit Kathy gesprochen. Das ist jetzt fast vier Monate her.«
»Aber irgend jemand muß es Ihnen doch erzählt haben«, sagte sie hartnäckig.
»Es hat in der Zeitung gestanden«, behauptete er. »Die Hotels geben der örtlichen Presse jeden Tag eine Liste mit den wichtigsten Gästen.«
»Kalifornien bekommt Ihnen gut«, sagte sie. »Sie machen einen sehr gesunden Eindruck.«

Joe lachte. »Und Sie sehen hinreißend aus, Laura!«
Sie schüttelte den Kopf. »In diesem alten Bademantel?«
»Ich habe keinen Anlaß, mich zu beschweren«, sagte Joe lächelnd. »Ich finde Sie immer schön, Laura.«
»Lassen Sie mir fünf Minuten Zeit, damit ich mir etwas Richtiges anziehen kann«, sagte sie. »Vielleicht machen Sie inzwischen schon mal Ihren Dom Perignon auf?«
»Ich habe auch den Anfang von meinem Manuskript mitgebracht«, sagte er. »Hundertfünfzig Seiten, fertig redigiert und neu abgeschrieben.«
»Großartig«, sagte sie.
»Was führt Sie nach Kalifornien?«
»Ich hatte mit einer Klientin einen Vertrag durchzusprechen«, sagte sie knapp. »Aber jetzt entschuldigen Sie mich bitte einen Moment, sonst werde ich nie fertig.«
Sie ging ins Badezimmer und schloß die Tür hinter sich. Einen Augenblick später hörte er das Plätschern der Dusche und begann, die Flasche aufzumachen. Freundlicherweise hatte man ihm an der Bar nicht nur einen Kübel mit Eis, sondern auch zwei Gläser gegeben. Er stellte alles zurecht, goß aber noch nicht ein.
In einer Ecke des Zimmers stand ein Radiogerät. Joe drückte die Taste und suchte dann seinen Lieblingssender, auf dem immerzu Schlager von Bing Crosby und Frank Sinatra gespielt wurden. Dann setzte er sich auf die Couch und wartete.
Es dauerte ungefähr fünfzehn Minuten, aber als Laura wieder erschien, war sie vollkommen bekleidet und geschminkt. Sie trug ein enganliegendes Kleid aus blauer Shantungseide, das ihre Figur sehr vorteilhaft zur Geltung brachte.
Joe sah sie erstaunt an. »Daß Sie schon angezogen sind! Haben Sie Ihre ganze Garderobe im Bad?«
»Nein, ich bereite nur alles gern sorgfältig vor«, lächelte sie.
Joe schenkte ein und hob dann sein Glas. »Viel Erfolg.«
Sie nickte. »Das wünsche ich Ihnen auch.« Sie trank einen Schluck. »Der Champagner ist köstlich«, sagte sie.
»Ja, schmeckt ganz gut«, sagte er. »Und was möchten Sie essen?«

Sie warf ihm einen abwehrenden Blick zu. »Tut mir leid, ich bin mit unserer Klientin und ihrem Rechtsanwalt verabredet.«
»Ach, verschieben Sie's doch einfach auf morgen«, bat er.
»Das geht nicht«, sagte sie. »Das hat alles die Agentur arrangiert. Schon bevor ich überhaupt hier war.«
»Na schön«, sagte er. »Dann gehen wir eben morgen zum Essen.«
»Ich fliege morgen früh um sieben zurück nach New York.«
»Wie wäre es dann mit einem Mitternachtsdinner?« fragte er und füllte die Gläser erneut.
»Wir treffen uns im Haus unserer Klientin, um den Vertrag in aller Ruhe durchsprechen zu können«, erwiderte sie. »Ich habe keine Ahnung, wie lange das dauern wird.«
Joe überlegte einen Moment. »Müssen Sie wirklich schon morgen zurück nach New York? Ich bin zu einer Cocktailparty bei A. J. eingeladen. Es wird bestimmt lustig, und Sie haben Gelegenheit, eine Menge wichtiger Leute kennenzulernen, Regisseure und Produzenten und so.«
Laura schüttelte den Kopf. »Ich würde schrecklich gern mitgehen. Ich war noch nie auf einer Party in Hollywood. Aber ich habe ganz strikte Anweisung, morgen zurückzukommen.«
»Scheiße«, sagte er. »Dann habe ich ja nicht mal mehr Zeit, über den neuen Anfang von meinem Roman mit Ihnen zu reden. Ich habe alles so gemacht, wie Sie gesagt haben. Oder jedenfalls fast alles.«
»Ich lese den Durchschlag im Flugzeug und rufe Sie übermorgen früh an, okay?« Sie warf ihm einen kühlen Blick zu. »Ich bin sicher, Sie können eine andere Begleiterin auftreiben. Ich habe gehört, Sie kennen sich in der Damenwelt sehr gut aus.«
»Ich will aber Sie«, sagte er, »und niemanden sonst.«
»Ich bin schon ein bißchen spät dran«, sagte sie. »Meine Klientin wollte mich um acht Uhr in der Hotelhalle abholen.«
Sie erhoben sich gleichzeitig. »Was muß ich nur machen, da-

mit Sie endlich mal mit mir ausgehen?« fragte er und sah ihr starr ins Gesicht. »Warten, bis der Roman verkauft ist?«
»Ich glaube, Sie sollten jetzt besser gehen«, sagte sie.
Mit einem raschen Griff nahm er sie in die Arme, küßte sie und preßte ihr dabei seinen harten Schwanz an den Leib. Ihr Gesicht wurde erst weiß und dann rot. Heftig stieß sie ihn weg.
Er taumelte zur Tür, riß sie auf und drehte sich noch einmal um. »Nur zu Ihrer Information: Ich habe kein einziges Mal mit Ihrer Schwester geschlafen. Ich wollte immer nur Sie.«
Er knallte die Tür hinter sich zu und ging den Korridor hinunter.

20

Als er in seiner Wohnung ankam, war er immer noch wütend. Er zog sein Jackett aus, löste die Krawatte und zog sich das Hemd über den Kopf. »Verdammtes Miststück!« fluchte er. »Verdammtes, kaltärschiges Miststück!«
Das Telefon klingelte. Es war Laura. »Joe«, sagte sie, »seien Sie bitte nicht wütend auf mich.«
»Und was erwarten Sie für Gefühle, wenn Sie mich wegschikken?« knurrte er.
»Sie haben keinen Grund, so zu reden«, sagte sie. »Und das wissen Sie auch. Ich habe Ihnen nichts versprochen.«
»Und das habe ich auch gekriegt«, sagte er.
»Seien Sie bitte nicht albern«, sagte Laura. »Erstens sind Sie ein verheirateter Mann und glücklicher Vater. Zweitens ist unsere Beziehung in erster Linie geschäftlicher Art, und wenn die Agentur jemals auf die Idee käme, daß ich etwas mit Ihnen hätte, würde ich innerhalb einer Woche gefeuert, und dann würde ich Ihnen auch nichts mehr nützen.«
Joe dachte einen Augenblick nach. »Vielleicht haben Sie recht«, sagte er, »aber ich finde es trotzdem beschissen.«
»Machen Sie sich nichts daraus«, lachte sie. »Sobald ich den

neuen Anfang von Ihrem Roman gelesen habe, rufe ich an. Spätestens übermorgen.«
»Okay«, sagte er. »Ich habe wohl gar keine andere Wahl.«
»So ist es brav«, sagte sie. »Ich muß jetzt auflegen. Auf bald.«
»Ich wünsche Ihnen einen guten Flug«, sagte er. Als er eingehängt hatte, starrte er noch minutenlang auf den Hörer. Schon der Klang ihrer Stimme machte ihn scharf. Verdammt! Unzufrieden stand er auf und ging auf den Balkon. »Rosa!« brüllte er wütend.
»*Sí, Señor*«, antwortete sie aus dem Wohnzimmer.
»Kann ich Kaffee haben?«
»*Sí, Señor.*«
Eilig rannte sie in die Küche. Sie trug immer noch das dünne Baumwollkleid, aber jetzt waren darunter ein schwarzer Büstenhalter und ein schwarzer Slip zu erkennen. Ob sie wohl wußte, wie ihn dieser Anblick erregte?
Er ging ins Schlafzimmer zurück und zog sich vollständig aus. Halb ärgerlich und halb amüsiert stellte er fest, daß sein Glied immer noch von ihm abstand. Ein kalter Waschlappen würde ihm guttun. Er ging ins Bad und drehte den Wasserhahn auf.
Aber auch die Kaltwasserbehandlung war nicht sehr erfolgreich. Als er ins Schlafzimmer zurückkehrte, hatte sich seine Erektion kaum gemildert. Zu seiner Überraschung sah er Rosa mit dem Kaffee in der Tür stehen. Er machte keinerlei Anstalten, seine Blöße zu bedecken, als er ihren Blick bemerkte.
»Soll ich das Tablett neben das Bett stellen?« fragte sie.
»Ja«, sagte er. »Stell es irgendwo ab.« Er griff nach seinem Bademantel und grinste.
»*Sí, Señor.*« Sie stellte das Tablett auf den Beistelltisch am Ende des Bettes. »Sonst noch etwas, *Señor*?«
»Nein, danke, Rosa, geh nur.«
»Die *Señora* ist jetzt schon vier Tage weg«, sagte sie, »das ist sicher sehr schwer für Sie, *Señor.*«
Joe spürte Übelkeit aufsteigen. Sein Geschlecht wurde vollkommen schlaff. »Entschuldige, Rosa«, sagte er müde. »Geh

jetzt.« Er wartete, bis sie gegangen war, ehe er sich auf dem Bett ausstreckte.

Er starrte die Decke an und grübelte über seine Situation nach. Erst Kathys Anruf wegen der Party bei A. J. hatte ihm wieder zu Bewußtsein gebracht, daß er seit vier Monaten arbeitslos war. Bei der Arbeit an seinem Roman hatte er die Filmleute völlig vergessen. Wenn Motty keine Gehaltsaufbesserung bekommen hätte, müßten sie schon lange von dem leben, was er in den beiden ersten Jahren gespart hatte. Aber Motty verdiente inzwischen sehr gut. Vierundzwanzigtausend Dollar im Jahr. Soviel hatte er sogar in seinem besten Jahr nicht gehabt.

Er setzte sich auf die Bettkante und trank einen Schluck Kaffee. Das war jetzt schon die dritte Reise nach New York. Beim ersten Mal hatte Motty noch das Kind mitgenommen und bei seinen Eltern gewohnt. Die beiden letzten Male war sie gleich im Pennsylvania-Hotel abgestiegen. Die Lage sei eben sehr günstig, direkt im Modeviertel, hatte sie mehrfach gesagt. Aber das war noch nicht alles. Motty hatte sich verändert – sie war nicht mehr das Ladenmädchen, das er geheiratet hatte. Ihr Auftreten war sicherer, bestimmter geworden. Ihr Make-up war ebenso professionell wie ihre Frisur, und ihre Kleidung entsprach der neuesten Mode. Aber der eigentliche Wandel hatte sich in ihren Augen vollzogen. Früher waren sie jung und offen gewesen, jetzt schienen sie verschleiert und vorsichtig, als ob sie in einer Welt lebte, in die er nicht eindringen dürfte.

Er fragte sich, ob sie wohl mit ihrem Chef schlief. Eine dämliche Frage. Natürlich schlief sie mit ihm. Anders ließen sich ihre ständigen Gehaltserhöhungen und Beförderungen gar nicht erklären, ganz egal, wie gut sie in ihrem Beruf war. Auch im Bett war sie anders geworden. Raffinierter und zugleich reservierter. Früher hatte sie einen Höhepunkt nach dem anderen gehabt – jetzt holte sie sich einen braven, kleinen Orgasmus und rannte dann gleich ins Bad, um sich zu waschen und mit einer Scheidenspülung jeden Tropfen Sperma, der versehentlich in ihren Körper gelangt war, wieder daraus zu entfer-

nen. Was war er doch für ein Idiot gewesen! Ein Ladykiller wie er war von einem alternden Fettwanst mit einem vergoldeten Schwänzchen zum Hahnrei gemacht worden! Er knallte seine Tasse hin, daß der Kaffee auf den Fußboden spritzte.
»Rosa!« brüllte er.
Sie erschien beinahe sofort. »Ja, *Señor*?« fragte sie mit ängstlichen Augen.
Er zeigte auf den verschütteten Kaffee. »Wisch das auf!«
Sie nickte und kehrte kurz darauf mit einem Aufwischlappen zurück. Sie kniete sich neben das Bett und wischte den Kaffee weg. »Kein Problem«, sagte sie.
Er stand auf, streifte seinen Bademantel ab und hielt ihn ihr hin. »Den mußt du mir waschen, da sind auch Flecken drin.«
Sie starrte ihn an.
»Was soll das?« fragte er wütend.
Sie schwieg, immer noch auf den Knien.
Ärgerlich schlug er sie ins Gesicht. »Du willst sie anfassen, nicht wahr?«
Rosa schwieg immer noch. Sie legte das Scheuertuch weg und griff statt dessen nach seinem Glied. »*Muy grandes cojones*«, sagte sie ehrfürchtig.
Joe zerrte sie auf die Füße. »So nicht!« sagte er heiser. »Zieh dich aus!«
Ohne ihn anzusehen, zog sie sich das Kleid über den Kopf, hakte ihren schwarzen BH auf und ließ ihn zusammen mit dem schwarzen Slip auf den Fußboden fallen. Gleichzeitig bedeckte sie aber ihre Brüste und ihre Scham mit den Händen. »Bitte nicht eindringen«, sagte sie. »Ich bin noch Jungfrau.«
»Ach, verdammt!« sagte er, und seine Wut und seine Erregung lösten sich auf. »Zieh dich bloß wieder an!« Er ging mit raschen Schritten ins Bad. »Ich werde jetzt duschen, und dann gehe ich aus.«

»Hüftlange Nerzjacken für unter zweihundert Dollar«, sagte Mr. Samuel. »Ist das nicht sensationell? Und zwar besonders dunkle, fast schwarze Nerze!«

»Was ist daran so sensationell?« fragte Motty. »Unsere Läden sind in Los Angeles und nicht in New York.«
»Aber wenn Sie eine komplett gefütterte Nerzjacke als Sonderangebot für dreihundertfünfundneunzig Dollar verkaufen, werden Ihnen die Leute die Bude einrennen«, sagte der Pelzhändler.
»Der Preis ist nicht schlecht, Mrs. Crown«, sagte Marks.
Motty warf ihm einen sorgenvollen Blick zu. »Bitte vergessen Sie nicht, Mr. Marks, daß unsere Pelzsalons immer ein Verlustgeschäft waren. Selbst wenn es prestigeträchtig ist, wir können den kostbaren Pelz im Erdgeschoß nicht mit Verlust hergeben.«
»Wahrscheinlich ist Ihr Personal nicht entsprechend geschult«, sagte Samuel. »Ein guter Pelzverkäufer würde bestimmt einen fabelhaften Umsatz erzielen.«
»Darüber will ich mit Ihnen nicht streiten«, sagte Motty, »aber wir müssen nun einmal mit den Leuten arbeiten, die wir haben. Vielleicht fällt Ihnen noch etwas Besseres ein?«
»Ich finde, wenn Sie Ihr Angebot insgesamt höherwertig machen wollen, brauchen Sie unbedingt Pelze.«
Motty warf ihrem Chef einen Blick zu und wandte sich dann wieder an den Pelzhändler. »Was würden Sie sagen, wenn wir Ihnen die Konzession gäben? Sie behaupten, Sie könnten es besser als wir, und das kann durchaus sein. Wenn Sie bei uns einen Pelzsalon einrichteten, könnten Sie uns an Ort und Stelle zeigen, wie man es macht.«
»Ich weiß nicht recht«, sagte Samuel vorsichtig. »Wir haben schon jetzt eine Menge Verpflichtungen. Wir haben erst vor kurzem die Konzession in den Filialen von Hudsons in Detroit übernommen. Es kommt ein bißchen darauf an, wieviel Sie verlangen.«
»Darüber habe ich noch nicht nachgedacht«, sagte Motty. »Was meinen Sie, Mr. Marks?«
»Ich finde es eine gute Idee«, sagte er. »Was bringt uns denn der Quadratmeter Verkaufsfläche?«
»In der Filiale in Beverly Hills ungefähr neunzigtausend«, sagte sie.

»Und in den anderen vier Läden?«
»Ungefähr fünfzehntausend. Aber wir machen mehr als die Hälfte unserer Pelzumsätze in der Filiale in Beverly Hills.«
»Das ist zu teuer«, sagte Samuel rasch. »Ich müßte ja ein Lager im Wert von mehr als einer halben Million aufbauen, um auf diesen Umsatz zu kommen.«
»Für uns hat es auch seine Vor- und Nachteile«, sagte Marks.
»Was würden Sie sich denn vorstellen?«
Samuel starrte ihn verblüfft an. »Meinen Sie es ernst, Gerald?«
Marks nickte. »Durchaus.«
»Na gut«, sagte Samuel. »Ich werde Ihnen ein faires Angebot machen. Ich gebe Ihnen fünfzigtausend für die Konzession und zwanzig Prozent vom Bruttoumsatz, wenn Sie mich bei der Werbung unterstützen und das gesamte Kreditgeschäft tragen. Wenn ich richtig liege, verdienen wir eine Stange Geld.«
»Und wenn Sie sich irren?« fragte Marks.
»Dann haben wir etwas gelernt und dafür ein bißchen Lehrgeld bezahlt«, sagte Samuel. »Aber hatten Sie nicht gesagt, Sie hätten mit Pelzen bisher sowieso nur Verluste gemacht?«
Marks wandte sich an Motty. »Was meinen Sie?«
»Ich glaube, wir können uns auf Mr. Samuel verlassen. Er weiß, was er tut.«
»Vielen Dank, Mrs. Crown«, sagte Samuel. Er wandte sich an Marks. »Was sagen Sie, Gerald?«
»Wir machen es«, sagte Marks und streckte seinem neuen Partner die Hand hin.
Samuel schlug ein. »Ich komme übernächste Woche mal nach Los Angeles rüber, und dann bringen wir den Pelzsalon in Schwung.« Er lächelte. »Ich sehe schon die Anzeigen vor mir: Paul, das Pelzhaus in Beverly Hills.«
»Doch nicht Paul«, sagte Motty.
»Warum denn nicht?« fragte Samuel. »Bei Hudson in Detroit funktioniert es ganz ausgezeichnet.«
»Das kann schon sein«, sagte Motty. »Aber in Beverly Hills brauchen wir etwas Eindrucksvolleres.«

Samuel sah sie beleidigt an. »Sie wollen wohl Revillon oder dergleichen?«
»Nein«, lachte sie. »Sagen wir doch einfach: Paolo von Beverly Hills. Das modische Pelzhaus. Los Angeles ist eine spießige Stadt. Ausländische Namen beeindrucken die Leute da immer.«
»Paolo von Beverly Hills«, lächelte Samuel. »Das modische Pelzhaus. Doch, das gefällt mir. Lassen Sie uns darauf anstoßen.« Es dauerte noch fast eine Stunde, ehe sich die Tür hinter Samuel schloß. Motty lehnte sich erschöpft in den Sessel.
»Ach, bin ich müde«, sagte sie. »Ich dachte, er hört überhaupt nicht mehr auf zu reden.«
Marks sah auf die Uhr. »Beinahe sieben«, sagte er. »Warum nimmst du nicht ein schönes warmes Bad und dann gehen wir irgendwo essen?«
»Müssen wir unbedingt ausgehen?« fragte sie.
»Nein«, sagte er. »Wir können uns auch etwas aus dem Restaurant heraufbringen lassen.«
»Das wäre mir eigentlich lieber«, sagte sie. »Ich finde diese Suite sehr gemütlich, und ich habe es satt, ewig irgendwo essen gehen zu müssen. Es genügt schon, daß uns sämtliche Lieferanten zum Essen einladen wollen.«
»Gut«, sagte er. »Dann essen wir hier. Nur du und ich.« Er beugte sich zu ihr herunter und küßte sie auf den Mund. »Das wollte ich schon den ganzen Nachmittag tun«, sagte er.
»Ich auch«, sagte sie und schlang ihre Arme um seinen Hals. »Bist du glücklich?«
»Ja, sehr«, sagte er. »Wir sind ein gutes Team. Ich glaube, wir haben einen guten Griff mit Samuel getan.«
»Ja«, sagte sie. »Ich wünschte nur, alle unsere Probleme ließen sich so leicht lösen.«
Er lächelte sie an. »Eins der größten ist jetzt gelöst«, sagte er.
Sie warf ihm einen fragenden Blick zu.
»Ich bin ein freier Mann«, sagte er. »Heute hat mein Rechtsanwalt angerufen. Meine Frau ist seit sechs Wochen in Reno, und die Scheidung ist durch. Sie ist jetzt meine Ex-Frau.«
Motty schwieg.

»Du scheinst dich gar nicht darüber zu freuen«, sagte er.
»Doch«, sagte sie. »Aber ich fürchte mich ein bißchen.«
»Früher oder später mußt du es ihm doch sagen.«
»Ich weiß«, sagte sie. »Aber es geht ihm zur Zeit ohnehin nicht besonders. Ich wünschte, er hätte wieder etwas zu tun.«
»Probleme gibt es immer«, sagte er. »Aber nach allem, was du mir erzählt hast, gibt es ja genug Frauen, die bereit sind, ihn ein bißchen zu trösten. Und da du weder Unterhalt noch Alimente haben willst und auch auf eine Vermögensteilung verzichtest, wird er den Schlag schon verkraften.«
Motty schwieg.
»Die Scheidung wird bestimmt kein Problem«, sagte er. »Wenn er alles unterschreibt, kannst du das in Tijuana an einem Tag durchziehen.«
Motty blieb weiterhin stumm.
Er sah ihr tief in die Augen. »Es sei denn, du willst mich nicht heiraten?«
Sie zog ihn zu sich heran. Sofort begann sein Glied zu wachsen. »Natürlich will ich dich heiraten«, flüsterte sie.

21

Unter all den Cadillacs, Continentals und Rolls-Royce-Limousinen, die vor A. J.s Haus in Beverly Hills parkten, wirkte sein Vorkriegs-Chrysler ziemlich deplaziert. Ein Parkwächter mit roter Jacke drückte ihm ein Ticket in die Hand und setzte sich hinter das Steuer. Joe zögerte noch einen Moment, ehe er die Auffahrt hinaufging, und sah zu, wie sein Auto die Straße hinuntergefahren und weit von den wichtigen Wagen entfernt abgestellt wurde, die vor dem Haus parkten. Er lächelte. Sogar Autos wurden in Hollywood Opfer des Kastensystems.
Ein befrackter chinesischer Butler öffnete ihm. »Wie ist Ihr Name, Sir?«

»Joe Crown«, sagte er. Der Butler warf einen kontrollierenden Blick auf die Liste in seiner Hand und nickte dann. Er wies mit der Hand auf den Eingang zu einem großen Salon, in dem schon zahlreiche Gäste versammelt waren.

Blanche Rosen, die Frau von A. J., stand gleich an der Tür. Sie war eine attraktive Frau, die sehr viel jünger aussah als vierzig. Sie lächelte und streckte ihm ihre Hand hin. »Joe«, sagte sie herzlich. »Ich freue mich, daß Sie kommen konnten.«

Er schüttelte ihre Hand. »Ich bedanke mich sehr für die Einladung, Mrs. Rosen.«

»Nennen Sie mich Blanche«, sagte sie und machte eine vage Handbewegung in Richtung der übrigen Gäste. »Ich nehme an, Sie kennen die meisten hier. Machen Sie es sich bequem. Die Bar ist am anderen Ende.«

»Vielen Dank, Blanche«, sagte er, aber sie hatte sich bereits abgewandt, um den nächsten Gast zu begrüßen. Er machte sich auf den Weg zur Bar. Tatsächlich kannte er die meisten Gäste vom Sehen und aus der Zeitung, aber er hatte mit den wenigsten jemals gesprochen. Ein schwarzer Barkeeper strahlte ihn an. »Sie wünschen, Sir?«

»Scotch und Wasser«, sagte Joe. Er nahm seinen Drink und bewegte sich unauffällig zum Rand des Geschehens. A. J. hatte einen großen Kreis von Zuhörern um sich versammelt, neben ihm stand Judi in einem durchsichtigen schwarzen Paillettenkleid. Alle schienen durcheinanderzuplappern.

In diesem Augenblick ging eine kleine Welle der Erregung durch den Saal. A. J. ergriff Judis Arm und zog sie zum Eingang. Joe folgte ihm mit den Augen. Er sah einen großen Hut und wußte sofort, wer die Frau war: Hedda. Ihre Hüte waren berühmt, ihr Wahrzeichen sozusagen. Sie war eine der beiden wichtigsten Klatschkolumnistinnen Hollywoods. Plötzlich flammten Blitzlichter auf, und man sah Fotografen hantieren. Sogar A. J. begann die Reporterin zu umschmeicheln.

»Ich habe mir wohl selbst ein Bein gestellt, was?« sagte eine dunkle Stimme zu Joe.

Er drehte sich um und erkannte Ray Stern. »Warum?« fragte er den Regisseur überrascht.

»Nun, ich hätte diesen Film drehen können. Diese Chance hab ich vergeben.«
»So ein wichtiger Film war es ja nun auch nicht.«
Stern sah ihn verblüfft an. »Jeder Film, der soviel Geld einbringt, ist ein wichtiger Film.«
»Mir hat er gar nichts gebracht«, sagte Joe. »Seit er gedreht worden ist, habe ich keinen einzigen Auftrag mehr gekriegt.«
»Die Aufträge werden schon kommen«, sagte Stern. »Warten Sie ab. Was glauben Sie, warum Sie A. J. zu dieser Party eingeladen hat? Sie sind der Autor des bestverkauften Films, den das Studio dieses Jahr produziert hat.«
Joe sah ihn nachdenklich an.
»Wahrscheinlich wird Sie A. J. noch im Verlauf dieser Party für eine Fortsetzung unter Vertrag nehmen.«
»Er hat mich noch gar nicht gesehen«, sagte Joe.
»Das glaube ich nicht«, sagte Stern. »Er sieht alles.«
»Ich weiß nicht.« Joe zuckte die Achseln. »Woran arbeiten Sie gerade?«
»Ich bin arbeitslos«, sagte der Regisseur. »Er hat meine Option einfach auslaufen lassen. Ich weiß auch nicht, warum ich eingeladen worden bin. Wahrscheinlich hat die Sekretärin vergessen, mich aus den Listen zu streichen.«
»So schlimm wird's schon nicht sein«, sagte Joe. »Es kommt bestimmt wieder anders.«
»Ach, zur Hölle«, sagte Stern bitter. »Ich glaube, ich hole mir noch einen Drink.«
Joe beobachtete, wie sich der Regisseur auf den Weg zur Bar machte.
»Sind Sie nicht Joe Crown?« Es dauerte eine Sekunde, ehe Joe merkte, daß die schlanke Brünette mit den strahlendblauen Augen und dem enganliegenden, schulterfreien Seidenkleid tatsächlich mit ihm sprach. »Ja«, sagte er.
Die junge Frau lächelte. »Ich bin Tammy Sheridan. Erinnern Sie sich nicht?«
Er hatte das Gefühl, sich entschuldigen zu müssen. »Tut mir leid. Im Moment weiß ich wirklich nicht...«

»Ich hatte die zweite Hauptrolle in Ihrem Film«, sagte sie. »Ich bin das Mädchen, mit dem Judi den großen Kampf hatte.«
»Jetzt tut es mir aber wirklich leid«, lächelte Joe, »daß ich mir den Film nicht angesehen habe.«
»Sie haben den Film nie gesehen?« sagte Tammy verblüfft. »Nicht mal im Vorführraum?«
»Es hat mich nie jemand eingeladen«, sagte er. »Und als er fertig war, hatte ich nichts mehr im Studio zu tun. Vielleicht gehe ich mal hin, wenn er in Los Angeles läuft.«
»Aber ich habe gehört, daß Sie schon an der Fortsetzung schreiben«, sagte sie. »Ich wollte Sie eigentlich dazu überreden, meine Rolle noch etwas auszubauen.«
»Dazu können Sie mich gern überreden«, sagte er. »Nur muß ich den Auftrag erst einmal haben.«
Jetzt lachte sie auch, und er spürte, daß sie ihm nicht glaubte.
»Sind Sie allein da?« fragte sie.
»Ja«, sagte er.
»Ohne Begleitung?«
»Ohne Begleitung.«
»Das ist aber merkwürdig«, sagte sie. »Ich habe gehört, Sie wären verheiratet und würden Judi noch nebenbei haben.«
»Sie scheinen ja eine Menge zu hören«, sagte er. »Aber ich muß Sie enttäuschen. Ich bin zwar verheiratet, aber meine Frau ist zur Zeit in New York, und Judi vögle ich auch nicht.«
»Ich habe gehört, Sie hätten ihr die Rolle verschafft.«
»Das stimmt nicht.«
»Wie ist sie denn dann an die Rolle gekommen?« fragte Tammy. »Sie ist doch überhaupt keine Schauspielerin. Selbst an meinen schlechtesten Tagen wirke ich neben der noch mindestens wie die Garbo.«
Joe hob die Hände. »Keine Ahnung«, sagte er. »Ich hab bloß das Drehbuch geschrieben.«
Tammy warf einen Blick zum Eingang, wo sich gerade ein Dutzend Fotografen bemühte, Judi und Steve Cochran auf die Platte zu bannen. »Sie ist eine verdammte Hure!« zischte sie eifersüchtig. Dann wandte sie sich wieder an Joe. »Haben Sie einen Wagen hier?« Joe nickte.

»Ich bin mit einem Taxi gekommen«, sagte sie. »Können Sie mich vielleicht nachher mitnehmen?«
»Natürlich«, sagte er. »Gern.«
»Sagen Sie mir dann Bescheid?« fragte sie und bewegte sich in Richtung zum Eingang. »Ich werde mich mal darum bemühen, auf das eine oder andere Foto zu kommen.« Er beobachtete, wie sie sich an die Fotografen heranpirschte, und schlenderte dann zur Bar, um sich einen neuen Drink zu besorgen. Je mehr Menschen hereinkamen, desto heißer wurde es im Raum, und er suchte sich einen Platz bei einem offenen Fenster, um frische Luft zu haben. Mr. Metaxa, der Bankier, kam durch den ganzen Saal auf ihn zu. »Joe«, sagte er, »herzlichen Glückwunsch!«
Joe lächelte. »Vielen Dank! Aber wozu?«
»Zu Ihrem phantastischen Drehbuch. Der Film wird ein Kassenschlager dank Ihrer Idee. Die Bruttoeinnahmen der Verleiher könnten glatt zwei Millionen erreichen. Wir sind alle sehr zufrieden.«
»Das freut mich«, sagte Joe.
Der Bankier ergriff seinen Arm. »Kommen Sie«, sagte er. »Ich möchte Sie einem guten Freund von mir vorstellen. Er ist Italiener. Ein Filmproduzent. Er möchte Sie gern kennenlernen.« Er führte Joe zu einem hochgewachsenen, gutaussehenden Mann, dessen edler Kopf von dichten, schlohweißen Haaren gekrönt wurde. Metaxa sprach italienisch mit ihm und übersetzte dann für Joe. »Das ist Joe Crown, der *Scrittore*«, sagte er. »Das ist der große italienische Regisseur und Produzent Raffaelo Santini. Signor Santini hat unter anderem ›Das Motorrad‹ produziert.«
Joe hatte davon gehört. *Das Motorrad* war einer jener neorealistischen italienischen Filme, die zur internationalen Avantgarde gehörten. Die Kritiker waren begeistert gewesen, und Santini hatte beinahe den Oscar für den besten ausländischen Film gekriegt.
»Es ist mir eine Ehre«, sagte Joe aufrichtig.
»Es ist mir eine Ehre und ein Vergnügen, Mr. Crown«, sagte Santini mit einem freundlichen Lächeln. »Ihr Film hat mir sehr

gut gefallen. Er zeigt, daß Sie sehr viel Humor haben und sehr genau wissen, was das Publikum will. Ich mag diese professionelle Einstellung.«
»Vielen Dank, Mr. Santini«, sagte Joe.
Santini nickte ernsthaft. »Vielleicht kommen Sie eines Tages mal nach Italien, und wir machen etwas zusammen.«
»Das würde ich sehr gern tun«, sagte Joe.
In diesem Augenblick ertönte hinter ihm die Stimme A. J.s. »Was brütet ihr hinterlistigen Burschen schon wieder aus?« fragte der Produzent lächelnd. »Wollt ihr meinen besten Drehbuchautor entführen?«
»Aber nein«, sagte Metaxa sofort. »Mr. Santini hat ihm nur gratuliert.«
»Ich habe Joe für drei Filme unter Vertrag«, sagte A. J.
Joe staunte. Bis zu diesem Augenblick hatte er von einem Vertrag nichts gehört. Vorsichtshalber hielt er aber den Mund.
»Am Montag unterhalten wir uns über das nächste Drehbuch«, sagte A. J. und warf Joe einen Blick zu. »Stimmt's nicht, Joe?«
»Ja, so ist es, Mr. Rosen«, bestätigte Joe.
»Und wie lautet der Titel des neuen Films?« fragte Santini.
A. J. starrte ihn unsicher an und wandte sich dann an Joe. »Sagen Sie es ihm, Joe.«
Joe sagte, ohne zu zögern: »Die Wiederkehr der Amazonenkönigin«.
»Ah, natürlich«, sagte Santini. »Wie einfach, wie einfach und wie genial. Der Film ist ja schon so gut wie verkauft.«
»Joe, vergessen Sie nicht: Montag morgen um neun in meinem Büro«, sagte A. J. und zog sich lächelnd zurück.
Joe spürte, daß ihn die beiden Italiener beobachteten. Santini flüsterte dem Bankier etwas zu und sagte dann laut: »Vergessen Sie nicht, was ich gesagt habe, Mr. Crown. Eines Tages machen wir einen Film zusammen. In Rom.«
Aus den Augenwinkeln sah Joe, daß Tammy Sheridan sich wieder näherte. »Joe!« rief sie aus etwa zwei Metern Entfernung, als wären sie zwei alte Freunde, die sich nach jahrelanger Trennung zufällig wieder begegneten. »Joe, Sie müssen

mich Mr. Santini vorstellen. Er ist der beste Mann in der Branche, den ich kenne.«
»Mr. Santini«, sagte Joe, »das ist Tammy Sheridan.«
»Ich fand Ihren Film ganz fabelhaft«, jubelte Tammy. »Ich habe ihm auch in der Akademie meine Stimme gegeben, und es tat mir sooo leid, daß er dann doch keinen Oscar gekriegt hat.«
»Vielen Dank, Miß Tammy«, sagte Santini höflich.
»Es wird gerade zum Essen gerufen«, sagte die junge Frau. »Darf ich neben Ihnen sitzen? Ich möchte Sie so viele Dinge über Ihren Film fragen.«
»Tut mir leid«, sagte Santini bedauernd, »aber zum Essen kann ich leider nicht bleiben. Ich war schon bei Chasens verabredet.« Der Italiener ergriff ihre Hand, küßte sie und verbeugte sich. »*Ciao*«, sagte er.
Tammy seufzte, als sie ihm nachsah. »Der Kerl geht vielleicht ran!« flüsterte sie. »Als er mir die Hand küßte, dachte ich, er kitzelt mich mit der Zunge.«
»Oh, verdammt«, sagte Joe. »Das könnte ich auch.«
Tammy starrte ihn empört an. »Mir auf diese Weise die Hand küssen?«
»Nein«, lächelte Joe. »Sie ein bißchen kitzeln.«

22

Partys in Hollywood dauerten nicht lange. Meist entschuldigte man sich lange vor Mitternacht mit dem Hinweis, daß die Arbeit in den Studios morgens um sieben begann. Die Schauspieler gingen sogar noch früher, weil sie schon zwischen halb sechs und sechs beim Make-up sein mußten. Als Tammy zu ihm ins Auto stieg, war es kurz vor elf. Joe gab dem Parkwächter einen Dollar und rollte langsam die Straße herunter. »Wo wohnen Sie?« fragte er.
»Im Valley«, sagte sie mit einer gewissen Ablehnung in der Stimme, wie es ihm schien.

»Okay«, sagte er locker. »Sagen Sie mir, wie ich da hinkomme.«
»Fahren Sie zum Laurel Canyon hinüber«, sagte sie. »Es ist kurz vor dem Ventura Boulevard.«
»Gemacht«, sagte er und bog auf den Sunset Boulevard ein.
»Nachts wird es schon ziemlich kalt«, sagte sie fröstelnd. »Könnten Sie vielleicht die Heizung einschalten?«
Joe gehorchte. Ein Strom warmer Luft wirbelte durch den Wagen. »Ah, das tut gut«, sagte Tammy. »Werden Sie den neuen Film machen?«
Joe zuckte die Achseln. »A. J. hat gesagt, ich soll am Montag zu ihm ins Büro kommen.«
»Dann werden Sie den Film sicher machen«, sagte sie mit Überzeugung.
»Wir werden sehen«, sagte er. »Ich weiß nicht recht. A. J. hat noch nicht gesagt, wieviel er bezahlt.«
»Da brauchen Sie sich keine Sorgen zu machen. Er wird anständig zahlen«, sagte sie. »Der Film ist so gut wie Bargeld für ihn.«
Joe lächelte. »Sie klingen wie eine Agentin.«
»Warum auch nicht«, lachte sie. »Ich bin ja schon ziemlich lange im Gewerbe.«
»So alt können Sie doch noch gar nicht sein.«
»Ich bin sechsundzwanzig«, sagte sie. »Ich bin seit meinem sechzehnten Lebensjahr in Hollywood.«
»Sie sehen viel jünger aus.«
»Das ist eben ein gutes Make-up«, sagte sie spöttisch. »Der neue Auftrag ist Ihnen sicher«, fügte sie ernsthaft hinzu.
»Warum sind Sie sich dessen so sicher?«
»Blanche hat ein Auge auf Sie geworfen.«
»Die Frau von A. J.?« fragte Joe zweifelnd. »Die hat doch kaum zwei Worte mit mir gewechselt.«
»Aber sie hat Sie dauernd beobachtet.« Tammy wartete, bis er vom Sunset Boulevard in den Laurel Canyon abgebogen war. »Wußten Sie, daß Blanche als Dramaturgin bei ihm gearbeitet hat, bevor sie A. J. geheiratet hat?« – »Nein.«
»Sie liest heute noch alle Drehbücher. A. J. liest überhaupt

nichts. Aber Blanche liest gern, und sie mag Schriftsteller. Vor allem junge Schriftsteller.«
»Und inwiefern ist das eine Garantie für mich, daß ich den neuen Auftrag erhalte?«
»Sie schicken Ihr morgen Blumen und bedanken sich für die Einladung«, sagte sie. »Ein oder zwei Tage später wird Blanche Sie unter der Woche zum Essen in ihr Haus in Malibu einladen. Alles andere ergibt sich von selbst.«
Joe warf Tammy einen prüfenden Blick zu. »Sie wissen ja wirklich Bescheid.«
Sie nickte. »Bloß schade, daß es mir bisher nicht viel genutzt hat«, sagte sie bitter. »Das ist schon das dritte Studio, bei dem ich unter Vertrag bin, aber ich habe noch nie eine Hauptrolle gekriegt.«
»Beim dritten Mal hat man Glück, sagen die Leute.«
»Hoffentlich«, sagte sie ohne Überzeugung.
Es entstand eine Pause. Schweigend fuhren sie durch die Nacht. Dann tauchten die hellen Lichter des Ventura Boulevards vor ihnen auf. »An der dritten Straße rechts«, sagte Tammy. »Das zweite Haus auf der rechten Seite.«
Joe verlangsamte die Fahrt, bog um die Ecke und stoppte. »Ein hübsches Häuschen«, sagte Joe. »Sehr freundlich.«
Tammy warf ihm einen müden Blick zu. »Ich würde Sie gern hereinbitten«, sagte sie. »Aber ich wohne mit zwei anderen Mädchen zusammen.«
»Danke, das ist gar nicht nötig«, wehrte Joe ab.
Sie legte ihm die Hand in den Schoß. »Ich könnte auch hier im Auto ein bißchen nett zu dir sein«, sagte sie.
Er lächelte. »Nein, vielen Dank.«
»Ich mache es sehr gut«, sagte sie.
»Das glaube ich gern«, sagte er. »Aber ich habe viel Zeit. Ich kann warten.«
Sie beugte sich zu ihm herüber und küßte ihn auf die Wange. »Vielen Dank«, sagte sie, »daß Sie mich mitgenommen haben. Ich ruf Sie in der nächsten Woche mal im Studio an.«
»Tun Sie das«, sagte er. »Gute Nacht.«
Er beobachtete, wie sie die Auffahrt hinauflief, die Tür auf-

schloß und im Haus verschwand. Dann wendete er den Wagen und machte sich auf den Heimweg. Kurz nach Mitternacht lag er im Bett.

»Sie sind ein wichtiger Mann geworden, Joe«, sagte Shirley. »Wir haben Anweisung von allerhöchster Stelle, Ihnen ein neues Büro zu geben. Ab sofort sitzen Sie in einem Eckzimmer mit Fenstern an zwei Wänden.«
»Aber ich habe doch erst vor zwanzig Minuten den neuen Vertrag mit A. J. unterschrieben«, sagte er.
»Er war sich seiner Sache wohl schon ziemlich sicher«, lächelte Shirley. »Er hat mir bereits am Freitag gesagt, daß Sie ein neues Büro kriegen.« Sie nahm ihren Schlüsselbund aus der Schublade. »Kommen Sie, ich zeige Ihnen Ihr neues Reich.«
Joe folgte ihr zum Ende des langen Korridors. Die Tür seines neuen Arbeitszimmers bestand völlig aus Holz, ohne die Milchglasscheibe, die einem immer das Gefühl gab, man wäre in der offenen Abteilung einer psychiatrischen Anstalt.
Shirley hielt ihm die Tür auf. Ein flauschiger Teppichboden und halbhohe Holzpaneele an den Wänden verliehen dem Raum einen gediegenen Eindruck. Die Couch und die beiden Sessel waren zwar alt, aber mit echtem Leder bezogen, und die Schreibmaschine stand nicht auf dem Schreibtisch, sondern auf einem Extra-Schreibmaschinentisch. Durch zwei Fenster fiel die helle Frühlingssonne herein.
»Na, gefällt es Ihnen?« fragte Shirley.
Joe nickte. »Man kann wenigstens atmen«, sagte er.
»Gut«, sagte sie. »Konzeptpapier, Schreibmaschinenpapier, Kohlepapier und Bleistifte habe ich Ihnen hingelegt. Das Telefon ist direkt mit der Telefonzentrale verbunden. Aber wenn Sie diesen kleinen Hebel hier bedienen, kommen die Gespräche bei mir an, wenn Sie nicht gestört werden wollen oder wenn Sie mal nicht im Haus sind.«
»Das klingt gut«, sagte er.
»Was glauben Sie, wie lange werden Sie für das Skript brauchen?«

»Für den ersten Entwurf vielleicht einen Monat und dann noch einmal einen Monat für die Reinschrift. A. J. will im Juni mit den Dreharbeiten beginnen.«
»Dann haben Sie aber nicht mehr viel Zeit.«
»Ich werd's schon schaffen«, sagte er fröhlich.
»Ich muß wieder nach vorn«, sagte die Bürochefin. »Machen Sie es sich bequem, und wenn Sie noch etwas brauchen, rufen Sie mich einfach an.«
»Vielen Dank, Shirley«, sagte er.
»Viel Glück«, sagte sie und schloß die Tür hinter sich.

Joe setzte sich hinter den Schreibtisch und sah sich erst einmal um. Es war wirklich nicht übel. Es gab sogar ein paar geschmackvolle Drucke an den Wänden. Er legte seine Zigaretten auf den Tisch, zog eine heraus und steckte sie nachdenklich an. Trotz des neuen Büros hatte sich A. J. wieder einmal als Halsabschneider erwiesen. Statt der Aufträge für *drei* neue Drehbücher, die er ihm bei der Dinnerparty versprochen hatte, war heute plötzlich nur noch von *einem* Auftrag die Rede gewesen. Er hatte jetzt zwar einen Vertrag über zwanzigtausend Dollar gekriegt, aber für die beiden nächsten Drehbücher gab es nur eine vage Option. A. J. wollte sich auf feste Vereinbarungen erst nach Erhalt des neuen Skripts einlassen.
Joe fuhr erschrocken zusammen. Das Telefon hatte geklingelt. Es war doch erst elf Uhr morgens. Wer konnte das sein? Zögernd griff Joe nach dem Hörer. »Joe Crown.«
Eine Frauenstimme. »Spreche ich mit Joe Crown?«
»Ja«, sagte er vorsichtig.
»Hier spricht Blanche Rosen«, sagte die Stimme. »Herzlichen Glückwunsch zu Ihrem neuen Büro!«
»Vielen Dank, Mrs. Rosen!« sagte er.
»Ich dachte, wir wären uns darüber einig geworden, daß Sie mich Blanche nennen?« sagte sie spöttisch und fügte hinzu: »Ich wollte mich für die himmlischen Blumen bedanken, die Sie mir geschickt haben. Das war eine reizende Überraschung.«

»Es war mir ein Vergnügen«, sagte er. »Ich habe mich auf Ihrer Party sehr gut amüsiert, und ich möchte mich noch einmal herzlich für die Einladung bedanken.«
»Ich habe schon viele von Ihren Geschichten gelesen«, sagte sie. »Sie sind ein sehr guter Autor, Joe. Viel besser, als Sie wahrscheinlich selbst ahnen.«
»Vielen Dank, Blanche.«
»Ich weiß, was ich sage«, sagte sie. »Ich war früher Lektorin bei Doubleday in New York und bin als Dramaturgin nach Hollywood gekommen. Vor meiner Ehe habe ich für A. J. im Studio gearbeitet. Ich lese heute noch alle Drehbücher, die ihm vorgelegt werden und denen er eine Chance gibt.«
»Ach, das ist ja interessant«, sagte Joe.
»Ich kenne die Idee für den Film und habe schon ausführlich mit A. J. darüber gesprochen. Ich glaube, ich kann Ihnen ein paar sehr nützliche Anregungen geben und Ihnen vielleicht helfen. Wollen wir uns nicht am Mittwoch zum Lunch treffen? Ich habe ein kleines Haus in Malibu draußen, keine große Affäre, aber gemütlich. Da könnten wir in aller Ruhe darüber reden.«
»Das ist sehr liebenswürdig von Ihnen«, sagte er.
»Sagen wir halb eins?« fragte sie.
»Ja, das paßt mir sehr gut«, bestätigte er. »Ich freue mich darauf.« Tammy hat recht gehabt, dachte Joe, als er den Hörer auflegte. Blanche Rosen sorgt dafür, daß alles nach ihren Wünschen geschieht.
Der zweite Anruf dieses Tages kam von Tammy. »Herzlichen Glückwunsch!« sagte sie. »Hab ich recht gehabt mit dem Auftrag, oder nicht?«
»Sie hatten recht«, gab er zu.
»Darf ich rasch mal bei Ihnen vorbeikommen?« fragte sie. »Ich habe ein kleines Willkommensgeschenk für Ihr neues Büro.«
»Kommen Sie nur«, sagte er. »Ich habe noch nicht angefangen zu arbeiten.«
»Ich bin in zehn Minuten da«, sagte sie und hängte rasch ein.
Er hatte kaum aufgelegt, da klingelte das Telefon schon wieder. »Bei dir ist ja dauernd besetzt!« beschwerte sich Kathy.

»Ich weiß eigentlich selbst nicht, warum«, sagte Joe. »Vor allem verstehe ich nicht, woher die Leute alle schon wissen, daß ich ein neues Büro habe.«
»Du hast A. J. erzählt, daß du die ›Amazonenkönigin‹ noch nicht gesehen hast, stimmt's?«
»Ja«, sagte er. »Ich hatte keine Gelegenheit bisher.«
»Er hat mich beauftragt, dir mitzuteilen, daß wir heute abend zusammen ins Pacific-Palisades-Theater gehen, um uns den Film anzusehen. Er war der Meinung, es wäre gut für dich, wenn du den Film in einem richtigen Kino mit ganz normalem Publikum siehst.« – »Sag ihm, daß ich komme«, sagte Joe.
Einen Augenblick später kam die nächste Anruferin. Diesmal war es ein Ferngespräch aus New York. »Herzlichen Glückwunsch«, sagte Laura. »Ich höre, Sie schreiben die Fortsetzung zur ›Amazonenkönigin‹?«
»Manche Nachrichten scheinen sich besonders schnell zu verbreiten«, lächelte er. »Wir haben den Vertrag erst heute morgen besprochen.«
»Das Studio hat uns ein Telex mit den Konditionen geschickt. Haben Sie akzeptiert?«
»Warum nicht?« fragte er. »Zwanzigtausend sind doch nicht schlecht.«
»Und was wird aus Ihrem Roman?« fragte sie.
»Ich verliere etwas Zeit«, sagte er. »Aber höchstens einen Monat. Dieses Drehbuch ist eine Kleinigkeit.«
»Das hoffe ich«, sagte sie. »Was Sie mir bisher geschickt haben, ist wirklich sehr gut. Ich möchte nicht, daß Sie den Schwung verlieren.«
»Nein, ich mache bestimmt weiter«, sagte er. »Seit Sie hier waren, habe ich schon wieder fünfzig Seiten überarbeitet und neu geschrieben. Ich werde sie Ihnen bald schicken.«
»Das ist schön«, sagte sie. »Ich freue mich darauf. Wenn es genauso gut ist wie das, was ich schon kenne, dann haben Sie es zur Hälfte geschafft.«
»Ich schreibe den Roman«, sagte er. »Seien Sie unbesorgt. Aber im Augenblick kann ich die zwanzigtausend gut brauchen.«

Laura senkte die Stimme ein wenig. »Geht es Ihnen gut?« fragte sie. »Ich habe gehört, Sie hätten Probleme in der Familie.«
»Wo haben Sie denn das gehört?« fragte er. »Ich weiß davon nichts.«
»Die Leute erzählen sich, Ihre Frau sei so oft unterwegs.«
»Dieses Hollywood ist doch eine verdammte Gerüchteküche. Motty hat einen anspruchsvollen Job. Sie ist Chefeinkäuferin einer Warenhauskette. Das bringt ein paar Dienstreisen mit sich.«
»Schon gut«, sagte Laura. »Ich wollte ja nur wissen, ob es Ihnen gutgeht.«
»Machen Sie sich meinetwegen keine Sorgen«, sagte er.
»Wenn ich Ihnen helfen kann, rufen Sie mich an«, sagte sie. »Ich bin immer auf Ihrer Seite.« – »Vielen Dank«, sagte er. Nachdem er sich verabschiedet und eingehängt hatte, starrte er das Telefon nachdenklich an. Die Leute sind wirklich mies, dachte er, immer wollen sie bloß Unfrieden stiften. Was geht es die Leute an, was seine Frau oder er machen?
Es klopfte. »Herein«, sagte er.
Tammy trat ein und machte die Tür hinter sich zu. Sie trug einen engen Baumwollpullover und einen kurzen Rock. Joe sah nichts als ihre üppigen Brüste, ihren gewölbten Hintern und ein Paar sehr lange Beine. Sie sah aus, als wäre sie direkt von einer Reklametafel am Sunset Boulevard heruntergestiegen. Anerkennend sah sie sich um. »Hier ist es ja fast so gemütlich wie bei manchen Produzenten«, sagte sie.
»Ja, es ist gar nicht so übel«, bestätigte er.
Tammy legte ein kleines, in Schmuckpapier eingewickeltes Päckchen auf seinen Schreibtisch. »Das ist für dich«, sagte sie. Er öffnete die Verpackung und lachte. Es war ein Päckchen Kondome. »Ich hoffe, Sie haben die richtige Größe genommen«, sagte er. »Meistens sind sie zu klein.«
»Angeber! Es gibt doch bloß eine Größe.«
»Ich werde sie bestimmt gut aufheben, Tammy. Aber wann haben wir Gelegenheit, sie zu benutzen?«
Sie drehte sich um, schloß die Tür ab und zog ihren Slip aus.

»Ich dachte mir, es wäre dir recht, wenn wir einen gleich heute benutzen. Ich möchte die erste gewesen sein, weißt du? Danach kannst du mit mir in die Kantine zum Essen gehen.«

Der erste, der ihm über den Weg lief, als er das Kino verließ, war Mickey Cohen. Sie nickten sich zu und schüttelten sich die Hände. »Schöner Film«, sagte Cohen.
Joe versuchte an seinem Gesicht abzulesen, ob er es ernst meinte, aber Cohen ließ sich nichts anmerken.
»Dem Publikum hat es gefallen«, sagte der Gangster. »Sie haben die ganze Zeit gejubelt, vor allem die Schüler auf dem Balkon. Ich könnte wetten, die Hälfte von ihnen hat einen Orgasmus gehabt während der Vorführung und die andere Hälfte onaniert zu Hause.«
»Ich versteh's nicht«, sagte Joe.
»Das ist auch nicht nötig«, erwiderte Cohen. »Du mußt es einfach noch mal machen.«
»Ich weiß nicht, ob ich das schaffe«, sagte Joe. »Ich weiß nicht, ob ich je wieder ein so schlechtes Drehbuch hinrotzen kann.«
»Für zwanzigtausend Dollar, mein Junge«, sagte Cohen trokken, »schreibst du alles, auch gequirlte Scheiße mit Schlagsahne.«

23

Ohne anzuklopfen kam Judi in sein Büro gestürmt und rief: »A. J. hat gesagt, Sie geben mir diesmal viel mehr Text.«
Joe sah vom Schreibtisch auf und starrte sie verblüfft an.
»Wenn A. J. das gesagt hat, wird es schon stimmen.«
»Kann ich das Drehbuch mal sehen?« fragte sie herrisch.
»Was ist mit Ihnen los, Judi?« fragte Joe. »Wollen Sie mir die große Diva vorspielen, oder was? Ich arbeite jetzt gerade erst seit zwei Tagen am ersten Entwurf. Es gibt noch keine Zeile Dialog.« – »Das glaube ich nicht«, sagte sie.
»Dann fragen Sie doch bitte A. J.«, sagte er. »Ich schreibe im-

mer zuerst ein Treatment, ehe ich mit dem Drehbuch und den Dialogen beginne.«

»Mich legen Sie nicht rein«, fauchte sie. »Wir haben ein paar Millionen Dollar verdient mit dem Film, und ich bin der Star und sonst niemand! Ich brauche keinem mehr in den Arsch zu kriechen, um eine Rolle zu kriegen.«

»Das kann schon sein«, sagte er.

»Ich habe einen Vertrag«, kreischte sie.

»Ich auch«, erwiderte Joe.

»Ich kann Sie rausschmeißen lassen!«

»Okay«, sagte Joe. »Wenn Sie mich rausschmeißen lassen, brauche ich Ihnen kein Drehbuch zu schreiben. Mein Geld kriege ich trotzdem.«

Sie starrte ihn verblüfft an. »Ist das wahr?«

»Das ist eine Bestimmung der Screenwriter Guild Rules«, sagte er. »Ich bin nämlich in der Gewerkschaft.«

Sie beruhigte sich von einem Moment auf den anderen. »Und wie soll ich meine Interessen wahren?«

»Warten Sie doch einfach, bis das Skript fertig ist«, sagte er. »Dann können Sie sich immer noch beschweren, wenn es wirklich nötig sein sollte.«

»Seien Sie bloß vorsichtig!« fauchte sie. »Ich weiß, daß Sie Tammy gefickt haben. Sie rennt überall rum und erzählt, sie kriegte jetzt mehr Text als ich.«

»Alle anderen Leute glauben, daß *Sie* mit mir geschlafen hätten, um die Rolle in der ›Amazonenkönigin‹ zu kriegen«, sagte Joe lächelnd. »Das ist kein Filmstudio, sondern eine Gerüchtefabrik.«

Judi starrte ihn einen Augenblick nachdenklich an. »Wie kommt es dann, daß Sie mich nie zum Essen ausgeführt haben?«

Joe lächelte. »Ich kann es mir einfach nicht leisten. Das letzte Mal, als ich Sie ausgeführt habe, hat es mich zweihundert Dollar gekostet, die ich nie wiedergekriegt habe.«

»Aus *der* Branche bin ich jetzt raus«, sagte sie. »Sie können mich zum Essen ausführen, ohne daß es Sie etwas kostet.«

»Dann will ich das gern tun«, sagte er.

»Wie wäre es mit Freitag abend?« schlug sie vor. »Vielleicht zu Chasens oder zu Romanoff? Anschließend könnten wir noch ins Mocambo gehen.«
Joe schüttelte den Kopf. »Das ist nicht meine Gewichtsklasse, Judi. Soviel verdiene ich nicht. Mehr als das Brown Derby kann ich mir nicht leisten.«
»Ziemlich popelig«, mäkelte sie.
»Ich muß mir meinen Lebensunterhalt selbst verdienen«, sagte er. »Ich habe kein Spesenkonto.«
»Wie wäre es, wenn ich die Publicity-Abteilung dazu kriege, unsere Spesen zu übernehmen? Die wollen dauernd Fotos von mir.«
»Okay, besorgen Sie den nötigen Vorschuß, dann feiern wir die ganze Nacht.«
»Ich rufe an«, sagte sie und verschwand genauso grußlos, wie sie gekommen war.

Joe zog an der Klingelschnur, und irgendwo hinter dem hohen Bretterzaun läutete eine volltönende Glocke. Nach einiger Zeit hörte er eine Frauenstimme hinter dem Tor. »Wer ist da?« – »Joe Crown«, rief er und blinzelte in die grelle Mittagssonne. Es war glühend heiß.
Blanche Rosen versteckte sich hinter dem Tor, als sie öffnete und ihn eintreten ließ. Sie hatte sich ein großes Badetuch um den Körper gewickelt, und ihre Haut war dick mit Sonnenöl überzogen. »Sie sind ziemlich früh dran«, sagte sie. »Es ist gerade erst zwölf.« Ihre Stimme klang aber nicht ärgerlich.
»Ja, tut mir leid«, sagte er. »Ich bin noch nie so weit draußen gewesen und wußte nicht, wie lange ich brauche.«
»Aber das macht doch nichts«, sagte sie freundlich.
Er folgte ihr durch den Vorgarten und dann durch das kleine Haus hindurch auf eine große, offene Holzveranda, die über den Strand hinausgebaut war. »Möchten Sie vor dem Essen noch schwimmen?« fragte Blanche und wies auf den sonnenüberglänzten Pazifik hinaus, dessen Wellen mit regelmäßiger Wucht auf den Strand schlugen.
»Ich glaube nicht«, sagte er. »Vielen Dank.«

»Eine Badehose kann ich Ihnen gern leihen«, sagte sie. »Wir haben eine ganze Auswahl im Haus.«
»Tut mir leid«, sagte er. »Ich kann gar nicht schwimmen.«
Sie lachte. »Sie sind aber ehrlich. Die meisten Leute suchen eine andere Ausrede.« Sie blickte in die Sonne. »Sie sollten aber trotzdem eine Badehose anziehen, sonst werden Sie noch in Ihrem Anzug geröstet – selbst wenn Sie sich ganz still in den Schatten setzen und überhaupt nicht bewegen.«
Unter den Sachen, die sie ihm hingelegt hatte, fand er einen alten Strohhut, der seinen Kopf sehr gut schützte, aber die Badehosen waren alle zu knapp. Es dauerte eine Weile, bis er endlich eine gefunden hatte, die seine Hüften bedeckte, und dann hatte er die größte Mühe, auch seine Weichteile noch einigermaßen korrekt zu verstauen. Als er aus dem Haus kam und den Blick sah, mit dem sie ihn anstarrte, wußte er, daß sie genau das gewollt hatte.
»Ich habe uns ein paar Wodka Tonics gemacht«, sagte sie. »Ist das okay?«
»Wunderbar«, sagte er.
Sie setzte sich auf eine bunte Matratze, die auf den ausgebleichten Planken der Veranda im grellen Sonnenlicht lag, und hielt ihm ein Glas hin. »Willkommen in Malibu, Joe.«
»Vielen Dank«, sagte er und nahm einen kleinen Schluck von dem köstlichen eiskalten Drink.
Jetzt ließen sie die Gläser zusammenklingen, und als Blanche den Arm dazu ausstreckte, löste sich das Badetuch von ihrem Körper und entblößte ihre Flanke von der linken Brust bis zum Schamhaar. Spöttisch verfolgte sie seinen Blick. »Ich hoffe, Sie sind nicht prüde?« lächelte sie.
Joe schüttelte den Kopf.
Daraufhin ließ sie das Handtuch ganz fallen und reckte sich mit hinter dem Kopf verschränkten Armen der Sonne entgegen. »Ich bin eine echte Sonnenanbeterin«, sagte sie.
»Außerdem sind Sie sehr schön«, sagte er.
Sie wandte sich zu ihm um. »Kommen Sie«, sagte sie. »Ich werde Sie ein bißchen mit Sonnenöl einreiben, damit Sie nicht anbrennen.«

»Ich fürchte, das wird nichts mehr nutzen«, sagte er.
»Warum nicht?« fragte sie.
»Ich habe einen sehr niedrigen Siedepunkt«, sagte er.
»Stimmt«, sagte sie und legte ihre Hand auf ihn. »Ihre Quecksilbersäule ist mächtig gestiegen. Sie kommt ja schon oben zur Hose heraus. An der Feuerbereitschaft fehlt es wohl nicht, ich hoffe bloß, Sie schießen nicht so schnell, wie Sie ziehen.«
Joe lachte.
Blanche zog ihn zu sich herunter und streifte ihm die engen Shorts ab. »Lassen Sie mich sehen.« Plötzlich sah er nur noch ihre großen, halbgeschlossenen Augen.
»Sie sind wirklich eine irre Lady«, lachte Joe.
Blanche lachte mit ihm. »Ich kann auch sehr nett sein. Aber ein paar Vorteile muß man ja davon haben, wenn man die Frau vom Boß ist, nicht wahr?«
»Und ich dachte, wir reden über das Drehbuch«, sagte er.
»Was gedreht wird, bestimmen wir selbst«, sagte sie und griff nach ihm.

Motty warf einen Blick auf die zahllosen Kleiderständer, die man ihnen in das Wohnzimmer ihrer New Yorker Hotelsuite gestellt hatte, und als sie sah, daß da mindestens dreihundert verschiedene Modelle aufgereiht waren, schlug sie die Hände über dem Kopf zusammen. »Gerald, das schaffen wir nie«, sagte sie. »Jedenfalls nicht mehr bis morgen früh. Ich muß mir die Sachen sehr gründlich ansehen.«
»Vielleicht sollten wir noch eine Woche in New York bleiben«, erwiderte Marks.
»Das geht nicht«, sagte sie. »Paul Samuel will seinen Pelzsalon in Beverly Hills einrichten. Da werden wir wohl oder übel in Los Angeles sein müssen, sonst geht das schief.«
»Vielleicht haben wir sie bis Sonnabend durch«, sagte er.
»Das nützt uns auch nichts«, erwiderte Motty. »Selbst wenn wir am Sonntag im Zug sitzen, sind wir erst Mittwoch morgen in L. A. Bis dahin kann Paul schon jede Menge Ärger gemacht haben.«
»Ich habe eine Idee«, sagte Marks.

Motty sah ihn erwartungsvoll an.

»Wir nehmen das Flugzeug!« sagte er triumphierend. »Wir können direkt von New York nach Los Angeles fliegen. Wir fliegen morgens um neun in New York ab, und nach zwei Zwischenlandungen in Chicago und Denver sind wir abends um elf in L. A. Auf diese Weise wären wir Sonntag abend zu Hause.«

»Ich weiß nicht«, sagte Motty. »Ich habe Angst. Ich bin noch nie geflogen.«

»Es soll sehr schön sein«, sagte Marks. »Und auch sehr bequem. Es gibt kostenloses Essen und kostenlose Getränke. Als ob man in seinem eigenen Wohnzimmer wäre. Und vor allem dauert es nur vierzehn Stunden. Du liegst noch vor Mitternacht im eigenen Bett.«

Motty warf ihm einen melancholischen Blick zu. »Ich würde lieber in deinem Bett liegen«, sagte sie. »Außerdem werde ich sowieso nicht vor Montag abend zu Hause erwartet.«

»Mir wäre es auch lieber, wir könnten aufhören mit diesem Versteckspiel. Aber noch müssen wir vorsichtig sein. Auf den Bahnhöfen und Flughäfen gibt es immer Reporter. Es war schon ärgerlich genug, daß meine Scheidung in der Presse gemeldet worden ist. Ich möchte nicht, daß sie dich jetzt auch durch den Dreck ziehen.«

Motty dachte einen Augenblick nach. »Wahrscheinlich hast du recht, Gerald«, sagte sie trübsinnig.

»Du mußt Joe reinen Wein einschenken, sobald du in Los Angeles bist«, sagte er. »Ehe ihr nicht geklärt habt, wann ihr euch trennt, werden wir niemals frei sein.«

Motty nickte langsam. »Ja, du hast recht, Gerald.« Sie zögerte einen Moment. »Glaubst du, das Flugzeug ist wirklich sicher?«

»Wenn ich das nicht glaubte, würde ich es nicht vorschlagen«, sagte er.

Motty starrte die Kleiderstücke an. »Okay«, sagte sie schließlich. »Du kannst die Tickets bestellen.«

»Mach ich.« Er hob den Kopf. »Willst du bei deinen Schwiegereltern zu Abend essen?«

»Ja«, nickte Motty, »ich habe es ihnen versprochen.«
»Gut, wenn es sein muß«, seufzte er. »Aber komm bald wieder. Ich vermisse dich immer so.«

»Ach, deine Matzenbrote sind köstlich, Tante«, sagte Motty seufzend. »Und so eine gute Poularde habe ich auch schon lange nicht mehr gegessen.«
Marta nickte zufrieden. »Man muß das richtige Huhn finden«, sagte sie. »Es darf nicht zu fett sein.«
Phil Kronowitz schwieg wie gewohnt. Dann hob er die Serviette zum Mund, rülpste dezent und sagte: »Die Geschäfte sind auch nicht mehr das, was sie im Krieg waren. Damals waren alle Leute mit Hühnchen zufrieden. Jetzt wollen sie Steaks. Man kriegt gar keine ordentlichen Hühner mehr von den Bauern.«
»So schlimm ist es nun auch wieder nicht«, sagte Marta. »Der Umsatz ist bisher noch jedes Jahr größer geworden. Unsere Stammkunden wissen noch sehr genau, daß wir sie in den schlechten Jahren versorgt haben, als das Fleisch knapp war.«
»Das kann ich mir vorstellen«, sagte Motty. »Ich glaube gern, daß die alten Kunden treu sind.« Obwohl sie ihren Teller erst zur Hälfte geleert hatte, legte sie ihr Besteck weg.
Marta sah es sofort.
»Geht es dir nicht gut?« fragte sie.
»Ein bißchen müde«, gab Motty zu.
»Vielleicht solltest du aufhören zu arbeiten?« sagte Marta. »Ein Kind zu versorgen ist doch schon schwierig genug.«
»Um Caroline kümmert sich Rosa«, sagte Motty. »Mit der habe ich keine Probleme.«
Marta warf ihr einen prüfenden Blick zu. »Wie geht es Joe?« fragte sie. »Hat er Arbeit?«
»Ich glaube, er hat gerade mit einem neuen Skript angefangen«, sagte Motty.
»Und was ist mit dem Roman, den er immer schreiben wollte?« fragte Marta.
»Er kommt nicht dazu«, sagte Motty. »Er ist dauernd hinter

neuen Aufträgen für Drehbücher her und hat für seinen Roman keine Zeit.«
»Das ist doch gar nicht nötig«, sagte Marta erstaunt. »Ich dachte, du hättest den neuen Job angenommen, damit er nicht mehr so hinter dem Geld herlaufen muß.«
»Die Dinge entwickeln sich aber nicht immer so, wie man denkt«, sagte Motty und preßte die Lippen zusammen.
Marta warf ihr einen prüfenden Blick zu. »Geht er immer noch so viel aus?«
Motty hielt den Blick schweigend auf ihren Teller gesenkt.
Marta stand auf und räumte das Geschirr ab. »Joe wird sich wohl niemals ändern«, sagte sie, während sie die Teller in der Spüle abstellte. »Aus dem wird kein erwachsener Mann. Das Wort Verantwortung ist ihm vollkommen fremd.«
»Das ist nicht wahr«, sagte Phil. »Er ist einfach nur anders. Das haben wir schließlich immer gewußt.«
»Trotzdem ist er immer ein grüner Junge geblieben«, sagte Marta. »Mein Stevie ist da ganz anders. Er hat jetzt seine Zeit als Assistenzarzt beendet und wird bald seine eigene Praxis eröffnen.«
»Schön und gut«, sagte Phil. »Aber mit Joe hat das gar nichts zu tun. Joe ist kein praktischer Mensch, sondern ein Künstler.«
Marta kam mit drei Gläsern und einer Kanne Tee zurück an den Tisch. Sie goß Motty ein großes Glas mit der kupferroten Flüssigkeit ein.
»Auf jeden Fall solltest du dir kein Kind mehr von ihm andrehen lassen«, sagte sie.
»Ich habe nicht die Absicht«, sagte Motty und sah ihr direkt ins Gesicht.
»Was für Absichten hast du denn?« fragte Phil.
Motty gab keine Antwort.
Aber Marta ließ sich nicht täuschen. »Motty hat einen sehr guten Job. Sie verdient jetzt schon mehr als ihr Mann. Sie braucht sein Geld nicht. Vielleicht läßt sie sich von ihm scheiden und sucht sich jemanden, der besser zu ihr paßt.«
»Was soll das Gerede?« fragte Phil wütend. »Wir sind gläu-

bige Juden. Wir lassen uns nicht so einfach scheiden. Das ist eine Schande, wie du daherredest, Marta.«
Marta blieb völlig gelassen. Sie warf Motty einen prüfenden Blick zu und sagte: »In Kalifornien ist das anders, Phil. Da lassen viele Leute sich scheiden, auch Juden. Lies mal die Zeitung. Gerade in Hollywood gibt es sehr viele Scheidungen, Phil. Sogar Mottys Chef ist geschieden, nicht wahr, Motty? Sein Name ist Mr. Marks, oder? Ich hab's in der Zeitung gelesen.«
Phil starrte erst die eine und dann die andere und dann seinen Tee an. Seine Stimme war rauh. »Eins solltest du nicht vergessen, mein Kind«, sagte er. »Ehe man nicht ganz sicher ist, daß man frisches kriegt, soll man sein Wasser nicht wegschütten, egal, wie dreckig es aussehen mag.«

24

Der Postbote stand in der Tür und hielt Joe ein Päckchen hin, das wie immer den Vermerk *Unverlangte Manuskriptsendung / Zurück an den Absender* trug. »Bitte unterschreiben Sie hier«, sagte er und klappte sein schwarzes Buch auf, damit Joe den Empfang bestätigen konnte. »Tut mir leid, daß Sie schon wieder alles zurückkriegen.«
»Ablehnungen bin ich als Autor gewöhnt«, sagte Joe philosophisch, als er das Buch zurückgab. Er setzte sich an den Wohnzimmertisch und riß das Paket auf. Außer den üblichen vierzig Umschlägen mit Kokain hatte Jamaica diesmal noch eine Tüte aus Stanniolpapier beigelegt, die herrlich duftendes Marihuana enthielt. Joe schüttelte ärgerlich den Kopf. Er hatte noch immer kein Postfach gemietet.
Rosa kam aus der Küche und brachte ihm eine Tasse Kaffee. Sie sah das Päckchen, schnupperte und sagte lächelnd: »Marihuana. Riecht gut.«
Verblüfft sah er sie an. »Kennst du dich damit aus?«
»*Sí, sí*«, lachte sie. »*Marijuana mexicana es la mejor.*«

»Rauchst du das Zeug auch?« fragte er neugierig.
Sie nickte. »*Para tranquilidad.* Gut für Schlafen.«
»Möchtest du etwas?« fragte er.
»Ich habe selbst«, sagte sie. »Wenn Sie wollen, ich kann mitbringen von meiner Familie. *Tengo mucho.*«
Er lachte. »Vielen Dank. Vielleicht komme ich mal darauf zurück.« Er nahm einen der Umschläge und ließ sie das weiße Pulver sehen, das sich darin befand. »Kennst du das auch?«
Sie nickte. »*Cocaina.*«
»Benutzt ihr das auch?«
Sie schüttelte den Kopf. »Nein, *Señor*. Macht zu nervös. Kein Schlaf.«
Er lachte. »Du kennst dich wirklich gut aus. Aber es heißt, für *amor* sei es sehr gut.«
»Für *amor*«, sagte sie, »trinken wir in Mexiko Tee aus Peyote und *Marijuana*. Macht viele Träume.«
»Das wußte ich nicht«, sagte er.
»Das ist alte indianische Medizin. Mein Vater benutzt es sehr oft. *Muy bueno.*«
»Wie alt ist dein Vater?« fragte er.
»*Cuarenta y tres años*«, sagte sie. »Er hat auch viele Freundinnen, genau wie Sie.«
»Und was sagt deine Mutter dazu?«
»*Nada*. Männer sind eben so.«
Er nahm einen Schluck Kaffee.
»*Desayuno, Señor?*« fragte sie.
»Nein, ich glaube nicht«, sagte er. »Ich muß jetzt ins Studio.«
»Ist die *Señora* am Wochenende zu Hause?«
»Nein, sie kommt nicht vor Montag.«
»Wollen Sie in den nächsten Tagen zu Hause essen, oder gehen Sie aus?«
»Ich werde zu Hause arbeiten«, sagte er.
»*Bueno, Señor.*«
Sie bewegte sich in Richtung zur Tür und geriet dabei in einen hellen Lichtstrahl. »He«, sagte Joe. »Hab ich dir nicht Geld gegeben, damit du dir einen Büstenhalter und einen Slip kaufen kannst?«

»Ich wollte mir die Sachen gleich anziehen«, sagte sie ausdruckslos. »Sobald ich Ihnen den Kaffee gebracht habe.«
»Gib's nur zu: Du wolltest mich scharfmachen«, sagte er.
»Nein, *Señor*«, sagte sie. »Ich wollte mich richtig anziehen.«
Er war fest überzeugt, daß sie log.
»Dreh dich um!« sagte er.
Schweigend gehorchte sie. Er hob den Saum ihres Kleides und schlug sie mit der flachen Hand auf die Schenkel. Rosa ließ es schweigend geschehen. Sie wehrte sich nicht, und sie schrie auch nicht. »Vielleicht wirst du in Zukunft daran denken«, sagte er.
Das Kleid hing dem Mädchen immer noch über den Hüften, und an der Stelle, wo er sie geschlagen hatte, färbte sich die Haut feuerrot. Sie streifte das Kleid herunter und ging.

Keyho sah sich grinsend in Joes Büro um. »Sehr schick«, sagte er. »Sie sind auf dem Weg nach oben. Sie machen Karriere.«
Joe lachte. »Verarschen kann ich mich selber.«
»Ganz im Ernst«, sagte Keyho. »Das ist eins der besten Büros bei den Triple-S-Studios.«
»Ich habe Glück gehabt«, sagte Joe.
»Das ist kein Glück«, sagte Keyho. »Das ist ein Millionen-Dollar-Film.«
»Geld wäre mir lieber«, sagte Joe. »Das Büro brauche ich nicht unbedingt. Ich kann auch zu Hause arbeiten.«
»Geld kriegen Sie auch noch«, sagte Keyho. »Sie brauchen bloß zu warten und Ihre Karten richtig zu spielen.«
»Quatsch«, sagte Joe. Das Telefon klingelte, und Joe nahm den Hörer.
Es war Judi. »Die Publicity-Abteilung will Ihre Spesen nicht übernehmen«, sagte sie. »Die Kerle behaupten, kein Mensch würde Sie kennen. Ich sollte mit Filmstars ausgehen, haben Sie gesagt. Mit Leuten wie Van Johnson, Peter Lawford oder sogar Mickey Rooney. Dann käme mein Bild in die Zeitung.«
»Das hätte ich Ihnen gleich sagen können«, sagte Joe. »Haben Sie denn jemanden gefunden, der mit Ihnen ausgeht?«

»Publicity arbeitet dran«, sagte Judi.
»Okay, dann ein andermal«, sagte er.
»Sie sind mir doch nicht böse?« fragte Judi. »Ich kann leider nichts machen. Ich muß ständig zeigen, daß ich ein Star bin. Das verstehen Sie, oder?«
»Aber natürlich«, sagte Joe und legte den Hörer zurück auf die Gabel. Er schüttelte den Kopf und warf Keyho einen spöttischen Blick zu. »Das war Judi«, sagte er. »Seit sie ein Star ist, darf sie nur noch mit anderen Stars ausgehen, hat sie mir gerade erklärt.«
»Tja, so ist das in Hollywood«, sagte Keyho. »Das habe ich gemeint, als ich sagte, Sie müssen Ihre Karten richtig spielen.«
Joe sah ihn aufmerksam an. »Wie meinen Sie das?«
»Sie müssen eine Presseagentur mit der Wahrnehmung Ihrer Interessen beauftragen.«
»Wozu denn das?« fragte Joe. »Ich bin doch kein Star, sondern Schriftsteller.«
»Schriftsteller können auch Stars sein«, sagte Keyho. »Überlegen Sie mal: Dashiell Hammett, Faulkner, Scott Fitzgerald, Hemingway. Das sind alles Schriftsteller. Aber Stars sind sie auch.«
»Die sind aber auch einige Klassen besser als ich«, sagte Joe. »Die haben ein ganzes Werk vorzuweisen. So weit bin ich noch lange nicht.«
»Na und?« sagte Keyho. »Ein guter PR-Mann kann Sie innerhalb kürzester Zeit genauso bekanntmachen wie Hemingway oder Faulkner. Das ist ein windiges Geschäft, aber man darf es nicht unterschätzen. Andererseits läßt sich niemand so leicht durch Hochstapelei beeindrucken wie ein Hochstapler. Wenn die Leute in Hollywood Ihr Bild oft genug in den Zeitungen sehen, dann denken sie, Joe Crown wäre ein wiedergeborener Shakespeare.«
»Ich weiß nicht recht«, sagte Joe. »Außerdem kenne ich gar keinen PR-Mann.«
»Aber ich«, sagte Keyho. »Mein Neffe arbeitet bei den Columbia-Studios in der Presseabteilung. Und nebenbei vertritt er

noch ein paar ausgewählte Privatkunden. Über kurz oder lang will er sich selbständig machen.«

»Ist er teuer?«

»Das hängt davon ab, was er für Sie tun soll. Fünf Meldungen in der Woche kosten fünfundzwanzig Dollar, zehn Meldungen fünfzig Dollar, längere Sachen, wie Interviews, Features und Bildberichte, kosten hundert Dollar und mehr.«

»Das ist eine Menge Geld«, sagte Joe. »Daß er die Sachen schreibt, glaube ich gern. Aber woher weiß ich, daß sie auch gedruckt werden?«

»Wie wäre es mit ein paar Zeilen in Winchells Hollywood-Kolumne am Montag?«

»Wenn er das schafft, küsse ich seinen Arsch. Bei Macy's im Schaufenster!«

»Das wäre nicht nötig«, sagte Keyho. »Wäre es Ihnen denn einen Hunderter wert, wenn er in Winchells Sendung am Sonntag auch noch ein paar Sätze einbaut?«

»Dann kriegt er die hundert«, sagte Joe. Er zog das Päckchen, das ihm Jamaica geschickt hatte, aus seiner Schublade. »Aber jetzt müssen wir über dieses Geschäft reden, sonst läuft finanziell bei mir gar nichts.«

»Ich zahle dasselbe wie letztes Mal«, sagte Keyho. »Und ziehe die hundert für meinen Neffen gleich ab.«

»Und ich lege noch einen schönen Sack Gras aus Jamaica dazu«, sagte Joe. »Damit kann man bestimmt hundert schöne Fünf-Dollar-Joints drehen. Auf diese Weise machen wir alle ein gutes Geschäft.«

»Taugt der Stoff was?«

Joe schob die Tüte über den Tisch. »Um *high* zu werden, brauchen Sie bloß dran zu riechen«, sagte er.

Keyho schnupperte vorsichtig, dann erhellte sich sein Gesicht. »Ist gekauft«, sagte er.

»Wann kann ich Ihren Neffen mal kennenlernen?« fragte Joe.

»Wie wäre es, wenn wir uns am Montag zum Lunch treffen? Ich bringe Gene mit in die Kantine. Der Junge wird Ihnen gefallen.«

»Wenn es mit Winchell nicht klappt«, sagte Joe, »brauchen Sie ihn auch nicht mitzubringen. Dann geben Sie mir einfach den Hunderter mehr, und wir vergessen die Sache.«
»Es klappt bestimmt«, sagte Keyho. »Seine Schwägerin ist Winchells Sekretärin.«

»A. J. möchte dich sprechen«, sagte Kathy. »Warte einen Moment, ich stelle dich durch.«
A. J. klang äußerst zufrieden. »Na, Joe? Wie kommen Sie mit der Arbeit voran? Wann kriege ich einen Entwurf?«
»Bald, Mr. Rosen, sehr bald«, sagte Joe. »Ich bin bei der Arbeit.«
»Ich weiß, ich weiß«, sagte A. J. »Deswegen rufe ich auch nicht an. Wir haben eine schöne Lieferung von Barney Greengrass in Manhattan gekriegt, lauter exquisite Delikatessen. Ich wollte Sie fragen, ob Sie nicht Lust haben, am Sonntag so gegen zwei zum Brunch in unser Strandhaus in Malibu zu kommen. Es werden ein paar gute Leute da sein.«
»Vielen Dank, Mr. Rosen«, sagte Joe. »Das ist wirklich sehr nett. Ich komme gern.«
»Kathy kann Ihnen die Adresse geben«, sagte A. J. »Bis Sonntag dann. Vielleicht haben wir auch Gelegenheit, ein bißchen über das Drehbuch zu reden. Ich habe noch ein paar neue Ideen.«
»Darüber würde ich mich noch mehr freuen als über die Delikatessen«, sagte Joe. »Bis Sonntag dann.«
Er legte auf und sah auf die Uhr. Halb eins. Niemand konnte etwas dagegen haben, wenn er jetzt essen ging.
Er war schon fast an der Tür, als das Telefon erneut klingelte. Er kehrte zurück, nahm den Hörer ab und meldete sich. »Joe Crown.«
»Was tun Sie denn an Ihrem Schreibtisch?« fragte Blanche Rosen.
»Ich arbeite«, sagte er. »Dafür werde ich bezahlt.«
»Und ich hoffte, Sie würden etwas Interessanteres tun«, sagte sie.
»In diesem Aquarium nicht«, sagte er. »Ich habe das Gefühl,

hier wird man dauernd beobachtet, und ich glaube, das Telefon wird auch abgehört.«
»Ach, Quatsch«, sagte sie. »Hat Sie A. J. eingeladen für Sonntag?«
»Ja.«
»Und was machen Sie heute? Sind Sie schon zum Essen verabredet?«
»Nein, ich wollte gerade runtergehen in die Kantine zum Essen.«
»Wie wäre es, wenn Sie ein bißchen bei mir runtergehen zum Essen?«
»Aber dann schaffe ich es bestimmt nicht ins Studio zurück.«
»Jetzt stellen Sie sich doch nicht so blöd an«, sagte sie. »Heute ist Freitag. Da geht kein Mensch nach dem Essen ins Studio zurück.«
Er spürte, wie ihm das Blut in den Kopf stieg. »In einer Stunde bin ich bei Ihnen«, sagte er.

25

Es war drei Uhr nachmittags, und A. J. war gerade dabei, seine zweite Flasche Whisky in Angriff zu nehmen. Wäre seine Stimme nicht etwas lauter gewesen als sonst und hätte er seine Sätze nicht gelegentlich wiederholt, wäre man gar nicht darauf gekommen, daß er so voll wie eine Strandhaubitze sein mußte. Er lag hingestreckt wie ein Walroß in seinem Klappsessel, stemmte die Füße gegen das Geländer und sah von der Veranda auf die Leute hinunter, die sich in Badeanzügen am Strand tummelten. Joe saß neben ihm auf dem Geländer. Direkt unterhalb der Veranda standen zahlreiche Sonnenschirme, reich gedeckte Tische und bequeme Regisseurstühle, in denen sich die Gäste räkelten, wenn sie nicht gerade zur Brandung hinausliefen, um sich dort zu erfrischen. Die Sonne hatte sich zwar schon ein wenig nach Westen gesenkt, aber es war immer noch mörderisch heiß.

»Schöne Party«, sagte A. J. und gestikulierte mit der Hand, die sein Glas hielt, zum Strand hin. »Schöne Party.«
»Eine sehr schöne Party«, bestätigte Joe.
»Nette Leute«, sagte A. J. »Nette Leute.«
Joe nickte. »Sehr nette Leute.« Er hatte mehrere leitende Angestellte der Triple-S-Studios, zwei Regisseure, einen Produzenten und auch ein paar Schauspieler und Schauspielerinnen entdeckt. Den von A. J. mit großem Stolz angekündigten Errol Flynn hatte er allerdings bisher nicht gesehen.
A. J. stemmte sich aus seinem Sessel hoch und stützte sich auf das Geländer. »Haben Sie Blanche gesehen?« fragte er. »Ich sehe Blanche nicht.«
Joe suchte mit seinen Augen den Strand ab. »Ich habe sie gerade noch bei den Sonnenschirmen da unten gesehen«, behauptete er. »Aber jetzt ist sie weg.«
A. J. nahm einen Schluck Whisky. »Diese Hure!« murmelte er. »Hure, verdammte.«
Joe schwieg.
A. J. starrte zur Brandung hinüber. »Im Wasser scheint sie auch nicht zu sein«, sagte er. »Sie ist wieder mal spurlos verschwunden. Das passiert jedesmal bei diesen Strandpartys. Plötzlich ist sie verschwunden. Jedesmal.«
Joe sagte nichts.
A. J. starrte ihn mit heruntergezogenen Mundwinkeln an. »Sie denkt wahrscheinlich, ich wüßte nicht, was sie treibt, diese Hure. Aber ich weiß es genau.« Er nahm erneut einen Schluck. »Sie hockt mit einem Kerl in der Ecke. Sie ist eine verdammte Nymphomanin.« Er sah Joe direkt ins Gesicht. »Wissen Sie, was das bedeutet? Sie ist eine Nymphomanin.«
Joe wußte nicht, was er sagen sollte. Er konnte seinem Chef ja schlecht zustimmen.
A. J. schüttelte trübsinnig den Kopf. »Sie können sich wahrscheinlich nicht vorstellen, wie das ist, wenn man genau weiß, daß die eigene Frau wahrscheinlich mit jedem Kerl, der einem auf so einer Party über den Weg läuft, im Bett gelegen hat. Und ich kann noch nicht mal was dagegen sagen.« Er warf Joe einen prüfenden Blick zu. »Sie haben Blanche noch nicht ge-

fickt, oder?« fragte er, beantwortete seine Frage aber gleich selbst. »Wahrscheinlich nicht. Sie sind ja noch nicht lange da. Aber Geduld! Sie kommt bestimmt bald zu Ihnen.«
Er ließ sich wieder auf seinen Sessel fallen, schenkte sein Glas wieder voll und trank mißmutig. »Das Problem besteht darin, daß ich sie nicht rauswerfen kann. Aus steuerlichen Gründen ist mein gesamtes Vermögen auf sie überschrieben, und wenn ich mich scheiden lasse, besitze ich buchstäblich nichts mehr. Keinen Pfennig.«
Joe hatte das Gefühl, er müßte etwas Tröstliches sagen. »So schlimm kann es doch gar nicht sein.«
»Sie sind ein netter Junge, Joe«, nuschelte der Studioboß. »Aber Sie haben echt keine Ahnung.«
Joe schwieg wieder.
»Das ganze Studio weiß Bescheid über Blanche«, sagte A. J. »Die ganze verfluchte Stadt weiß Bescheid! Aber es ist ihnen allen egal. Sie denken alle, ich hätte genug Weiber. Keine Ahnung haben die Leute. Ich...« Er nahm einen Schluck Whisky, dann kicherte er. »Ich krieg ihn nicht einmal hoch.«
Joe suchte verzweifelt nach einem Ausweg. Nein, er konnte jetzt nicht einfach weglaufen. »Das kann doch gar nicht sein«, sagte er. »Sie sind doch noch jung. Haben Sie mal mit Ihrem Arzt darüber geredet?«
»Ich habe mit Dutzenden von Ärzten darüber geredet«, sagte A. J. und schüttelte angewidert den Kopf. »Sie sagen alle dasselbe. Es sei die Folge einer Infektion. Vor sieben Jahren habe ich mir mal den Tripper geholt, wahrscheinlich bei einer reizenden jungen Blondine. Und das war das Ende.«
»Du meine Güte!« rief Joe. »Ist das wahr? Aber es gibt doch jetzt all diese neuen Medikamente, die sie während des Krieges entdeckt haben. Penicillin...«
»Das kommt für mich zu spät«, sagte A. J. »Aber mit Blanche hat das sowieso nichts zu tun. Sie war schon so, als ich noch gesund war. Unheimlich scharf. Solange ich damit fertig wurde, war es gar nicht so schlecht. Wir hatten irre Partys, zu dritt und zu viert. Aber jetzt krieg ich nur noch die Scheiße.«
Joe sah Blanche Rosen um die Hausecke kommen. Sie trug

jetzt einen Morgenrock statt ihres Badeanzugs. »Da kommt sie«, sagte er. »Ich glaube, sie hat sich bloß umgezogen. Wahrscheinlich war ihr kalt in den nassen Sachen.«
A. J. erhob sich mit erstaunlicher Behendigkeit und stellte sich neben Joe, um auf den Strand hinuntersehen zu können. »Der Badeanzug war nicht naß«, sagte er.
Joe schwieg und preßte die Lippen zusammen.
»Ich kenne doch Blanche«, sagte A. J. »Sie macht ein Gesicht wie die Katze, die gerade den Rahm von der Milch geleckt hat. So sieht sie immer aus, wenn sie geliebt worden ist.« Er ließ sich wieder auf seinen Stuhl fallen, schloß einen Moment lang die Augen und sah Joe dann mit einem müden Blick an. »Achten Sie nicht weiter auf mich, Joe. Ich bin ein bißchen betrunken.« – »Das passiert jedem einmal«, sagte Joe.
»Sie behalten das doch sicher für sich, was ich Ihnen da erzählt habe, nicht wahr?« sagte A. J. verlegen.
»Ich rede mit niemandem darüber«, sagte Joe. »Es geht mich ja auch gar nichts an.«
»Sie sind ein guter Junge«, sagte A. J. und fügte dann mit rauher Stimme hinzu: »Aber wenn Sie Blanche mal vögeln sollten, ich meine rein zufällig, dann nehmen Sie sich das Biest tüchtig vor. Das könnten Sie vielleicht für mich tun, ja?«
Joe gab keine Antwort.
A. J. stand mühsam auf. »Ich bin müde«, sagte er. »Ich glaube, ich gehe ins Haus und leg mich ein bißchen hin.«
»Ich glaube, ich gehe auch bald nach Hause«, sagte Joe.
»Haben Sie am Wochenende noch was an dem Treatment getan?« fragte A. J.
»Ja«, sagte Joe. »Ich habe ein bißchen gearbeitet.«
»Gut«, nickte A. J. und griff nach Joes Hand. »Wir sehen uns morgen im Studio.«

Als Joe zur Tür hereinkam, saß seine Tochter Caroline gerade beim Essen. »Daddy!« schrie sie und wedelte begeistert mit der Gabel. »Pasghetti!«
Joe lachte. Sie konnte das Wort einfach nicht richtig aussprechen. »Sind sie gut, deine Spaghetti?«

»Sehr gut«, sagte sie ernsthaft. »Aber Tootsie Rolls esse ich lieber.«
»Nach dem Essen«, sagte er. »Nach dem Essen kriegst du auch Tootsie Rolls.«
»Gut.« Caroline hob eine weitere Gabel mit Spaghetti zum Mund. »Wann kommt Mami nach Hause?« fragte sie.
»Morgen«, erwiderte er.
Caroline strahlte. »Mama bringt immer Geschenke mit, wenn sie verreist war.«
»Ja«, sagte er.
»Ich mag Mamis Geschenke.«
Da hat sie recht, dachte er. Warum nur kam er selbst nie auf die Idee, seiner Tochter ein Geschenk mitzubringen? Alles, was er für sie kaufte, waren Tootsie Rolls. Etwas anderes fiel ihm nie ein. Nachdenklich sah er zu, wie Caroline kaute. Es war schon merkwürdig. Er wußte natürlich, daß sie sein Kind war. Aber andere Männer redeten dauernd von ihren Kindern und trugen ihre Fotos in der Brieftasche mit sich herum. So etwas hatte er nie getan. Er betrachtete sie gar nicht als Kind, sondern mehr als Puppe oder ein Spielzeug. Vielleicht lag es daran, daß er das Gefühl hatte, er könne sich nicht richtig mit ihr unterhalten? Vielleicht würde er sie besser verstehen und mehr mit ihr anfangen können, wenn sie älter war und mehr sprechen konnte? Was er wußte, war, daß er sie liebte. Aber warum, das wußte er nicht. Vielleicht war das typisch für ihn: Daß er seine Gefühle für sie nicht verstand, daß er nur die Verantwortung spürte, die ihre Existenz ihm auferlegte.
»Ich war mit Rosa im Park«, sagte sie.
»War es schön?« fragte er.
»Wir haben Fische gesehen«, sagte sie. »Im Teich.«
»Das ist schön«, sagte er und warf Rosa, die am Spülbecken stand, einen Blick zu. »Hat es ihr gefallen?«
Rosa nickte. »*Mucho.*«
»*Mucho*« wiederholte Caroline. Sie zeigte auf ihren leeren Teller. »Alles aufgegessen«, sagte sie. »Krieg ich jetzt Tootsie Rolls?«
Joe nahm sie aus der Außentasche seiner Jacke, wo sie immer

griffbereit waren. Er legte drei davon auf den Tisch. »Heute kriegst du eins extra. Aber schön Zähneputzen, bevor du ins Bett gehst!«

»Gut«, sagte sie und wickelte schon das erste Schokoladenbonbon aus.

»So ist es brav, Schätzchen«, sagte er. Er gab ihr einen Kuß auf die Backe und sagte zu Rosa: »Ich würde gern um acht essen, wenn Caroline schläft.«

»*Sí Señor.*«

Er gab seiner Tochter noch einen Kuß auf die Backe und sagte: »Daddy legt sich ein bißchen hin, Liebling. Schlaf gut und träum schön!«

»Gute Nacht, Daddy!« sagte sie und steckte bereits das dritte Tootsie Roll in den Mund.

Joe ging nach oben in sein Arbeitszimmer und warf einen Blick auf den Schreibtisch. Dreißig Seiten des Treatments waren schon fertig. Nicht schlecht. Jetzt, wo er einmal angefangen hatte, ging es viel rascher voran. Vielleicht war er schon in zwei Wochen fertig. Er machte das Licht wieder aus und ging ins Schlafzimmer. Mit wenigen Handgriffen hatte er seine Sachen abgestreift und stellte sich unter die Dusche. Der lange Nachmittag am Strand in der Sonne hatte ihn müde gemacht. Das heiße Wasser auf seiner Haut tat ihm gut. Er trocknete sich mit einem großen, flauschigen Badetuch ab und streckte sich auf dem Bett aus. Es war immer noch sehr heiß in der Wohnung. Er warf das Handtuch zu Boden, rollte sich auf den Bauch und schlief ein.

Innerhalb weniger Minuten verfing er sich in einem eigenartigen Traum von Blanche.

Eine zarte Hand berührte seine Schulter, und er fuhr hoch. Rosas freundliche Augen sahen auf ihn herab. »Es ist schon neun Uhr, *Señor*«, sagte sie. »Möchten Sie jetzt Ihr Essen?«

Er schüttelte den Kopf, um die Spinnweben in seinem Hirn loszuwerden, und wollte sich gerade auf den Rücken drehen, als ihm bewußt wurde, daß er eine mächtige Erektion hatte.

»Gib mir erst mal das Handtuch«, bat er und zeigte auf den Fußboden.

Schweigend hob Rosa das Badetuch auf. Er schlang es sich um die Hüften, konnte seinen Zustand aber offenbar nicht ganz verbergen; denn Rosa sagte mit einem Lächeln: »*El señor tiene muchos sueños de amor.*«
Joe überhörte ihre Bemerkung. »Kannst du bitte das große Radio im Wohnzimmer anstellen?« fragte er. »Ich komme gleich runter zum Essen.«
»*Sí Señor*«, sagte sie und ging in die Küche.
Joe ging ins Bad und stellte sich noch einmal unter die Dusche. Diesmal nur kaltes, eiskaltes Wasser. Er trocknete sich ab, zog seinen Morgenrock über die prickelnde Haut und ging die Treppe hinunter.
Als er sich an den Tisch setzte, lief im Radio bereits die *Walter Winchell Show*. Stumm sah er zu, wie ihm Rosa die Salatschüssel hinstellte. »Wollen Sie Bier, *Señor*?« fragte sie.
»Ja, Bier«, sagte er geistesabwesend. Seine ganze Aufmerksamkeit galt dem Radio. Winchell redete wie ein Maschinengewehr. Alles, was der Mann sagte, schien ungeheuer wichtig zu sein. Eine Sache auf Leben und Tod sozusagen.
Aber erst ganz gegen Ende der Sendung kam das Stichwort, auf das Joe gewartet hatte.

Aus den Tripple-S-Studios, die sonst nur als Hersteller von B-Filmen und besonders billigen Streifen bekannt sind, kommt der heimliche Renner des Jahres, die Amazonenkönigin, *mit Steve Cochran, den man den »Clark Gable des armen Mannes« genannt hat, und Judi Antoine, die bisher überhaupt nur als Pin-up-Mädchen bekannt war. Die Amazonenkönigin hat Kasse gemacht, anderthalb Millionen Dollar in den ersten zwei Wochen, und jetzt erwarten die Tripple-S-Studios den besten Umsatz seit Jahren. Anderthalb Millionen sind ja auch ein ganz schöner Haufen Geld, meine lieben Hörerinnen und Hörer, nicht wahr? Der geniale Schöpfer dieses Kassenschlagers ist ein bisher nahezu unbekannter Schriftsteller namens Joe Crown . . . Crown, der unter anderem Verfasser zweier Kurzgeschichten ist, die in der Foley Collection, der Sammlung der besten amerikanischen Kurzgeschichten, veröffentlicht wurden, hat ein Drehbuch geschrieben, in dem sich Abenteuer und Mythos auf ähnlich fabelhafte Weise mi-*

schen wie in den Superhits King Kong, Tarzan *oder* Die verlorene Welt. *Die Profis sind begeistert, und das große Publikum ist gespannt . . . Natürlich haben die außerordentlich spärlich bekleideten Naturschönheiten einen üppigen Anteil am Erfolg dieses Films, aber Branchenkennern ist klar, daß der eigentliche Triumph dem Drehbuchautor gehört. Joe Crown, meine lieben Hörerinnen und Hörer, diesen Namen sollten Sie sich merken. Sie werden noch viel von ihm hören. In diesen Tagen ist jedes Studio in Hollywood hinter ihm her, und die Produzenten mit den Millionen-Dollar-Filmen im Kopf geben sich bei ihm die Klinke in die Hand . . .*

Kaum war die *Walter Winchell Show* zu Ende, da begann das Telefon zu läuten. A. J. war der erste. »Joe, wir haben einen Vertrag«, keuchte er. »Werden Sie bloß nicht größenwahnsinnig. Sie bleiben bei mir, ist das klar?«
»Natürlich, Mr. Rosen«, sagte Joe lächelnd. »Ich weiß doch, daß Sie ganz auf meiner Seite sind, Mr. Rosen. Ich verlasse mich ganz auf Sie.«
»Das ist auch gut so, mein Junge«, sagte A. J. »Kommen Sie gleich morgen früh zu mir ins Büro.«
»Natürlich, Mr. Rosen, gleich morgen früh«, sagte Joe.
Kaum hatte Joe aufgelegt, da klingelte das Telefon schon wieder. A. J. mußte sofort noch einmal gewählt haben. »Habe ich Ihnen heute nachmittag eigentlich gesagt, daß ich Ihr Garantiehonorar etwas aufstocken wollte? Nein? Es muß natürlich vierzigtausend Dollar heißen, nicht zwanzigtausend.«
»Vielen Dank, Mr. Rosen«, sagte Joe und legte den Hörer erneut auf. Keyho hatte recht. Hochstapler fielen wirklich auf jeden Betrug herein.
In den nächsten zwei Stunden klingelte das Telefon ununterbrochen. Praktisch jeder, den er in Hollywood kannte, und viele, die er nicht kannte, riefen an, um ihm zu gratulieren. Erst nach elf Uhr wurde es ruhiger, und von seinem Abendessen hatte Joe keinen Bissen gegessen. Schließlich legte er sich erschöpft auf die Couch.
»Sie haben ja gar nichts gegessen, *Señor*«, sagte Rosa vorwurfsvoll.

»Es war so hektisch«, sagte er. Er drehte sich zu ihr um und setzte sich auf. »Hey«, sagte er lächelnd. »Ich glaube, du magst deine Unterwäsche einfach nicht, Rosa. Du hast ja schon wieder nichts an unter dem Kleid.«
»Nein, *Señor*«, sagte sie mit einem versteckten Lächeln. »Ich wollte gerade ins Bett gehen.«
»Okay«, sagte er. »Dann bring mir noch eine Tasse Kaffee, und dann kannst du ins Bett gehen.«
»*Sí, Señor*«, sagte sie, wandte aber den Blick nicht von seinem Gesicht. »Ich habe *Cigarillos mexicanos, Señor*. Möchten Sie vielleicht eine rauchen? Das würde Sie bestimmt sehr beruhigen, und Sie würden gut danach schlafen.«
»Marihuana?« fragte er. Sie nickte.
Joe dachte einen Augenblick nach. »Warum nicht«, sagte er. »Gib nur her.« Vielleicht war es wirklich nicht schlecht. Er war einfach zu aufgeregt, um schlafen zu können.
Sie kehrte innerhalb weniger Minuten mit einer Tasse Kaffee und einer dünnen Zigarette zurück. »Danke«, sagte er, steckte sich den Joint an und sog den Rauch tief in die Lungen. Das war ein anderes Kraut als das scharfe Jamaica-Gras aus New York. Das mexikanische Marihuana war süß und weich und schmeckte ganz ausgezeichnet. Er stieß den Rauch wieder aus und nahm noch einen Zug. Er spürte geradezu, wie sich sein Körper entspannte.
»*Es bueno, Señor?*« fragte Rosa.
»Sehr gut«, seufzte er. »Du kannst jetzt ins Bett gehen.«
»Ich kann Sie noch ruhiger machen, *Señor*«, sagte sie.
»Danke, ich bin schon ganz ruhig«, sagte er lächelnd und kam sich ein bißchen dumm dabei vor.
Rosa lachte plötzlich laut auf. »*Mire, Señor*«, sagte sie und zeigte mit dem Finger auf seinen Bauch.
Joe sah an sich herunter und mußte ebenfalls lachen. Sein Glied hatte noch nie so unverschämt hochgestanden. Es war wirklich erstaunlich. »So etwas Albernes«, sagte er kichernd und versuchte die Erektion unter seinem Morgenrock zu verbergen, aber sein Glied ließ sich das nicht gefallen, sondern sprang sofort wieder vor, wobei es laut gegen Joes Bauch

klatschte. Joe lachte noch lauter. »Ich bin ja total high«, sagte er und sah Rosa fröhlich an.
»Sí Señor«, sagte sie lächelnd.
»Geh lieber ins Bett, Rosa«, sagte er und versuchte, wieder vernünftig zu werden. »Sonst vergesse ich mich noch.« Er lachte und lachte. Er konnte gar nicht mehr aufhören.
»Okay«, sagte sie. »Aber ich will als Jungfrau in die Ehe, okay?«
»Okay, okay«, lachte er. »Sehr vernünftig.«
Sie streifte sich das Kleid über den Kopf und näherte sich ihm.
»Sehr gut, sehr gut«, strahlte Joe und zog noch einmal an seinem Joint. »Wirklich sehr, sehr gut«, lachte er.
Behutsam nahm sie ihm die Zigarette aus der Hand, legte sie in den Aschenbecher und drängte sich an ihn heran. Erst im allerletzten Moment ergriff sie ihn. »Aauuh!« schrie sie laut, als sie sich auf seinem Schoß niederließ und er gänzlich in ihr versank.
»Fabelhaft«, keuchte er.
Langsam bewegte sie sich auf und ab. Erschrocken packte Joe ihre Hüften. »Beweg dich nicht!« schrie er.
Plötzlich hörte man, wie sich ein Schlüssel im Schloß drehte, und Rosa erstarrte. Im nächsten Augenblick war sie aufgesprungen und rannte die Treppen hinauf. Motty stand, den Koffer in der Hand, mit offenem Mund in der Tür.
Joe stand auf, raffte seinen Bademantel zusammen und versuchte, nüchtern zu werden. »Motty!« rief er. »Was machst du denn hier? Ich dachte, du kommst erst morgen zurück!«
Motty schlug wütend die Tür zu. »Das sehe ich«, sagte sie eisig.
Er streckte seinen Zeigefinger aus und sagte: »Soll ich dir etwas erzählen? Du wirst es nicht glauben . . .«
Motty blieb stumm an der Tür des Wohnzimmers stehen.
Joe sah an sich herunter und stellte fest, daß sich sein Bademantel schon wieder geöffnet hatte und sein Glied in genau die gleiche Richtung zeigte wie seine Hand. Das war zuviel. Das war einfach zu komisch. Er begann unkontrollierbar zu

kichern. Er fiel auf den Boden und lachte und lachte, bis seine Rippen ihm weh taten. Er versuchte, sich wenigstens hinzusetzen, aber es gelang ihm nicht. Er mußte immerzu lachen. Tränen liefen ihm aus den Augen, aber er lachte und lachte.
»Gott, ist das komisch«, keuchte er mühsam und lachte und lachte.
Und dann kam der Alptraum.

26

»Ist das mein neuer Daddy?« fragte Caroline. Sie schien weniger beunruhigt als neugierig.
Joe sah sie nachdenklich an. Kinder hielten sich mit Sentimentalitäten nicht auf, sondern kamen auf Anhieb zur Sache: Was haben sie zu erwarten? Wo ist ihr Platz? Das wollen sie wissen.
Joe warf einen Blick auf die andere Seite des Raumes, wo Motty, Mr. Marks und die beiden Rechtsanwälte am Tisch saßen und die Entwürfe für die schriftlichen Vereinbarungen austauschten, während die Möbelpacker bereits Carolines und Mottys Kisten und Koffer hinaustrugen. Joe wußte nicht, was er seiner Tochter sagen sollte. »Ich glaube, ja«, sagte er unsicher.
Caroline war verwirrt. »Willst du nicht mehr mein Daddy sein?« fragte sie.
»Doch«, sagte er. »Ich bin auch weiter dein Daddy. Aber Mami zieht aus, und kleine Mädchen wohnen immer bei ihren Müttern.«
Caroline schüttelte den Kopf. »Wo ist eigentlich Rosa?« fragte sie. »Mami weiß nicht mal, wie man *Huevos rancheros* macht.«
»Ich bin sicher, sie findet ein neues Hausmädchen, das dir *Huevos rancheros* macht«, sagte Joe.
»Hoffentlich«, sagte Caroline, »und hoffentlich findet sie auch jemanden, der mich mitnimmt in den Park.«
Joe nickte.

Aber Caroline hatte noch mehr Fragen. »Schläfst du eigentlich gern auf der Couch?« fragte sie.
Joe lachte. »Nein, eigentlich nicht.«
»Und warum schläfst du dann nicht bei Mami im Bett?«
Joe schüttelte den Kopf. Seit fünf Nächten schlief er jetzt auf der Couch. Am Sonntag hatte ihn Motty nicht mehr ins Schlafzimmer gelassen, und am Montag hatte sie ihm gesagt, sie werde die Scheidung einreichen. Der Rest der Woche war die Hölle gewesen.
»Das ist doch idiotisch«, hatte Joe immer wieder gesagt. »Ich war völlig bekifft. Ich hab sie überhaupt nicht richtig gevögelt. Ich hab mich ja nicht mal bewegt.«
Aber Motty war eisern geblieben. »Es geht nicht nur um Rosa. Es hat doch dauernd andere Frauen gegeben.«
»Die haben mir nie was bedeutet«, behauptete er. »Ich hab nur ganz kameradschaftlich mit ihnen geschlafen. Das mußt du doch verstehen, du kennst doch die Filmbranche.«
»Gar nichts verstehe ich«, sagte Motty. »Du warst schon immer so, so ... Aus irgendwelchen Gründen hab ich gedacht, das würde sich ändern, wenn wir verheiratet sind. Aber das war wohl ein Irrtum.«
»Ich hab es versucht«, sagte er.
»Aber nicht sehr«, sagte sie. »Du hast ständig herumgemacht, sogar als ich schwanger war. Es fing schon an, als wir in Hollywood ankamen.«
»Und wenn du es dir noch einmal überlegst?«
»Nein.«
»Du wirst einen Rechtsanwalt brauchen«, sagte er. »Es wird eine Weile dauern, bis alles geregelt ist.«
»Ich habe schon einen Rechtsanwalt«, sagte Motty. »Ich nehme den, der die Scheidung von Mr. Marks durchgezogen hat.«
»Was hat Mr. Marks denn damit zu tun?«
Motty schwieg.
Joe starrte sie ungläubig an. Allmählich dämmerte ihm, was hier eigentlich vorging. »Willst du Mr. Marks heiraten?«
Motty errötete bis unter die Haarwurzeln.

»Oh, verdammt«, sagte Joe. »Was war ich für ein Idiot! Du hast die ganze Zeit mit ihm gemeinsame Sache gemacht.«
Motty war ärgerlich. »So, wie du es sagst, klingt es so schmutzig.«
»Was du *gemacht* hast, ist schmutzig«, schnaubte Joe wütend. »Ich habe wenigstens nicht so getan, als wäre ich ein Engel.«
Motty hatte einfach das Thema gewechselt. »Gehst du ins Büro heute?«
»Ich muß«, sagte er. »Ich habe einen Termin bei A. J.«
»Ich bleibe zu Hause bei Caroline«, sagte sie. »Ich werde dem Rechtsanwalt sagen, er soll dich im Studio anrufen.«
»Hat das nicht Zeit?« fragte er. »Ich bin heute abend zu Hause. Da kann er doch herkommen.«
»Du kannst zwar nach Hause kommen«, sagte Motty. »Aber ins Schlafzimmer kommst du mir nicht mehr!«
»Ich kann ja auf der Couch im Wohnzimmer schlafen«, sagte Joe. »Aber ich werde nicht ausziehen. Ich will mich nicht scheiden lassen.«
»Ende der Woche werde ich mit Caroline ausziehen«, hatte Motty gesagt und war aus dem Zimmer gegangen.

A. J. warf ihm einen anerkennenden Blick zu. »Ich weiß zwar nicht, wie Sie das hingekriegt haben, aber die Erwähnung in der Winchell-Show bedeutet wahrscheinlich noch einmal eine halbe Million in der Kasse.«
»Ich habe Glück gehabt«, sagte Joe.
»Es muß schon etwas mehr gewesen sein«, sagte A. J. »Von unseren Presseleuten hat noch keiner eine Meldung bei Winchell untergebracht. Der Kerl ist grauenhaft arrogant.«
Joe hatte geschwiegen. Die Hochstimmung des vergangenen Abends war völlig verflogen. Die Nacht war eine einzige Katastrophe gewesen.
A. J. versuchte zu ergründen, was mit Joe los war. »Sie sehen eigentlich gar nicht so aus, als wären Sie glücklich«, sagte er. »Genaugenommen sehen Sie aus, als wären Sie ganz fürchterlich unter die Räder gekommen.«

»Ich habe Schwierigkeiten mit meiner Frau«, sagte Joe.
»Ernsthafter Art?« fragte A. J.
»Sie will sich scheiden lassen.«
»Haben Sie mit ihr geredet?«
»Bis ich blau im Gesicht war«, sagte Joe. »Aber sie meint es absolut ernst. Sie will ihren Chef heiraten.«
A. J. starrte ihn verblüfft an. »Gerald Marks? Diesen Kaufhausbesitzer?«
Joe nickte. »Sie kennen den Kerl?«
»Ja«, sagte A. J. »Ich habe gehört, er sei gerade geschieden worden.«
»Was ist denn das für ein Bursche?« fragte Joe.
»Ganz okay, glaube ich«, sagte A. J. »Anders als wir allerdings. Sehr brav und sehr ernsthaft. Außerdem hat er viel Geld. Er ist der einzige Erbe in der Familie. Eines schönen Tages wird ihm wahrscheinlich die ganze Kaufhauskette gehören. Ihre Frau ist nicht dumm.«
»Die beiden haben es unglaublich eilig«, sagte Joe bitter. »Einen Rechtsanwalt hat sie auch schon. Sie nimmt denselben, der die Scheidung von Marks gemacht hat.«
»Das tut weh«, sagte A. J. »Der nimmt Sie aus wie eine Weihnachtsgans, Joe.«
»Aber wozu denn?« fragte Joe. »Marks hat doch Geld, denke ich. Sie kriegt doch bei ihm, was sie will. Wozu braucht sie noch mein Geld?«
»Sie sind vielleicht naiv«, sagte A. J. »Darauf kommt es doch gar nicht an. Ihr Rechtsanwalt wird ihr einreden, sie müßte soviel aus Ihnen herausholen, wie es irgend geht. Das ist eine Frage des Prinzips – und des Streitwerts. Je mehr Sie zahlen müssen, um so höher sein Honorar. Sie werden einen guten Rechtsanwalt brauchen, wenn Sie nicht verhungern wollen, Joe, glauben Sie mir.«
»Was sollen sie mir denn schon abnehmen?« fragte Joe. »Die Möbel sind so gut wie nichts wert, und auf der Bank habe ich auch bloß sechs- oder siebenundzwanzigtausend.«
A. J. stand auf und sah zum Fenster hinaus. »Das werden sie Ihnen abnehmen«, sagte er. »Außerdem werden sie Unterhalt

für Ihre Tochter verlangen. Und warten Sie ab, was passiert, wenn sie von unserem neuen Vertrag hören. Dann wird Ihnen Hören und Sehen vergehen.«

Joe starrte ihn ungläubig an. »Und was soll ich jetzt machen?«

A. J. drehte sich zu ihm um. »Als erstes werden Sie einen Rechtsanwalt nehmen. Ich kenne einen guten Mann, der auch nicht teuer ist. Außerdem sollten wir die neuen Verträge erst mal auf Eis legen, bis die Scheidung ausgesprochen ist, sonst nehmen die Ihnen alles ab, was die neuen Verträge Ihnen an Honorar bringen.«

»Darauf wird sich Motty nie einlassen«, gab Joe zu bedenken.

»Wir brauchen ihr ja nichts davon zu erzählen«, sagte A. J. »Ich setze Sie auf ein Wochengehalt von fünfundsiebzig Dollar, ohne jede Vorauszahlung. Und wenn sie ganz bösartig werden, dann kündige ich Ihnen.« Joe schwieg.

»Den Vertrag machen wir dann, wenn alles vorbei ist«, sagte A. J. und warf Joe einen aufmunternden Blick zu. Joe rührte sich nicht. »Sie können mir ruhig vertrauen«, sagte A. J. »Ich bin auf Ihrer Seite. Ich mag es einfach nicht, wenn ein netter Junge wie Sie durch den Fleischwolf gedreht wird.«

»Glauben Sie wirklich, daß Motty so etwas tun könnte?« fragte Joe.

»Alle Frauen sind geldgierig«, erwiderte A. J. »Haben Sie ein gemeinsames Konto?«

Joe nickte.

»Dann holen Sie sich lieber das Geld, ehe Ihre Frau es sich schnappt.«

»So etwas würde Motty nie tun«, sagte Joe.

»Nein?« fragte A. J. »Warum rufen Sie nicht einfach zur Sicherheit bei der Bank an und sperren Ihr Konto? Sie können gern mein Telefon benutzen.«

Joe nahm das Telefon und wählte die Nummer der Bank. Eines der Mädchen aus der Kundenbetreuung meldete sich. Joe nannte seine Kontonummer und bat, das Konto zu sperren.

»Einen Moment«, sagte das Mädchen, »ich sehe mal nach.«

Nach drei Minuten kam sie zurück. »Tut mir leid, Mr. Crown«, sagte sie. »Ihre Frau war heute morgen hier, hat das gesamte Geld abgehoben und das Konto gesperrt. Ist irgendwas nicht in Ordnung?«
Joe legte den Hörer auf und preßte die Lippen aufeinander. »Sie hatten recht«, sagte er zu A. J. »Sie hat das ganze Geld abgehoben.«
A. J. schüttelte den Kopf. »Ich habe es Ihnen gesagt.«
»Aber daß sie gleich alles genommen hat!« wiederholte Joe tief schockiert.
»Es ist, wie ich gesagt habe«, nickte A. J. »Wenn es ums Geld geht, sind alle Weiber zum Kotzen.«
»Und was soll ich jetzt machen?« fragte Joe.
»Ich werde einen Termin bei meinem Rechtsanwalt für Sie ausmachen«, sagte A. J. »Es wird höchste Zeit, daß jemand Ihre Interessen vertritt.«

Joe zog zwei Tootsie Rolls aus der Tasche und drückte sie Caroline in die Hand, behielt aber die andere Seite des Raumes, wo Motty, Mr. Marks und die Anwälte saßen, ständig im Auge. Joes Anwalt war ein junger Mann namens Don Sawyer, A. J.s Neffe. Ob er ein guter Anwalt war, konnte Joe nicht beurteilen; denn die ganze Sache schien von Anfang an klar: Joe konnte gar nichts mehr machen. Motty hatte alle Trümpfe in der Hand – sie war gut vorbereitet.
Jetzt kam Don Sawyer zu Joe herüber und legte ihm einen Stapel Papiere zur Unterschrift hin. »Es ist alles ganz einfach«, sagte er. »Es geht um vier Vereinbarungen. Unterschreiben Sie, dann ist alles vorbei!«
Joe versuchte verzweifelt, sich auf die engbeschriebenen Blätter zu konzentrieren, aber die Buchstaben schienen vor seinen Augen zu tanzen. »Was steht da drin?« fragte er seinen Rechtsanwalt schließlich und kam sich sehr dumm dabei vor.
Don Sawyer holte sich einen Stuhl und setzte sich Joe gegenüber. »Das erste ist eine Erklärung, daß Sie eine mexikanische Scheidung nicht anfechten werden. Das zweite ist die Verein-

barung über das gemeinsame Vermögen. Das dritte ist Ihr Verzicht auf das Besuchsrecht bei Ihrer gemeinsamen Tochter; dafür werden Sie von jeder Unterhaltsverpflichtung befreit. Das vierte ist eine Empfangsbestätigung über zehntausend Dollar, die Ihre Frau von Ihrem gemeinsamen Konto abgehoben hat. Das Geld sowie Ihre Möbel werden Ihnen wieder übergeben, sobald die Ehe rechtmäßig geschieden ist. Das dürfte im Verlauf der nächsten Woche der Fall sein.«
»Und was passiert, wenn es nicht zur Scheidung kommt?« fragte Joe. »Was ist, wenn meine Frau ihren Antrag zurückzieht?«
»Sie wird ihn nicht zurückziehen«, sagte Don Sawyer. Er senkte die Stimme und flüsterte: »Die sind viel mehr an einer Scheidung interessiert als Sie, Mr. Crown.«
Joe starrte nachdenklich auf die Papiere. »Ich habe wohl gar keine andere Wahl, oder?«
»Wenn Sie keinen langen, teuren Prozeß wollen, müssen Sie wohl unterschreiben«, sagte Don Sawyer. »Und den Prozeß würden Sie obendrein noch verlieren. Die Gesetze und die Gerichte des Staates Kalifornien sind gegen Sie.«
Joes Blick suchte Motty. Aber Motty hatte sich abgewandt.
»Geben Sie mir etwas zu schreiben«, bat Joe und streckte die Hand aus. »Es hat ja doch keinen Zweck.«
Mit raschen Federzügen unterschrieb er die Dokumente, und Don Sawyer trug sie zurück durch den Raum, wo er sie Mottys Rechtsanwalt aushändigte. Motty hob den Kopf und fragte ihren Anwalt: »Kann ich jetzt gehen?«
Der Mann überprüfte die Dokumente. »Es ist alles unterschrieben. Sie können jederzeit gehen.«
Motty stand auf, nahm Caroline an der Hand und sagte: »Komm, wir gehen jetzt, Caroline.«
Das Kind sah Joe aufmerksam an. Ihr Gesicht war bereits völlig mit Schokolade verschmiert. »Tschüs, Daddy«, sagte sie friedlich.
Joe sprang von der Couch hoch. »Tschüs, Liebling«, sagte er mit heiserer Stimme. Dann wandte er sich an Motty: »Na, bist du jetzt glücklich?«

Sie gab keine Antwort. Heiße Röte überzog ihr Gesicht. Sie ging zur Tür und zog das Kind hinter sich her.
Joe starrte ihr nach. Irgend etwas an ihrem Gesicht, irgend etwas an ihrem Gang kam ihm merkwürdig vor. Es war nichts Neues. Er hatte es schon einmal gesehen. Dann fiel es ihm wieder ein. »Verdammt noch mal!« schrie er. »Du bist ja schwanger!« Motty rannte mit ihrer Tochter zur Tür hinaus und verschwand. Joe wandte sich zu Mr. Marks um, aber der war ebenfalls aufgesprungen und ging, ohne Joe anzusehen, zur Tür. »Arschloch!« schrie Joe ihm in ohnmächtiger Wut hinterher.
Joe wandte sich an seinen Rechtsanwalt. »Kein Wunder, daß sie solche Eile gehabt haben«, sagte er. »Wir haben uns hereinlegen lassen! Ich habe mich hereinlegen lassen! Ich hätte früher darauf kommen sollen.« Plötzlich war sein Ärger verflogen. Er lächelte müde. »Na schön«, sagte er, »ich bin ausgetrickst worden. Aber wahrscheinlich hab ich bei alledem noch Glück gehabt.«
Don Sawyer nickte. »Es hätte schlimmer sein können.«
»Ja«, sagte Joe. »Ich hätte wegen zwei Kindern einen Prozeß führen können, von denen eins noch nicht mal von mir gewesen wäre.«

27

Als der Rechtsanwalt endlich alle Papiere in seiner Aktentasche verstaut hatte, war es schon kurz nach sechs. »Ich muß mich beeilen«, lächelte er. »Meine Schwiegereltern kommen zum Essen.«
Joe nickte. »Wie nett.«
Don Sawyer warf ihm einen mitleidigen Blick zu. »Möchten Sie mitkommen?«
»Nein, vielen Dank«, sagte Joe. »Sehr freundlich von Ihnen.«
»Sie sollten aber unbedingt auswärts essen und vielleicht auch ins Kino gehen, Mr. Crown. Wenn Sie allein hier herumsit-

zen, werden Sie bloß depressiv. Die erste Nacht nach einer Trennung ist immer am schlimmsten.«
Joe sah ihn neugierig an. »Woher wissen Sie das?«
Sawyer verzog das Gesicht. »Ich hab das selbst schon mal durchgemacht. Ich bin zum zweitenmal verheiratet.«
Joe dachte einen Augenblick nach. »Wahrscheinlich denkt jeder, er wäre der einzige, dem das passiert.«
Sawyer lächelte. »Der einzige sind Sie bestimmt nicht. Eine oder zwei Scheidungen gehören hier draußen in Kalifornien ja fast schon zum Leben dazu.«
Joe nickte und schüttelte seinem Rechtsanwalt die Hand. »Jetzt geht's mir schon besser«, sagte er. »Vielen Dank.«
»Ich rufe Sie an, sobald mir die endgültigen Scheidungsunterlagen zugestellt worden sind«, sagte Sawyer.
Joe schloß die Tür hinter Sawyer und machte dann eine Flasche Scotch auf. Fast ohne abzusetzen, nahm er drei schnelle Schlucke. Der Whisky brannte ihm eine heiße Spur vom Mund bis zum Magen, und Joe mußte husten. »Scheiße!« sagte er herzhaft, drehte das Radio an und ließ sich auf die Couch sinken. Ein aufgeregter Wortschwall drang aus dem Lautsprecher. »Scheiße!« sagte Joe noch einmal und drehte so lange am Knopf, bis nur noch Musik kam. Er nahm noch einen Schluck aus der Flasche und lehnte den Kopf in die Kissen. Plötzlich war er schrecklich erschöpft. Heftig rieb er seine brennenden Augen. Nein, es waren keine Tränen. Joe weinte nie. Er schlief einfach ein.
Babygeschrei weckte ihn. Aber als er die Augen aufschlug, merkte er, daß es nur das Radio war, was da lärmte. Das Musikprogramm war zu Ende, es mußte tief in der Nacht sein. Er drehte das Radio ab. Im Schein der Stehlampe sah er die halbleere Whiskyflasche, die auf dem Tisch stand. Er massierte sein Genick, um den Kopf klar zu kriegen. Er hatte gar nicht gemerkt, daß er so viel getrunken hatte. Wie spät es wohl war? Er suchte nach seiner Uhr. Ein Uhr morgens. Oh, Gott! Der Raum sah gespenstisch und fremd aus. Hier sollte er seit vier Jahren gelebt haben? Nein, es war nur die Stille. Sonst war immer jemand in der Wohnung gewesen. Er steckte sich

eine Zigarette an, und das Geräusch, mit dem das Streichholz über die Reibfläche kratzte, hörte sich in der leeren Wohnung wie die Notbremsung eines Schwerlasters an. Er nahm einen langen Zug und stieß den Rauch durch die Nase aus. Seine Hände zitterten. Er nahm noch einen Zug. Es waren nicht nur die zitternden Hände. In seinem Hinterkopf hämmerte eine Dampframme.

Mühsam rappelte er sich auf und ging in die Küche. Er nahm eine Cola aus dem Kühlschrank und drei Aspirin aus der Hausapotheke, löste die Tabletten in der braunen Flüssigkeit auf und spülte das Gebräu energisch hinunter. Dann trank er den Rest der Limonade zum Trost hinterher. Jetzt fühlte er sich so weit gekräftigt, daß er die Treppe bewältigen konnte.

Er knipste das Licht an, brachte es aber nicht über sich, das verwüstete Schlafzimmer auch zu betreten. Mottys Schrank war aufgerissen, leere Drahtbügel lagen überall auf dem Fußboden, die Kommodenschubladen standen halb offen. Es sah wie nach einer Plünderung aus. Durch die Badezimmertür war das ebenfalls aufgerissene Toilettenschränkchen zu sehen, das allerdings nur noch seinen Rasierapparat und die Rasiercreme enthielt. Sogar seine Zahnbürste und die Zahnpasta waren verschwunden.

Joe drehte sich um und warf einen Blick in Carolines Zimmer. Ihr kleines Bettchen und die übrigen Möbel waren verschwunden. Nur Rosas schmale Liege und ein schäbiger Kleiderschrank waren übriggeblieben und ließen den Raum noch verlassener aussehen, als wenn er ganz leer gewesen wäre. Joe fragte sich, ob Rosa wohl in jener fatalen Nacht ihre Habseligkeiten zusammengerafft hatte, ehe sie aus dem Haus gerannt war. Er machte sich nicht die Mühe, im Schrank nachzusehen. Rosa war jedenfalls nicht mehr wiedergekommen.

Er schloß die Tür und ging in sein Arbeitszimmer. Hier wenigstens war alles beim alten geblieben. Sein Manuskript lag immer noch ordentlich auf dem Schreibtisch. Lediglich in seiner Schreibmaschine steckte ein Blatt, das er dort nicht eingespannt hatte. Es war ein hastig hingekritzelter Brief in Mottys übelster Handschrift:

Du kannst mir den Buckel runterrutschen, Du Arschloch! Du bist ein elender Hochstapler. Du kannst auch nicht schreiben. Du hast bisher nichts als Scheißdreck geschrieben. Du kannst nicht mal einen Comic strip schreiben. Du kannst weder schreiben noch lieben. Jetzt, wo ich einen richtigen Mann kenne, weiß ich endlich, was Liebe überhaupt ist! Du schaffst in hundert Jahren nicht, was er in drei Minuten hinkriegt. Und bilde Dir bloß nicht ein, Du wärst so toll gebaut. Der von meinem neuen Mann ist doppelt so groß, und ihm fallen Sachen ein, auf die Du niemals kommst. Du bist ein grüner Junge! Hol Dir einen runter und vergiß mich! *Alles Liebe, Motty*

Ärgerlich zerknüllte er das Papier und schleuderte es in die Ecke. »Miststück!« sagte er. Dann bückte er sich, hob den Papierball noch einmal auf und glättete ihn auf dem Schreibtisch. Plötzlich lächelte er. Motty war doch eine blöde Nuß, dachte er. Erst schreibt sie so einen Brief und dann: »Alles Liebe!« Er nahm das große, gerahmte Hochzeitsfoto vom Schreibtisch und betrachtete es nachdenklich. Mit einer raschen Handbewegung entfernte er das Glas aus dem Rahmen. Dann faltete er Mottys Brief so, daß man nur noch die Unterschrift lesen konnte, und deckte ihn über die untere Hälfte des Bildes, damit Mottys niedergeschlagene Augen madonnenhaft darauf herabblicken konnten. Dann legte er das Glas wieder ein und stellte das Bild zurück auf den Tisch. Wenn er jemals daran erinnert werden mußte, daß eine Frau ihn hereinlegen konnte, dann würde das wohl genügen.

Plötzlich merkte er, wie hungrig er war. Seit gestern mittag hatte er nichts gegessen. Er ging in die Küche, aber der Kühlschrank war leer. Eine halbe Flasche Milch, ein paar Flaschen Cola, zwei Flaschen Bier – das war alles. Morgen mußte er unbedingt einkaufen gehen.

Er verließ die Wohnung, setzte sich ins Auto und fuhr zu einem Drive-in-Schnellrestaurant am Sunset Boulevard, das Tag-und-Nacht-Service hatte. Es war kurz nach zwei mittlerweile und das Drive-in so gut wie leer. Er fuhr an die Rampe, stellte den Motor ab und drehte das Fenster herunter.

Kaum eine Minute später kam eine hübsche kleine Blondine,

die eine französische Matrosenmütze mit rotem Pompon, ein kurzärmeliges Baumwollkleid, das kaum ihre knappen Shorts bedeckte, und hochhackige rote Pumps trug und klemmte ihm das Tablett an die Tür. »Kaffee?« fragte sie. Den Pappbecher hielt sie bereits in der Hand.
»Ja, bitte.«
Sie stellte den Becher auf das Tablett und legte zwei Stücke Zucker und ein flaches Holzlöffelchen daneben. »Hot dogs mit Pommes und Chilisoße sind im Angebot heute.«
»Klingt gut«, sagte er. »Kann ich ein Bier dazu haben?«
»Es ist schon nach zwei«, sagte sie. »Polizeistunde. Nach zwei gibt es keinen Wein und kein Bier mehr. Das ist Vorschrift.«
»Kann ich wenigstens ein Wasser haben?« fragte Joe.
»Sicher. Und wir haben auch Cola und alle möglichen sonstigen Limonaden.«
»Ach, wissen Sie, ich hab einen Freund mitgebracht«, sagte er und hielt die Whiskyflasche hoch, die neben ihm lag. »Johnnie.«
Die junge Frau lachte. »Johnnie Walker ist jedermanns Freund. Ich mag ihn auch sehr.«
»Bringen Sie sich ein Glas mit! Ich mache Sie gern miteinander bekannt.«
»Nicht bei der Arbeit«, sagte sie. »Sonst werde ich fristlos entlassen.«
»Das kriegen wir schon hin«, sagte er. »Bringen Sie sich ruhig ein Glas mit.«
Er beobachtete, wie sie zur Theke zurückstöckelte, und drehte das Radio an. Der einzige Sender, den er fand, brachte mexikanische Musik. Das paßte zum Chili. Als die junge Frau zurückkehrte, trug sie zwei Wassergläser auf ihrem Tablett. Die Hot dogs lagen auf einem Pappteller, die Pommes frites hatten eine eigene Pappschachtel. Ein halbes Dutzend Plastiktütchen mit Ketchup und Senf ergänzten die Mahlzeit.
Joe goß sich den Whisky ins Glas und stellte es auf das Tablett. Dabei stieß er die Hälfte der Ketchup-Tüten hinunter.
»Ach, entschuldigen Sie«, sagte er und zeigte nach unten.
Sie grinste und ging in die Hocke, um die Tüten wieder aufzu-

heben. Gleichzeitig nahm sie das Glas vom Tablett und trank es in einem Zug aus. Dann erhob sie sich aus dem Schatten des Wagens, legte das Ketchup zurück und lächelte unschuldig. »Kein Problem, Sir«, sagte sie, während eine leichte Röte ihr Gesicht überzog. »Dazu sind wir ja da.«
»Wo ein Wille ist, ist auch ein Weg«, sagte Joe.
»Ich konnte das recht gut gebrauchen«, sagte sie.
»Wie lange dauert denn Ihre Schicht?«
»Sechs Stunden«, seufzte sie. »In einer Viertelstunde kann ich nach Hause.« – »Müssen Sie denn nach Hause?«
»Eigentlich schon«, sagte sie. »Mein Mann hat es nicht gern, wenn ich noch nicht da bin, wenn er von der Arbeit kommt. Er arbeitet in der Nachtschicht bei den Hughes-Flugzeugfabriken. Er kommt immer so gegen fünf.«
»Das sind ja noch zweieinhalb Stunden«, sagte Joe. »Mein Johnnie hat einen Zwillingsbruder bei mir in der Wohnung, der ist noch bis oben hin voll.«
»Ich weiß nicht recht«, sagte sie. »Ich wohne hier ganz in der Nähe. Wie soll ich dann wieder hierherkommen? Ich hab keinen Wagen.«
»Ich bring Sie schon pünktlich nach Hause«, sagte er. »Sie und ich und Johnnie, wir haben bestimmt viel Spaß miteinander.«
»Ich weiß ja nicht einmal, wie du heißt«, sagte sie.
»Wie du heißt, weiß ich ja auch nicht«, erwiderte er. »Gehört das denn zu den Vorschriften?«
»Du bist ein ganz übles Subjekt«, sagte sie lächelnd. Sie warf einen Blick zur Theke hinüber und drehte sich dann wieder um. »Hier ist die Rechnung, Sir«, sagte sie laut.
Joe legte einen Fünfdollarschein auf das Tablett und sagte: »Der Rest ist für Sie, Miß.«
Sie nahm das Geld und die Rechnung und sah ihn nachdenklich an. »Wo arbeitest du?« fragte sie leise.
»Ich schreibe Drehbücher.«
»Für ein Filmstudio?«
»Für Triple S.«
»Kannst du vielleicht ein gutes Wort für mich einlegen, daß ich mal vorsprechen darf?« fragte sie. »Ich war in der Laien-

spielgruppe an der High School und habe in vier Stücken mitgespielt. Einmal sogar eine Hauptrolle.«
»Vielleicht«, sagte er.
Immer noch zögerte sie. Dann faßte sie einen Entschluß. »Paß auf«, sagte sie. »Ich zieh mich jetzt um. Dein Tablett kann meine Nachfolgerin mitnehmen. Iß deine Hot dogs und hol mich an der nächsten Ecke ab, ja?«
Joe beobachtete, wie sie zur Theke ging, ihre Abrechnung machte und dann im Inneren des Gebäudes verschwand. Er kaute noch an seinem zweiten Hot dog, als er die junge Frau in einem normalen Sommerkleid aus der Seitentür kommen sah. Er hupte kurz, und sogleich kam ein neues Mädchen in der gleichen albernen Uniform aus dem Drive-in und nahm sein Tablett mit. Als sie die nächste Straßenecke erreicht hatte, hielt er neben ihr an und machte die Beifahrertür auf.
Sie stieg ein und setzte sich prompt auf die Whiskyflasche, die immer noch neben ihm auf dem Sitz lag. »Hey«, sagte sie und zog die Flasche unter ihrem Kleid vor, »wenn du genauso hart bist wie dein Freund Johnnie, dann wird das bestimmt eine bombige Party.«
Aus den Augenwinkeln sah er, daß sie die Flasche entkorkte und an den Mund setzte. »Guter Whisky«, sagte sie und bot ihm ebenfalls einen Schluck an. »Black Label, den mag ich am liebsten.«
Joe winkte die Flasche beiseite. »Solange ich am Steuer sitze, trinke ich nicht«, sagte er.
»Sehr vernünftig«, lobte sie und hob die Flasche erneut an die Lippen.
Als er seine Wohnung erreichte, hatte das Mädchen die Flasche vollkommen geleert. Er hielt ihr die Tür auf, aber als sie aussteigen wollte, gaben ihre Beine unter ihr nach, und sie sank auf den Rasen des Vorgartens.
Seufzend schob Joe sie zurück auf den Beifahrersitz. »Ich bringe dich wohl besser nach Hause«, sagte er.
»Laß nur«, widersprach sie. »Ich b-bin gleich wieder klar, ich b-brauch b-bloß was zu essen. Ich esse nämlich nie bei der Arbeit. Ich finde den Fraß da zum Kotzen.«

»Aber ich hab nichts zu essen im Haus«, sagte er. »Deshalb bin ich ja ins Drive-in gekommen.«
»Schade«, sagte sie. »Das ist wirklich sehr schade.«
»Wo wohnst du denn?« fragte er.
»Zwei Straßen hinter dem Drive-in«, sagte sie.
Joe stieg wieder ein und ließ den Motor an. Er brauchte nicht lange, um die Straße zu finden, aber er brauchte zehn Minuten, bis er sie glücklich über die Schwelle ihrer Wohnung geschleift hatte.
Sie setzte sich leicht schwankend auf einen Stuhl und sagte höflich: »Vielen Dank für den reizenden Abend.«
»Ganz meinerseits«, sagte Joe. Dann fuhr er nach Hause.
Die Wohnung war immer noch genauso still wie zuvor. Scheußlich. Er hätte nie gedacht, daß er sich jemals so allein fühlen könnte. Er nahm noch einmal drei Aspirin, trank noch zwei Gläser Whisky und ging nach oben ins Schlafzimmer. Er warf einen Blick in sein Arbeitszimmer, und als er Mottys Foto auf dem Schreibtisch sah, nahm er es mit ins Schlafzimmer, wo er es direkt neben das Bett stellte.
Während er sich auszog und seine Sachen gewohnheitsmäßig ordentlich weghängte, ließ er keinen Blick von dem Foto. Dann legte er sich ins Bett und löschte das Licht. Aber er fand keinen Schlaf. Die ungewohnte Stille peinigte ihn.
Er stellte das Radio an, aber jetzt ging ihm die mexikanische Musik auf die Nerven. Er setzte sich auf, rauchte eine Zigarette und starrte das Bild an. Als er die Zigarette ausdrückte, starrte ihn das Bild immer noch an. Er wollte das Licht löschen, wurde aber von plötzlicher Wut übermannt. »Du verdammte Hure!« schrie er, packte das Foto und schleuderte es an die gegenüberliegende Wand. Klirrend fielen die Scherben zu Boden, und das beruhigte ihn merkwürdigerweise. Das Klirren von Scherben hatte schließlich auch seine Hochzeit begleitet, da war es nur recht und billig, daß auch die Scheidung ein entsprechendes Zeremoniell kriegte. Er knipste zufrieden das Licht aus und schlief sofort ein.

Von sehr weit her drang das Klingeln eines Telefons an sein Ohr. Er drehte sich auf die andere Seite und versuchte, einfach weiterzuschlafen. Das Telefon klingelte weiter. Mit einem Fluch fuhr er hoch und warf einen Blick auf die Uhr. Was? Schon nach neun? Er griff nach dem Hörer.
»Ja?« brummte er.
»Joe. Hier spricht Laura Shelton aus New York.«
»Guten Morgen«, sagte er.
»Habe ich Sie geweckt?« fragte sie. »Tut mir leid wegen Ihrer Scheidung«, fuhr sie fort. »Aber vielleicht kann ich Sie aufmuntern.«
»Ein paar gute Nachrichten können sicher nichts schaden«, sagte Joe und suchte nach einer Zigarette. Er glaubte, aus der Küche frischen Kaffeeduft wahrzunehmen, aber das mußte wohl schieres Wunschdenken sein.
»Santini, der italienische Produzent, möchte in Europa zwei Filme mit Ihnen machen. Er garantiert fünfunddreißigtausend Dollar für jeden und fünf Prozent vom Nettogewinn. Ich habe die Verträge schon hier, und einen Scheck über zehntausend Dollar hat er auch mitgeschickt. Wenn Sie unterschreiben, kann ich ihn einreichen.«
»Ich habe gedacht, er macht nur Konversation«, sagte Joe. »Ich habe ihn auf einer Party bei A. J. kennengelernt.«
»Er hat es offenbar ernst gemeint«, sagte Laura. »Er hat extra aus Rom angerufen, um mir zu sagen, daß er sofort anfangen möchte.«
Der Kaffeeduft war doch keine Halluzination. Plötzlich stand Rosa im Zimmer. Sie hielt ein Tablett mit einer Kanne Kaffee und süßen Brötchen in den Händen. Verblüfft beobachtete Joe, wie sie das Frühstück neben das Bett stellte und lautlos wieder verschwand. Immer noch nicht ganz sicher, ob er nicht einen Geist gesehen hatte, griff Joe nach dem Kaffee und nahm einen Schluck. Nein, verdammt, der war echt. Zufrieden ließ er sich von der heißen Flüssigkeit wärmen.
»Sofort anfangen?« fragte er. »Wie soll ich das machen. A. J. will die Fortsetzung der ›Amazonenkönigin‹ von mir machen. Ich habe schon zugesagt.«

»Ich habe das Gefühl, daß sich A. J. aus der Sache zurückziehen will«, sagte Laura. »Ich habe von Kathy gehört, daß Steve Cochran nicht mehr mitspielen will und daß Judi viel mehr Geld verlangt als beim ersten Film. A. J. hat sie bereits suspendiert.«
»Und wo bleibe ich?« fragte Joe. »Ich habe das Treatment fast fertig.«
»Wie lange würden Sie noch dafür brauchen?« fragte sie.
»Ungefähr eine Woche.«
»Der Vertrag ist noch nicht unterschrieben«, sagte sie. »Sie können einfach das Treatment einreichen, und dann gehen Sie Ihrer Wege. Ich glaube, A. J. wäre sogar ganz erleichtert.«
Joe trank noch einen Schluck Kaffee. Wenn er keinen Vertrag mit A. J. hätte, gäbe es nichts mehr, was ihn hier hielte. Sein ganzes Leben hier beruhte nur auf der Arbeit im Studio. Wirkliche Freunde hatte er in Hollywood keine.
»Haben Sie mit A. J. vielleicht schon gesprochen?« fragte er mißtrauisch.
Laura zögerte einen Moment. »Ich habe es für meine Pflicht als Ihre Agentin gehalten, A. J. auf den Zahn zu fühlen, als die Verträge über die Fortsetzung der ›Amazonenkönigin‹ nicht bei uns eintrafen. Er hat gesagt, er würde Ihnen nicht im Weg stehen, wenn Sie nach Rom wollten.« Joe schwieg.
»Noch etwas«, fügte Laura hinzu. »Ich habe mit dem Lektorat bei Rinehart gesprochen. Die interessieren sich sehr für Ihren Roman.«
»Da haben Sie ja eine Menge zu tun gehabt in letzter Zeit.«
»Ich bin Ihre Agentin«, sagte sie. »Bei Rinehart habe ich nur mal vorgefühlt. Das Manuskript selbst liegt im Augenblick noch bei Doubleday. Die können ganz andere Vorschüsse zahlen mit ihren Buchklubs.«
»Ach, es geht mir schon wieder viel besser, Laura. Ich finde, Sie tun weit mehr für mich, als Ihre Pflicht wäre.«
»Es ist nicht nur eine Pflicht, Joe.« Es entstand eine Pause. »Jedenfalls eröffnen sich jetzt zwei sehr schöne Möglichkeiten vor Ihnen. Was sagen Sie?«
Joe holte tief Luft. »Ich bin dabei«, sagte er.

»Gut. Ich werde die Verträge und die Tickets vorbereiten für Sie. Sie können alles gleich mitnehmen, wenn Sie nach New York kommen.«
»Wir sehen uns dann in einer Woche, okay?«
Wieder entstand eine Pause. »Es wird alles für Sie bereitliegen, Joe. Hier im Büro. Sie brauchen nur noch zu unterschreiben.«
»Sie wollen wohl nicht da sein, was?«
»Es geht nicht darum, was ich will oder nicht will, Joe. Meine Gefühle Ihnen gegenüber sind sehr verwirrend für mich. Ich arbeite gern für Sie, aber ich halte es für besser, wenn wir uns jetzt nicht persönlich begegnen.«
Nachdenklich starrte Joe die Wählscheibe seines Telefons an. »Sie machen mir Angst, Laura.«
»Ach, Joe«, sagte sie. »Es hat doch keinen Zweck. Sie haben einen neuen Regisseur als Gesprächspartner, Sie sind auf dem Weg nach Europa, Sie haben zwei Verlage, die sich für Ihren Roman interessieren – wozu brauchen Sie noch eine Lady, die mit ihren Gefühlen nicht klarkommt? Von der Sorte kennen Sie doch viel zu viele, nicht wahr? Was Sie brauchen, ist Arbeit, keine unausgegorene Romanze, okay?«
»Jetzt klingen Sie aber wirklich wie eine knochenharte Agentin.«
»Nein, Joe, nicht wie eine Agentin. Ich mag Sie, Joe. Es geht mir wirklich nicht bloß um Ihre Fähigkeiten als Autor und um das Geld, was Sie damit verdienen, sondern um Sie. Ach, was soll's – tschüs, Joe.« Hastig hängte sie ein.
Nachdenklich legte Joe den Hörer zurück auf die Gabel. »Rosa!« brüllte er.
Schritte kamen die Treppe herauf, dann erschien das Mädchen in der Tür. »Was machst du denn hier?« fragte er.
»Ich wollte meine Kleider abholen, *Señor*«, sagte sie. »Und als ich gesehen habe, daß nichts zu essen da war, bin ich rasch einkaufen gegangen.«
»Vielen Dank«, sagte er. Als er sie genauer ansah, entdeckte er, daß sie mehrere Blutergüsse im Gesicht hatte. »Hast du einen Unfall gehabt?« fragte er.

»Mein Vater hat mich verprügelt, weil ich meine Arbeit verloren habe«, sagte sie. »Ich muß sobald wie möglich eine neue Stelle finden, sonst schickt er mich nach Mexiko zurück zu meiner Mutter.«
»Das tut mir leid«, sagte er.
»Es ist doch nicht Ihre Schuld, *Señor*«, sagte sie und warf ihm einen hoffnungsvollen Blick zu. »Könnte ich nicht Ihre Haushälterin sein? Für zwanzig Dollar im Monat könnte ich für Sie kochen und putzen und das Haus in Ordnung halten, wenn Sie wollen.«
Er sah sie nachdenklich an. Bisher hatte sie dreißig Dollar im Monat gekriegt. Da hatte sie allerdings auch noch für das Kind sorgen müssen. »Du kriegst genauso viel wie bisher«, sagte er. »Aber ich bin nicht mehr lange hier. Ich gehe bald nach Europa.«
»Selbst wenn ich nur eine Woche bleiben könnte, würde mir das schon helfen, *Señor*«, sagte sie. »Und vielleicht finde ich ja bald eine andere Stelle.«
Joe dachte einen Augenblick nach. Rosa wäre ihm eine große Hilfe. Allein würde er nie mit der Wohnung zurechtkommen. »Okay«, sagte er.
Zu seinem Entsetzen trat sie einen Schritt vor, ergriff seine Hand und küßte ihn auf die Finger. »Vielen Dank, *Señor*«, sagte sie. »*Mil gracias.*«
»Schon gut«, sagte er.
»Es tut mir leid, was passiert ist, *Señor*.«
»Das ist vorbei«, sagte Joe. »Reden wir nicht mehr darüber. Jetzt geht es um morgen.«

Teil 3
1949

28

»»Belle Starr und Annie Oakley«», sagte Santini. »Allein schon der Titel ist eine Million wert.«
»Unglaublich«, sagte Joe, während die Türen des Vorführraums hinter ihm zuschlugen. »Ich kann noch gar nicht glauben, daß der Film wirklich fertig ist. Aber vielleicht ist er gar nicht so übel.«
»Der Film ist genial«, sagte Santini. »Und es war alles Ihre Idee! Wenn Sie nicht Judi Antoine überredet hätten, nach Europa zu kommen... Ein Western mit zwei Frauen in den Hauptrollen! Eine fabelhafte Idee! Wie sind Sie bloß darauf gekommen, Joe?«
»Judi und Mara Benetti sehen aus wie John Wayne und Gary Cooper im Fummel«, lachte Joe. »Aber es wirkt außerordentlich, nicht? Das Genie sind Sie, Mr. Santini. Ich hätte nie geglaubt, daß zwei solche Tittenpaare auf dieselbe Leinwand passen, und schon gar nicht in Cinemascope.«
»Wir Italiener sind eben an dicke Busen gewöhnt«, sagte Santini. Er wandte sich zu dem kleinen Mann um, der immer hinter ihm herlief, und schnippte mit den Fingern. »Giuseppe, den Wagen.« – »*Sì, Maestro,* sofort.« Giuseppe verbeugte sich und rannte hinaus.
Santini wandte sich wieder seinem Gesprächspartner zu. »Nun, mein Freund, was wird Ihr Genie mir als nächstes vorschlagen?«
»Ich dachte, ich mache jetzt mal eine Pause«, sagte Joe, »und arbeite an meinem zweiten Roman. Ich hoffe, Sie zahlen mir demnächst das vereinbarte Honorar aus. Damit komme ich dann ein paar Monate über die Runden.«

Santini lächelte. »Natürlich«, sagte er. »Das ist gar kein Problem. Nächste Woche mache ich den Vertrag mit der amerikanischen Verleihfirma, dann schicke ich Ihnen das Geld.«
Joe warf ihm einen wütenden Blick zu. Dasselbe hatte Santini gesagt, als sie den ersten Film, *Shercules,* fertig hatten. *Shercules* war ein Abklatsch der *Amazonenkönigin* gewesen, und die italienische Hauptdarstellerin war noch erotischer als Judi gewesen. Besonders in den Autokinos in Amerika war der Film ein absoluter Kassenschlager gewesen, und doch hatte Joe sein restliches Honorar erst gekriegt, als er schon dabei war, das Drehbuch für *Belle Starr und Annie Oakley* zu schreiben. Und von der versprochenen Gewinnbeteiligung hatte er nie einen Pfennig gesehen. Die italienische Buchführung war noch krimineller als die amerikanische. »Ich wäre ganz froh«, sagte Joe diplomatisch, »wenn ich jetzt gleich fünftausend Dollar kriegen könnte. Ich muß ein paar Rechnungen bezahlen.«
Mit großartiger Geste zog Santini sein Scheckbuch und seinen Füllfederhalter heraus. »Ja, natürlich. Sofort, Joe.« Er schrieb einen Scheck aus und überreichte ihn mit einem strahlenden Lächeln.
Joe warf einen Blick auf den Scheck. Fünftausend Dollar. Joe verzog keine Miene. Er wußte genausogut wie Santini, daß der Scheck ungedeckt war. Vielen Dank, *Maestro«,* sagte er höflich.
»Was werden Sie im August machen?« fragte Santini ebenso höflich. »Machen Sie wieder Ferien am Lido in Venedig wie letztes Jahr?«
»Ich weiß es noch nicht«, sagte Joe. »Das ist mir ein bißchen zu teuer. Außerdem habe ich keine allzu angenehmen Erinnerungen an Venedig. Letztes Jahr hatte ich da ein wunderschönes Mädchen, das drei Wochen lang bei mir gewohnt hat, und als ich abreisen wollte, tauchte plötzlich ihr Vater auf und verlangte eine Entschädigung. Ich hätte geschworen, die Kleine sei mindestens zwanzig, aber er sagte, sie wäre erst siebzehn. Und zu allem Überfluß vermachte sie mir auch noch einen Tripper.«
Santini lachte. »Es geht doch nichts über eine richtige Som-

merromanze. Auf die Liebe folgt die Enttäuschung. So ist es wohl immer.« Er warf Joe einen spöttischen Blick zu. »War sie wenigstens im Bett gut?«
Joe lachte. »Im Bett war sie super.«
»Dann war's also doch nicht so schlimm«, sagte Santini. Durch die Glastüren des Kinos sah er seinen Wagen vorfahren. »Ich muß in die Stadt«, sagte er. »Ich rufe Sie Anfang der Woche an. *Ciao.*« Mit einem Winken verschwand er.
»*Ciao*«, sagte Joe resigniert. Er sah zu, wie Santini davonfuhr, und warf einen weiteren Blick auf den Scheck. Dann faltete er das Papier und verstaute es sorgfältig in seiner Brieftasche. Was jetzt geschehen würde, wußte er schon. Er würde den Scheck bei seiner Bank einreichen, und der Scheck würde platzen. Dann würde er Metaxa einschalten, und der würde das Geld für ihn eintreiben. Wenn er Glück hatte, konnte er in drei oder vier Monaten tatsächlich über die fünftausend verfügen. Seufzend verließ er das Kino und ging eine Seitenstraße zur Via Veneto hinauf.
Es war kurz vor sechs, und die schwüle römische Hitze drückte schwer auf das Pflaster. Scharen von müden Touristen, die irgendeins der vielen Museen oder eine andere Sehenswürdigkeit absolviert hatten, hielten nach einem Platz in den Straßencafés Ausschau, um sich bei einem Eis oder einem Kaffee zu erholen. Joe steuerte automatisch seinen gewohnten Tisch auf dem Bürgersteig vor dem Café Doney an. Dieser Tisch stand genau gegenüber dem Hotel Excelsior und bot eine gute Aussicht auf den Zeitungsstand, wo die internationale Presse verkauft wurde. Es hieß, wenn man hier lange genug saß, konnte man jeden vorbeikommen sehen, den man auf der Welt kannte. Oder jedenfalls jeden, den man in Rom kannte.
Den Kellner kannte Joe schon seit langem. Ein würdiger Herr mit dünnen Haaren und einer altmodischen Brille mit Goldrand. Er stellte Joe ungefragt den Espresso hin, den Joe immer trank, nahm das Schild mit der Aufschrift *Reserviert* weg und sagte: »*Buon giorno, Signor Crown.*« Dazu lächelte er mit schiefen, nikotingelben Zähnen.

»*Buon giorno, Tito*«, erwiderte Joe.
»Ich habe gehört, Sie hätten sich den neuen Film angesehen?« fragte der Kellner. »Ist er gut?«
Joe sah den Mann verblüfft an. Es gab keine Geheimnisse in dieser Stadt. Jedenfalls nicht für die Kellner. Er zuckte die Achseln. »*Così, cosà.*«
Tito nickte. »Ich habe einen Freund, der im Studio arbeitet. Er hat gesagt, es gäbe da eine Szene, wo sich die beiden Mädchen im Schlamm prügeln. Es sähe aus, als wären sie nackt.«
»Das stimmt«, sagte Joe und steckte sich eine Zigarette in den Mund. Sofort gab der Kellner ihm Feuer. »Es sind schöne Körper.«
Tito schnalzte mit der Zunge. »Das möchte ich auch gern mal sehen.«
»Sobald es genügend Kopien gibt, werde ich Sie zu einer Privatvorführung einladen«, sagte Joe. »Aber das ist wahrscheinlich nicht vor September. Den August über haben alle Kopierwerke geschlossen.«
»Ach ja, Italien«, seufzte der Kellner. »Kein Mensch will arbeiten. Aber wir sind ja geduldig. Vielen Dank jedenfalls für die Einladung, *Signor Crown.*«
Joe drückte dem Mann einen Tausendlireschein in die Hand. »Vielen Dank, Tito.«
Eine Gruppe holländischer Touristen wollte sich an den nächsten Tisch setzen, aber der Kellner scheuchte sie weg. »*Scusi, reservato, reservato*«, sagte er und ließ sie erst am übernächsten Tisch Platz nehmen.
Joe warf einen Blick zum Excelsior hinüber. Vor dem Eingang waren die üblichen Straßenhändler und Fremdenführer versammelt, aber auch eine Gruppe von Paparazzi mit Blitzlicht und Kamera über der Schulter. Einer von ihnen sah gerade zu Joe herüber. Joe winkte ihm mit der Hand. Müde kam der junge Mann zu ihm an den Tisch. »*Ciao*, Joe«, sagte er.
»*Ciao*, Vieri«, erwiderte Joe. »Darf ich dich zu einem Drink einladen?«
Der Reporter warf einen Blick zurück auf den Hoteleingang, aber es sah nicht so aus, als versäumte er dort viel. Er ließ sich

auf einen Stuhl sinken und stellte die schwere Kamera neben sich ab. »Einen französischen Cognac hätte ich gern.«
Joe nickte. Es war nicht weiter erstaunlich, daß der Mann einen der teuren importierten Schnäpse verlangte. Er hob den Arm, aber Tito hatte schon gehört, was der junge Mann wollte.
»Auf wen wartet ihr eigentlich?« fragte Joe den Reporter.
»Ja, weißt du das nicht?« fragte Vieri. »Ingrid Bergman und Rossellini sind gerade von Stromboli zurückgekommen, wo sie ihren letzten Film abgedreht haben. Sie wohnen da im Hotel.«
»Hast du sie gesehen?«
»Noch nicht«, sagte Vieri. Der Kellner kam und brachte den Cognac. Selbstverständlich stellte er seinem Gast auch ein Glas frisches Wasser dazu. Vieri ließ den Cognac im Glas kreisen und sog den Duft des Getränks ein. »Das Parfum der Götter«, sagte er.
»*Salute*« sagte Joe.
»*Salute*«, erwiderte Vieri und nippte an seinem Glas. »Ein Freund von mir hat sie am Flughafen gesehen. Er hat gesagt, sie wäre schwanger wie ein Haus.«
Joe verstand nicht recht, was diese Metapher bedeuten sollte.
»Ich dachte, Rossellini hätte eine Villa in Rom«, sagte er.
»Hat er auch«, sagte Vieri, »aber da wohnt seine Frau.«
»Oh«, sagte Joe.
»Ich habe deinen neuen Film gesehen«, sagte Vieri. »Hat dir Santini dein Geld gegeben?«
Joe lachte. »Natürlich nicht.«
»Dieses Arschloch«, sagte Vieri. »Er schuldet mir heute noch das Geld für die Fotos, die ich vor fünf Monaten für ihn gemacht habe.« – »Das ist eben sein Stil«, sagte Joe.
»Das ist bei den anderen italienischen Produzenten genauso«, sagte Vieri. »Sie bilden sich ein, es wäre unter ihrer Würde, ihre Schulden zu bezahlen. Ihr eigenes Geld schaffen sie allerdings gleich als erstes beiseite.«
Joe zuckte die Achseln und trank seinen Kaffee.
»Was machst du im Sommer?« fragte Vieri.

»Ich weiß noch nicht«, sagte Joe. »Ich glaube, ich fliege zurück in die Staaten und arbeite an meinem Roman. In Rom gibt es für mich nichts zu tun. Keine Aufträge.«

»Und was ist mit den amerikanischen Filmgesellschaften?« fragte Vieri. »Ich habe gehört, sie wollten die ganze Produktion nach Italien verlagern. In Cinecittà wird gebaut wie wahnsinnig. Alles mit amerikanischem Geld. Und die amerikanischen Stars kommen auch. Audrey Hepburn, Gregory Peck, Elizabeth Taylor, Robert Taylor und so weiter. Hier ist einfach alles billiger als in den Staaten.«

»Mir bringt das gar nichts«, sagte Joe. »Mich hat kein Mensch um ein Drehbuch gebeten.«

»Das kommt vielleicht noch«, sagte Vieri. »Schließlich bist du schon zwei Jahre hier. Du kennst dich aus. Das macht sich bestimmt irgend jemand zunutze.«

»Ohne Geld kann ich aber nicht ewig hierbleiben«, erwiderte Joe. »Ich muß arbeiten und etwas verdienen.«

»Gehst du heute abend zu der Party von Contessa Baroni?« fragte Vieri.

»Ich habe mich noch nicht entschieden«, erwiderte Joe. »Ich habe keine Lust, mich bei dieser Hitze in meinen Smoking zu zwängen.«

»Das solltest du aber«, sagte Vieri. »Es ist der Höhepunkt der Saison. Immer am letzten Freitag im Juli. Es sind garantiert alle da. Anschließend fährt sie nach Antibes und verbringt den August in ihrer Villa am Meer. Meistens lädt sie dazu ein paar Leute ein.«

»Mich hat sie bisher nicht eingeladen«, spottete Joe.

»Das tut sie auch nie vor der Party«, sagte Vieri. »Aber es lohnt sich. Die haben viel Spaß an der Côte. Die Contessa hat eine Jacht, und jeden Abend gibt es ein Fest. Monte Carlo, Nizza, Cannes, Saint-Tropez, die Truppe ist die ganze Zeit unterwegs. Die schönsten Mädchen aus ganz Europa treffen sich an der Côte. Und sie wollen alle nur Spaß und ein Bett für die Nacht.«

»Damit wäre ich schon mal aus dem Rennen«, sagte Joe. »Die Contessa ist sehr eifersüchtig.«

»Ich habe gehört, sie ist *bi*«, sagte Vieri.
»Ja?« sagte Joe. »Dann schnappt sie sich die Mädchen, und ich kriege auch nichts.«
»Du kriegst die zweite Wahl. Da bist du immer noch gut bedient.«
Joe lachte. »Sie wird mich sowieso nicht einladen. Ich bin einfach nicht wichtig genug.«
»Du warst doch ein paarmal mit ihr aus, oder nicht? Und du hast auch mit ihr geschlafen, nicht wahr?«
»Sie hat mit so gut wie jedem geschlafen«, sagte Joe ausweichend. »Das hat nichts zu bedeuten.«
»Diese Frau hat wirklich alles«, sagte Vieri. »Geld, Rauschgift, Champagner, Partys und Mädchen. Du solltest unbedingt hingehen. Vielleicht hast du Glück.«
»Gehst du denn hin?« fragte Joe.
»Ich bin nicht eingeladen«, sagte Vieri. »Aber ich werde natürlich am Tor stehen und versuchen, ein paar gute Fotos zu schießen. Wenn du hingehst, kann ich auch ein paar Fotos von dir machen.«
»Verschwende nicht deinen Film«, sagte Joe. »Kein Mensch kauft Bilder von mir.«
»Du wartest einfach, bis ein Filmstar oder ein hübsches Mädchen auftaucht, und stellst dich daneben.«
»Das ist nicht mein Stil«, sagte Joe.
»Aber zu dieser Party solltest du auf jeden Fall gehen«, sagte Vieri und erhob sich. »Ich muß wieder arbeiten gehen. Vielen Dank für den Cognac. *Ciao.*«
»Ciao«, sagte Joe und sah zu, wie sich Vieri wieder vor dem Hotel auf die Lauer legte. Er winkte dem Kellner, bezahlte und ging zu seinem Hotel in der Nähe der Spanischen Treppe.
Seine beiden kleinen Zimmer waren angenehm kühl; die Jalousien hielten die sommerliche Hitze fern. Rasch zog er sein verschwitztes Hemd aus und hängte seine Hosen ordentlich in den Schrank. Er beugte sich über das Waschbecken, spritzte sich kaltes Wasser ins Gesicht und holte tief Luft, ehe er sich mit einem rauhen Frottéhandtuch abtrocknete.

Dann warf er einen Blick in den Spiegel und schüttelte den Kopf. Kein Wunder, daß die Römer vor der Augusthitze davonliefen. Die schwüle Luft war wirklich abscheulich.
Das Telefon klingelte. Er ging ins Wohnzimmer und nahm den Hörer ab. »*Pronto*«, sagte er.
Es war Laura Shelton. Sie rief aus New York an. »Wie geht es Ihnen?« fragte sie.
»Mir ist heiß.«
»Hier ist es auch heiß«, sagte sie.
»Nichts kann so heiß wie die Hitze in Rom sein.«
»Haben Sie den Film schon gesehen?« fragte Laura.
»Ja, heute«, erwiderte er.
»Was halten Sie davon?«
»Er ist ganz in Ordnung«, sagte er. »Wenn Sie zufällig dicke Titten in Cinemascope mögen.«
Sie lachte. »Ich dachte, das wäre Ihre Spezialität.«
»Nicht auf der Leinwand«, sagte er. »Busen allein sind nicht abendfüllend. Ein bißchen mehr Handlung hätte bestimmt nicht geschadet.«
»Hat Santini Ihnen Ihr Honorar ausbezahlt?«
»Er hat mir einen ungedeckten Scheck über fünftausend Dollar gegeben, aber das zählt wohl kaum. Den Rest will er zahlen, wenn er den Vertrag mit der amerikanischen Verleihfirma hat. Er glaubt fest daran, daß der Film mindestens eine Million Dollar einspielt.«
»Ich habe aus Hollywood gehört, daß verschiedene Verleiher durchaus interessiert sind«, sagte sie. »Offensichtlich hat er für den amerikanischen Markt zwei Vorauskopien anfertigen lassen. Kathy hat mir gesagt, daß vielleicht A. J. die Lizenz kauft.«
»Gut«, sagte Joe. »Dann hab ich ja Chancen, mein Geld noch zu kriegen.«
»Sie kriegen Ihr Geld«, sagte sie zuversichtlich. »Ich habe die Verwaltung Ihrer Honorare jetzt meinem Kollegen Paul Gitlin übergeben. Paul ist Rechtsanwalt und wird zugleich als Ihr Agent tätig sein. Ich kenne ihn schon sehr lange, und er ist wirklich gut.«

»Was werden Sie denn jetzt machen?« fragte Joe überrascht.
»Ich habe Ihnen doch gesagt, daß ich schon immer ins Lektorat wollte, und jetzt bin ich bei Doubleday untergekommen. Wir werden also auch weiter miteinander zu tun haben. Nur bin ich jetzt nicht mehr Ihre Agentin, sondern Ihre Lektorin.«
»Und was sagt die Agentur Piersall & Marshall dazu?« fragte er.
»Die haben nichts weiter dagegen«, sagte sie. »Denen waren Sie sowieso nie vornehm genug.«
»Und wie haben Sie es geschafft, den Job bei Doubleday zu bekommen?«
»Die Leute bei Doubleday schätzen Sie«, sagte sie. »Ihr erstes Buch hat sich ganz ordentlich verkauft. Sie rechnen mit einer Gesamtauflage zwischen dreißig- und vierzigtausend Exemplaren bei der Hardcover-Ausgabe, der Doubleday-Buchklub hat hundertfünfundzwanzigtausend Exemplare gedruckt, und mit Bantam haben sie einen Taschenbuchvertrag über vierzigtausend Dollar abgeschlossen. Das ist gar nicht so übel. Die Hälfte geht natürlich an Sie.«
»Und was hat das nun mit Ihnen zu tun?«
»Sie sind einer meiner Autoren, Joe. Alles, was Sie für mich tun müssen, ist schreiben. Solange Sie jedes Jahr ein neues Buch bringen, geht es mir gut. Die Bedingungen für Ihr zweites Buch sollen schon wesentlich günstiger aussehen als die für das erste.«
»Ich hab ja noch nicht einmal angefangen damit«, sagte er.
»Dazu haben Sie doch jetzt Zeit«, sagte sie. »Die Geschichte, die Sie mir neulich erzählt haben, ist gut. Ein ausgezeichneter Stoff.«
»Ich brauche ein bißchen Hilfe«, sagte er. »Sie sind jetzt meine Lektorin. Kommen Sie nach Europa, und wir arbeiten an der Geschichte. Dann geht es viel schneller.«
Sie lachte. »Ich habe noch ein paar andere Dinge zu tun.«
»Was denn?«
»Ich muß meinen Schreibtisch hier aufräumen, und Doubleday möchte, daß ich am ersten September dort anfange.«

»Dann können Sie immer noch die beiden letzten Augustwochen mit mir verbringen«, sagte er. »Ich miete uns einen Wagen, und dann können wir Frankreich unsicher machen. Ich habe gehört, an der Côte d'Azur soll es ganz fabelhaft sein.«
Laura lachte wieder. »Sie sind wirklich verrückt. Wissen Sie, was so etwas kostet?«
»Ich kann es mir leisten«, sagte er. »Außerdem würde ich dich gern sehen.«
»Ich weiß nicht«, sagte sie zögernd.
Joe grinste. Jedenfalls hatte sie nicht dagegen protestiert, daß er sie duzte. »Hör mal«, sagte er. »Wegen der Agentur brauchst du dir jetzt keine Sorgen mehr zu machen, nicht wahr? Es kann dir egal sein, was die über dich denken. Du bist jetzt dein eigener Herr. Paß auf, wir werden riesig viel Spaß haben! Ich schick dir dein Ticket, okay?«
Laura schien nachzudenken. »Laß mir ein bißchen Zeit«, bat sie leise. »Ich...« – »Wieviel Zeit?« drängte er.
»Ruf mich am zehnten an«, sagte sie. »Vielleicht weiß ich dann besser, ob ich wirklich zu dir kommen will.«
»Okay«, sagte er. »Am zehnten werde ich anrufen, aber das Ticket schicke ich gleich.«
»Warum?« fragte sie.
»Weil ich am zehnten wahrscheinlich nicht mehr in Rom bin. Ich werde dich anrufen, du sagst mir, wo wir uns treffen, und ich hole dich ab.«
»Du brauchst mir kein Ticket zu schicken«, sagte sie leise. »Ich bezahle den Flug lieber selbst. Und ruf mich nicht im Büro an, sondern zu Hause.«
»Verstanden. Bist du schon mal in Europa gewesen?«
»Ich habe zwei Jahre in Paris studiert.«
»Sprichst du Französisch?«
»Ja, natürlich.«
»Dann mußt du unbedingt herkommen«, sagte er. »Du kannst mir alles erklären.«
Sie lachte. »Ruf mich einfach am zehnten an, dann sehen wir weiter. Und fang mit dem neuen Buch an!«

»Ich könnte mir Dinge vorstellen, die weitaus lustiger sind als ein neues Buch«, sagte er.
»Mach dich nicht über mich lustig«, sagte sie. »Ich bin ein sehr ernsthafter Mensch.«
»Ich meine das vollkommen ernst«, sagte er. »Komm nur her, dann wirst du schon sehen, wie ernst ich es meine.« Sie verabschiedeten sich, und Joe legte auf. Dann meldete er ein Gespräch mit seinen Eltern an. Ein Blick auf die Uhr sagte ihm, daß es in New York jetzt ein Uhr mittags war. Vermutlich würde sich niemand melden. Dann mußte er es später noch einmal versuchen. Er hatte es sich zur Regel gemacht, einmal im Monat mit seinen Eltern zu telefonieren. Zu seiner Überraschung stellte ihn die Vermittlung schon zehn Minuten später nach New York durch. Seine Mutter war am Apparat.
»Hallo?«
»Wie geht es dir, Mama?«
»Wo bist du?« fragte sie mißtrauisch. »Es klingt, als wärst du gleich um die Ecke.«
»Keine Sorge«, lachte Joe. »Ich bin noch in Rom. Wie geht es Papa?«
»Er muß sich schonen, aber sonst geht es ihm gut. Wann kommst du nach Hause?«
»Ich weiß nicht«, sagte er. »Ich warte auf einen neuen Auftrag. Außerdem mache ich jetzt einen Monat Urlaub in Frankreich.«
»In Frankreich?« sagte sie. »Du denkst wohl, du gehörst zu den oberen Zehntausend, was? In Frankreich gibt's bloß die teuersten Weiber der Welt.«
Joe lachte. »Du änderst dich auch nie, Mama.«
»Wozu soll ich mich ändern? Als dein Buch herauskam, dachte ich, du hättest endlich einmal etwas geleistet und man könnte ein bißchen Respekt vor dir haben. Aber alle unsere Freunde, die es gekauft haben, sagen, sie hätten noch nie solche Schweinereien gelesen. Ich verstehe wirklich nicht, wie sich solcher Schund fünfzehn Wochen lang auf den Bestsellerlisten halten kann.«
»Hast du es gelesen?« fragte er.

»Wozu soll ich solchen Schmutz lesen?« fragte sie. »Ich sag den Leuten schon gar nicht mehr, daß du unser Sohn bist! Man muß sich ja schämen.«
»Du änderst dich wirklich nicht mehr«, sagte er. »Ist Papa zu Hause?«
»Nein«, sagte sie. »Er ist für ein paar Stunden ins Geschäft gegangen.«
»Grüß ihn schön von mir«, sagte Joe und legte auf.
Seiner Mutter würde er es wohl niemals recht machen können.

29

Joe ließ die Badezimmertür offen, damit er das Telefon hören konnte, als er in die große Wanne voll lauwarmem Wasser hineinglitt. Er steckte sich eine Zigarette an und streckte sich wohlig. Es war fast halb neun, und draußen war die Dunkelheit angebrochen. Immer noch war Joe sich nicht sicher, ob er von seiner Einladung bei der Contessa Baroni Gebrauch machen sollte. Aber es war auch keine Eile. Italienische Partys fingen sowieso nicht vor Mitternacht an. Es klopfte an der Tür. »Wer ist da?« rief Joe aus der Wanne heraus.
»Marissa«, antwortete eine weibliche Stimme. »Ich bringe dir deine Unterlagen aus dem Büro.« Marissa war eine junge Mulattin, die bei Santini für ihn gearbeitet hatte, als er die Drehbücher schrieb. Sie war die Tochter eines italienischen Konsulatsangehörigen, der in New York eine Schwarze geheiratet hatte. Als er 1940 nach Italien zurückkehren mußte, hatte er seine Frau und seine damals fünfzehnjährige Tochter mitgenommen. Als die Amerikaner Rom im Jahre 1944 besetzten, hatte sich Marissa als Dolmetscherin zur Verfügung gestellt. Danach hatte sie sich mit den verschiedensten Arbeiten durchschlagen müssen, bis sie schließlich in der Filmbranche hängengeblieben war, wo sie schon mehreren Produzenten als Sekretärin und Dolmetscherin gedient hatte.
»Komm rein!« schrie Joe. »Die Tür ist offen.«

Marissa trat ins Wohnzimmer. Seufzend ließ sie einen schweren amerikanischen Kleidersack aus Armeebeständen auf den Fußboden gleiten. »Was hast du denn da um Gottes willen drin?« fragte Joe aus dem Bad.
»Meine Klamotten«, sagte sie. »Ich brauche eine Unterkunft für ein paar Tage.«
»Wieso denn das?«
»Santini hat das Büro für den Rest des Sommers geschlossen, ohne mir auch nur einen Pfennig zu zahlen. Und jetzt bin ich pleite und kann die Miete in meiner Pension nicht bezahlen. Da habe ich lieber mein Bündel geschnürt und bin freiwillig gegangen, ehe ich ausgesperrt werde.«
»Dann hat dieser Ganove dich also auch reingelegt!« rief Joe.
»Hat er dich denn bezahlt?« fragte sie.
»Du machst wohl Witze?« erwiderte Joe. »Er hat mir gesagt, er zahlt mir mein Honorar, wenn er den Vertrag mit dem amerikanischen Verleih hat.«
»Deine Unterlagen habe ich auch mitgebracht«, sagte Marissa.
»Vielen Dank.«
Marissa lehnte sich an den Türrahmen. »Hast du mal eine Zigarette für mich?« fragte sie.
»Auf der Ablage unter dem Spiegel«, sagte er und zeigte mit der Hand auf das Päckchen. Sie nahm sich eine Zigarette und entzündete sie. Unter ihren Armen waren dunkle Schweißflecken zu sehen, und ihre dünne Seidenbluse klebte förmlich an ihren vollen, schwingenden Brüsten. »Wie lange möchtest du bleiben?« fragte Joe.
»Nur übers Wochenende«, sagte sie. »Im August kriege ich die Wohnung von einer Freundin. Die fährt mit ihrem Freund nach Ischia, und ich hüte das Haus.«
»Okay«, sagte er. »Herzlich willkommen.«
»Du bist lieb«, sagte sie impulsiv und küßte ihn auf die Wange. »Ich mache bestimmt keine Schwierigkeiten, und wenn du Besuch hast, kann ich gern auf der Couch schlafen.«
»Ich habe eigentlich keine derartigen Pläne«, sagte er und

spähte in ihre tiefausgeschnittene Bluse. Ihre Nippel standen wie dunkle Lavendelblüten auf ihren hellbraunen Brüsten. Schweißperlen liefen ihr über die Haut. »Hey, dir muß ja unglaublich heiß sein«, sagte Joe. »Warum kommst du nicht zu mir in die Wanne?«

Sie zog an ihrer Zigarette. »Stinke ich schon dermaßen, daß ich ins Bad muß?«

»Nein«, lachte er und hob sein Becken so weit aus dem Wasser, daß sein Penis wie eine frischgeputzte Karotte herausstand. »Ich möchte bloß spielen.«

Marissa streifte ihre Bluse ab und knöpfte sich die Hose auf. »Gut«, sagte sie. »Ein kühles Bad kann nicht schaden.« Innerhalb von zwei Sekunden war sie vollkommen nackt und stellte sich in die Wanne. Mit gespreizten Fingern massierte sie sich. »Na, wie findest du das?« fragte sie und sah lächelnd auf ihn herab.

»Fabelhaft!« sagte er und reckte ihr die Karotte entgegen. »Steig auf!«

»Warte!« sagte sie. »Eine Sekunde.« Sie griff nach der Seife und rieb ihn damit ein, bis er glaubte, jeder einzelne Nerv vibriere bis ins Mark. Dann hielt sie ihn fest und schob ihn in sich hinein. Joe schnappte nach Luft. Es war, als ob er in ein Gefäß mit brennendem Öl getaucht worden wäre. Er packte ihre Hüften und zog sie noch weiter auf sich herunter. Seine Lippen suchten nach ihren Brüsten, die vor seinem Gesicht hin und her pendelten.

Plötzlich rutschte er nach hinten weg, und das Wasser stieg ihm fast bis zum Mund. »Verdammt, du ersäufst mich«, keuchte er.

»Keine Angst«, lachte sie. »Ich hab ein Rettungsschwimmerdiplom.« Während er sich, hilflos im Wasser liegend, mit den Ellbogen abzustützen versuchte, begann sie, ihr Becken rhythmisch auf ihm zu bewegen. Dabei ließ sie ihn nie aus ihrer pulsierenden Vulva entkommen, sondern stieß ihn immer tiefer in sich hinein. »Entspann dich«, sagte sie, ihrer Kraft und ihrer Fähigkeiten gewiß. »Ich mach das schon. Denk einfach, ich wäre der Propeller auf deinem Schaft.«

Joe schloß die Augen. »Ich wußte gar nicht, daß du so ficken kannst«, sagte er.
»Im Büro kann man sich einfach nicht richtig entfalten«, erwiderte sie. »Die Büronummern sind immer zu hastig. Man kann gar nichts Kreatives versuchen. Man wird nur los, was man loswerden will, und dann ist es auch schon vorbei.«
»Hallelujah!« rief Joe.
Plötzlich hielt Marissa ganz still. »Beweg dich nicht!« sagte sie. Joe öffnete die Augen und sah sie verblüfft an. »Stimmt was nicht?« fragte er.
»Nein«, sagte sie. »Alles in Ordnung.«
Sie hatte sich wieder auf ihm zu bewegen begonnen. »Wie um alles in der Welt bist du denn darauf gekommen?« fragte Joe.
»Das haben mir die amerikanischen Soldaten gezeigt«, sagte sie heiser. »Und nach einer Weile hab ich mich daran gewöhnt.«
»Pfui, Teufel«, sagte er.
»Das war noch nicht alles«, sagte Marissa. »Die Amerikaner waren viel komischer als die Deutschen. Die Deutschen wollten immer bloß das eine. Rein und raus und fertig. Die Amerikaner hatten mehr Phantasie. Wenn du zu den Verlierern gehörst, hast du meistens keine Wahl. Sonst bist du erledigt. Du kriegst nichts zu fressen, keine Jobs und keine Geschenke.«
»Ist das jetzt immer noch so?«
»In gewisser Weise ja«, sagte sie. »Einen anständigen Job kriegt man nur, wenn man dafür mit jemandem ins Bett geht und alles mitmacht.«
»Mit mir hast du nicht mitgehen müssen.«
»Du hast mich ja auch nicht eingestellt«, sagte sie, »sondern Santini.« Sie warf ihm einen enttäuschten Blick zu. »Du hast ja deine Erektion verloren«, sagte sie. »Das kommt davon, wenn man zuviel nachdenkt und redet.« Joe schwieg.
»Mach dir nichts daraus«, sagte sie. »Das krieg ich gleich wieder hin.« Sie bewegte sich zur Seite, fuhr ihm mit der Hand zwischen die Beine. Das Manöver hatte Erfolg. Innerhalb von Sekunden kehrte seine Erektion zurück.

Joe lag erschöpft auf dem Bett, als das Telefon klingelte. Er öffnete müde die Augen und sah Marissa nackt im Zimmer herumgehen und ihre Sachen verstauen. Sie warf ihm einen fragenden Blick zu. »Du kannst ruhig drangehen«, sagte er.
Marissa griff nach dem Hörer. »*Pronto.*«
Joe hörte eine italienische Frauenstimme am anderen Ende, konnte aber nicht verstehen, was sie sagte. »Es ist Mara Benetti«, sagte Marissa. »Sie möchte wissen, ob du zur Party der Contessa Baroni gehst.«
»Ich weiß noch nicht«, sagte er.
»Es ist aber schon Viertel nach zehn«, sagte Marissa.
»Na und? Vor Mitternacht passiert doch da sowieso nichts«, erwiderte Joe.
Marissa sprach Italienisch mit der Schauspielerin, und Mara Benetti feuerte italienisch zurück. »Sie fragt, ob du mit ihr hingehst«, erklärte Marissa.
»Was ist denn mit Maestro Santini?« fragte Joe. »Er wollte doch mit ihr hingehen.«
Ein weiterer Wortschwall kam aus dem Telefon. »Santini hat sie versetzt«, sagte Marissa. »Er nimmt die neue amerikanische Schauspielerin mit. Aber Maras Freund hat gesagt, er gibt ihr sogar seinen Wagen, wenn du mit ihr gehst.«
»Warum geht er nicht selbst mit ihr hin?«
»Er ist bei der Mafia«, sagte Marissa. »Er hat wahrscheinlich was anderes zu tun.«
»Und nach der Party schießt er mir ein Loch in die Birne«, sagte Joe.
»Nicht, wenn du mich auch mitnimmst«, sagte Marissa grinsend. »Auf diese Weise kannst du ganz deutlich zeigen, daß du Respekt vor ihm hast.«
»Würdest du denn gern hingehen?« fragte er neugierig.
»Ja, natürlich! Es ist die größte Party der Sommersaison«, sagte Marissa. »Ich hab sogar extra ein Kleid aus der Garderobe des Studios gestohlen – nur für den Fall, daß sich so eine Chance ergibt.«
Joe zuckte die Achseln. »Frag Mara, ob sie etwas dagegen hat, wenn ich dich mitbringe.«

»Das kann ich ihr leicht erklären«, sagte Marissa. »Du sprichst ja kein Italienisch. Ich bin deine Sekretärin, und du brauchst mich als Dolmetscherin. Ganz einfach. Außerdem kenne ich Mara ganz gut.«
»Okay.«
Marissa wandte sich wieder dem Telefon zu und begann, mit großer Geschwindigkeit italienisch zu sprechen. Schließlich legte sie auf. »Es ist alles okay«, sagte sie. »Maras Chauffeur holt uns ab.«

30

Er nahm gerade seine weiße Smokingjacke aus dem Schrank, als Marissa aus dem Badezimmer zurückkam. Bei ihrem Anblick blieb ihm buchstäblich der Mund offenstehen.
»Gefalle ich dir?« fragte sie lächelnd.
»Du bist wunderschön«, sagte er. »Aber du siehst völlig nackt aus! Hast du ein Kleid an? Oder was ist das?«
»Ich habe ein Kleid an, und ich bin nackt«, gab sie zur Antwort. »Das Kleid besteht aus durchsichtigem, fleischfarbenem, enganliegendem Chiffon, der mit kleinen Glasperlen besetzt ist.«
»Aber ich kann deine Pussy und die Spalte in deinem Hintern sehen, wenn du dich umdrehst. Und das Purpurrot deiner Nippel.«
Sie lachte. »Das ist nur ein bißchen Rouge. Ich hab mich auch mit Silberstaub bestäubt. Ich finde das aufregend.«
Als sie ins Licht kam, konnte Joe erkennen, daß sie ein sehr dramatisches Make-up mit blauem und goldenem Lidschatten, zartem Rouge auf den Wangen und scharlachrotem Lippenrot angelegt hatte. Ihr langgestreckter afrikanischer Schädel mit den winzigen schwarzen Löckchen bildete einen aparten Kontrast dazu. »Du siehst wie eine Nutte aus Harlem aus, die ich mal gekannt habe«, sagte Joe.
»Sexy?«

»Ja, sehr«, sagte er. »Mara dreht bestimmt durch. Ich glaube nicht, daß sie solche Konkurrenz gern hat.«
»Ach wo«, lachte Marissa. »Ich hab ihr vorhin schon gesagt, was ich anziehe. Sie findet es völlig okay. Sie selbst zieht ein schwarzes Spitzenkleid an, dessen Dekolleté zwischen ihren Brüsten hinuntergeht bis zur Möse. Der hintere Ausschnitt geht bis zum vorletzten Rückenwirbel hinunter. Sie hat gesagt, daß die amerikanische Schauspielerin neben uns wahrscheinlich wie ein spießiges Schulmädchen aussehen wird.«
»Ich werd die Frauen nie verstehen«, sagte Joe.
»Das brauchst du auch nicht«, sagte Marissa, »es genügt, sich an ihnen zu freuen.«

Die Paparazzi hatten einen großen Tag. Als sie Marissa und Mara aussteigen sahen, begannen sie lauthals zu jubeln, und ein wahres Blitzlichtgewitter ging über sie nieder. Vieri nahm Joe beiseite und fragte: »Wie hast du das bloß geschafft?«
Joe hob die Hände. »Das ist einfach so passiert. Ich kann gar nichts dafür.«
»Schläfst du mit beiden?« fragte Vieri.
Joe lächelte, vermied es aber zu antworten.
»Hast du ein Glück!« sagte Vieri. »Das werden bestimmt die besten Bilder des Abends. Die kann ich in ganz Europa verkaufen.«
»Freut mich für dich«, sagte Joe. »Ist Santini schon da?«
»Ja, er ist vor ungefähr einer halben Stunde gekommen. Die Amerikanerin ist ziemlich dämlich. Sie trug ein schlichtes weißes Kleid aus Organza. Nichts als ein dicker Busen und ein ebenso dicker Hintern. Kein bißchen sexy. Und das Weiß wirkt auf den Fotos bestimmt nicht.«
Joe lachte.
»Weiß Maras Freund eigentlich, daß du mit ihr hier bist?« fragte Vieri.
»Er hat es selbst arrangiert«, sagte Joe. »Der Wagen, mit dem wir gekommen sind, gehört ihm.«
Vieri nickte. »Das ist gut«, sagte er. »Ich hatte schon Sorge, du könntest in Schwierigkeiten geraten. Das ist nämlich ein har-

ter Bursche, der macht kurzen Prozeß, wenn ihm was nicht paßt.«
»Verstanden«, sagte Joe. »Vielen Dank.« Er ging wieder zu den beiden Frauen, die immer noch auf den Treppen der Villa für die Fotoreporter posierten. »Kommt, Mädchen, ich glaube, wir können jetzt reingehen.«
»Könnt ihr auf der obersten Stufe noch mal stehenbleiben?« bat Vieri. »Ich würde euch gern noch mal so fotografieren, daß die beiden Pussys richtig schön durch die Kleider schimmern.«
»Gemacht«, sagte Joe. Er führte die beiden Frauen die Treppe hinauf, ließ sie von vorne und hinten fotografieren und ging dann zur Tür der riesigen italienischen Villa, die mindestens zweihundert Jahre alt war. Ein Türsteher öffnete ihnen.
Schon die Eingangshalle hatte die Ausmaße einer gewaltigen Scheune und wimmelte von extravagant und festlich gekleideten Menschen. Joe glaubte viele von ihnen aus der Presse zu kennen, aber ihm fehlten natürlich die Namen.
Marissa half ihm, die prominentesten Personen zu identifizieren, indem sie ihm die Namen mit nahezu unbeweglichen Lippen zuflüsterte. Sie benahm sich wie die ideale Sekretärin, mußte er zugeben.
Langsam bewegten sie sich durch die Menge, begegneten immer wieder Bekannten, und den beiden jungen Frauen wurden von allen Seiten die Hände geküßt. Joe gab dem Butler seine Karte, auf der er zuvor schon die Namen der beiden Frauen notiert hatte.
»Dottore Joseph Crown«, rief der Butler, »mit Signorina Mara Benetti und Signorina Marissa Panzoni.«
Dann gingen sie die Stufen zum Ballsaal hinunter. Ein Kellner mit einem Tablett voller Champagnerkelche kam ihnen entgegen. Joe gab jeder der beiden Frauen ein Glas. »Salute!«
Mara lächelte. Sie fühlte sich wohl. Sie wußte, daß sie im Mittelpunkt der Aufmerksamkeit stand. »Salute«, sagte sie zu Joe und fuhr dann in ihrem melodischen Englisch fort: »Haben Sie diesen Hurensohn schon gesehen?«
»Nein«, lächelte Joe.

»Ich werd ihm die Augen auskratzen«, sagte Mara zärtlich. »Und seiner amerikanischen *Putana* dazu!«
Joe lachte. »Wegen der beiden brauchen Sie sich keine Sorgen zu machen! Die Leute haben die zwei doch schon völlig vergessen. Alle sind geblendet von Ihrer Schönheit, Mara, glauben Sie mir.«
Die junge Frau nickte ernsthaft. »Bin ich viel schöner als diese Frau?«
»Ohne Zweifel«, bestätigte Joe. »Sie sind bei weitem die schönste Frau auf dieser Party.«
Marissa nickte zustimmend. »Wenn ich ein Mann wäre, würde ich mich Ihnen augenblicklich zu Füßen legen!«
»Ach, ihr seid lieb«, lächelte Mara zufrieden. »Ich freue mich, daß ich euch eingeladen habe zu dieser Party.«
Marissa und Joe warfen sich einen verblüfften Blick zu. Wer hatte hier eigentlich wen eingeladen? Dann lächelten sie. »Ich freue mich auch«, sagte Joe.
Am anderen Ende des Ballsaales spielte ein kleines Orchester, und die ersten Paare begannen zu tanzen. Durch die weit geöffneten Türen, die in den Garten hinausführten, strömte kühle Nachtluft herein. Im nächsten Saal war ein langes Buffet mit warmen und kalten Delikatessen aufgebaut, und es hatte sich auch bereits eine Schlange von hungrigen Gästen gebildet.
Ein uniformierter Page trat zu ihnen. »Sind Sie Dottore Joe Crown?«
Joe nickte. Der Page erklärte etwas auf italienisch. Joe warf Marissa einen fragenden Blick zu. »Die Contessa würde Sie und Ihre Gäste gern in ihren Privatgemächern begrüßen«, übersetzte Marissa.
Joe nickte, und der Page führte sie durch den Speisesaal zu einem schmalen Korridor, dann eine Treppe hinauf und einen weiteren langen Gang entlang zu einer mächtigen Doppeltür, durch die er sie eintreten ließ und die er hinter ihnen sofort wieder schloß.
Die Contessa saß auf einem mächtigen, thronartigen Sessel am Kopf einer mit Speisen geradezu überladenen Tafel. Sie

war eine schöne, gebieterische Frau mit königlichen Gebärden. Sie winkte Joe, näher zu treten. »Mein lieber Joe«, sagte sie lachend, »mein brillanter kleiner Amerikaner.«
Joe küßte die Fingerspitzen, die sie ihm huldvoll für einen Augenblick überließ. »*Eccellenza*«, murmelte er. »Sie kennen meine beiden Freundinnen? Signorina Mara Benetti, der Star aus meinem letzten Film, und meine Assistentin Signorina Marissa Panzoni.«
Die Contessa nickte wohlwollend. »Zwei sehr schöne Kinder«, sagte sie. Dann fragte sie Joe interessiert: »Ficken Sie eigentlich beide?«
Joe lachte verlegen.
»Sie brauchen sich nicht zu genieren«, bat die Contessa. »Sie können stolz darauf sein! Es wäre mir ein Vergnügen, wenn ich Ihnen zuschauen dürfte.« Sie beugte sich in ihrem Sessel nach vorn und streichelte die Körper der Mädchen. »Sehr schön«, sagte sie. »Herrlich fest und stark und sehr sinnlich.«
Die beiden jungen Frauen zuckten nicht mit der Wimper – sie kannten die Contessa schließlich viel besser als Joe. »Vielen Dank, *Eccellenza*«, sagten sie einstimmig.
Die Contessa schnippte mit den Fingern, und ein Page mit einer kleinen, silbernen Zuckerdose trat vor. Er stellte sie auf den Tisch und nahm den Deckel ab.
Die Contessa griff nach dem winzigen goldenen Löffel, der darin steckte, und sog den feinen weißen Staub, den sie damit herauslöffelte, durch das rechte Nasenloch ein. Dann nahm sie eine zweite Prise ins linke. »Nun, meine Freunde«, sagte sie lächelnd. »Wie steht es mit Ihnen?«
Joe nahm zuerst eine Prise. Wie eine Granate explodierte das Kokain in seinem Gehirn. Es mußte allererste Qualität sein. Das Zeug, das Joe gelegentlich in Rom auf der Straße gekauft hatte, war absolut minderwertig dagegen.
Mara nahm nur eine sehr kleine Prise, aber Marissa war absolut unersättlich. Viermal füllte sie den goldenen Löffel, und ihre Augen begannen wie Neonröhren zu leuchten. »Mamma mia!« sagte sie lachend. »Ich glaube, ich habe jetzt schon den ersten Orgasmus.«

»Entschuldigen Sie, *Eccellenza*«, sagte Mara, »haben Sie heute abend schon Maestro Santini gesehen?«
Die Contessa machte eine abfällige Handbewegung und rümpfte die Nase. »Er ist irgendwo da unten mit diesem langweiligen amerikanischen Mädchen. Eine sehr gewöhnliche Person, leider. Gar keine Klasse. Ich habe sie unten beim übrigen Pöbel gelassen.« Sie wandte sich wieder an Joe. »Glauben Sie eigentlich, daß der Film Geld bringen wird?« fragte sie. »Ich habe hunderttausend Dollar aus meinem Privatkapital investiert.«
»Ich glaube, Ihre Chancen stehen nicht schlecht«, sagte Joe. Schließlich hing für ihn auch einiges davon ab, wie der Film draußen ankam.
»Hat Santini Ihnen eigentlich schon Ihr Honorar ausbezahlt?« fragte sie listig.
»Nein, bisher noch nicht«, sagte er.
Die Contessa lachte. »Was für ein mieser kleiner Ganove! Der Mann hat ja überhaupt keinen Stil. Mir hat er gesagt, er hätte alle Leute bezahlt.«
Joe schwieg.
Die Contessa wandte sich an Mara. »Wie steht's denn mit Ihnen? Haben Sie Ihre Gage?«
Mara nickte beiläufig. »Ja. Dafür hat mein Freund schon gesorgt.«
»Sehr vernünftig«, sagte die Contessa und lächelte spöttisch. »Mit einem Mann wie Ihrem Freund will sich dieser Gauner sicher nicht anlegen.«
»Sogar mir schuldet er noch zwanzigtausend Lire«, sagte Marissa.
»Schäbig«, sagte die Contessa. »Wirklich sehr schäbig.« Sie wandte sich an den Pagen. »Geben Sie der Signorina zwanzigtausend Lire.«
»Nein, *Eccellenza*«, protestierte Marissa. »Das kann ich nicht annehmen. Schließlich sind Sie nicht dafür verantwortlich, was er mir schuldet.«
»Aber du bist meine Freundin«, sagte die Contessa bestimmt. »Und außerdem bist du sehr süß.«

Ein Kellner brachte Champagner, und jeder nahm sich ein Glas. Ein zweiter Kellner brachte Zigaretten, und als sich Joe eine ansteckte, erfüllte schwerer Haschischduft den Raum.
»Was für eine reizende Party!« Die Contessa lachte vergnügt. Sie wandte sich an einen der Pagen: »Verschließen Sie bitte die Türen. Wir feiern unsere eigene Party hier oben.«
Mara zögerte. »*Eccellenza*, bitte entschuldigen Sie. Aber ich weiß nicht, ob mein Freund das billigen würde.«
Die Contessa lachte. »Liebste, dein Freund hat bestimmt nichts dagegen! Ich bin schließlich seine römische Patin. Er weiß, daß du heute abend bei mir bist. Hat er dir nicht sogar seinen Wagen geliehen?«
Mara starrte sie verblüfft an.
Die Contessa lächelte. »Entspann dich, Mara, rauch eine Zigarette. Anschließend wollen wir essen. Eure Brüste wünsche ich mir zum Dessert. Ich werde sie verwöhnen, als ob sie Sahne aus Devonshire wären.«
Joe sah sich um. Bisher waren sie mit der Contessa und ihren Bediensteten völlig allein. Im nächsten Augenblick aber erschienen durch eine Tür im Hintergrund noch zwei weitere Paare. Die Männer trugen indische Turbane, kurze Brokatwesten und bauschige Haremshosen. Die beiden Mädchen trugen weiche Büstenhalter und kurze, bänderverzierte Röckchen, die ihre Körper so gut wie nackt ließen. Musik ertönte aus einem verborgenen Lautsprecher, und die Lichter verdämmerten sacht.
»Wir können uns gleich hier umziehen«, sagte die Contessa mit dunkler, heiserer Stimme. »Ich habe Kostüme für alle von uns.« Sie warf Marissa und Mara einen schelmischen Blick zu. »Die beiden Burschen sind überdurchschnittlich gebaut. Und sowohl die Männer als auch die Frauen sind in den östlichen Liebeskünsten geschult.« Sie griff nach der Zuckerdose und nahm zwei weitere starke Prisen, dann erhob sie sich von ihrem Thron. Ihr Gewand war nicht befestigt gewesen und fiel von ihr ab, als sie aufstand. Ihr fester, üppiger Körper glich dem einer griechischen Göttin. Ohne Eile begann einer der Männer, ihr ein orientalisches Kostüm anzulegen.

Joe wandte sich den beiden Mädchen zu, die seinen Blick stumm erwiderten. Dann griff er nach der Zuckerdose und nahm zwei weitere Prisen, ehe er seinen Smoking ablegte. Marissa schloß sich ohne Zögern an, und schließlich streifte sich auch Mara das Kleid von den Schultern.
Die Contessa hob ihren Champagnerkelch. »*A la dolce vita!*« sagte sie lächelnd.

31

Als sie den Palast der Contessa verließen, war es beinahe acht Uhr morgens. Schweigend stiegen sie in den Wagen. »Wollen wir einen Kaffee bei mir im Hotel trinken?« fragte Joe. »Die Küche ist schon geöffnet.«
»Ich glaube, ich fahre lieber gleich heim«, sagte Mara.
»Ich finde, wir könnten einen Kaffee brauchen«, sagte Joe.
»Ich setze euch beim Hotel ab«, sagte Mara. »Es war eine lange Nacht.«
»Wie Sie wollen«, erwiderte Joe.
Mara warf ihm einen ängstlichen Blick zu. »Ihr werdet doch meinem Freund nicht erzählen, was wir gemacht haben?«
»Ich weiß überhaupt nichts«, sagte Joe. »Und Ihren Freund kenne ich gar nicht.«
»Er ist schrecklich eifersüchtig«, sagte Mara. »Wenn er wüßte, daß ich mit einem anderen Mann zusammen war, würde er mich umbringen.«
»Und was ist mit der Contessa?« fragte Joe lächelnd.
»Über die Contessa weiß er Bescheid«, sagte sie. »Außerdem: Frauen zählen bei ihm nicht.« – »Verstehe.«
Die Limousine hielt vor seinem Hotel, und Marissa und Joe stiegen aus. »Vielen Dank«, sagte Joe.
»Nichts zu danken«, erwiderte Mara. »Werden Sie den August über in Rom bleiben?«
»Ich weiß noch nicht.«
»Ich werde mal anrufen«, sagte sie. »*Ciao. Ciao,* Marissa.«

Der Wagen fuhr davon, und sie gingen ins Hotel. Ehe er in seine Wohnung hinaufstieg, bestellte Joe bei der Concierge noch das Frühstück. Als er seine Smokingjacke abgelegt und auf einen Bügel gehängt hatte, war Marissa schon aus ihrem Kleid geschlüpft und hatte ein altes Army-Unterhemd übergestreift. »*Jesù Cristo!*« sagte sie. »Diese Contessa hat mich völlig geschafft.«

Joe zog sein Hemd aus und warf es in die Ecke. »Das glaube ich gern. Mich genauso.«

»Ich kenne niemanden, der je so zärtlich zu mir gewesen war wie die Contessa«, sagte Marissa.

Joe warf ihr einen prüfenden Blick zu. »Das hat dir gefallen?«

»Sie war absolut Spitze. Ich habe schon oft gehört, daß Lesbierinnen so gut sind, aber ich habe es nie recht geglaubt. Ich werde meine Meinung jetzt wohl revidieren müssen.«

Es klopfte, und der Zimmerkellner brachte das Frühstück. Marissa wartete, bis er wieder gegangen war. Dann sagte sie: »Am Schluß hat sie mir vierzigtausend Lire gegeben, statt zwanzig.«

»Nicht schlecht«, sagte Joe.

»Dir hat sie doch auch was gegeben«, sagte Marissa. »Das hab ich gesehen.«

»Stimmt«, lachte Joe und zog ein kleines Tütchen aus Wachspapier aus der Tasche seines Jacketts. »Ein bißchen Koks.«

»Sie ist eine richtige Lady«, sagte Marissa und goß den Kaffee ein. »Hat es Spaß gemacht, sie zu vögeln?«

»Ich kann nicht klagen«, lächelte Joe.

Marissa warf ihm einen zögernden Blick zu. »Soll ich auf der Couch schlafen?«

»Nein, du kannst ruhig ins Bett kommen«, erwiderte Joe. »Aber du darfst mich nicht wecken, wenn du dich rumdrehst.«

»Ich werde mich ruhig verhalten«, versprach sie. »Hast du für heute noch Pläne?«

»Ich wollte mir vielleicht einen Wagen ansehen«, sagte er. »Ich würde mir gern ein Alfa Cabrio kaufen.«

»Da gehe ich lieber mit«, sagte sie ernsthaft. »Du bist Ameri-

kaner. Wenn du nicht richtig mit ihnen reden kannst, nehmen sie dir alles ab, was du hast. Laß mich mit den Burschen verhandeln, dann kommst du viel billiger weg.«
»Darüber reden wir später«, sagte er. »Jetzt laß uns erst mal schlafen.« Er zog sich endgültig aus und kroch müde ins Bett.
»Hast du etwas dagegen, wenn ich noch rasch dusche?« fragte sie. »Ich muß mich noch abschminken und den Flitter abspülen, sonst mach ich dein ganzes Bett schmutzig.«
»Laß dich nicht aufhalten«, sagte er. »Aber mach das Licht aus und die Rolläden runter. Ich will schon mal schlafen.«
»Okay«, sagte sie. Es wurde dunkel im Zimmer, und dann verschwand sie im Bad. Joe hörte das leise Rauschen der Dusche. *La dolce vita,* dachte er mit geschlossenen Augen. Das wäre kein schlechter Titel für einen Film. Aber den mußte ein anderer schreiben. Seine Welt war das nicht. Er konnte sich zwar daran freuen, aber begriffen hatte er eigentlich gar nichts. Und dann schlief er ein.

Joe hörte Stimmen durch die geschlossene Tür. Er öffnete mühsam die Augen und tastete nach Marissa. Aber neben ihm war das Bett leer. Marissas Stimme kam aus dem Wohnzimmer. Er setzte sich auf und griff nach seiner Armbanduhr auf dem Nachttisch. Vier Uhr. Nachmittags oder morgens? Nein, wohl doch eher nachmittags, oder? Er steckte sich eine Zigarette an und versuchte zu verstehen, was im Nebenzimmer gesagt wurde. Zwei verschiedene Stimmen – eine Frau und ein Mann. Beide waren offenbar Italiener.
Leise ging er ins Bad, wusch sich mit kaltem Wasser und streifte seinen Bademantel über. Immer noch barfuß, stieß er die Tür zum Wohnzimmer auf.
Marissa, Mara und ein ihm unbekannter Mann saßen am Tisch, der Zimmerkellner hatte gerade den Kaffee gebracht.
»Buon giorno«, sagte Joe.
Der Mann sprang elastisch auf seine Füße. Er sah kräftig aus, war aber nicht allzu groß. Sein schwarzes Haar war straff nach hinten gebürstet und glänzte, als wäre es pomadisiert. Er hatte

eine fleischige römische Nase und ein energisches Kinn. Er verneigte sich leicht und lächelte freundlich. »*Signor Crown*«, sagte er, »mein lieber Dottore.«
Joe sah ihn verblüfft an. »Das ist mein Freund, Franco Gianpietro«, sagte Mara außerordentlich hastig. »Er freut sich, Sie kennenzulernen. Es ist ihm eine große Ehre.«
Joe streckte die Hand aus. »Ganz meinerseits«, sagte er.
Sie schüttelten sich die Hand, und der Mann sagte etwas auf italienisch. Diesmal übersetzte Marissa. »Signor Gianpietro möchte sich für diesen Überfall entschuldigen. Wenn du wieder ins Bett gehen möchtest, kommt er gern zu einer anderen Zeit wieder.«
»Nein, nein«, sagte Joe. »Das ist völlig in Ordnung. Wollen wir nicht wieder Platz nehmen?«
Der Italiener nickte befriedigt. »Mein Englisch ist nicht gut«, sagte er. »Aber mit Ihrer Erlaubnis will ich versuchen.«
»Ihr Englisch ist ganz ausgezeichnet«, lächelte Joe. »Ich wünschte, ich könnte so gut italienisch.« Er nahm den Kaffee, den Marissa ihm hingestellt hatte, und lehnte sich auf der Couch zurück. Der Kaffee war sehr stark und sehr schwarz. Mit einem Ruck wurde Joe wach. »Was kann ich für Sie tun?« fragte er.
»Sie sind ein bedeutender Schriftsteller«, sagte Gianpietro. »Ein großer *Scrittore*. Mara hat mir gesagt, in Amerika wären Sie der beste Autor von Drehbüchern.«
»Sehr schmeichelhaft«, sagte Joe.
Mara lächelte. »Nein, es ist wahr.«
»Santini ist ein Ganove«, sagte Gianpietro.
»Da werde ich Ihnen nicht widersprechen«, lachte Joe.
»Mara dachte, Sie schreiben vielleicht für sie einen Film. Sie findet, daß Santini sie hereingelegt hat. Er hat alle guten Szenen dieser Judi gegeben.« Gianpietro sah Joe erwartungsvoll an. »Natürlich wäre mir das eine Ehre«, sagte Joe zögernd. »Aber da gibt es ein paar kleine Probleme. Erstens habe ich keinen Produzenten, und zweitens habe ich keine geeignete Story für Signorina Benetti.«
»Einen Produzenten kann ich beschaffen«, sagte Gianpietro.

»Und ich kenne auch eine Geschichte, die vielleicht einen ganz guten Film abgeben würde. Mara hat sie gelesen. Sie heißt *La Ragazza sulla Motocicletta*. In Italien ist das eine ziemlich bekannte Geschichte.«

»Ja«, sagte Marissa. »Ich kenne sie auch. Sie ist wirklich sehr gut: Ein Mädchen aus einer armen Familie stiehlt ein schweres Motorrad, weil sie auch einmal auf so einer Maschine durch die Stadt donnern will. Sie begeht ein paar kleine Diebstähle und geht auch mit ein paar Männern ins Bett, um Geld für ihre Familie zusammenzubringen. Besonders der Schluß ist sehr aufregend, wo das Mädchen von der Polizei durch die Straßen gejagt wird und schließlich tödlich verunglückt, weil sie vermeiden will, einen kleinen Jungen zu überfahren, der auf der Fahrbahn mit seinem Ball spielt.«

»Das klingt interessant«, sagte Joe. »Aber ich müßte die Geschichte erst einmal lesen. Gibt es eine Übersetzung?«

»Die kann ich an einem Tag für dich machen«, erklärte Marissa.

Gianpietro nickte. »Und bei mir würden Sie auch Ihr Honorar pünktlich kriegen, Dottore. Ich bin ein Ehrenmann, kein solcher Gauner wie dieser Santini. Ich habe übrigens gehört, daß Sie den August gern im Süden von Frankreich verbringen würden. Ich habe eine Villa in der Nähe von Nizza. Mara und ich werden auch ein paar Wochen lang da sein. Es gibt ein sehr hübsches Gästehaus. Hätten Sie nicht Lust, dort eine Weile zu wohnen? Sie hätten da sehr viel Ruhe, und ich könnte Ihnen auch einen Wagen bereitstellen.«

»Das klingt sehr schön«, sagte Joe. »Aber ich muß erst einmal die Geschichte lesen. Vielleicht bin ich ja gar nicht der richtige Autor. Ich weiß nicht genug über die Menschen in Europa.«

»Marissa und Mara können Ihnen alles sagen, was Sie wissen müssen«, erklärte Gianpietro. »Und Ihre Honorare kenne ich auch. Ich zahle Ihnen fünfunddreißigtausend Dollar und sämtliche Spesen, wenn Sie das Drehbuch abliefern. Sie brauchen nicht zu warten, bis der Film fertig ist.«

»Sie sind mehr als großzügig«, sagte Joe. »Aber ich muß auf jeden Fall die Geschichte erst lesen. Ich möchte nicht, daß Sie

nachher enttäuscht sind. Wenn ich etwas versuche, von dem ich schon vorher weiß, daß ich es nicht kann, wäre das in meinen Augen Betrug.«
Gianpietro warf ihm einen prüfenden Blick zu und griff dann in die Tasche. Ein dickes Bündel Geldscheine erschien auf dem Tisch. Langsam zählte der Mafioso zwanzig Tausenddollarnoten ab und schob sie Joe hin. »Da sind zwanzigtausend Dollar für Sie«, sagte er und schob den Rest zurück in die Tasche.
»Wofür?« fragte Joe. »Ich weiß doch noch gar nicht, ob ich das Drehbuch tatsächlich schreibe.«
»Das hat mit dem Drehbuch gar nichts zu tun«, sagte Gianpietro. »Das ist bloß das Geld, das ich für Sie bei Santini kassiert habe.«
Joe starrte ihn verblüfft an.
»Das geht schon in Ordnung«, sagte Gianpietro. »Die Contessa hat mir gesagt, ich sollte mich der Sache mal annehmen.«
»Aber Santini hat doch gesagt, er hätte kein Geld«, sagte Joe.
»Es ist ganz erstaunlich, wie rasch solche Leute Geld finden, um ihre Schulden zu zahlen«, sagte Gianpietro. »Besonders, wenn man ihre Eier ein bißchen drückt.«
Joe schüttelte den Kopf. Dann grinste er, nahm das Geld und steckte es in die Tasche seines Bademantels. »Vielen Dank«, sagte er. Gianpietro nickte. »Ich habe Marissa eine Kopie der Geschichte von der Motorradfahrerin gegeben. Vielleicht können wir am Dienstagabend zusammen essen und darüber reden?«
»Das wäre mir ein Vergnügen«, sagte Joe.
Gianpietro und Mara standen fast gleichzeitig auf. »Sie werden einen großen Star aus mir machen«, sagte Mara. »Einen viel größeren Star als diese *Putana*.«
Joe küßte sie auf die Wange und schüttelte dem Mafioso die Hand. »Bis Dienstag abend dann«, sagte er.
Als sie gegangen waren, warf er Marissa einen prüfenden Blick zu. »Hast du davon gewußt?«
»Ich habe Mara und die Contessa darüber reden hören, aber

wir waren ja alle ziemlich hinüber, deshalb dachte ich nicht, daß etwas daraus wird.« Sie lachte. »Vielleicht wird jetzt alles besser.«
Joe musterte sie schweigend. »Bist du ganz sicher, daß du das nicht alles selbst arrangiert hast?«
»Hör mal«, sagte sie. »Ich bin doch bloß deine kleine doofe Nigger-Sekretärin. Wer würde schon auf mich hören?«
»Das weiß ich nicht so genau«, sagte Joe mißtrauisch.
Marissa wechselte einfach das Thema. »Das American-Express-Büro ist noch offen«, sagte sie. »Wir sollten uns auf den Weg machen und dein Geld in Travellerschecks umtauschen. Zwanzigtausend Dollar sollte man nicht in bar mit sich herumtragen.«

Es dauerte fast zwei Tage, bis Marissa die Geschichte übersetzt hatte, und nur eine Stunde, bis Joe sie gelesen und kopfschüttelnd zurück auf den Tisch gelegt hatte. »Ach, herrje!« sagte er. »Das ist ja ein schrecklicher Mist. Daraus kann ich wirklich keinen Film machen.«
Marissa steckte sich eine Zigarette an. »Es muß doch möglich sein, die Geschichte zu retten.«
Joe schüttelte den Kopf. »Auf keinen Fall. Es ist reiner Kitsch. Es ist nicht einmal unterhaltsam. Es ist einfach kindisch.«
»Gianpietro wird schrecklich enttäuscht sein.«
»Besser jetzt als später. Wenn ich ihm jetzt die Wahrheit sage, ist er vielleicht ein bißchen enttäuscht. Aber wenn ich ihm was vorlüge, dann wird er irgendwann schrecklich wütend. Gianpietro ist nämlich kein Dummkopf. Früher oder später würde er dahinterkommen, daß ich bloß auf sein Geld aus bin. Und ich bin gar nicht scharf drauf, daß er mir die Eier poliert.«
»Du wirst sehr diplomatisch sein müssen«, sagte Marissa. »Er ist fest entschlossen, seine Mara zum Filmstar zu machen.«
»Ich werde es ihm erklären. Wir werden schon einen anderen Weg für sie finden.«
»Du mußt wissen, was du verantworten kannst«, sagte sie trübsinnig. »Wirklich schade, ich hatte mich schon so auf die Villa in Nizza gefreut.«

»Ich werde wahrscheinlich trotzdem an die Côte d'Azur fahren«, sagte er. »Meine Agentin kommt für ein paar Wochen herüber.«
»Wann?« fragte Marissa.
»Am zehnten.«
»Du hast es gut«, schmollte Marissa. »Bloß ich muß hier in der Stadt bleiben.«
»Du willst wohl mein Mitleid erwecken?« lachte Joe.
»Ja, hast du denn kein Mitleid mit mir?« fragte sie mit großen Augen. »Was würdest du denn sagen, wenn du im August in diesem heißen Steinhaufen sitzen müßtest?«
»Du bist ein Quälgeist«, lachte Joe. »Was willst du denn von mir?«
»Warum sagst du nicht einfach, wir verbrächten die nächsten zwei Wochen bei ihm in der Villa und du versuchtest in der Zeit, dir einen Film auszudenken, in dem seine Mara groß rauskommt?«
»Aber das wäre doch reiner Betrug«, sagte Joe.
»Nicht unbedingt«, sagte sie. »Vielleicht fällt dir ja tatsächlich was ein?«
»Das glaube ich nicht«, sagte er. »Mara hat ja einen schönen Busen, das gebe ich zu, aber sie ist nun mal keine große Schauspielerin. Einen Film, der sie zu einer echten Persönlichkeit macht, kann ich mir nicht vorstellen.«
»Du sagst doch, du brauchst das Geld nicht«, stellte Marissa fest. »Sag ihm, es würde ihn nichts weiter kosten, außer daß er uns Quartier gibt.«
»Und du hättest deine Ferien in Nizza?«
»Genau«, lachte Marissa. »Und dich würde es auch nichts kosten. Ich würde umsonst für dich arbeiten, wenn du mich brauchst.«
Joe lachte. »Bist du so scharf auf die Villa?«
Sie sah ihm ernst in die Augen. »Ja«, sagte sie, »für ein Mädchen wie mich ist die Côte d'Azur ganz einfach das Zentrum der Welt. Wer weiß, vielleicht kriege ich dort auch endlich mal eine Chance. Alle reichen Leute sind da. Vielleicht habe ich Glück?«

Joe dachte einen Augenblick nach. »Okay, ich werd es ihm vorschlagen. Aber bitte mach mir keine Vorwürfe, wenn es nicht klappt.«
Sie küßte ihn auf die Backe. »Ich mach dir bestimmt keine Vorwürfe. Und nach den zwei Wochen laß ich dich auch wirklich in Ruhe. Du wirst dich allerdings trotzdem vorsehen müssen.«
»Vorsehen? Wieso?« fragte er.
»Wegen Mara«, sagte sie. »Sie ist scharf auf dich, und Gianpietro muß die Woche über in Rom bleiben und kann nur am Wochenende nach Nizza kommen.«
»Wie kommst du denn darauf?« fragte Joe überrascht. »Mara ist doch nicht dumm. Sie weiß genau, auf welcher Seite ihre Brötchen gebuttert werden.«
»Das stimmt schon«, sagte Marissa. »Aber gegen ein paar Löffelchen Honig von dir hätte sie offenbar auch nichts.«

32

Die Villa war ein hochherrschaftliches Gebäude, das majestätisch auf einem mächtigen Felsvorsprung über dem Meer thronte. Das kleine Gästehaus, das ihm Gianpietro zur Verfügung gestellt hatte, lag weiter landeinwärts in der Nähe der Auffahrt. Es war weit weniger prunkvoll als das Haupthaus und hatte in früheren Zeiten vermutlich als Kutscherwohnung gedient. Aber trotz der kleinen Zimmer war es äußerst gemütlich und lag auch weit genug von der Villa entfernt, um einen ungestörten Aufenthalt zu erlauben. Zum Strand führte eine eigene Treppe hinunter.
Joe stellte seine Schreibmaschine an das große Fenster im Wohnzimmer, von dem aus er immer noch einen herrlichen Blick über die Bucht von Villefranche hatte.
Ein Teil der Aussicht wurde allerdings von der Villa versperrt, und ganz rechts war der Anfang der Treppe zu sehen, über die man vom Haupthaus hinunter zum Strand gelangte. In der

Bucht vor dem Privatstrand der Villa lag ein großer Schwimmsteg im Wasser, an dem ein kleines Motorboot festgemacht war.

Gianpietro kam am Nachmittag aus der Villa herüber. »Nun«, fragte er, »wie gefällt es Ihnen bei uns?«

Joe lächelte. »Es ist wunderschön«, sagte er. »Vielen Dank!«

Der Italiener war geschmeichelt. »Ich dachte mir, daß es Ihnen gefallen würde. Hier können Sie in Ruhe arbeiten. Niemand wird Sie hier stören.«

»Noch einmal: herzlichen Dank.«

»Darf ich Sie um etwas bitten?« fragte Gianpietro.

»Ja, natürlich«, erwiderte Joe.

»Mara möchte gern ihr Englisch verbessern«, sagte der Italiener, »und wir haben keinen vernünftigen Lehrer gefunden. Marissa hat angeboten, diese Aufgabe zu übernehmen und vielleicht sogar noch ein paar Wochen länger zu bleiben. Ist Ihnen das recht?«

»Aber natürlich«, sagte Joe rasch. »Sehr vernünftig.«

»Vielen Dank, Joe«, sagte Gianpietro lächelnd. Er zeigte mit der Hand hinaus auf die Bucht vor dem Fenster. »Und was halten Sie von der Côte d'Azur?«

»Was ich bisher gesehen habe, ist wunderschön.«

»Es ist ein Paradies auf Erden«, sagte Gianpietro. »Hoffentlich wird es nicht irgendwann völlig zerstört. Es kommen jedes Jahr mehr Touristen mit ihren stinkenden Autos.« Er nickte Joe aufmunternd zu. »Richten Sie sich in Ruhe ein, Joe, und kommen Sie so gegen sechs in die Villa! Wir nehmen einen Aperitif, und dann fahren wir zum Essen nach Monte Carlo ins Hôtel de Paris. Und später ins Casino oder in einen der Nachtklubs.«

»Sie verschwenden nicht viel Zeit«, lachte Joe.

»Ich hab ja nur am Wochenende Zeit«, klagte Gianpietro, »dann muß ich wieder zur Arbeit nach Rom. Aber nächsten Freitag bin ich wieder zurück.«

»Sie sollten mehr Zeit hier verbringen«, sagte Joe.

»Das geht nicht.« Der Italiener hob in gespielter Verzweiflung die Hände. »Selbst hier verfolgen mich ja schon die Ge-

schäfte. Heute abend zum Dinner sind wir mit ein paar französischen Partnern aus Marseille verabredet.«
Joe nickte. »Ich verstehe.«
Gianpietro warf Joe einen prüfenden Blick zu. »Glauben Sie, daß Mara das Talent hat, ein Filmstar zu werden?«
Joe erwiderte den Blick. »Das kann man nicht wissen. Das Aussehen hat sie, ob sie ein Star wird, wissen die Götter. Eins allerdings spricht sehr für sie: Sie schreckt nicht vor harter Arbeit zurück.«
Gianpietro nickte. »Das ist wahr. Vielen Dank. Mir wäre es allerdings lieber, sie wäre etwas weniger ehrgeizig und würde statt dessen ein Kind kriegen. Ich hätte so gern ein Baby mit ihr.« – »Und warum kriegt sie dann keins?«
»Sie sagt, wir müßten erst heiraten. Sie möchte keine *Putana* sein wie so viele andere Schauspielerinnen.«
»Dann heiraten Sie sie doch einfach«, sagte Joe.
Gianpietro lächelte müde. »Für euch Amerikaner ist alles so einfach! In Italien ist das viel komplizierter. Ich bin schon verheiratet, und obwohl ich schon seit zehn Jahren nicht mehr bei meiner Frau war, kann ich mich nicht scheiden lassen.«
»Das tut mir leid«, sagte Joe ehrlich.
Gianpietro lachte. »So schlimm ist es nun auch wieder nicht. Da ich schon verheiratet bin, kann ich nicht heiraten. Und wenn ich bedenke, daß Mara in den letzten zehn Jahren schon das vierte Mädchen ist, in das ich mich verliebt habe, hat das auch seine Vorteile. Es ist immer einfacher, eine Freundin loszuwerden als eine Frau.«
»Darauf wäre ich gar nicht gekommen«, sagte Joe. »Aber wahrscheinlich haben Sie recht.«
»Ich habe bestimmt recht«, sagte Gianpietro. »Denken Sie doch bloß mal an die Schwierigkeiten, die Rossellini und Ingrid Bergman haben. Dem will seine Frau auch keine Scheidung erlauben, von der katholischen Kirche zu schweigen. Der braucht noch vom Papst persönlich eine Erlaubnis. Oder denken Sie an Vittorio de Sica! Der hat eine legale und eine illegale Frau, die in benachbarten Häusern untergebracht sind. Beide mit Kindern!« – »Wissen sie voneinander?«

Der Italiener zuckte die Achseln. »Wer weiß? Wahrscheinlich ist allen Beteiligten klar, was sich abspielt, aber niemand redet darüber. Ich habe allerdings oft den Eindruck, daß er allmählich verrückt wird. Kein Wunder, daß er die meiste Zeit in irgendeiner Bar sitzt.«
»Kennen Sie ihn gut?« fragte Joe.
»Recht gut, ja«, sagte Gianpietro.
»Glauben Sie, daß er mit Mara einen Film drehen würde?«
»Geld braucht er immer«, sagte Gianpietro.
»Wenn ich eine Idee für einen Film hätte«, sagte Joe. »Kein komplettes Drehbuch, nur ein Konzept. Könnten Sie ihm das geben?«
Gianpietro nickte. »Natürlich. Und wenn es ihm gefällt, würde er bestimmt einen Film daraus machen. Mit Mara.«
»Was macht Sie so sicher?«
Gianpietro lachte. »Man kann einem Mann auf die verschiedenste Weise die Eier massieren. De Sica schuldet mir fast siebzigtausend Dollar.« Der Mafioso dachte einen Augenblick nach. »Haben Sie schon eine Idee für eine Geschichte?«
»Ich weiß nicht«, sagte Joe. »De Sica ist ein erstklassiger Regisseur. Ich weiß nicht, ob er von einem Autor wie mir etwas annehmen würde.«
»Er schuldet mir siebzigtausend Dollar«, wiederholte Gianpietro. »Für einen solchen Betrag würde er auch mit einem Affen im Zoo arbeiten.«
»Vielen Dank«, lachte Joe. »Ich dachte an eine Liebesgeschichte. Eine Liebesgeschichte etwas anderer Art allerdings. Normalerweise lassen die amerikanischen Soldaten ihre italienischen Freundinnen mit einem Kind sitzen. Der Held meiner Geschichte reagiert anders. Er will das Kind selbst haben und nimmt es mit in die Vereinigten Staaten. Damit ist aber die Mutter nicht einverstanden. Sie kämpft sich mit allen erlaubten und unerlaubten Mitteln nach Amerika durch und spürt ihren Sohn in einer kleinen Stadt im Mittleren Westen auf. Erst als sie erkennt, daß es ihrem Sohn dort wirklich gut geht und daß sie ihm das Leben nie bieten könnte, das er dort hat, kehrt sie allein nach Italien zurück.«

»De Sica wird das bestimmt machen. Er wird allerdings wollen, daß Sie mit seinen Autoren am Drehbuch arbeiten, aber das würden Sie doch hoffentlich tun, oder? Man braucht ja sehr viel italienischen Nationalcharakter für so einen Film. Ich werde dafür sorgen, daß Sie sich kennenlernen. Vielleicht schon sehr bald.«
»Und wenn es ihm nicht gefällt?« fragte Joe.
»Dann kann er mich mal. Es gibt noch genug andere. Carlo Ponti oder Rossellini oder ein Dutzend andere, die mir Geld schulden.« Gianpietro ging zur Tür. »Überlassen Sie das nur mir. Sie brauchen sich bloß noch umziehen fürs Essen, alles andere erledige ich.«
Das Restaurant im Hôtel de Paris erstreckte sich aus einem hellerleuchteten, festlichen Saal bis auf eine große, blumengeschmückte Terrasse hinaus. Eine hohe, mit einem Spalier noch verstärkte Balustrade hinderte die Touristen und den übrigen Pöbel daran, die wohlhabenden, mächtigen Gäste und ihre wohlgeformten Begleiterinnen allzu direkt zu begaffen. Die Tische waren mit weißem Leinen, funkelndem Kristall und Silber gedeckt. Die Blumenarrangements waren auf jedem Tisch anders.
Gianpietro hatte einen Tisch für zehn Personen reservieren lassen, der sich in einer besonders ruhigen Ecke befand. Außer Joe, Mara und Marissa waren noch drei Franzosen und ihre Damen seine Gäste. Bedauerlicherweise schien außer Joe niemand Englisch zu sprechen, und nach der Begrüßung schien er für die anderen praktisch unsichtbar geworden zu sein. Niemand beachtete ihn. Die Männer sprachen ohne jede Leidenschaft und Betonung, die Frauen hielten völlig den Mund. Gelacht wurde gar nicht, und es wurde Joe sehr bald klar, daß es sich bei diesem Essen nicht um ein geselliges Treffen, sondern um eine geschäftliche Konferenz handelte. Zum Glück waren die Speisen ganz ausgezeichnet, und so begnügte sich Joe damit, Marissa gelegentlich zuzuprosten und freundlich zu lächeln. Er war durchaus mit dem Verlauf der Dinge zufrieden.
Das Essen wurde rasch und routiniert serviert, und Joe hatte

den Eindruck, daß der Verlauf des Abends vorher abgesprochen worden war; denn unmittelbar nach dem Kaffee standen die Franzosen abrupt auf und verabschiedeten sich mit ihren Damen. Gianpietro brachte sie bis zum Ausgang, kehrte dann zum Tisch zurück und nahm wieder Platz. »Es ist doch immer dasselbe mit den Franzosen«, sagte er. »Sie haben einfach keine Manieren.«
Mara sprach italienisch mit ihm. Ihre Stimme klang wütend. Gianpietro schüttelte den Kopf. »Geschäft ist Geschäft«, sagte er.
Mara war immer noch wütend. »Du wirst mich hier nicht allein sitzenlassen, während du dich in Rom oder sonstwo herumtreibst!«
»Es sind doch nur zwei Wochen«, versuchte Gianpietro sie zu beruhigen. »Dann komme ich wieder.« Er verlangte die Rechnung. »Wir können im Auto darüber reden, Mara. Wir sollten hier in der Öffentlichkeit keinen Streit inszenieren. Laß uns lieber nach Hause fahren.«
»Aber wir wollten doch noch ins Casino«, maulte die Schauspielerin.
»Da wird nichts draus«, sagte Gianpietro. »Ich muß morgen früh um sechs am Bahnhof in Nizza sein. Ich nehme den Expreßzug nach Rom.«

33

Als Joe und Marissa die Tür des Gästehauses hinter sich schlossen, war es schließlich doch fast halb zwei. »Worum ging es eigentlich beim Essen?« fragte Joe seine Begleiterin.
Marissa schlüpfte aus ihrem Kleid. »Nur ums Geschäft«, sagte sie. »Die Franzosen wollen, daß Gianpietro zehn Tonnen Rohopium in Sizilien abholt und nach Marseille bringt, wo sie gerade ein neues Labor aufgebaut haben. Wenn er das in zwei Wochen schafft, kriegt er eine Million Dollar von ihnen.«

»Und warum regt sich Mara darüber so auf? Sie wird doch wohl wissen, daß Gianpietro Geld braucht, um sie zu versorgen?«

»Sie möchte sich gern in der High Society an der Côte d'Azur zeigen und vor den Leuten den Star spielen. Aber wer soll sie ausführen, wenn Gianpietro nicht da ist? Sie ist eine egozentrische Ziege.«

Joe hatte seine Smokingjacke ausgezogen und seine Krawatte und das weiße Hemd abgestreift, als es zu ihrer Überraschung noch einmal an die Tür klopfte. »Herein«, sagte Joe. Marissa konnte gerade noch ihren Morgenrock anziehen, da stand Gianpietro auch schon im Zimmer.

Aber er gönnte ihr ohnehin keinen Blick, sondern wandte sich ausschließlich an Joe. »Ich brauche Ihre Hilfe, mein Freund«, sagte er.

»Wie kann ich Ihnen helfen?« fragte Joe überrascht.

»Sie haben vielleicht schon gehört, daß ich ein paar Tage weg muß. Mara hat sich über diese Reise sehr aufgeregt, aber es läßt sich nun einmal nicht ändern, und ich habe sie schließlich beruhigen können. Sie möchte aber auf jeden Fall, daß Sie weiter an dem Drehbuch für sie arbeiten. Andererseits möchte sie nicht allein in dem großen Haus bleiben und hat deshalb darum gebeten, daß Marissa zu ihr in die Villa umzieht. Ich habe ihr genug Geld dagelassen, damit sie ein bißchen einkaufen kann mit Marissa. Außerdem hat sie sich in den Kopf gesetzt, in den nächsten Wochen ausschließlich englisch zu sprechen, um die Sprache endlich richtig zu lernen.«

Joe nickte. »Ich stimme Ihnen natürlich in allem vollkommen zu, aber wäre es nicht angebrachter, wenn ich mit Ihnen nach Rom zurückkehrte? Mara ist eine sehr attraktive Frau, und man weiß doch, wie die Leute reden.«

»Die Leute können mir gestohlen bleiben, mit ihrem ewigen Klatsch. Sie sind mein Freund und ein Gentleman obendrein. Ich weiß, Sie werden nichts Unschickliches tun.«

Joe wandte sich an Marissa. »Was meinst du?«

»Ich stimme völlig mit Franco überein«, sagte sie. »Sein Vorschlag ist sehr vernünftig.«

Joe streckte die Hand aus. »Dann soll es so sein.«
Der Italiener umarmte ihn. »Danke, mein Freund, vielen Dank!«

Obwohl es sehr heiß in seinem Schlafzimmer war, schlief Joe wie ein Toter. Irgendwann aber traf ein fremder Geruch seine Nüstern. Es war eine andere Aura als Marissas, die ihm mittlerweile völlig vertraut war. Vorsichtig öffnete er die Augen und warf einen Blick auf die Uhr. Ein Uhr mittags.
Er spähte zum Fenster, aber sein Blick wurde von einer weiblichen Gestalt festgehalten.
Mara saß auf einem Stuhl neben dem Bett. Sie war vollkommen nackt und hatte die Beine gespreizt. »Ich dachte schon, Sie würden überhaupt nicht mehr aufwachen«, lächelte sie.
Joe starrte sie verblüfft an. »Was haben Sie denn gemacht?« fragte er. »Das sieht ja so aus, als hätten Sie sich neunzig Prozent Ihrer Pussy wegrasiert, Mara!«
Sie lachte. »Sie haben ein gutes Auge. Das ist jetzt die große Mode. Die neuen Bikinis sind nämlich so klein, daß alle Schamhaare links und rechts rausquellen. Wenn man sich nicht rasiert, sieht man aus, als ob man einen Bart auf dem Bein hätte.«
Mit einem Ruck wurde Joe endgültig wach. »He«, sagte er. »Sie sprechen ja Englisch! Ich dachte, Sie können bloß ein paar Worte.«
Mara verzog die Lippen. »Das hat sich als praktisch erwiesen«, sagte sie. »Die Leute halten einen für dumm, und das haben sie gern. Außerdem erfährt man mehr, wenn sie glauben, daß man sie nicht versteht.«
Marissa kam aus dem Bad. Sie trocknete sich gerade mit einem großen Badetuch ab und lachte Joe vergnügt an. »Na, wie gefällt es dir? Habe ich Mara nicht niedlich zurechtgestutzt? Vielleicht sollte ich Friseuse für Schamhaare werden.«
»Ich könnte das bestimmt noch besser«, grinste Joe. »Ich bräuchte nicht einmal eine Schere. Ich würde das Haar einfach abknabbern.«
»Sehr witzig«, sagte Marissa. »Sieh lieber zu, daß du unter die

Dusche kommst und packst. Wir fahren für ein paar Tage nach Saint-Tropez.«

»Saint-Tropez? Wo ist denn das?«

»Ungefähr achtzig Kilometer weiter westlich«, sagte Marissa. »Ein kleiner, todschicker Badeort. Vor allem hocken da nicht die ganzen alten Lustgreise herum wie in Monte Carlo, sondern junge Leute. Sie sind den ganzen Tag am Strand und tanzen trotzdem die Nächte durch.«

»Franco hat mir ein bißchen Geld dagelassen«, sagte Mara stolz. »Außerdem hat uns ein alter Freund von mir in sein Haus eingeladen. Er hat eine riesige Villa am Strand.«

»Ich weiß nicht recht«, sagte Joe. »Franco hat mir nichts von diesen Dingen gesagt. Ich weiß nicht, ob ihm das recht wäre.«

»Franco weiß Bescheid«, sagte Mara. »Er weiß, daß mein Freund ein guter Kumpel ist. Solange Marissa bei mir ist und mir Englisch beibringt und solange Sie an unserem Drehbuch arbeiten, hat er bestimmt nichts dagegen. Außerdem sind wir sowieso längst wieder hier, wenn er zurückkommt.«

Joe warf ihr einen zweifelnden Blick zu. »Und wie wollen Sie ihm Ihre rasierte Möse erklären?«

»Meine Haare wachsen schnell«, sagte sie.

»Trotzdem«, sagte Joe unsicher. »Ich möchte nicht, daß Franco von mir enttäuscht ist. Ich glaube, er kann sehr wütend werden.«

»Aber nein«, lachte Mara. »Er tut nur immer so gefährlich. In Wirklichkeit ist er ein reizender Mann.«

Joe schüttelte den Kopf. Die Sache schmeckte ihm nicht. Mara stand auf, griff nach seiner Hand und zog ihn ins Bad. »So«, sagte sie und schob ihn unter die Dusche. »Jetzt kühlen Sie sich erst einmal ab.«

Die Fahrt nach Saint-Tropez in dem kleinen Renault dauerte etwas über anderthalb Stunden. Mara und Marissa waren abwechselnd gefahren, während Joe auf dem Rücksitz vor sich hin döste. Die Landschaft links und rechts der Route Nationale bot ein großartiges Schauspiel. Hinter Cannes allerdings wurde die Fahrt etwas ungemütlich, als sie auf die schmale Küstenstraße abbogen, die auf die Halbinsel Saint-Tropez hinausführte. Jahrhundertelang war der Ort ein kleines Fischernest, umgeben von Weinbergen, gewesen, ohne Bahnanschluß oder andere öffentliche Verkehrsmittel. Erst in den letzten Jahren hatte es die Jeunesse dorée zu ihrem Lieblingsspielplatz erkoren.

Mara kurvte durch die engen Straßen am Hafen, wo zahlreiche Jachten vor Anker lagen, und fuhr dann auf einem schmalen Fahrweg bergauf, bis sie eine hellerleuchtete Villa erreichte. Es war schon fast elf.

Joe stieg aus und sah sich um. Es war erstaunlich, wieviel Platz in diesen kleinen europäischen Autos war, die von außen so unscheinbar wirkten. Mara führte sie über eine großzügige Treppe zum Eingang der Villa. Die Türen standen weit offen, und sie waren kaum eingetreten, als auch schon der Butler erschien. »Es tut mir sehr leid, Mademoiselle«, sagte er mit einer leichten Verbeugung. »Monsieur Lascombes und seine Gäste sind ausgegangen.«

»Das hätte ich mir denken können«, sagte Mara. Ihr Französisch war völlig akzentfrei. »Sie wissen, daß er uns eingeladen hat?«

Der Butler zog ein Blatt Papier aus der Tasche. »Sie sind Signorina Mara Benetti, nicht wahr?«

»Das ist richtig«, sagte Mara, »und die beiden Herrschaften hier sind meine Gäste. Ich sage Monsieur Lascombe morgen früh Bescheid.«

»Sehr wohl, Mademoiselle«, sagte der Butler. »Für den Augenblick werde ich Sie und Ihre Freundin in Zimmer Nummer zwölf und den Herrn in Zimmer Nummer neun unterbringen, wenn Sie erlauben. Die beiden Zimmer liegen sich im zweiten Stock direkt gegenüber.«

»Vielen Dank«, sagte Mara.

»Ich muß um Entschuldigung bitten«, sagte der Butler, »daß wir das Gepäck nicht sofort ins Haus bringen können, aber die Hausknechte sind schon gegangen. Wir werden Ihnen die Sachen gleich morgen früh bringen.«

»Das geht schon in Ordnung«, sagte Mara. »Wir nehmen einfach die Toilettensachen jetzt gleich mit. Das andere kann warten. Wenn Sie uns jetzt unsere Zimmer zeigen würden?« Damit nahm sie eine Fünfhundertfrancnote aus ihrer Handtasche und steckte sie dem keineswegs überraschten Mann zu.

Das Zimmer der beiden Mädchen war durchaus gemütlich. Es gab ein breites Doppelbett und ein eigenes Bad. Joes Zimmer dagegen war gräßlich. Es war wohl früher ein Dienstmädchenzimmer gewesen. Das Bett glich mehr einer Pritsche, und statt eines Waschbeckens gab es nur eine Schüssel und ein Bidet. Aber er war viel zu müde, um sich zu beschweren. Er zog sich aus und schlief sofort ein.

Er hatte das Gefühl, kaum eine Stunde geschlafen zu haben, als Marissa ihn wachrüttelte. »Joe«, sagte sie leise, »wach auf!«

»Ich schlafe schon«, sagte er. »Weckt mich am Morgen.«

»Es *ist* Morgen«, sagte sie. »Wach auf, Joe! Wir haben ein Problem.«

Joe rieb sich die Augen. Graues Morgenlicht kam durchs Fenster. »Was ist denn los?« fragte er.

»Du mußt hier weg«, sagte sie.

»Aha«, sagte er. »Und wie soll ich das machen?«

»Ich fahre dich hinüber nach Saint-Raphael. Dort kannst du ein Taxi nehmen und nach Nizza zurückfahren.«

»Ich habe ja nichts dagegen, wieder nach Nizza zu fahren«, sagte er. »Das Bett in Gianpietros Gästehaus ist viel bequemer. Aber wieso hat Mara erst gesagt, wir wären hier eingeladen, wenn ich jetzt plötzlich durch die Hintertür abreisen muß?«

»Sie hat wohl einiges durcheinandergebracht«, sagte Marissa.

Joe stand auf und streifte seine Hosen über. »Soll ich nicht lieber mal selbst mit ihr reden?«

»Das geht nicht«, sagte Marissa. »Sie hat zwei Schlaftabletten genommen und kommt vor nachmittags bestimmt nicht mehr zu Bewußtsein.«

»Woher weißt du dann überhaupt, daß ich hier unerwünscht bin?«

»Lascombes ist bei uns gewesen. Er hat gesagt, er hätte dein Zimmer schon anderweitig vergeben. Mara habe ihm nichts davon gesagt, daß du uns begleitest. Er wolle auch keinen Ärger mit Gianpietro, und deshalb sei es besser, wenn du gingest.«

»Verdammte Scheiße!« sagte Joe wütend. »Ich hätte mir denken können, daß die Frau keinen Überblick hat. Wäre ich bloß in Nizza geblieben, anstatt mich von ihr überreden zu lassen.« Er warf Marissa einen ärgerlichen Blick zu. »Wie sieht es mit Saint-Tropez aus? Kann ich mir nicht da ein Hotelzimmer nehmen?«

»Ich hab schon überall angerufen. Die Hotels sind alle ausgebucht. Es gibt kein einziges Zimmer mehr in der Stadt.«

Joe sah sie mißtrauisch an. »Du willst also hierbleiben?«

»Wenn du nichts dagegen hast«, sagte sie. »Gianpietro bezahlt mich dafür, daß ich Mara Gesellschaft leiste. Aber wenn du willst, komme ich natürlich mit nach Nizza zurück.«

Er dachte einen Augenblick nach. »Nein, das ist nicht nötig. Ich komme zurecht.«

»In der Villa ist es sowieso viel bequemer und schöner«, sagte Marissa.

»Sicher«, sagte Joe. »Wie lange brauchst du, um dich fertig zu machen?«

»Ich bin fertig«, sagte sie.

Er nickte. »Gut«, sagte er. »Ich komme in zehn Minuten nach unten.«

Marissa warf ihm einen ängstlichen Blick zu. »Es tut mir leid, Joe«, sagte sie.

Er lächelte müde. »So ist das nun mal. Man kann nicht immer der Star sein.«

34

Vier Tage später stand Joe auf dem Flughafen in Nizza und wartete auf Laura. Der Anschlußflug aus Paris mußte jeden Augenblick eintreffen. Aber statt dessen kam eine Lautsprecherdurchsage: Lauras Flug hatte Verspätung wegen eines schweren Gewitters über der französischen Hauptstadt.
Joe warf einen Blick auf die große Ankunftstafel und fluchte. Jetzt war es neun Uhr, und die Ankunftszeit für den Flug aus Paris war soeben auf halb zwölf festgesetzt worden.
Er ging zum Restaurant, setzte sich an einen der kleinen Tische und legte die zwei Dutzend Rosen für Laura sorgfältig auf einen Stuhl. Als der Kellner kam, bestellte er sich einen Whisky.
Der Kellner schüttelte bedauernd den Kopf. »Tut mir leid, Sir. An den Tischen werden nur Speisen serviert.«
»Ich habe schon gefrühstückt«, knurrte Joe wütend. »Was schlagen Sie vor, was ich tun soll?« Geradezu automatisch gab er dem Mann eine Hundertfrancnote.
»In diesem Fall, Monsieur«, sagte der Kellner, »werde ich Ihnen einen doppelten Whisky bringen, wenn Sie erlauben.«
»Wunderbar«, sagte Joe und grinste. Die Zahl der Flughafenbesucher, die auf den Flug aus Paris warteten, begann allmählich zu wachsen. Niemand regte sich auf. Offenbar waren die Leute daran gewöhnt, daß die Inlandsflüge unpünktlich waren.
Der Kellner brachte den doppelten Whisky und ein großes Glas Wasser. Joe musterte die bräunliche Flüssigkeit und nahm einen kleinen Schluck. Es war guter Scotch, der ihm wie Feuer die Kehle hinabrann. Er mußte vorsichtig sein. Wenn er zuviel davon trank, war er völlig besoffen, wenn Laura kam. Immerhin hatte er jetzt Gelegenheit, die letzten Tage noch einmal vor seinem inneren Auge Revue passieren zu lassen.

Als er aus Saint-Tropez zurückgekommen war, war es zwei Uhr nachmittags gewesen. Er hatte gerade das Taxi bezahlt, das ihn zu Gianpietros Villa gebracht hatte, als der Butler auch

schon aus der Tür kam. »*Bonjour,* Monsieur Crown«, rief er. »Kommen Sie bitte rasch ans Telefon! Monsieur Gianpietro möchte Sie sprechen.«
Joe folgte dem Mann zum Telefon in der Halle. »Franco?« sagte er.
»Joe, mein Freund«, sagte Gianpietro. »Ich habe gehört, Sie wären mit den Mädchen nach Saint-Tropez gefahren?«
»Mir hat es da nicht gefallen«, sagte Joe vorsichtig. »Ich hätte dort niemals arbeiten können.«
»In der Villa haben Sie es gewiß viel bequemer«, sagte Gianpietro.
»Wahrscheinlich«, sagte Joe. »Aber ich habe über Ihr freundliches Angebot noch einmal nachgedacht, und ich weiß nicht, ob ich Ihre Gastfreundschaft wirklich weiter beanspruchen soll. Ich fürchte, ich kann Ihnen keinen vernünftigen Vorschlag für einen Film machen, in dem Mara die Hauptrolle spielt. Ich habe mich deshalb entschlossen, Ihr Haus zu verlassen und wieder an meinem neuen Roman zu arbeiten.«
»Sie haben wahrscheinlich recht«, sagte Gianpietro, und eine gewisse Erleichterung in seiner Stimme war deutlich zu hören. »Mara ist eine dumme Kuh. Sie nimmt ihre Arbeit nicht ernst. Sie möchte, daß die anderen ihr alles abnehmen.«
»Das hört sich so an, als wären Sie nicht mehr zufrieden mit ihr«, sagte Joe. »Ich hoffe, das hat nichts mit mir zu tun, Franco?«
»Aber nein«, sagte Gianpietro. »Um ehrlich zu sein, habe ich schon seit einiger Zeit andere Pläne. Es gibt auch noch andere Mädchen, und ich könnte mir vorstellen, daß Mara bald eine kleine Überraschung erlebt.«
»Oh, das tut mir leid«, sagte Joe. »Darf ich auf Ihre Kosten noch meine Lektorin in den Vereinigten Staaten anrufen? Ich werde das Gästehaus morgen räumen.«
»Verfügen Sie ganz, wie Sie wollen, mein Freund«, sagte Gianpietro. »Bitte lassen Sie es mich wissen, wenn Sie irgendwas brauchen.«
»Vielen Dank, Franco. *Arrivederci.*« Joe legte den Hörer zurück auf die Gabel und wandte sich an den Butler. »*S'il vous plaît*«,

sagte er in seinem nicht sehr perfekten Französisch. »Könnten Sie ein Telefongespräch nach New York für mich anmelden?«
Der Butler nickte. »*Avec plaisir*«, sagte er und gab Joe einen Bleistift und einen Notizblock. »Wenn Sie mir hier bitte die Nummer aufschreiben wollen?«
Joe notierte Lauras Telefonnummer und gab den Notizblock zurück. Der Butler sprach mit der Telefonvermittlung und wartete dann auf Antwort. Joe konnte die kratzige Stimme des Telefonfräuleins selbst hören. Die Leitungen seien gerade alle besetzt, sagte sie, es werde ungefähr zwei Stunden dauern, ehe sie durchkomme.
»Das macht nichts«, sagte Joe. »Ich werde warten.«
Der Butler sagte dem Mädchen in der Vermittlung Bescheid und hängte dann ein. »Kann ich sonst noch etwas für Sie tun, Monsieur?« fragte er.
»Ich ziehe morgen aus«, sagte Joe. »Welches ist das beste Hotel in Nizza?«
»Das Negresco, Monsieur.«
»Können Sie mir da ein Doppelzimmer bestellen für ein paar Tage?«
»Das dürfte schwierig sein, Monsieur. Wir haben Hochsaison, da ist das Negresco normalerweise immer *complet*.«
»Verdammt«, sagte Joe. »Können Sie mir irgendwie helfen?«
»Mein Schwager arbeitet dort im Empfang«, sagte der Butler. »Vielleicht kann er etwas arrangieren.«
»Reden Sie mit ihm«, sagte Joe. »Sagen Sie ihm, er bekommt fünfzig Dollar von mir, wenn er mir ein Zimmer beschafft.«
»Ich werde sehen, was ich tun kann«, sagte der Butler.
»Vielen Dank«, sagte Joe und schob dem Mann einen Zehndollarschein in die Hand. »Ich gehe jetzt runter ins Gästehaus und pack meine Sachen. Stellen Sie das Gespräch nach New York bitte durch, wenn die Vermittlung sich meldet?«
Er war kaum im Gästehaus angekommen, als das Telefon klingelte. Der Butler meldete sich. »Ich habe gerade mit meinem Schwager gesprochen«, sagte er. »Die Sache mit dem Zimmer geht in Ordnung. Sie sind ab morgen gebucht.«

»Wunderbar«, sagte Joe. »Vielen herzlichen Dank.«
»Es war mir ein Vergnügen, Monsieur«, sagte der Butler. »Ich kann Sie morgen gern hinfahren.«
»Danke, das wäre nett«, sagte Joe und hängte ein. Er holte seinen Koffer vom Schrank und stellte ihn auf einen Hocker. Plötzlich war er sehr müde. Die Fahrt von Saint-Tropez in der Mittagshitze war wohl anstrengender gewesen, als er gedacht hatte. Fast automatisch streckte er sich auf dem Bett aus und schlief sofort ein.
Als er erwachte, wurde er von der hellen Nachmittagssonne geblendet, die durch das Westfenster strömte. Er warf einen Blick auf die Uhr. Er hatte fast anderthalb Stunden geschlafen. Er wusch sein Gesicht mit kaltem Wasser und fühlte sich gleich etwas besser. Dann griff er nach dem Telefon. Der Butler meldete sich. »Hat sich das Amt schon wegen des Ferngesprächs nach New York gemeldet?« fragte Joe.
»Nein, Monsieur«, sagte der Mann. »Möchten Sie etwas zu essen oder zu trinken, Monsieur?«
Plötzlich wurde Joe bewußt, wie hungrig er war. Kein Wunder, er hatte seit dem Frühstück nichts mehr gegessen. Und auch das Frühstück hatte nur aus zwei Croissants ohne Butter und einer Tasse Kaffee bestanden. »Ja, das ist eine gute Idee«, sagte er.
»Ich habe ein paar Brote mit Roastbeef und kaltem Hühnchen gemacht«, sagte der Butler. »Möchten Sie dazu lieber Wein oder Bier?«
»Haben Sie auch Coca-Cola?«
»Natürlich, Monsieur.« Aber die Stimme klang doch etwas überrascht.
»Großartig«, sagte Joe. »Mit viel Eis, bitte. Ich mag es sehr kalt.«
»Ich werde es Ihnen gleich bringen, Monsieur.«
Joe hängte ein und knöpfte sein Hemd auf, das völlig durchgeschwitzt war. Noch ehe er das Hemd vom Leib hatte, klingelte das Telefon.
»Die Contessa Baroni möchte Sie sprechen, Monsieur.«
Joe war verblüfft. »Mich?«

»Ja, sie hat ausdrücklich nach Ihnen gefragt.«
»Vielen Dank.« Joe hörte das Klicken, mit dem die Anruferin zu ihm durchgestellt wurde. »Joe Crown«, sagte er.
»Hier spricht Anna Baroni«, sagte die Contessa. »Wie kommen Sie dazu, bei diesem Gangster in Nizza zu wohnen?«
»Ich wollte an einem Drehbuch für seine Freundin arbeiten«, lachte Joe. »Aber es fällt mir nichts ein. Ich werde morgen früh ausziehen. Ich treffe mich mit meiner Lektorin, um meinen neuen Roman mit ihr zu besprechen.«
»Ihre Lektorin, so, so«, sagte die Contessa mit einem spöttischen Unterton in der Stimme. »Ist sie hübsch?«
Joe zögerte einen Moment. »Mehr als das«, sagte er. »Sie hat Stil.«
»Sie sprechen wie ein echter Schriftsteller«, sagte die Contessa. »Wissen Sie eigentlich, daß ich Ihre italienische Verlegerin bin? Der Verlag, der Ihren Roman in Italien herausbringt, gehört mir.«
»Haben Sie meinen Roman gelesen?« fragte er neugierig.
»Nein«, sagte die Contessa ehrlich. »Das ist nicht die Sorte von Büchern, die ich gerne lese. Aber die Vorbestellungen sollen sehr gut sein. Hören Sie, Joe, ich wollte Sie eigentlich gern zum Wochenende auf meine Jacht einladen. Ist Ihnen das recht?«
Er zögerte. »Ich würde sehr gerne kommen«, sagte er. »Aber meine Lektorin ist sehr ... konservativ.«
Wieder ließ die Contessa ihr kehliges Lachen erklingen. »Ich habe dieses Wochenende sehr ruhige Leute an Bord. Vielleicht gefallen sie Ihrer Lektorin sogar. Der Geschäftsführer meines Verlages und seine Frau sind auch mit von der Partie.«
»Nun, vielen Dank jedenfalls für die Einladung«, sagte Joe. »Ich werde das mit ihr besprechen. Vorläufig ist sie aber noch gar nicht in Frankreich. Ich erwarte sie übermorgen. Wahrscheinlich ist das für Ihre Dispositionen zu spät, nicht wahr?«
»Nein, nein«, sagte die Contessa. »Rufen Sie mich auf jeden Fall an. Sie erreichen mich über die Hafenverwaltung von

Juan-les-Pins. Von dort wird mir der Anruf direkt durchgestellt.«
»Gut«, sagte Joe. »Am Freitag lasse ich auf jeden Fall von mir hören.«
»Bis dann«, sagte sie, »*ciao.*«
Es dauerte noch zwei weitere Stunden, bis Joe endlich Laura erreichte. Inzwischen hatte er gegessen und seine Sachen gepackt und saß auf der Terrasse, um den Sonnenuntergang zu verfolgen. Lauras Stimme klang hektisch.
»Hallo«, sagte sie. »Wie geht es?«
»Danke«, sagte sie zerstreut. »Ich hab eine Menge zu tun. Gibt es etwas Besonderes?«
»Nein«, sagte er, »es ist soweit alles in Ordnung. Nur eines ist überhaupt nicht in Ordnung: Du bist nicht da, Laura!«
»Es ist ja auch noch nicht der zehnte«, sagte sie. »Ich habe dir gesagt, du sollst am zehnten anrufen. Dann sage ich dir Bescheid.«
»Heute ist der fünfte«, sagte er wütend. »Und ich bin der Ansicht, du könntest allmählich wissen, was du willst. Ich bin jetzt in Nizza und habe gerade sechs Stunden darauf gewartet, mit dir telefonieren zu können. Ich möchte, daß du jetzt kommst! Wenn du dich erst am zehnten entschließt, dann bist du nicht vor dem fünfzehnten hier, und dann haben wir fast überhaupt keine Zeit mehr zusammen.«
»Hast du an deinem Buch gearbeitet?«
»Nein«, mußte er zugeben. »Ich habe mit einem italienischen Produzenten über einen neuen Film gesprochen, und es hat eine Weile gedauert, bis ich gemerkt habe, daß aus der Sache nichts wird. Ich würde lieber an meinem Buch arbeiten, aber dazu brauche ich deine Hilfe.«
Laura schwieg.
»Außerdem möchte ich mit dir zusammen sein. Einfach so«, sagte er.
Laura holte tief Atem. »Ich habe keine Lust, eine weitere Trophäe in deiner Sammlung zu werden. Ich bin nicht irgendeine von deinen Miezen.«
»Das weiß ich«, sagte er. »Du bist nicht irgendein Mädchen.

Du bedeutest mir etwas. Die anderen sind alle vergessen. Das war doch nur Spielerei. Ich rufe dich an, weil ich dich brauche. Ich brauche einen Halt. Ich will nicht länger Drehbücher schreiben, sondern einen großen Roman. Ich will ein richtiger Schriftsteller werden. Ich brauche dich – für mich und für meine Arbeit.«
»Ist das dein Ernst?« fragte sie leise.
»Ja«, sagte er voller Überzeugung.
»Wann soll ich kommen?« fragte sie.
»Morgen«, sagte er.
Sie lachte. »Heute ist Dienstag«, sagte sie. »Wie wäre es Freitag?«
»Okay«, sagte er. »Ich hole dich in Nizza am Flughafen ab. Ich wohne hier im Negresco. Beeil dich, Laura!«
»Joe«, sagte sie leise. »Ich will keinen Fehler machen, verstehst du?«
»Du machst keinen Fehler«, sagte er. »Das verspreche ich dir.«

Der Schwager des Butlers hatte offenbar ziemlich viel Einfluß. Joe erhielt eins der besten Zimmer im Negresco. Es lag im fünften Stock und hatte zwei große Türen, die auf einen schmalen Balkon hinausführten. Die Aussicht über die Promenade des Anglais, den Strand und das blaue Mittelmeer war berauschend. Im Zentrum des Raumes standen zwei Einzelbetten.
Der Page hatte Joes enttäuschten Blick beobachtet. »Das Zimmer ist ganz *à l'americaine*«, grinste er. »Die meisten amerikanischen Gäste bevorzugen einzelne Betten.«
Joe lächelte. »Das ist schon in Ordnung.« Er gab dem Mann hundert Francs.
Der Page war kaum gegangen, da kam ein Träger mit dem Gepäck, und diesem wiederum folgte ein Hausdiener, der die Koffer auspackte. Joe ließ die Zwanzigfrancscheine wie Papierschnipsel regnen und fühlte sich großartig. Der Service war wirklich phantastisch. Das ließ er sich gern etwas kosten.

Seine kleine Schreibmaschine stellte er an den Tisch vor dem Fenster. Er nahm Papier aus der Tasche und begann, sich Notizen zu machen. Es war ihm egal, daß alle Leute sagten, es gäbe schon viel zu viele Romane über Hollywood. Er würde eine Geschichte schreiben wie kein anderer vor ihm. Eine Geschichte über Alkohol, Rauschgift und Frauen. Mit dem Filmgeschäft würde sie gar nichts zu tun haben.
Das Telefon klingelte. Es war Laura. »Ist dir Freitag vormittag recht?« fragte sie.
»Wunderbar«, sagte er.
»Was machst du gerade?« fragte sie.
»Ich versuche etwas aufzuschreiben, was ich dir zeigen kann, wenn du kommst«, sagte er. »Ich möchte nicht, daß du glaubst, ich denke bloß an das eine.«
»Gut«, sagte sie.
»Ich habe übrigens Glück gehabt«, sagte er. »Ich habe mitten in der Hochsaison ein wunderschönes großes Zimmer gekriegt, das eine herrliche Aussicht über das Mittelmeer hat.«
»Das klingt gut«, sagte sie.
»Es gibt nur ein kleines Problem«, sagte er. »Die Betten stehen getrennt.«
Laura schwieg eine Sekunde. »Das macht nichts«, sagte sie schließlich. »Wir finden schon eine Lösung.«
Joe lachte. »Das hoffe ich auch. Ich erwarte dich dann am Flughafen. Ich freu mich schon so.«
»Ich mich auch«, sagte sie.
Er legte den Hörer zurück auf die Gabel und warf einen Blick auf die Schreibmaschine. Er hatte schon vier Seiten geschrieben! Es war fast acht Uhr, aber immer noch schien die Sonne. Joe hatte Hunger. Er hatte wieder einmal vergessen, zu Mittag zu essen. Er rief den Portier an.
Zu seiner Überraschung schien der Mann ihn zu kennen.
»Monsieur Crown?«
»Sie wissen, wer ich bin?«
»Ja, Monsieur. Ich bin Max. Mein Schwager hat uns bekannt gemacht, Monsieur Crown.«
»Ja, natürlich. Max, wo ißt man am besten in Nizza?«

»Unsere Snackbar, die Rotonde, ist sehr gut, Monsieur«, erwiderte Max.
»Schön«, sagte Joe. »Können Sie mir bitte einen Tisch reservieren lassen?«
»Natürlich, Monsieur. Essen Sie allein?«
»Ja«, erwiderte Joe.
»Sehr wohl, Monsieur, vielen Dank.«
Joe hängte ein, duschte und zog sich zum Abendessen an. Er wollte gerade nach unten gehen, als das Telefon klingelte.
»Joe?« Es war Marissa.
»Ja«, sagte er. »Was gibt es?«
»Mara möchte, daß du in die Villa zurückkommst«, sagte er.
»Sag ihr, sie soll mich in Ruhe lassen.«
»Sie sagt, Gianpietro wird wütend, wenn du nicht da bist«, sagte Marissa.
»Das kann schon sein«, sagte Joe. »Aber er wird nicht auf mich wütend sein. Ich habe mit ihm gesprochen.«
Marissa schwieg einen Augenblick. »Was hast du jetzt vor?« fragte sie.
Joe griff zu einer kleinen Notlüge. »Meine Lektorin kommt morgen früh aus New York. Wir werden zusammen an meinem neuen Buch arbeiten.«
»Es tut mir leid, daß es so enden mußte, Joe«, sagte Marissa. »Ich mag dich sehr.«
»Ich mag dich auch«, sagte Joe. »Und es war auch sehr schön. Vielleicht treffen wir uns mal wieder in Rom.«
»Hoffentlich«, sagte sie ernsthaft. »Viel Glück.«
»*Ciao*«, sagte er.
Und dann war er zum Essen gegangen.

Wieder meldete sich der Flughafenlautsprecher. Joe trank seinen Whisky aus und stand auf. Lauras Maschine war soeben gelandet.

35

Während der Gepäckträger ihre Koffer abstellte, ging Laura durch die Glastüren auf den schmalen Balkon. Joe war im Zimmer geblieben und beobachtete sie. Ob es Laura gefiel? Noch immer hatte sie ihm den Rücken zugekehrt und sah hinaus auf die Bucht. »Ich kann gar nicht glauben, daß ich tatsächlich an der Côte d'Azur bin«, sagte sie.
»Du kannst es ruhig glauben«, sagte er. »Das Blaue ist das Ligurische Meer, und die Straße da unten ist die Promenade des Anglais.« Er öffnete die Champagnerflasche, die auf einem kleinen Tisch stand, und füllte zwei Gläser. »Willkommen in Frankreich.«
Laura trank einen Schluck. »Ach, es ist alles so schön«, sagte sie und lächelte. »Du hast alles perfekt arrangiert. Rosen am Flughafen, Champagner im Hotel. Weißt du eigentlich, daß du ein Romantiker bist?«
Joe lachte. »Darüber habe ich noch nie nachgedacht. Ich habe mich nur darauf gefreut, daß du kommst.«
»Ich bin auch sehr froh, daß ich da bin«, sagte sie, ging zu ihm und küßte ihn zart. »Vielen Dank.«
Er schüttelte schweigend den Kopf.
»Jetzt muß ich unbedingt duschen«, sagte sie. »Ich habe das Gefühl, meine Kleider kleben förmlich an mir. Achtzehn Stunden im Flugzeug sind nicht unbedingt ein Vergnügen. Fliegen ist zwar die schnellste Form des Reisens, aber nicht die bequemste.«
Joe hob sein Glas. »Auf die Geschwindigkeit«, sagte er. »Aber jetzt geh erst einmal unter die Dusche. Dann fühlst du dich bestimmt gleich besser.«
Laura warf einen Blick auf die Betten. »Welches ist meins?« fragte sie.
»Du kannst es dir aussuchen«, sagte er. »Die Betten werden jeden Tag frisch bezogen.«
»Ich nehme das neben dem Bad«, sagte sie, stellte ihr Champagnerglas ab und nahm ihren Waschbeutel aus dem Koffer. »Ist da drin noch ein Bademantel?« fragte sie. Joe nickte.

»Gut«, sagte sie. »Ich werde bestimmt nicht lange brauchen.« Damit schloß sie die Tür hinter sich.
Joe setzte sich an den Tisch und blätterte in dem Manuskript, das neben der Schreibmaschine lag. Siebenundzwanzig Seiten seit vorgestern. Einzeilig. Das war ausgezeichnet. Laura würde bestimmt sehr zufrieden sein. Er hörte, wie sie die Dusche anstellte. Vor seinem inneren Auge erschien ein Bild ihres nackten Körpers, über den das Wasser herabstürzte. Er spürte, wie die Erregung in ihm wuchs. Er ging zur Tür und stellte sich auf den Balkon. Daß diese italienischen Hosen auch so verdammt eng sein mußten! Sobald man auch nur die geringste Erektion hatte, war das für jedermann sichtbar.
Ein paar Minuten später kam Laura. Sie stellte sich neben ihn und fragte: »Beobachtest du etwas Bestimmtes?«
»Nein«, sagte er. »Mir war nur so warm, und hier draußen weht so eine angenehme Brise.«
»Ich finde es herrlich, daß es so warm ist«, sagte sie. »In New York hatten wir die letzten Wochen bloß Regen.«
Joe drehte sich zu ihr um. Sie trug den weißen Frotteemantel, den das Hotel für seine Gäste bereithielt. »Wie war die Dusche?« fragte er lächelnd.
»Ich fühle mich schon viel besser«, sagte sie. »Aber ich bin immer noch müde.«
»Das ist völlig normal«, sagte er. »Warum machst du nicht erst mal Siesta? Wir haben ja keine Eile.«
Sie hob den Blick. »Und was machst du unterdessen?«
»Dasselbe«, lachte er. »Ich war letzte Nacht viel zu aufgeregt, um zu schlafen. Ich bin auch hundemüde.«
Er folgte ihr ins Zimmer und hängte das »Bitte-nicht-stören«-Schild an die Tür. Dann nahm er die Tagesdecke von ihrem Bett und sagte: »*Voilà.*«
»Ach, das sieht gut aus«, sagte sie und schlug das Bett auf. Sie legte sich hin und deckte sich mit dem Leintuch zu.
Joe setzte sich auf die Bettkante des anderen Bettes und zog seine Schuhe aus. »Hast du etwas dagegen, wenn ich mich ausziehe und in Unterhosen hinlege?« fragte er.
»Sei nicht albern«, sagte Laura. »Es ist viel zu warm, um in

Kleidern zu schlafen.« Sie bewegte sich unter dem Laken, und einen Augenblick später schob sie den Bademantel darunter hervor. Sie warf Joe einen vorsichtigen Blick zu. »Ich muß mich ein bißchen ausruhen«, sagte sie. »Dann können wir reden.«

Er drehte ihr den Rücken zu, als er sich auszog. Er wollte nicht, daß sie seine Erektion und die Flecken auf seinen Shorts sah. Er zog die Vorhänge vor, und im Zimmer wurde es dunkel. Dann streckte er sich auf dem Bett aus und schloß seine Augen. Aber er konnte nicht schlafen, allzu deutlich hörte er Lauras leichte Atemzüge aus dem anderen Bett. Ärgerlich stellte er fest, daß seine Erektion einfach nicht nachlassen wollte. Er drehte sich um und versuchte, an etwas anderes zu denken. In diesem Augenblick begann das Telefon zu läuten.

Rasch griff er nach dem Hörer, damit er dem zweiten Klingeln zuvorkam und Laura nicht aufwachte. »Hallo«, sagte er leise.
»Joe.« Es war die Contessa. »Ist Ihre Lektorin gekommen?«
»Ja, vor einer halben Stunde«, sagte er.
»Ich wollte Sie nur daran erinnern, daß Sie beide für dieses Wochenende auf meine Jacht eingeladen sind. Wir laufen morgen um zwölf Uhr mittags aus.«
»Darf ich Sie deswegen heute abend um sieben anrufen?« fragte er. »Dann kann ich Ihnen mehr sagen.«
»Okay«, sagte sie, »*Ciao.*«

Als er den Hörer zurücklegte, drehte Laura sich um und knipste die kleine Lampe an, die auf dem Nachttisch zwischen ihren Betten stand. Sie schien nicht zu bemerken, daß ihr Körper kaum noch von dem Leintuch verhüllt wurde. »Wer hat denn angerufen?« fragte sie schläfrig.

»Die Contessa Baroni«, sagte er. »Sie hat uns beide auf ihre Jacht eingeladen.« Er spürte, daß seine Erektion erneut härter wurde, und drehte sich auf den Bauch, damit Laura nicht aufmerksam wurde.

»Contessa Baroni?« sagte sie nachdenklich. »Irgendwie kommt mir der Name bekannt vor.«

»Baroni ist der Name meines italienischen Verlags, Laura. Sie

hat einen ganzen Konzern. Der Verlag ist nur ein kleiner Teil davon. Das Flaggschiff gewissermaßen.«
Er kuschelte sich tiefer ins Bett. »Sie hat auch den letzten Film finanziert, den ich mit Santini gemacht habe. Außerdem hat sie dafür gesorgt, daß er mir mein Honorar ausbezahlt hat.«
»Wo hast du sie kennengelernt?« fragte Laura. »Bei einer ihrer berüchtigten Partys?«
»Santini hat mich ihr vorgestellt, und sie schien mich aus irgendeinem Grunde zu mögen. Ich habe den Verdacht, daß sie persönlich eingegriffen hat, um ihren Verlag zur Übernahme meines Romans zu veranlassen. Sie hat übrigens angekündigt, daß der Verlagsleiter und seine Frau auch auf der Jacht sein werden.«
Laura hielt seinen Blick fest. »Hast du eine Affäre mit ihr gehabt?«
»Wie sollte ich?« lachte er. »Ich bin gar nicht ihr Typ. Sie interessiert sich viel mehr für junge Mädchen.«
Er hatte sich aufgerichtet und merkte erst jetzt, daß er einen Fehler gemacht hatte: Lauras Blick war auf seine Unterhosen gerichtet, die stark ausgebeult waren. »Immerhin hat dich das Gespräch offenbar sehr in Erregung versetzt«, sagte sie.
»So ein Unsinn«, fauchte er voller Empörung. »Mit diesem Problem da« – er wies auf seine Hose – »habe ich zu kämpfen gehabt, seit du aus dem Flugzeug gestiegen bist! Und daß du jetzt halbnackt vor mir liegst, macht die Dinge keineswegs einfacher.«
Laura sah an sich herab, und dabei glitt das Laken endgültig von ihr herunter. Sie machte keinerlei Anstalten, sich wieder damit zu bedecken. »Ich habe mich schon die ganze Zeit gefragt, warum du so verklemmt wirkst«, sagte sie lächelnd.
»Nun, jetzt weißt du es«, sagte er.
»Komm, zieh schon deine Hosen aus«, lachte sie, »ehe du dir noch einen Bruch holst!«
Er stand auf und zog seine Hosen aus. Sein Glied ging hoch wie eine Wünschelrute und schlug klatschend auf seinen Bauch.
Laura betrachtete ihn. »Der ist sehr groß«, sagte sie leise. »Das

sind doch mindestens zweiundzwanzigeinhalb Zentimeter.«
»Ich habe ihn nie gemessen«, sagte Joe.
Laura holte tief Luft. »Mir gefällt das«, sagte sie. »Deshalb habe ich auch so lange gezögert. Ich wollte unsere Beziehung rein dienstlich halten. Denn ich ahnte schon, daß du mir gefallen würdest wie niemand zuvor.«
»Denkst du jetzt immer noch an die geschäftliche Seite?« fragte er. »Bist du bloß gekommen, damit ich meinen Roman schreibe?«
Laura lachte. »Jetzt spinnst du aber, mein Guter. Ich fliege doch nicht um die halbe Welt, bloß um ein Manuskript zu lesen.«
»Ich verstehe dich nicht«, sagte er. »Du warst doch immer so kühl. Hast du jetzt deine Meinung geändert?«
»Allerdings. Die acht Jahre in dieser blöden Agentur mit ihren idiotischen Regeln und Vorschriften waren genug«, sagte sie. »Ich lasse mich nicht noch einmal dermaßen reglementieren! Und soll ich dir etwas sagen? Meinen neuen Job habe ich abgesagt. Da wäre alles wieder genauso geworden.«
»Und was wirst du jetzt machen?«
»Das hier«, sagte sie und nahm sein Glied in die Hand. »Ich möchte ein freies Leben führen. So wie du. Du kannst tun und lassen, was du willst, und scheinst dich sehr gut zu amüsieren dabei. Wenn ich die Zeitungen lese, habe ich immer das Gefühl, daß du genau da bist, wo etwas passiert. Partys. Prominente. Interessante Leute. Mein Leben ist immer so langweilig.«
Er setzte sich zu ihr aufs Bett und schob ihr seine Hand zwischen die Schenkel. »Ich möchte, daß du mich küßt«, sagte sie. »Ich war sechs Jahre mit einem Rechtsanwalt verlobt, und er hat bloß immer gestoßen.«
»Das wird sich bald ändern«, sagte er, senkte sein Gesicht auf sie und hörte sie aufseufzen. Mit jeder Bewegung wurde sie wilder. »Mein Gott!« rief er. »Du bist wirklich wunderschön – überall.«
Sie packte seine Haare und zog seinen Kopf noch dichter an

sich heran. »Halt deinen Mund, wenn ich komme!« stöhnte sie und warf ihren Kopf von einer Seite auf die andere. Joe hob den Blick. Ihre Augen waren fest geschlossen. Er schob ihre Beine zurück. Dann stieß er zu. Ihr Mund flog mit einem heftigen Schrei auf. »Ist er für dich groß genug?« knurrte er.
»Ich spüre ihn bis in die Kehle hinauf«, sagte sie. »Ich bin verrückt nach dir! Liebe mich immer weiter! Mach weiter, mach weiter!«

36

Joe wurde vom sanften Brummen der Schiffsmotoren geweckt. Er warf einen Blick auf das Leuchtzifferblatt seiner Uhr. Es war kurz nach sieben Uhr morgens. Leise schlüpfte er aus seiner Koje. Laura schlief immer noch fest. Nur ein paar vorwitzige Haarsträhnen lugten unter der Bettdecke vor. Joe streifte seine Bermudashorts und ein Polohemd über und verließ die Kabine praktisch ohne jedes Geräusch.
Auf der schmalen Wendeltreppe in der Mitte des Schiffes stieg er zum Salon hinauf, in dem bereits zum Frühstück gedeckt war. Er nahm ein Glas Tomatensaft und trank in kleinen Schlucken. Durch die Bullaugen sah er die französische Küste im Frühdunst verschwinden.
»Das Mädchen wird Sie heiraten, Joe«, sagte hinter ihm die Contessa.
Erschrocken drehte er sich um. Die Contessa trug einen seidenen Morgenrock über einem engen Badeanzug. »Wie kommen Sie darauf?« fragte er.
»Es gibt Dinge, die weiß ich einfach«, sagte sie und streckte ihm die Wange zum Kuß hin. »*Buon giorno.*«
»*Buon giorno.*« Er küßte sie brav auf die Wange. »Sind Sie Hellseherin?«
»Nein«, lachte sie. »Aber wir sind jetzt seit drei Tagen zusammen, da kriegt man schon einiges mit. Aber Sie brauchen keine Angst zu haben. Laura wird Ihnen guttun.«
Joe schwieg.

»Ist sie gut im Bett?« fragte die Contessa.
Joe nickte. »Ja, sehr.«
»Das habe ich mir gedacht«, sagte die Contessa. »Ich hatte gleich den Eindruck, daß sie eine Frau ist, die sich ihre Leidenschaft lange Zeit aufgespart hat und sich jetzt endlich frei fühlt.«
»Was haben Sie mir sonst noch zu sagen, weise Frau?« fragte Joe lächelnd.
»Ich würde auch gern mal mit ihr zusammen sein«, sagte die Contessa sachlich. »Ich finde es richtig schade, daß ich dieses Vergnügen voraussichtlich nie haben werde. Sex mit Frauen gehört offensichtlich nicht zu ihrem Repertoire. Sie liebt Sie, Joe. Das ist, glaube ich, der Kern ihres Wesens.«
»Wo ist denn Ihre kleine dänische Freundin?« fragte er.
»Die schläft noch«, sagte sie. »Aber das macht nichts. Sie langweilt mich sowieso. Keine Phantasie. Und Enrico und seine Frau langweilen mich noch mehr. Es trägt nicht gerade zu meiner Stimmung bei, wenn ich dauernd über Geschäfte reden soll. Aber einmal im Jahr muß es wohl sein. Ich muß mich ja auf dem laufenden halten.«
»Sie tragen große Verantwortung?« sagte er.
»Mein Vater hatte keinen Sohn, deshalb hat er mir seinen ganzen Konzern vererbt. Es sind sehr viele unterschiedliche Bereiche, um die es da geht.« Sie zog an einer Klingelschnur, um den Steward zu rufen. »Möchten Sie ein richtiges amerikanisches Frühstück mit Rühreiern und Schinken?«
»Ja, das wäre schön.«
Der Steward mit seiner makellosen weißen Uniform erschien. Die Contessa sprach italienisch mit ihm. Er nickte und verschwand wieder. Mit einer Handbewegung lud die Contessa Joe dazu ein, am Frühstückstisch Platz zu nehmen. Sie setzte sich an die Schmalseite, und Joe setzte sich im rechten Winkel zu ihrer Linken. Schweigend schenkte sie aus einer silbernen Kanne zwei Tassen Kaffee ein. Langsam nahm sie zwei Schlucke. »Fad«, sagte sie. »Es ist alles unheimlich fad.«
Joe schwieg.
Die Contessa warf ihm einen prüfenden Blick zu. »Ich weiß

nicht, wie es mit Ihnen ist«, sagte sie und zog eine kleine silberne Dose und ein goldenes Löffelchen aus der Tasche, »aber ich brauche unbedingt einen Kick.« Sie nahm in rascher Folge zwei Prisen und hielt Joe dann die Kokaindose hin.
Er schüttelte den Kopf. »Am Morgen würde ich davon verrückt werden.«
Sie lachte. »Dann nehmen Sie eine Prise auf die Fingerspitze und machen, was ich sage«, sagte sie.
Joe fuhr auf. »Anna«, lachte er, »was wollen Sie jetzt? Sie sind wirklich unmöglich! Wir sind hier im Salon. Jeden Augenblick kann der Steward mit den Rühreiern kommen oder sonst irgend jemand.«
»Selbst wenn jemand käme«, sagte sie. »Niemand würde es merken.« Sie hob das Tischtuch und spreizte ihre Beine. »Es dauert nur eine Sekunde. Ich verbrenne, Joe. Kommen Sie, helfen Sie löschen!«
»Und was ist mit Ihrem Badeanzug? Den können Sie bestimmt nicht ausziehen.«
»Lassen Sie das nur meine Sorge sein, Joe«, sagte sie, ergriff seine Hand und häufte ihm das Kokain auf die Finger. »Jetzt strecken Sie Ihre Hand schon unter den Tisch!«
Er schüttelte den Kopf, tat aber gehorsam, was sie verlangt hatte. Er spürte, wie sie seine Hand packte und vorsichtig zu sich heranzog. Zu seiner Überraschung schien ihr Badeanzug sich von selbst zu öffnen. Sie tastete nach seinen Fingern. »Jetzt!« stöhnte sie. »Drehen Sie Ihre Hand einmal um.«
Als er seine Hand wieder zurückzog, sah er eine heftige Röte auf ihrem Gesicht, dann brach ihr der Schweiß auf der Stirn aus. Sie ließ den aufgestauten Atem in einem mächtigen Seufzer entweichen und lächelte vage. »Sie können sich die Hände in der Fingerschale dort auf dem Tisch waschen«, sagte sie. »Es sind ein paar Zitronenscheiben darin.«
Schweigend tauchte er seine Finger ins Wasser und rieb sie dann mit der Serviette trocken. »Geht es Ihnen jetzt besser?« fragte er lächelnd.
Die Contessa tupfte sich das Gesicht ab. »Hat es mein Make-up ruiniert?« fragte sie.

»Nicht im geringsten, Sie sehen zauberhaft aus«, sagte er.
Sie beugte sich über den Tisch und küßte ihn auf die Wange.
»Sie sind süß, Joe«, sagte sie. »Diese Laura ist wirklich ein Glückskind.«
Er starrte sie verblüfft an, mußte aber zunächst auf seine Frage verzichten, denn in diesem Augenblick kam der Steward mit seinen Rühreiern. Er wartete, bis der Mann wieder gegangen war. »Anna, warum? Sagen Sie mir doch bitte . . .«
Eine merkwürdige Traurigkeit überzog ihr Gesicht. »Das Leben ist so verdammt langweilig, mein Liebling«, sagte sie mit verschleierten Augen. Sie schien fast wütend zu sein. »Man muß einfach ab und zu etwas tun, was verrückt ist.«

Das verlängerte Wochenende auf der Jacht der Contessa endete am Dienstagabend mit einem Feuerwerk in der Bucht von Cannes. Die große weiße Jacht war umgeben von Motorbooten, Segelbooten und anderen Jachten. Joe und Laura standen auf dem Sonnendeck, um von dort aus das nächtliche Schauspiel besser genießen zu können. Eine Rakete nach der anderen zerstob über ihnen am tiefschwarzen Himmel. Die Zahl der Gäste war an diesem Tag auf ungefähr dreißig gewachsen, aber die anderen waren glücklicherweise alle auf dem Achterdeck geblieben, wo ein herrliches Buffet aufgebaut worden war.
»So ein romantisches Feuerwerk habe ich noch nie erlebt«, sagte Laura und lehnte den Kopf an Joes Schulter.
»Ich auch nicht«, sagte er. »Letzten Sommer war ich am Lido bei Venedig. Dort gab es nichts, was sich vergleichen ließe mit dieser Knallerei.«
Laura warf einen Blick über die Reling. »Ich glaube, von denen da unten schaut gar keiner zu.«
»Sie interessieren sich eben mehr für Essen und Trinken«, sagte er.
»Ich hatte sogar den Eindruck, daß der eine oder andere Marihuana geraucht hat.«
Joe lachte. »Das ist kein Marihuana, das ist Haschisch. In Europa gibt es kein Marihuana. Dafür hat die Contessa aber alle

anderen Sachen: Kokain, Haschisch, Absinth, Opium und so weiter. Man braucht bloß zu fragen.«
»Kathy hat mir gesagt, du hättest auch immer Kokain und Marihuana«, sagte Laura. »In Hollywood, ja«, sagte er. »Aber hier habe ich keine Connection.«
»Ich habe manchmal mit Kathy geraucht«, sagte sie. »Aber Kokain habe ich noch nie probiert. Ich habe schon oft gedacht, ich würde es gern mal versuchen. Wie wirkt es eigentlich?«
»Es ist ein unheimlicher Kick«, sagte er. »Geht dir direkt in den Kopf. Aber man darf nicht zuviel nehmen. Dann macht es dich fertig.«
»Meinst du nicht, daß es schön wäre, wenn wir es mal zusammen versuchten?«
»Ich werde die Contessa mal fragen, ob sie uns etwas gibt«, sagte er.
Laura spähte noch einmal über die Reling hinunter. »Ich frage mich, wie die Contessa es schafft, so viele Prominente gleichzeitig auf ihrem Schiff zu versammeln«, sagte sie. »Jetzt habe ich gerade Ali Khan, Rita Hayworth, Rubirosa und Zsa Zsa Gabor gesehen, aber es sind noch viel mehr Leute da, deren Gesichter ich aus den Zeitungen kenne. Bloß die Namen fallen mir gerade nicht ein.«
»Die Contessa sammelt Prominente«, sagte er. »Sie kann es sich leisten.«
Die gleichzeitige Explosion von drei Dutzend Leuchtkugeln tauchte die Szenerie in gleißendes Licht. »Gefällt dir mein Kleid?« fragte sie.
»Es ist sehr schön«, sagte er. Das schwarze Kleid umhüllte ihre Figur weich und fließend und bildete einen hübschen Kontrast zu ihrer zarten Haut.
»Ich habe es heute in Cannes gekauft. In einem Laden in der Rue d'Antibes«, sagte sie. »Als ich gehört habe, daß heute abend eine Party stattfindet, habe ich plötzlich gemerkt, daß ich gar kein passendes Abendkleid mithatte.«
»Wunderschön ist es«, sagte er.
»Es hat zweihundert Dollar gekostet«, sagte sie. »Soviel habe ich bisher noch nie für ein Kleid ausgegeben.«

Joe lachte. »Die zweihundert Dollar geb ich dir wieder. Das ist es mir wert, dich in diesem Kleid zu sehen.«
Sie gab ihm einen Kuß. »Mir ist übrigens noch etwas eingefallen, als ich in Cannes war. Ich finde es hier viel schöner und ruhiger als in Nizza. Ich habe auf der Croisette, gleich gegenüber vom Strand, eine kleine Wohnung gefunden, die bestimmt viel billiger ist als das Hotel. Das Negresco kostet doch bestimmt fünfzig, sechzig Dollar am Tag. Diese Wohnung kriege ich für hundert Dollar die Woche. Zwei Zimmer mit Küche und Bad. Was meinst du dazu?«
»Hast du die Absicht zu kochen?«
»Ich bin eine sehr gute Köchin«, sagte sie. »Außerdem können wir auf dies Weise etwas sparen, solange du an deinem neuen Roman schreibst.«
Joe schwieg.
»Die ersten siebenundzwanzig Seiten habe ich schon durchgesehen«, sagte sie. »Da steckt das ganze Buch drin. Du brauchst die Handlung bloß zu entwickeln. Wir reden morgen mal ausführlich darüber. Dann könnte ich nämlich ein Exposé machen. Zusammen mit den ersten fünf Kapiteln ergibt das dann die Grundlage für einen Vertrag. Ich bin sicher, ich kann dieses Buch verkaufen, und zwar zu fabelhaften Bedingungen. Allein vom Vorschuß kannst du zwei Jahre lang leben.«
»Und was wird aus dem Vögeln?« sagte er in gespielter Panik.
Laura drängte sich an ihn, öffnete den Reißverschluß seiner Hose und griff nach seinem Glied, das sofort hart wurde. »Ich weiß genau, wo ich finde, was mir fehlt«, sagte sie und drückte ihn vorsichtig.
Joe hob die Hände. »Ich ergebe mich«, sagte er lachend. »Du hast gewonnen. Morgen früh sage ich der Contessa, daß wir nach Cannes ziehen.«
Laura zupfte das Taschentuch aus seiner Jackettasche und wischte sich die Hand damit ab.

37

Als er die letzte Seite des dritten Kapitels beendete, war es fast zwei Uhr morgens. Er zog das Blatt aus der Schreibmaschine und las es noch einmal durch. Dann verglich er das Geschriebene mit dem Handlungsschema, das er mit Laura zusammen entworfen hatte. Noch zwei Kapitel, dann hatte er so viel zusammen, wie Laura brauchte, um es einem Verlag in New York anbieten zu können. Das Exposé hatte Laura schon gestern geschrieben, und Joe mußte zugeben, daß sie – mit ihrer Erfahrung als Lektorin und Agentin – es besser gemacht hatte, als er es selbst gekonnt hätte.

Er kam gut voran mit seinem Roman. Nur ging alles nicht so schnell, wie er gehofft hatte. Die beiden Kapitel, die er noch schreiben mußte, würde er in den zwei Tagen nicht mehr schaffen, die sie noch in der kleinen Wohnung bleiben konnten. Die Concierge hatte ihm bereits mitgeteilt, daß sie ausziehen müßten, weil andere Gäste die Wohnung vorbestellt hatten.

Joe stand vom Schreibtisch auf und löschte das Licht. Er warf einen Blick aus dem Fenster. Auf der anderen Seite der Croisette sah er Leute aus dem Casino herauskommen. An der nächsten Straßenecke boten ein paar müde Prostituierte ihre Dienste an. Soweit er beurteilen konnte, gingen die Geschäfte nicht gut. Aber das war am Ende der Saison wohl auch kein Wunder.

Ein leises Rascheln veranlaßte ihn, sich umzudrehen. Laura kam in ihrem seidenen Morgenrock aus dem Schlafzimmer und stellte sich neben ihn ans Fenster. »Hast du das Kapitel fertig?« fragte sie.

Er nickte. »Jetzt habe ich drei. Aber die restlichen beiden schaffe ich bestimmt nicht mehr in den zwei Tagen, die wir noch haben.«

»Wir können uns doch ein anderes Apartment suchen«, sagte sie. »Die Saison ist vorbei. Da gibt es bestimmt genug Platz.«

Joe schüttelte den Kopf. »Ich habe genug von diesen Wohnungen. Ich finde, die Franzosen sind nicht sehr gastfreund-

lich. Außer der Miete wollen sie noch Geld für Bettwäsche und Handtücher und eine mörderische Kaution für das Telefon, die man wahrscheinlich auch nie zurückkriegt.«
»Was würdest du denn gern machen?« fragte sie. »Möchtest du zurück nach Rom?«
»Das wäre auch nicht viel besser«, sagte er. »Da habe ich auch nur zwei Schrankkoffer in der Gepäckaufbewahrung.«
Laura nahm seine Hände und legte sie sich auf die Brüste. »Nun sag schon, worauf du hinauswillst«, sagte sie. »Du hast doch eine ganz bestimmte Idee, oder?«
Joe nickte. »Am Mittwoch müssen wir ausziehen«, sagte er und begann Laura zu streicheln. »Und genau am Mittwoch kommt hier der Passagierdampfer aus Genua vorbei, der nach New York fährt. Die Fahrt dauert acht Tage. Ich könnte die beiden fehlenden Kapitel in aller Ruhe an Bord schreiben. Und dann wären wir auch gleich zu Hause.«
»Eine Schiffsreise ist natürlich sehr romantisch«, sagte sie. »Aber auch ziemlich teuer. Können wir uns das überhaupt leisten?«
Joe lachte. »Was gut ist, kostet immer ein bißchen.«
»Außerdem muß man jeden Abend zum Dinner ein Abendkleid anziehen, und ich habe nur das eine, das ich für die Party auf der Jacht der Contessa gekauft habe.«
»Dann kauf dir halt noch ein paar«, sagte Joe. »Sie sind jetzt bestimmt ziemlich billig.«
»Bist du auch sicher, daß du auf dem Schiff zum Arbeiten kommst?«
»Bestimmt«, sagte er. »Und wenn wir in New York sind, haben wir so viel Material, daß du den Roman verkaufen und dieser Rechtsanwalt einen tollen Vertrag aushandeln kann.«
»Und was machst du dann?« fragte sie.
»Dann schreibe ich das Buch und werde steinreich.«
Sie drehte sich zu ihm um und hielt seinen Blick fest. »Und was für Pläne hast du mit mir?«
Er schloß sie in die Arme und küßte sie. »Du bleibst bei mir«, sagte er.

Laura war wütend. »Ich kann es einfach nicht glauben«, sagte sie zornig. »Die Kerle behaupten, das Schiff sei völlig ausgebucht. Es sei keine Kabine mehr frei. Vielleicht in vierzehn Tagen oder drei Wochen, aber früher bestimmt nicht.«

Joe warf einen Blick auf die Uhr. Es war kurz nach elf. »Mit wem hast du denn geredet?« fragte er.

»Im Büro der Schiffahrtsgesellschaft gibt es überhaupt nur zwei Leute«, sagte sie. »Den Chef und eine Sekretärin. Sie waren beide sehr höflich, aber das war auch alles.«

»Hast du es mit Geld versucht?« fragte er.

»Ich bin ja nicht von gestern«, sagte sie. »Ich habe beiden ein schönes Trinkgeld angeboten, aber sie haben nur mit den Schultern gezuckt.«

»Na schön«, sagte Joe. »Wozu haben wir Freunde? Mal sehen, ob die Contessa was erreichen kann. Ruf sie mal an.« Laura hob das Telefon ab und nannte der Vermittlung die Nummer der Hafenverwaltung. Sie stellte ein paar Fragen in französischer Sprache und legte dann wieder auf. »Die Contessa ist leider nicht zu erreichen. Sie ist mit ihrer Jacht auf dem Weg nach Capri.«

»Ich wüßte noch jemand anderen«, sagte Joe und wählte die Nummer der Villa in Nizza.

Der Butler meldete sich.

»Ist Signor Gianpietro da?« fragte Joe.

»Ja, Monsieur«, sagte der Butler. »Einen Moment bitte.«

Gianpietro schien sich zu freuen, daß Joe am Telefon war. »Hallo«, sagte er. »Schön, daß Sie anrufen. Geht es Ihnen gut, Joe?«

»Danke, ja«, sagte Joe. »Und Ihnen, Franco?«

»Besser«, sagte der Italiener. »Ich habe eine neue Freundin. Ein schwedisches Fotomodell. Und was das beste ist: Sie will keine Filmschauspielerin werden.«

»Was ist denn aus Mara geworden?« fragte Joe.

»Ich habe sie mit Ihrer ehemaligen Sekretärin nach Rom zurückgeschickt. Erst hat sie ziemlich geheult, aber als ich ihr ein kleines Abschiedsgeschenk in Form von Banknoten gemacht habe, sind ihre Tränen sehr bald getrocknet.« Gianpie-

tro lachte. »Insgesamt gesehen habe ich Glück gehabt, es ist alles sehr gut gelaufen.«
»Herzlichen Glückwunsch«, sagte Joe. »Was ich fragen wollte: Haben Sie irgendwelche Beziehungen zu den Italian Lines? Ich wollte gern am Mittwoch nach New York fahren, aber der hiesige Vertreter der Schiffahrtsgesellschaft behauptet, die ›Giotto‹ sei vollkommen ausgebucht.«
»Was brauchen Sie denn, mein Freund?« fragte Gianpietro.
»Eine schöne große Doppelkabine, wenn möglich. Ich wollte während der Fahrt an meinem Roman arbeiten.«
»Sind Sie mit Ihrer Lektorin zusammen?«
»Ja«, sagte Joe. »Wir haben die letzten zwei Wochen in Cannes gewohnt.«
»Geben Sie mir Ihre Telefonnummer«, sagte Gianpietro. »Ich rufe in einer halben Stunde zurück.«
»Vielen Dank«, sagte Joe. »*Ciao*«, sagte Gianpietro.
Laura warf Joe einen mißtrauischen Blick zu, als er den Telefonhörer auflegte. »Wer war denn das?« fragte sie.
»Franco Gianpietro«, sagte er. »Ich glaube, ich sollte ihn meinen Bankier nennen. Er hat schon viele italienische Filme finanziert. Bei dem, den ich mit Santini gemacht habe, ist er der Partner der Contessa gewesen. Er hat auch mein Honorar bei Santini kassiert, als der mich reinlegen wollte.«
»Und warum tut er das alles für dich?« fragte sie.
»Er hatte die Idee, ich könnte für seine Freundin ein Skript schreiben. Er hat mir ein sehr gutes Honorar angeboten, aber es fiel mir nichts ein. Außerdem wollte ich lieber mit dir zusammen sein.«
»Das hört sich alles so an, als wäre er bei der Mafia«, sagte Laura skeptisch.
»Das kann schon sein«, sagte Joe. »Aber ich finde, bei Italienern hört sich alles so an, als wären sie bei der Mafia.«
»Und was machen wir, wenn er auch keine Kabine für uns auftreiben kann?«
»Dann nehmen wir eben das Flugzeug«, sagte Joe. »Ich habe genug von diesen französischen Apartments. Wir können uns in New York ein gemütliches Hotelzimmer nehmen.«

Laura lächelte. »Was hast du denn gegen meine Wohnung?«
»Ich denke, da wohnt deine Mutter?«
»Meine Mutter ist schon vor acht Jahren gestorben. Aber ich habe die Wohnung behalten. Sie ist groß genug für uns zwei.«
»Gut«, sagte er. »Das wäre also geklärt.« In diesem Augenblick klingelte das Telefon. »Ja?«
Gianpietro meldete sich. »Alles klar«, sagte er. »Sie kriegen eine Luxuskabine in der Ersten Klasse. Sie brauchen bloß noch in das Büro der Schiffahrtsgesellschaft zu gehen und sich die Buchung bestätigen zu lassen.«
»Wunderbar, Franco!« sagte Joe. »Ich weiß gar nicht, wie ich Ihnen danken soll! Ohne Sie wären wir niemals hier weggekommen.«
»Sie sind mein Freund«, sagte Gianpietro. »Wozu hat man denn Freunde? Damit man ihnen hilft und damit sie einem helfen, nicht wahr?«
»Ich weiß gar nicht, was ich sagen soll.«
»Sie brauchen gar nichts zu sagen. Gute Reise!« sagte Gianpietro. »Viel Glück!« Damit hängte er ein.
Joe legte den Hörer zurück auf die Gabel und grinste. »Na, also«, sagte er. »Es ist eine Kabine für uns reserviert.«
Laura starrte ihn ungläubig an. »Das ist ja phantastisch!«
Joe lachte. »Vielleicht«, sagte er. »Auf jeden Fall sollten wir so schnell wie möglich ins Büro der Italian Lines gehen, ehe uns irgendein Gauner die Fahrkarten wegschnappt.«

Das zweite Abendessen fand um neun Uhr statt. Die Passagiere der Zweiten Klasse speisten zwar im selben Salon, mußten aber schon um sieben zum Essen erscheinen. Der Oberkellner verbeugte sich leicht, als Laura und Joe eintraten. »Mr. und Mrs. Crown?«
Joe lächelte. »Ganz recht«, sagte er. Der Kellner wußte natürlich genau, daß sie nicht verheiratet waren. Er kannte ja sicher die Passagierliste. Aber er war wohl ein Anhänger altmodischer Sitten. »Möchten Sie lieber einen Tisch für zwei?« fragte er. »Oder hätten Sie lieber Gesellschaft?«

»Ein kleiner Tisch genügt«, sagte Joe. »Danke.« Er schob dem Mann einen Zehndollarschein zu.

»Eine sehr gute Wahl«, sagte der Kellner lächelnd und verbeugte sich noch einmal. »Wir haben einen sehr schönen Tisch frei.« Er winkte einem der Tischkellner. »Tisch neunundsechzig für Mr. Crown, bitte.«

Sie folgten dem Kellner zur Außenwand des Salons, wo sie direkt neben einem der großen Bullaugen Platz nehmen durften. Mit großartiger Geste entfaltete er für sie die Servietten und reichte ihnen die Speisekarten. »Den Kaviar kann ich empfehlen«, sagte er mit einer Verbeugung. »Es ist echter Malossol, und dazu gibt es russischen Wodka.«

Joe warf Laura einen fragenden Blick zu. »Ich liebe Kaviar«, sagte sie.

Joe nickte dem Kellner zu, der sich mit einer weiteren Verbeugung entfernte. »Wirklich ein schöner Tisch«, sagte Joe. »Man hat einen herrlichen Blick. Außerdem«, grinste er, »ist neunundsechzig meine liebste Nummer.«

Das Essen dauerte mehr als anderthalb Stunden. »Wollen wir gleich in die Kabine zurück?« fragte Joe, als sie vor dem Salon standen. »Oder möchtest du noch ein bißchen aufs Promenadendeck gehen?«

»Ein kleiner Spaziergang würde mir guttun«, sagte Laura mit einem Seufzer. »In meinem ganzen Leben habe ich noch nicht so viel gegessen!«

Offenbar ging es den anderen Passagieren genauso; denn auf dem Promenadendeck herrschte Hochbetrieb. Langsam schlenderten sie zur hinteren Reling und sahen hinunter ins weißschäumende Kielwasser des Schiffes.

»Wir haben Vollmond«, sagte Laura mit einem Blick über das glitzernde Wasser.

Joe nickte. »Ich habe gehört«, sagte er und legte ihr den Arm um die Schulter, »daß Frauen bei Vollmond besonders scharf sind.«

Sie lachte. »Wer hat dir denn das erzählt?«

»Ich weiß nicht mehr«, erwiderte er.

»Du hast es gerade eben erfunden!«

»Vielleicht«, gab er zu. »Aber wenn es nicht der Mond ist, dann wird das Essen schon dafür sorgen, daß du nicht zum Eiszapfen wirst. Kaviar, Pasta, Fisch, Sorbet, Kalbfleisch, Schokoladenkuchen und Eiskrem... Danach hast du bestimmt eine Menge überschüssiger Kräfte.«
»Erinner mich bloß nicht daran, wieviel ich gegessen habe! Das war schließlich der erste Abend. Noch sieben solche Essen, und ich wiege vierzig Pfund mehr, wenn wir in New York sind«, sagte sie.
»Vielleicht solltest du Sport treiben«, sagte er. »Irgendwo auf dem Schiff soll es auch eine Turnhalle geben.«
»Turnen habe ich schon auf der Schule gehaßt«, sagte sie.
»Dann laß uns in die Kabine gehen«, sagte er. »Vielleicht fallen mir ein paar Übungen ein, die dir besser gefallen«.
Er hielt ihr die Tür auf, als sie die Kabine betraten. »Oh, schau mal!« rief Laura.
»Was denn?« fragte er unschuldig.
»Auf dem Bett«, sagte sie. »Der Steward hat mir ein Nachthemd aus schwarzer Spitze hingelegt! Das ist ja phantastisch! Ich habe noch nie ein schwarzes Nachthemd gehabt.«
»Ich dachte mir, es würde dir vielleicht gefallen«, sagte Joe. »Ich habe es gestern gekauft und den Steward gebeten, dich damit zu überraschen.«
Laura zeigte auf den kleinen Frühstückstisch in der Ecke. »Schon wieder Champagner und Rosen! Du bist und bleibst ein romantischer Mann. Wird das immer so sein, wenn wir irgendwo hinkommen?«
Joe hielt ein kleines silbernes Döschen hoch. »Schau mal«, sagte er. »Mein Abschiedsgeschenk von der Contessa.«
»Ist da Kokain drin?«
Joe lächelte. »Du hast doch gesagt, du würdest es gern mal versuchen.«
Aufgeregt starrte Laura ihn an. »Werde ich davon verrückt?«
»Sehr verrückt«, lachte er und schenkte den Champagner ein. *»Bon voyage*, Liebling.«
»Bon voyage«, sagte sie, trank einen Schluck und setzte dann rasch ihr Glas wieder ab. »Ich zieh mich schnell aus, ja? Ich

kann es gar nicht erwarten, dieses schwarze Ding anzuziehen.«
»Erst nehmen wir noch ein Löffelchen Koks«, sagte er. Er sog in jedes Nasenloch eine kräftige Prise und gab ihr dann den Löffel.
Ängstlich sah sie ihn an.
»Es tut nicht weh«, sagte er. »Du mußt kräftig hochziehen.«
Laura gehorchte. Dann mußte sie niesen. »Es brennt«, sagte sie.
»Warte einen Moment«, sagte er. Dann sah er, wie ihre Augen zu leuchten begannen. »Nun, wie ist es jetzt?«
»Phantastisch. Ich bin plötzlich gar nicht mehr müde.«
»Zieh dich aus«, sagte er. »Zieh dich aus.« Er nahm seine Krawatte ab, zog sein Jackett aus und knöpfte sein Hemd auf. Als er sich wieder umdrehte, lag Lauras Kleid auf dem Boden, und sie selbst räkelte sich auf dem Bett. Das Nachthemd hatte sie nicht etwa angezogen, sondern ließ es wie eine lange, schwarze Schlange zwischen ihren Schenkeln und Brüsten hindurchgleiten.
»Laura!« sagte Joe. »Du siehst aus wie eine französische Hure.«
Sie lachte. »Das war schon immer mein größter Wunsch«, sagte sie. »Und jetzt zieh dich aus und komm zu mir!«

38

»Das Exposé und die ersten fünf Kapitel des neuen Romans sind ganz ausgezeichnet«, sagte Paul Gitlin. »Ich bin sicher, daß wir einen sehr guten Vertrag dafür kriegen. Ich kenne mindestens drei Verlage, die einen schönen Vorschuß für so ein Buch hinblättern würden.« Der Rechtsanwalt nickte befriedigt. »Ich muß Ihnen gratulieren, Mr. Crown.«
Joe warf Laura einen verstohlenen Blick zu. »Nicht nur mir«, sagte er. »Wenn mich Miß Shelton nicht beraten und das Manuskript redigiert hätte, sähe es nicht so gut aus.«

Laura lächelte. »Vielen Dank, Joe. Aber vergiß nicht, daß du das Manuskript geschrieben hast. Du bist der Autor.«
»Sie sind ein gutes Team«, sagte Gitlin. Dann wandte er sich wieder an Joe. »Sie haben allerdings ein sehr ernstes Problem, Mr. Crown. Ich habe Ihre Unterlagen geprüft und dabei festgestellt, daß Sie in den vergangenen drei Jahren keine Einkommensteuererklärung gemacht haben.«
»Ich war doch die ganze Zeit in Europa«, erwiderte Joe.
»Das entbindet Sie nicht von der Pflicht, eine Einkommensteuererklärung zu machen.«
»Hat das Finanzamt schon eine verlangt?« fragte Joe.
»Nein, bisher noch nicht«, sagte Gitlin. »Aber das wird nicht mehr lange dauern. Ich weiß, wie die arbeiten.«
»Warum warten wir nicht einfach, bis sie sich melden?«
»Dann ist es zu spät«, sagte Gitlin. »Dann stürzen sie sich auf Sie wie die Geier und plündern Sie vollkommen aus. Keine Einkommensteuererklärung zu machen ist ein kriminelles Vergehen. Wenn Sie eine gemacht, aber keine Steuern bezahlt haben, ist es bloß ein Versäumnis.«
»Und was soll ich jetzt machen?« fragte Joe.
»Ich werde die Steuererklärungen für die beiden letzten Jahre vorbereiten, und Sie reichen sie nach. Die Verspätung erklären wir damit, daß Sie außer Landes waren. Auf diese Weise brauchen Sie bloß Verzugszinsen und eine kleine Strafe zu zahlen.«
Joe sah den Rechtsanwalt besorgt an. »Wieviel wird mich das insgesamt kosten?«
»Ungefähr fünfunddreißig- oder vierzigtausend Dollar«, erwiderte Gitlin.
»Scheiße!« sagte Joe empört. »Dann bin ich ja praktisch pleite. Das sind mehr als sechzig Prozent von dem, was ich auf der Bank habe.«
»Es ist aber immer noch besser, als erwischt zu werden. Dann wird erst einmal alles gepfändet, was Sie besitzen. Nicht nur Ihre Konten, sondern auch alle Honorare, die Ihnen zustehen.« Der Rechtsanwalt nickte bedeutsam. »Geben Sie dem Finanzamt sein Geld.«

Joe lachte. Der Mann hatte offensichtlich Humor. »Okay«, sagte er. »Ich überlasse es Ihnen. Aber dann sollten wir uns schnell um einen Vorschuß für den neuen Roman kümmern.«
»Vor allem einen *hohen* Vorschuß«, sagte der Rechtsanwalt lächelnd.
Joe wandte sich an Laura. »Was hältst du denn davon?«
»Paul hat recht, Joe. Laß ihn die Steuererklärungen machen, und schreib du dein Buch weiter.«
»Keine Sorge, Liebling. Ich schreib ja. Ich hoffe nur, wir kriegen den Vertrag, den wir brauchen.« Joe warf einen Blick auf die Uhr. »Du meine Güte, es ist ja schon zwei, und ich habe meinen Eltern versprochen, sie um drei beim Geflügelmarkt zu treffen. Mein Vater verkauft heute seinen Anteil am Geschäft, und er möchte gern, daß ich dabei bin. Das Haus haben sie schon in der vergangenen Woche verkauft, und am Samstag wollen sie ausziehen. Mein Bruder hat in Fort Lauderdale eine Praxis eröffnet und ihnen in North Miami eine Wohnung gemietet.«
»Werden sie fliegen?« fragte Laura.
Joe lachte. »Du kennst meine Mutter nicht! Die würde nie fliegen. Sie würde nicht mal den Zug nehmen. Nein, sie werden mit dem Auto fahren, aber nur, weil sie keinen Planwagen haben.«
»Ist das denn gut? Dein Vater ist doch so herzkrank?«
»Sie müssen sich eben Zeit lassen. Jeden Tag nur fünf Stunden, und am Ende wird meine Mutter wahrscheinlich die meiste Zeit fahren.«
Er stand auf. »Ich muß los«, sagte er.
»Ißt du bei deinen Eltern zu Abend?« fragte Laura.
»Nein«, sagte er. »Meine Mutter hat gesagt, sie hätte zuviel zu tun, um zu kochen. Sie packt schon seit Tagen. Wahrscheinlich bin ich zwischen sieben und acht Uhr zu Hause.«
»Ich koche uns was«, sagte sie.
»Mach dir keine Mühe«, sagte er und küßte sie auf die Wange. »Wir können ins Restaurant gehen.«
Gitlin wartete, bis Joe gegangen war.

Dann warf er Laura einen prüfenden Blick zu. »Ich habe noch gar nichts von Ihren persönlichen Plänen gehört, Laura.«
Die junge Frau hielt seinem Blick stand, ohne mit der Wimper zu zucken. »Ich habe auch keine Pläne gemacht.«
»Ist das nicht ein bißchen unvorsichtig?« fragte Gitlin. »Er kann Sie doch jederzeit sitzenlassen. Sie sind ja schließlich nicht verheiratet.«
Ein winziges Lächeln spielte in ihren Augen. »Deswegen mache ich mir keine Sorgen. Ein Blatt Papier hat noch niemanden zusammengehalten«, sagte sie. »Keine Frau und kein Mann lassen sich von einer Unterschrift halten.«
»Aber Sie wollen ihn doch heiraten, oder?«
Laura lachte. »Merkwürdig, selbst die klügsten Männer sind, wenn es um Frauen geht, schrecklich dumm. Ich muß mich über Sie wundern, Paul. Joe weiß es vielleicht noch nicht, aber er wird mich bestimmt heiraten. Und zwar nicht, weil *ich* es will, sondern weil *er* es will.«

Als Joe aus der U-Bahn kam, war es kurz nach halb vier. Auf dem Weg zum Geflügelmarkt herrschte dichtes Gedränge. Der Wagen seines Vaters stand auf der Straße, Al Pavone hatte seinen Lastwagen in die Einfahrt gestellt. Joe ging direkt ins Büro.
Seine Eltern bündelten Briefumschläge und verpackten die Akten.
Seine Mutter warf ihm einen vorwurfsvollen Blick zu. »Du kommst ja so spät«, sagte sie. »Dein Vater und ich sind schon seit heute morgen um sechs hier.«
»Jetzt bin ich ja da«, sagte Joe friedlich. »Was soll ich denn machen?«
»Du kannst die Akten zum Wagen hinausbringen. Sie sollen in den Kofferraum«, sagte Marta.
»Okay«, sagte er. Er sah seinen Vater in sich zusammengesunken auf dem Schreibtischstuhl sitzen. »Hallo, Daddy«, sagte er. »Wie geht's?«
»Ein bißchen müde bin ich«, sagte Phil. »Sonst geht es mir gut.«

»Wann bringt dir denn der Italiener das Geld?« fragte Joe.
»Al ist nicht mehr im Geschäft«, sagte sein Vater. »Die Mafia hat andere Pläne. Sie wollen hier eine Autowerkstatt hinstellen.«
»Ich dachte, Onkel Al wollte das ganze Geschäft übernehmen?«
»Das wollte er auch. Aber die anderen hatten bessere Beziehungen. Jetzt wird er seine Hühner einpacken und sich am Geschäft seines Schwagers beteiligen. Der hat einen Stand auf dem Markt an der Atlantic Avenue, und Al steigt in den Großhandel ein. Dabei verdient er sicher nicht schlecht.«
Joe schwieg und begann, die Akten ins Auto zu bringen. Er brauchte nur eine halbe Stunde, bis alles verstaut war. »Was wird aus den Möbeln und dem Werkzeug?« fragte er seinen Vater.
»Das ist alles alter Kram«, sagte Phil müde. »Sollen sie's wegschmeißen.« Er nahm seine goldene Uhr aus der Tasche. »Sie müßten eigentlich jeden Augenblick kommen. Der Übergabetermin ist um vier.«
»Hast du die Verträge?« fragte Joe.
»Es ist alles zur Unterschrift fertig«, sagte Phil. »Es geht Zug um Zug. Ich unterschreibe, und die geben mir das Geld. In bar, keine Schecks.«
»Das beruhigt mich«, grinste Joe.
Die Käufer kamen pünktlich um vier. Es waren drei Männer. Zwei von ihnen sahen ziemlich brutal aus, der dritte wurde als Rechtsanwalt vorgestellt. Sie unterschrieben die Verträge und gaben Phil einen Umschlag mit Bargeld. Der alte Mann zählte, dann warf er ihnen einen empörten Blick zu. »Das sind ja nur viertausendfünfhundert. Wir hatten fünftausend verabredet.«
»Fünfhundert sind für unseren Notar«, sagte einer der Gangster.
»Davon war bisher nie die Rede«, protestierte Phil. Er begann wütend zu werden.
»Das ist allgemein üblich«, sagte der Mann. »Der Verkäufer zahlt alle Unkosten.«

Joe versuchte, die Wogen zu glätten. »Das stimmt, Papa«, sagte er. »Reg dich nicht auf. Du hast dein Geld, du hast unterschrieben. Laß es so, wie es ist.«
Phil zögerte einen Moment. »Okay«, sagte er schließlich und ging ohne ein weiteres Wort aus der Tür.
Joe lief ihm nach. »Hast du etwas dagegen, wenn ich fahre?« fragte er.
»Nein«, sagte Phil und setzte sich bereitwillig auf den Beifahrersitz.
Joe hielt seiner Mutter die hintere Tür auf. Sie setzte sich in den Fond, und ehe er die Tür schloß, hob sie noch einmal den Kopf und sagte: »Laß uns an der East New York Savings Bank auf der Pitkin Avenue noch einmal anhalten, ehe wir heimfahren. Ich möchte das Geld gleich einzahlen.«
»Okay«, sagte Joe, setzte sich hinter das Lenkrad und ließ den Motor an.
Als seine Mutter aus der Bank zurückkam, fragte Joe: »Was habt ihr eigentlich für Pläne in Florida?«
»Keine besonderen. Wir haben das Haus für fünfunddreißigtausend Dollar verkauft. Aber du kennst ja deinen Vater. Er denkt immer noch, wenn wir ein bißchen gewartet hätten, hätten wir vierzigtausend gekriegt.«
Joe drehte sich zu seinem Vater um. »Fünfunddreißigtausend sind doch sehr gut.«
»Wenn wir unsere Möbel mitnehmen wollen, würde allein schon der Umzug fünftausend kosten«, knurrte sein Vater.
»Wollt ihr denn in ein Haus mit acht Zimmern ziehen?« fragte Joe.
Vom Rücksitz meldete sich Marta. »Nein«, sagte sie. »Stevie hat eine sehr schöne Vierzimmerwohnung für uns gemietet. Ganz in der Nähe vom Strand. Meine Freundin Sarah Rabinowitz, die vor einem halben Jahr nach Miami gezogen ist, hat gesagt, alles wäre da unten spottbillig. Man könne genug Möbel für fünfzehnhundert Dollar kaufen, um ein ganzes Haus einzurichten.«
»Sämtliche Möbel nach Florida bringen zu lassen wäre bestimmt nicht sehr sinnvoll«, bestätigte Joe. »Es genügt völlig,

die Wäsche und das Geschirr mitzunehmen. Die Möbel könnt ihr wahrscheinlich noch günstig verkaufen. Ihr kriegt bestimmt zweitausend Dollar dafür.«
Als sie an der Pitkin Avenue vorbeikamen, mußte Joe vor einer roten Ampel anhalten. Im Rückspiegel sah er, daß die neuen Eigentümer bereits dabei waren, das Schild vom Geflügelmarkt seines Vaters herunterzunehmen. Sein Vater schien es ebenfalls gesehen zu haben; denn er mußte sich eine Träne aus den Augenwinkeln wischen. Joe griff nach der Hand seines Vaters und spürte, daß der alte Mann zitterte. »Sei nicht traurig, Papa«, sagte er. »Du hast es richtig gemacht. Von jetzt an wird das Leben viel bequemer für dich.«
»Ich weiß noch genau, wie wir dieses Schild aufgehängt haben«, sagte Phil. »Es ist jetzt fast dreißig Jahre her. Du warst gerade geboren, und wir hatten so viele Hoffnungen.«
»Du hast sie alle verwirklicht, Papa. Und außerdem hast du noch genug Geld auf der Bank, um einen ruhigen Lebensabend genießen zu können.«
»Das ist es ja, was mich beunruhigt«, murmelte Phil. »Ich weiß einfach nicht, was ich noch mit mir anfangen soll.«
Joe warf seinem Vater einen fröhlichen Blick zu. »Was macht denn Moishe Rabinowitz?« fragte er lächelnd.
»Er geht zum Strand und schaut die Mädchen an«, sagte Phil.
Joe lachte. »Na und? Das ist doch gar nicht so übel?«
»Ich bring ihn um«, rief seine Mutter von hinten. Aber selbst sie mußte lachen.

Joe drückte auf den Klingelknopf, und Laura machte die Wohnungstür auf. Er wollte ihr einen Kuß geben, aber die beiden schweren Kartons, die er schleppte, waren im Wege. Er mußte es dabei belassen, die Lippen zu spitzen, um einen Kuß anzudeuten.
»Was bringst du denn da angeschleppt?« fragte sie lachend.
»Bücher«, sagte er. »Meine Mutter hat sie mir mitgegeben. Sie waren noch in meinem Zimmer. Ich habe sie, seit ich lesen kann, und meine Mutter dachte, ich wollte sie vielleicht aufheben.«

Laura sah beunruhigt aus. »Wie geht es denn deinen Eltern?«
Joe konnte nicht antworten. Er preßte die Lippen zusammen und schien mit den Tränen zu kämpfen.
»Komm, ich mach dir erst einmal einen Drink«, sagte Laura hastig.
Er folgte ihr ins Wohnzimmer und ließ sich auf die Couch fallen.
Laura goß ihm einen großen Scotch on the rocks ein. »Hier, trink das mal«, sagte sie.
Schweigend leerte er das Glas bis zur Hälfte. »Weißt du«, sagte er, ohne sie anzusehen, »manchmal nimmt man Leute nur wahr, ohne sie wirklich zu sehen. Sie sind einfach immer da und scheinen immer gleich auszusehen.«
Laura schwieg.
»Heute habe ich meinen Vater zum ersten mal richtig gesehen, und mir wurde klar, daß ich noch nie über ihn nachgedacht habe. Und mit meiner Mutter war es genauso. Plötzlich, über Nacht, sind sie alt geworden. Heute waren sie plötzlich nicht mehr die starken, zornigen Eltern, die ich immer gekannt hatte. Sie waren ängstliche alte Leute, denen Gefahren bevorstanden, die ihnen unheimlich waren.« Joe mußte sich unterbrechen, weil er erneut Tränen in seinen Augen aufsteigen spürte. »Wahrscheinlich wissen sie gar nicht, wie sehr ich sie liebe«, sagte er. »Wahrscheinlich habe ich es ihnen viel zu selten gesagt. Meistens waren wir viel zu beschäftigt damit, uns zu streiten.«
»Sie wissen es genauso wie du«, sagte Laura leise. »Für manche Dinge braucht man gar keine Worte. Liebe ist einfach da. Man spürt sie und braucht nicht darüber zu reden.«
»Ich habe das Gesicht meines Vaters gesehen, als sie das Schild an seinem Laden heruntergerissen haben. Er hat es dort angebracht, als ich gerade auf die Welt gekommen war. Dreißig Jahre ist das jetzt her. Ich habe das Gesicht meines Vaters gesehen, und ich habe gesehen, wie dreißig Jahre einfach weggewischt wurden.« Er hob den Blick und sah Laura an. »Muß das so sein?« fragte er. »Werde ich in dreißig Jah-

ren auch erleben, daß mein Leben einfach weggewischt wird?«

Laura kniete sich hin und legte ihm ihre kühlen Hände auf die Wangen. »Nein«, sagte sie. »In dreißig Jahren werden deine Bücher immer noch dasein. Das Buch, das du vor zwei Jahren geschrieben hast, das Buch, das du jetzt schreibst, und alle Bücher, die du in Zukunft noch schreiben wirst. So wie dein Vater immer in seiner Welt leben wird, wirst du als Autor in deiner Welt leben.«

Sie zog seinen Kopf an ihre Brust und wiegte ihn hin und her. »Schäm dich nicht deiner Tränen«, sagte sie. »Tränen gehören zur Liebe.«

Epilog

Als sich die Ausstiegsluke der 747 öffnete, war ich der erste der wartenden Passagiere. Es dauerte noch eine Sekunde, bis der Chefsteward dem Beamten von der Einwanderungsbehörde die Passagierliste überreicht hatte, aber dann trat ich sofort hinaus auf den Flugsteig.
Ein Angestellter der Air France kam mir lächelnd entgegen. »Willkommen zu Hause, Mr. Crown«, sagte er, griff nach meinem Aktenkoffer und führte mich ins Innere des Terminals. »Hatten Sie einen guten Flug?« Ich schüttelte ihm die Hand, obwohl ich nicht einmal seinen Namen wußte. »Sehr gut, vielen Dank.«
Ich folgte ihm rasch, sogar ohne den Stock zu benutzen, den ich wie immer dabeihatte. Vor genau einem Jahr war ich nach meinem schweren Beckenbruch aus dem Krankenhaus entlassen worden.
»Geben Sie mir vielleicht schon Ihre Gepäckscheine?« fragte der Mann von Air France. »Dann kann ich Sie schneller durch den Zoll schleusen. Ihr Wagen und der Chauffeur stehen schon draußen.«
»Kein Gepäck«, sagte ich. »Es hat sich herausgestellt, daß es viel Zeit spart, wenn ich sowohl hier als auch in Frankreich eine komplette Garderobe im Schrank habe.«
»Sehr vernünftig«, lächelte der Mann. »Dann kann ich Sie ja direkt zum Zoll bringen.«
Ich gab der jungen Zollbeamtin meine Zollerklärung und meinen Paß. Sie warf mir einen überraschten Blick zu. »Joe Crown«, sagte sie zögernd. »Sind Sie der Schriftsteller?«
»Ja«, sagte ich.

»Ach, das freut mich aber, Ihnen endlich einmal persönlich zu begegnen«, sagte sie. »Ich habe gerade Ihr neues Buch gelesen. Es steht schon wieder auf Platz eins der Bestsellerliste.« Sie lachte ein bißchen verlegen. »Es ist ja auch ziemlich verrückt.«

»Ein bißchen«, mußte ich zugeben.

Dann wurde sie ernst. »Wo ist Ihr Gepäck?«

Ich stellte das Aktenköfferchen auf den Tresen und öffnete es. »Hier«, sagte ich.

»Sonst haben Sie nichts?« fragte sie.

»Nein«, sagte ich. »Die Kleider, die ich hier brauche, hängen zu Hause im Schrank.«

Sie verstummte für einen Moment, dann tippte sie etwas in die Tastatur des Computers vor ihrer Nase. »Haben Sie etwas zu deklarieren?« fragte sie. »Geschenke? Schmuckstücke? Oder Parfum?«

»Nichts«, sagte ich. »Ich reise lieber mit leichtem Gepäck.«

Wieder tippte sie etwas in den Computer, dann gab sie mir meinen Paß zurück und machte ihr Okay auf die Zollerklärung.

»Werfen Sie die Erklärung in den Kasten beim Ausgang«, sagte sie. »Ich liebe Ihre Bücher, Mr. Crown. Sie sind wirklich sehr spannend.«

»Vielen Dank«, sagte ich.

Sie warf mir einen strahlenden Blick zu. »Habe ich nicht in der Zeitung gelesen, daß heute Ihnen zu Ehren eine große Party stattfindet? Feiern Sie nicht Ihr silbernes Jubiläum auf der Bestsellerliste?«

»Ja, das stimmt«, sagte ich.

»Das muß doch herrlich sein«, sagte sie. »Immer so durch die Welt zu reisen, von einer aufregenden Party zur nächsten!«

»Es könnte schlimmer sein«, lachte ich.

»Viel Glück«, sagte sie.

»Vielen Dank«, sagte ich und ging zum Ausgang. Ich verabschiedete mich von dem Air-France-Mann und hielt dann Ausschau nach meinem Wagen.

Die Luft auf dem Flughafen von Los Angeles war wieder ein-

mal grauenhaft. Selbst zu den besten Zeiten bestand sie wahrscheinlich zu 80 Prozent aus Kohlenmonoxyd. Aber heute war wohl keiner von den besseren Tagen. Ich konnte kaum atmen.
Plötzlich tauchte das silberblaue Rolls-Royce-Kabriolett im Verkehrsgewühl auf und hielt direkt vor mir an. Larry sprang heraus und hielt mir die Tür auf. »Willkommen zu Hause, Chef«, sagte er. »Ich hätte gern hier gewartet, aber einer von den Verkehrspolizisten hat mich verscheucht. Es war aber nicht schlimm, ich bin einfach bloß zweimal um den Flughafen gefahren. Ich hoffe, Sie haben nicht zu lange herumstehen müssen?«
Ich schob mich auf den Beifahrersitz. »Könnten Sie vielleicht das Dach schließen?« fragte ich. »Und dann schalten Sie bitte die Klimaanlage ein. Die Luft ist unerträglich heiß und stinkt wie die Pest.«
Ein paar Minuten später begann kühle, gefilterte Luft in den Wagen zu strömen.
Larry sah mich prüfend an. »Sie sehen gut aus«, sagte er. »Wie geht's mit dem Laufen?«
»Viel besser«, sagte ich. »Kaum noch Probleme.«
»Das freut mich«, sagte er.
»Wo ist meine Frau?« fragte ich.
»Sie ist noch im Restaurant und kümmert sich um die letzten Vorbereitungen zur Party«, sagte er. »Aber dann kommt sie wieder nach Hause. Der Friseur und der Mann für das Make-up haben sich für halb sechs angesagt.«
»Ich verstehe.«
»Ihr Hausarzt hat angerufen. Er möchte, daß Sie sofort nach Ihrem Eintreffen zurückrufen«, sagte Larry.
»Gut«, sagte ich und griff nach dem Telefonhörer. Eds Sprechstundenhilfe meldete sich. »Hier spricht Joe Crown. Doktor Baker wollte mich sprechen?« Es dauerte einen Moment, dann kam Ed an den Apparat.
»Wie geht es dir, alter Kumpel?« fragte er.
»Ich lebe noch. Frag mich nicht, wie, aber ich bin wieder ziemlich heil.«

»Bist du schon zu Hause?« fragte er.
»Nein«, sagte ich. »Ich rufe vom Auto aus an. Wir verlassen gerade den Flughafen.«
»Ich komme in einer halben Stunde mal zu dir rüber«, sagte er. »Ich möchte mich doch gern persönlich davon überzeugen, wie es dir geht.«
»Ja gut«, sagte ich.
»Meinen Glückwunsch zu deinem neuen Buch, übrigens«, sagte er. »Steht ja schon wieder auf Platz eins der Bestsellerliste, wie ich gesehen habe.«
»Ja, ich habe Glück gehabt«, sagte ich.
»Freut mich«, sagte er. »Bis gleich.«
Ich legte den Hörer zurück und wandte mich Larry zu. »Wie geht es Ihnen denn so?«
»Gut«, sagte er. »Wenn Sie nicht da sind, ist allerdings nicht viel los.« Er fuhr auf den Freeway hinauf. »Ich habe gelesen, daß die Mädchen in den französischen Discos jetzt alle oben ohne tanzen. Ist das wahr, Mr. Crown?«
»Ja«, sagte ich.
»Du meine Güte!« sagte er mit weit aufgerissenen Augen. »Wie halten Sie das nur aus, Mr. Crown? Wenn ich auf die Tanzfläche ginge, hätte ich einen Steifen, daß mir alle Knöpfe von der Hose platzten!«
Ich lachte. »Ganz so schlimm ist es noch nicht. Außerdem kann ich zwar schon wieder ganz ordentlich laufen, aber tanzen kommt nicht in Frage.«
Der Verkehr auf dem Freeway war sehr dicht, und Ed war schon vor mir in der Villa. Er stand an der Bar und trank einen Scotch mit Soda. Er beobachtete mich genau, als ich auf ihn zuging. »Du läufst ja prächtig, Kumpel«, sagte er und umarmte mich herzlich.
»Mir geht es auch prächtig«, sagte ich.
»Und wozu brauchst du das hier?« fragte er und nahm mir den Stock aus der Hand, auf den ich mich gestützt hatte.
»Wenn ich müde werde, habe ich manchmal Schmerzen.«
»Das ist normal«, sagte er. Er betrachtete den Knauf des Spazierstocks. »Echtes Gold?«

Ich nickte. »Was denn sonst? Rostfreier Stahl? Das würde meinen schlechten Ruf ruinieren.«
»Woher hast du ihn?«
»Hat mir ein Mädchen in Frankreich geschenkt«, sagte ich.
»Laura?« fragte er.
»Wer sonst?«
Er gab mir den Stock zurück. Ich ging hinter die Bar und mischte mir ebenfalls einen Scotch mit Wasser. Dann setzte ich mich Ed gegenüber. »Cheers«, sagte ich.
»Cheers«, erwiderte er. »Wie war der Sommer in Frankreich?«
»Schön«, sagte ich. »Eigentlich hatte ich ja gehofft, du würdest mich mal besuchen.«
»Hab ich einfach nicht geschafft«, sagte er. »Zuviel zu tun.«
»Du hast dich scheiden lassen, hab ich gehört«, sagte ich. »Mit Scheidungen hat man allerdings ziemlich zu tun.«
»Ach, Scheiße«, sagte er. »Ich habe mit meinen Frauen einfach kein Glück.«
»Vielleicht war es ein Glück, daß du die letzte losgeworden bist?« sagte ich. »So könntest du die Sache doch auch sehen.«
»Ich möchte bloß ein nettes Mädchen finden und mit ihr glücklich werden«, sagte er.
»Das ist kein Problem«, sagte ich. »Und zu heiraten brauchst du sie auch nicht.«
»Du bist schließlich auch verheiratet, Joe. Ich weiß allerdings nicht, wie das kommt. Es ist ja bekannt, daß du immer wieder in Schwierigkeiten gerätst.«
Ich lächelte. »Ach, weißt du«, sagte ich. »Am Ende kehre ich doch immer wieder zu Laura zurück, und das weiß sie genau.«
»Du keuchst ein bißchen«, sagte er.
»Erst achtzehn Stunden im Flugzeug und dann diese Kohlenmonoxydluft auf dem Flughafen draußen. Da bleibt einem automatisch die Luft weg. Vor allem, wenn man so ein Asthma hat wie ich.«
Er nahm sein Stethoskop aus der Tasche. »Zieh mal dein Hemd aus. Ich möchte dich abhören.«

»Spielst du wieder mal Doktor?«

»Ich bin dein Arzt«, sagte er ernst. »Und jetzt tu bitte, was ich dir sage.«

Gehorsam zog ich mein Hemd aus, und er ließ mich ein- und ausatmen, den Atem anhalten und husten. »Übrigens habe ich dir schon ein paarmal gesagt, daß es kein Asthma, sondern ein Emphysem ist«, sagte er. »Und das wird nicht mehr besser. Rauchst du eigentlich immer noch?«

»Ja, leider.«

»Wenn du jetzt aufhörst, kannst du fünf Jahre länger leben. Das garantiere ich dir.«

»Fünf Jahre und fünfzigtausend Kilometer?« fragte ich lachend.

»Ich meine das vollkommen ernst«, sagte er. »Jetzt geht es gerade noch mit deiner Gesundheit. Von jetzt an wird es nur noch schlechter.«

»Ich werde darüber nachdenken«, sagte ich und zog mein Hemd wieder an. »Aber jedesmal, wenn ich zu schreiben anfange, greife ich erst mal zur Zigarette.«

»Du mußt weniger arbeiten«, sagte er. »Ruh dich aus! Du brauchst nicht ununterbrochen zu schuften. Geld ist doch nicht mehr so wichtig. Ich weiß, daß du ganz gut vorgesorgt hast.«

»Das verstehst du nicht«, sagte ich. »Ein Schriftsteller kann niemals aufhören zu arbeiten. Jedenfalls nicht, solange er noch Ideen in seinem Kopf hat. Und ich werde bestimmt nicht so lange leben, daß ich wirklich jede Geschichte aufschreiben könnte, die mir im Kopf herumspukt. Da müßte ich hundertfünfzig Jahre alt werden, und selbst das würde nicht reichen.«

Ed schüttelte lächelnd den Kopf. »Daß du verrückt bist, weißt du hoffentlich, oder?«

»Ja, natürlich«, sagte ich. »Hinter jedem Gipfel, den ich erreicht habe, wird schon wieder der nächste Berg sichtbar, den ich noch hinaufklettern muß. So bin ich nun einmal. Aber vielen Dank für die Warnung!«

»Am besten, du kommst am Freitag mal zu mir in die Praxis«,

sagte er und stand auf. »Ich würde dich gern komplett untersuchen.«
»Okay.«
»Wir sehen uns ja noch heute abend«, sagte er und ging zur Tür. »Versuch, noch ein bißchen zu schlafen vor deiner Party. Du hattest einen langen Tag!«
Durch das Fenster sah ich ihn in seinen Wagen steigen und wegfahren.
Ich ging ins Schlafzimmer hinauf, legte mich aufs Bett und schloß die Augen. Schlafen wäre wirklich nicht schlecht gewesen – wenn nur nicht die Düsentriebwerke ständig in meinen Ohren geheult hätten.

Ich spürte eine leichte Hand auf der Schulter. »Hallo, Baby«, sagte ich, ohne mich zu bewegen. »Ich versuche zu schlafen.«
Ihre sanfte Wange preßte sich an mein Gesicht. »Tut mir leid, Liebster, aber es ist schon sechs Uhr. Du hast vier Stunden geschlafen. Der Friseur und die Kosmetikerin sind da. Wir müssen bald aufbrechen, wenn wir vor den Gästen auf der Party sein wollen.«
»Ach, scheiß auf die Gäste«, sagte ich. Ein fremder Geruch war mir in die Nase gestiegen. Ich schnupperte und sagte: »Du meine Güte, bin ich im falschen Haus?«
Laura lachte. »Ich habe nur ein neues Parfüm ausprobiert. Und täusch hier keine Müdigkeit vor, sondern steh auf!« Sie nahm meine Hand und legte sie sich zwischen die Schenkel. »Na?« fragte sie, »glaubst du immer noch, daß du im falschen Haus bist?«
Ich zog sie zu mir herunter und küßte sie. »Guten Morgen, Laura!«
»Soll das heißen, daß du jetzt wach bist?« fragte sie.
»Ja«, sagte ich. »Jetzt bin ich wach.«
Sie stand auf. »Dann sieh zu, daß du in die Gänge kommst. Es ist schließlich deine Party.«
Brav trottete ich ihr ins Bad nach. Zu meiner Verblüffung war sie vollkommen nackt. »Was hast du bloß mit deiner Figur ge-

macht?« fragte ich. »Ich habe dich doch erst vor drei Tagen in Frankreich ins Flugzeug gesetzt, und jetzt bist du mager wie eine junge Katze.«
»Ich bin keineswegs mager«, lachte sie. »In Frankreich war ich nur ein bißchen aufgeschwemmt – ständig das gute Essen und Trinken, du weißt. Ich habe mir ein paar Body Wraps machen lassen. Das ist die reinste Zauberei. Ich habe vier Kilo Wasser ausgeschwitzt. Gefällt es dir?«
»Haben wir Zeit zur Liebe?« fragte ich.
Laura lachte. »Nach der Party«, sagte sie. »Und jetzt verschwinde endlich, und laß dich vom Friseur und von der Kosmetikerin herrichten.«

Das obere Stockwerk des *Bistro* war ganz in Silber und Weiß dekoriert. Sogar die Blumen waren silbern besprüht. Die Tischkarten waren mit silberner Schrift geprägt, und der ganze Raum war mit weißen und silbernen Schleifen geschmückt. Auf dem großen Spiegel hinter der Bar im Vorraum des Speisesaals standen die Worte: SILBERNES JUBILÄUM – JOE CROWN – 25 JAHRE AUF DEN BESTSELLERLISTEN.
Gene, mein Public-Relations-Manager, lächelte strahlend. »Das wird die schönste Party, die Sie überhaupt je gefeiert haben, Mr. Crown«, sagte er. »Wir haben zwei verschiedene Bands: eine Rockgruppe und ein kleines Tanzorchester. Nach dem Dinner haben wir eine Show mit einem Dutzend Mädchen aus dem Casino de Paris in Las Vegas. Die Gästeliste ist ganz exquisit, nur das Feinste vom Feinen. Eine bessere gibt es in der ganzen Stadt nicht. Filmstars, Fernsehstars, Politiker und Gesellschaftslöwen. Insgesamt hundert Personen. Ich habe sogar noch zwei Pressetische reinquetschen können. Wir kriegen also ein weltweites Echo in Rundfunk und Fernsehen und bei der übrigen Presse. Ihre Frau und ich haben uns alle Mühe gegeben, die Tischordnung auszutüfteln. Sind Sie zufrieden damit?«
Ich lachte und faßte ihn bei den Schultern. »Nun sagen Sie doch erst einmal guten Tag, Gene!«

Er lachte. »Entschuldigen Sie, Mr. Crown«, sagte er. »Sie sehen großartig aus. Wie machen Sie das?«
»Das ist alles Make-up«, lächelte ich. »Aber Ihre Party ist wirklich großartig.«
Als das Dinner sich seinem Ende zuneigte, zog ich noch einmal Bilanz. Gene hatte recht gehabt – es waren wirklich alle Prominenten versammelt. Und ich war schrecklich heiser, weil ich so viele Leute begrüßt und so viele Interviews gegeben hatte. Allmählich wurde ich müde. Es war ein langer Tag gewesen.
Auf der anderen Seite des Saales sah ich, wie Gene und Kurt Niklas die Köpfe zusammensteckten. Dann kam Gene zu mir herüber und flüsterte: »Kurt hat mir gerade erzählt, daß unten ein sehr soignierter schwarzer Gentleman warte, der Sie gerne begrüßen würde. Er sei ein alter Freund von Ihnen, hat er gesagt. Kurt war vor allem von dem fabelhaften Smoking, den Diamantringen und den Manschettenknöpfen des alten Herrn beeindruckt. Er hat gesagt, dieser Gentleman aus Jamaica sei der eleganteste Schwarze, den er seit den Zeiten von Sammy Davis gesehen hätte.«
»Jamaica?« fragte ich neugierig.
Gene nickte.
»Bringen Sie den alten Herrn herauf«, sagte ich.
»Er hat eine Wahnsinnsmieze dabei«, sagte Gene. »Auch eine Schwarze.«
»Holt sie beide rauf«, sagte ich. »Die Kellner sollen ihnen zwei Stühle an meinen Tisch stellen. Hier gleich neben meinen.«
»Was war denn?« fragte Laura, als Gene wieder weg war.
»Ein sehr alter Freund von mir kommt uns besuchen«, sagte ich. »Seinen Namen habe ich wahrscheinlich noch nie erwähnt.«
Als Gene den alten Mann und das Mädchen hereinführte, stellten die Kellner gerade das Dessert und den Kaffee auf den Tisch. Ich stand auf, ging Jamaica drei Schritte entgegen und umarmte ihn. Dann sah ich ihm aufmerksam ins Gesicht. Er hatte sich wenig verändert – selbst um die Augen zeigte

sich kaum eine Falte. Lediglich das gekräuselte schwarze Haar war jetzt vollkommen weiß geworden. In seinen Augen standen Tränen. »Jamaica«, sagte ich.
»Joe«, sagte er leise. »Joe, alter Junge. Ich war mir nicht einmal sicher, ob du dich erinnern würdest an mich.«
»Ach, du Armleuchter!« sagte ich. »Wie sollte ich mich an dich nicht erinnern?« Ich wandte mich zu Laura um. Ich war inzwischen so heiser, daß ich kaum noch sprechen konnte. »Laura, darf ich dir meinen alten Freund Jamaica vorstellen? Jamaica, das ist meine Frau Laura.«
Laura stand auf und hielt ihm die Hand hin. Er nahm sie, um sie behutsam zu küssen. »Laura, ich muß Ihnen danken. Sie haben viel Gutes an Joe bewirkt. Er war schon damals ein guter Junge, und ich habe ihn ehrlich geliebt.«
»Ich freue mich, Sie kennenzulernen«, sagte Laura. »Bitte, setzen Sie sich doch zu uns!«
»Nein, nein«, sagte Jamaica. »Ich möchte Ihre Party nicht stören. Ich wollte nur den alten Joe noch mal sehen und ihm sagen, daß ich sehr stolz auf ihn bin.«
»Bitte, setzen Sie sich«, sagte Laura. »Ich bestehe darauf. Außerdem gehen die Lichter jetzt aus, und die Show fängt gleich an. Setzen Sie sich dort neben Joe.«
Jamaica verbeugte sich. »Vielen Dank, Laura.« Er machte eine Geste zu dem Mädchen hin, das er mitgebracht hatte. »Das ist meine jüngste Tochter, sie heißt Lolita.«
»Hallo!« sagte das Mädchen lässig.
Die Schärfe in Jamaicas Stimme erkannte ich wieder. Er hatte sich offenbar doch nicht völlig geändert. »Bitte, Lolita«, sagte er leise, aber energisch, »sag ordentlich guten Abend zu meinen Freunden! So, wie es deine Mutter dir beigebracht hat.«
»Guten Abend, Mrs. Crown! Guten Abend, Mr. Crown!« sagte das Mädchen gehorsam und machte dazu fast einen Knicks. Ich lächelte, als die beiden sich setzten. Inzwischen war es vollkommen dunkel im Saal. Ein junger Mann in einem weiß-silbernen Frack trat auf die Bühne. »Ladys und Gentlemen«, sagte er. »Mr. Crown ist heute nachmittag erst aus Frankreich zurückgekommen. Deshalb freut sich das Ca-

sino de Paris aus Las Vegas, ihm und Ihnen einen echten französischen Can-Can vorführen zu können.«
Das Orchester schmetterte los, und die Tänzerinnen kamen auf die Bühne gestürmt.
Joe beugte sich zu Jamaica und fragte: »Wo kommst du jetzt her?«
»Ich lebe im Ruhestand in Cleveland«, flüsterte der alte Mann. »Aber ich habe eine Ferienwohnung in Honolulu, wo ich mich im Winter meist aufhalte. Meine alten Knochen vertragen Schnee und Eis nicht mehr gut. Von deiner Party habe ich im Hotel gehört. In Los Angeles wechsle ich immer das Flugzeug, und dabei lege ich meist einen Ruhetag ein.«
»Ich freue mich jedenfalls, dich zu sehen«, sagte ich.
»Ich habe all deine Bücher gelesen«, sagte er. »Seit ich im Ruhestand bin, habe ich viel Zeit zum Lesen. Ich habe auch das allererste gelesen, wo du über mich schreibst.«
»Psst!« machte Laura. »Tuschelt nicht wie zwei Schuljungen, sondern seht euch lieber die Show an!«
Ich griff nach ihrer Hand und drückte sie. »Sei nicht so streng mit uns«, sagte ich. »Ich habe für ihn gearbeitet, als du meine erste Kurzgeschichte verkauft hast.«
»Dann war er also –«
»Ja«, sagte ich. »Der Schwarze aus meinem Buch.«
Eine Fanfare ertönte, und das große Finale des Can-Can begann. Die Mädchen auf der Bühne hängten sich beieinander ein und schleuderten genau zwölfmal ihre Beine hoch, so daß man Gelegenheit hatte, ihre Röcke und ihre Spitzenunterwäsche zu bewundern.
Dann drehten sie sich plötzlich um und entblößten ihre Pos. Wilder Beifall erfüllte den Saal: Auf jeder nackten Hinterbacke war nämlich ein silberner Buchstabe zu lesen, und der Text lautete: HERZLICHEN GLÜCKWUNSCH JOE! Dann wurde der Saal mit einem Schlag dunkel, und die Mädchen liefen mit fröhlichem Kreischen davon.
Der Beifall hielt immer noch an, als das Licht wieder anging. Ich beugte mich zu Laura hinüber und küßte sie auf die Wange. »Vielen Dank!« sagte ich.

Dann drehte ich mich zu Jamaica um. Aber der alte Mann war verschwunden.
Ich wollte ihm nachlaufen, aber Laura hinderte mich. »Laß ihn gehen«, sagte sie leise. »Er wollte dich noch einmal sehen und dir gratulieren. Ihr habt euch der alten Zeiten erinnert, und jetzt ist es gut.«
»Aber –«
Laura unterbrach mich. »Das waren andere Zeiten damals, Joe. Eine andere Welt. Verdirb ihm die Erinnerung an dich nicht dadurch, daß du ihn in deine heutige Welt hineinziehen willst.«
Ich schwieg. »Ist das denn meine Welt?« fragte ich.
»Deine Welt, mein Liebling«, sagte sie lächelnd, »ist jede Welt, die du dir schaffst.«